10/02

Ranka Keser

Sag nicht hopp, bevor du springst

Kriminalroman

GIFTMELANGE Band 12

Milena Verlag

*Meiner Kollegin und Freundin Sylvia Englert gewidmet,
die meine Manuskripte behandelt, als wären es ihre eigenen,
und die mich bedingungslos unterstützt.*

Die Deutsche Bibliothek – CIP-Einheitsaufnahme
Keser, Ranka:
Sag nicht hopp, bevor du springst : Kriminalroman / Ranka Keser. – Wien :
Milena Verl., 2002
(Giftmelange ; Bd. 12)
ISBN 3-85286-102-0

Covergestaltung:	Birgitta Heiskel
Lektorat:	Karin Ballauff
Satz und Layout:	andreas.winter@kabsi.at
Druck und Bindung:	Rema Print, Wien

A-1080 Wien, Lange Gasse 51/10
www.milena-verlag.at

ISBN 3-85286-102-0

Inhalt

Die Kapitelüberschriften sind Sprichwörter aus der Kvarner-Region im Nordwesten Kroatiens

Es wirken mit:

Nirvana Reljac, eine ungewöhnliche Frau in einem gewöhnlichen Dorf, deren Ehe eigentlich nur noch auf dem Papier besteht.

Arsen Reljac, Nirvanas Mann, der die enorme Begabung hat, seine Frau ständig zu verletzen.

Marko Ban, der ermittelnde Inspektor, Junggeselle mit einer Schwäche für Modellflugzeuge und Meerschweinchen.

Boris Klić, ein Mann mit vielen Facetten und einem Hang zu Ignoranz und Unzuverlässigkeit.

Ljiljana Tomić, liebt das Geld und die Freiheit. Die meisten Nachbarn sind neidisch auf sie, was ihr aber nicht viel ausmacht.

Renata Hlača, Nirvanas beste Freundin, eine Frau, die man gern als Freundin hätte, aber nicht als Feindin.

Andrej Hlača, Renatas Mann, ein Kettenraucher, der auf alles eine Antwort hat.

Nikola Horvat, Marko Bans Vorgesetzter. Eine rauhe Schale mit einem weichen Kern.

Ines Margan, das lebende Radio von Mala Šuma. Wenn sie keine Neuigkeit weiß, dann niemand.

Josip Margan, Ines' Mann. Steht unter ihrem Pantoffel, aber für ihn gibt es Schlimmeres als das.

Anita Kaštelan, die sich notfalls mit Gewalt durchsetzt. Genießt das Leben, so gut sie kann.

Marijan Kaštelan, Anitas Mann. Macht auf Macho, was den anderen nur ein müdes Lächeln abringt.

Sabina Juretić, eine kluge ältere Frau, die keine Gelegenheit auslässt, ihren Mann zu belehren.

Benko Juretić, Sabinas Mann. Ein netter, einfacher Kerl, der für sein Leben gern plaudert.

Vedrana Juretić, Benkos Schwester, gilt als verrückt und spricht das aus, was alle denken.

Vilim Božić, ein einsamer Greis. Verbringt seine Tage mit Puzzlen.

Ivan Prodan, Nirvanas Vater. Sammelt Müll und ist wegen seiner Ruppigkeit nicht besonders beliebt.

Eliza Čaval, Arsens Schwester, Besitzerin des Dorfladens und eine chaotische Hausfrau.

Luka Čaval, Elizas Mann. Ein fröhlicher Typ, der dennoch gern auf die Welt und das Leben schimpft.

Marinka Petrović, wird geschätzt wegen ihres scharfen Verstandes.

Tereza Petrović, Marinkas Tochter. Hat sich entschlossen, ins Kloster zu gehen, was ihre Mutter, die Atheistin ist, nicht freut.

Vlado Dorić, Besitzer des Dorfwirtshauses *Krokodil*. Ein Ekelpaket, das seiner Frau das Leben schwer macht.

Tanja Dorić, Vlados Frau. Kümmert sich um die Kinder und füttert die Tiere.

Boško Klić, Boris' Vater. Ein gutmütiger Mensch, der gerade seinen zweiten Frühling erlebt.

Zora Klić, Boris' Stiefmutter. Ist nicht die Hellste, tut mit Vorliebe ständig ihre Meinung kund.

Valter Borac und Matija Zec. Ihre Hobbys sind Saufen und Leute beobachten.

Je tiefer du dich bückst, desto mehr sieht man deinen Arsch

Das Gesicht des Mannes war nicht zu erkennen. Er wandte der Gestalt den Rücken zu. Es war dunkel. Nur eine schmutzige Laterne warf trübes Licht auf die stille Straße. Die Gestalt griff nach einem Gegenstand. Der Mann drehte zögernd den Kopf, als fürchtete er, dass seine Ahnung wahr sein könnte. Die Gestalt holte zu einem kräftigen Schlag aus. Die Augen des Mannes waren plötzlich weit aufgerissen, aber sein Gesicht blieb immer noch verschwommen. Er wusste, dass er dem Tod ins Gesicht sah. Der lange Gegenstand, den die Gestalt in der Hand gehalten hatte, schlug mit einem dumpfen Geräusch auf den Kopf des Mannes. Sein Kopf wurde zu einem Vulkan und das Blut zu Lava. Er sank zitternd auf die Knie, fiel dann schwerfällig vornüber und regte sich nicht mehr. Die Gestalt ließ den Gegenstand neben dem Mann fallen und lief davon.

Nirvana wurde von ihrem eigenen Zucken wach. Es geschah sonst nie, dass sie schweißgebadet oder schreiend aus solchen Träumen erwachte. Vielmehr war es ein Zucken oder Winden, das sie in die Realität zurückbrachte. Durch die Ritzen in den Rollos schien die Sonne. Sie wischte sich den Schweiß aus dem Gesicht, ihre Haare klebten an der Stirn und an den Wangen. Sie lag da und starrte an die Decke. Was für ein trostloser Anblick! Jeden Morgen, wenn sie aufwachte, sah sie als erstes diesen hässlichen Fleck an der Decke. Er war groß wie eine Wassermelone, die Farbe blätterte allmählich ab. Im Dach war ein Leck, es tropfte vom Dachboden langsam in ihr Schlafzimmer. Irgendwann würde sie mit getrockneter Farbe im Mund aufwachen.

Nirvana fühlte sich seltsam, als sie da lag und schwer atmend die Decke anstarrte. Hin und wieder hatte sie Träume, die sich bewahrheiteten. Beim ersten Mal war sie fünf gewesen. Sie hatte geträumt, ihre Mutter würde weggehen und nicht mehr wieder kommen. Zwei Tage nach diesem Traum kam die Mutter in ihr Zimmer und sagte, sie werde für eine Weile das Haus verlassen. Danach hatte Nirvana die Schritte ihrer Mutter draußen auf den Steinplatten gehört, die sich entfernten. Damals hatte sie zum ersten Mal dieses seltsame Gefühl. Das Gefühl, nicht einfach nur geträumt zu haben. Später hatte sie mehrmals solche Träume, die eine Art Vorahnung waren. Sicher, manchmal träumte sie auch von Dingen, die dann nicht wirklich geschahen. Aber immer, wenn sie hinterher dieses bestimmte Gefühl hatte … so wie jetzt. Es war ein Gefühl von Beklemmung. Als wäre es eine Erinnerung.

Sie quälte sich aus dem Bett und ging ins Bad. Arsen hatte mal wieder Zahnpastaflecken im Waschbecken hinterlassen. Entweder waren es diese Zahnpastaspritzer oder seine Haare. Sie hatte es ihm wohl schon hundertmal gesagt, aber es war ihm egal. Es machte sie müde, immer dasselbe zu sagen, ihn immer wieder von Neuem darauf aufmerksam zu machen. Lieber putzte sie es selbst weg.

Sie wollte nicht mehr an den Traum denken. Von einem Mord hatte sie noch nie geträumt. Aber sie sollte sich da nicht hineinsteigern. Das war doch Unsinn!

Sie drehte die Dusche auf und wusch sich Schweiß und Angst weg, mit dem Duft exotischer Früchte.

Später stand sie auf der Terrasse und streckte sich. Meistens drehte sie sich auch nach düsteren Träumen auf die andere Seite und schlief weiter. Sie stand nur früh auf, wenn sie irgendetwas quälte, wenn sie zu viel grübelte. Mit der Zeit hatte sie herausgefunden, dass das Grübeln auch nichts besser machte.

Sie setzte Kaffee in einer Mokkakanne auf, und während das Wasser sich erhitzte, blickte Nirvana auf die Dächer des Dorfes. Als Mädchen hatte sie sie manchmal gezählt, immer und immer wieder. Damals waren es zehn Häuser gewesen, heute zwölf. Hinzu kamen noch die beiden Ruinen aus dem Zweiten Weltkrieg, die damals die Italiener angezündet hatten, um einen Doppelmord der Kroaten zu rächen. Um diese beiden Ruinen kümmerte sich niemand mehr, wahrscheinlich wusste man nicht einmal, wem sie heute gehörten. Als Kind hatte Nirvana darin gern Verstecken gespielt.

Ihr Haus stand auf einem Hügel und sie konnte das gesamte Dorf überblicken. Wenn sie über das Geländer schaute, sah sie die enge Asphaltstraße. Genau gegenüber stand Ljiljanas Haus. Seit Ljiljana mit Boris zusammen war, hatte das Haus einen neuen Anstrich in hellgrün und ein neues Geländer. Außerdem hatte sich Ljiljana auch einen großen Balkon gegönnt, der zum Wohnzimmer hinausging. Auf diesem Balkon standen auf jeder Seite zwei große Säulen in Akropolisoptik, die als Blumentöpfe dienten. Rechts neben Nirvana wohnte die alte Marinka mit ihren beiden Ziegen und weiß Gott wie vielen Hühnern. Links unten war der kleine Laden. Und hinter ihr der Wald und die Wiesen. Manchmal sah sie sich auf den Wiesen und zwischen den Bäumen herumtoben. Das war lange her.

Sie schaute auf die Uhr, die sie immer am Handgelenk trug. Kurz vor acht. Vielleicht würde sie später Renata anrufen und sie auf einen Kaffee einladen. Sie drehte sich um und ging in die Küche, um den Kaffee zuzubereiten. Zwei volle Teelöffel schüttete sie ins Wasser und ließ ihn dann noch einmal aufkochen. Sie nahm die Kanne von der Herdplatte, und während das Kaffeepulver auf den Boden der Mokkakanne sank, ging sie wieder hinaus, um die Pflanzen zu gießen.

Nirvana drehte den Wasserhahn neben dem Garten auf und ließ die große Gießkanne voll laufen. Zuerst kamen die Petunien auf der Terrasse an die Reihe.

Ines fuhr mit ihrem alten Skoda vorbei, hob kurz die Hand, ohne dabei zu lächeln. Nirvana nickte ihr zu. Ines fing um neun Uhr an zu arbeiten, aber sie brach immer pünktlich um zehn nach acht auf und war somit um halb neun in der Stadt. Nirvana fragte sich, was sie eine halbe Stunde vor Öffnung des Wollgeschäftes machte. Vielleicht die Wollknäuel täglich neu nach Farben sortieren? Oder wollte sie einfach weg von ihrem schweigsamen Ehemann und der bettlägerigen Mutter? Josip arbeitete nachmittags beim Juwelier und hatte die Aufgabe, sich in der restlichen Zeit um die alte Schwiegermutter und die gemeinsame Tochter zu kümmern.

Nirvana füllte die Gießkanne nochmal auf und nahm sich

nun der Glockenrebe an. Unten kamen die ersten Kunden in den Dorfladen. Sie sah gerade Tanja zwei Laibe Brot nach Hause tragen. Die Spitzen der Brote lugten aus der alten Ledertasche hervor. Tanjas Gesten waren hektisch und sie hatte es immer eilig. Kein Wunder, bei dem Vieh und einem beschissenen Ehemann. Nirvana fragte sich, wie sie von den Einnahmen der Spelunke *Krokodil* leben konnten. Das lag wohl mehr an Tanjas Fleiß und Organisationstalent. Als Tanja damals Vlado heiratete, hatten alle den Kopf geschüttelt.

Ein schwarzes Auto fuhr die Dorfstraße herauf. Es hielt vor Ljiljanas Haus an. Wer mochte das wohl sein? Man kannte schließlich die Freunde und Bekannten der Nachbarn, aber dieses Auto hatte sie noch nie hier gesehen. Nirvana kam sich etwas idiotisch vor, wie sie da auf der Terrasse stand und hinüber starrte. Also nahm sie ihre Gießkanne und goß die Blumen, die eigentlich schon ausreichend mit Wasser versorgt waren, doch so hatte sie den besten Ausblick auf Ljiljanas Haus. Aus dem schwarzen Auto stieg ein Typ. Schwarzer Anzug, weißes Hemd, schwarze Sonnenbrille und Gel im Haar. Nirvana musste sich das Grinsen verkneifen. Was für ein Wichtigtuer! War es ihm nicht peinlich, so offensichtlich auf Mafioso zu machen? Er sah aus wie eine Kopie der Blues Brothers, war übergewichtig und hatte ein Tattoo am Hals, das von Weitem aussah wie ein Regenwurm. Aber wahrscheinlich sollte es eine Schlange darstellen. Er läutete bei Ljiljana. Nirvana wunderte sich, dass niemand öffnete, denn samstags arbeitete Ljiljana nicht. Anscheinend waren auch die Kinder nicht da. Er hämmerte kräftig an die Tür. Dann drehte er sich um und ging zurück zu seinem Auto. Als er fast angekommen war, hob er den Kopf und sah zu Nirvana herauf. »Was gibt's zu glotzen, du Dorfweib?«

Sie war so überrascht, dass ein paar Sekunden vergingen, bevor sie antwortete: »Natürlich gibt's was zu glotzen. So einen lächerlichen Pseudomacker wie dich sieht man nicht alle Tage.« Kaum hatte sie den Satz zu Ende gesprochen, bereute sie es auch schon. Es war gar nicht ihre Art, sich so auszudrücken.

Er zeigte ihr den Mittelfinger und stieg in sein Auto. »Idiot«, murmelte sie vor sich hin. Die Mafiosokopie gab kräftig Gas und brauste davon. Nirvana ging ins Haus und rief Renata an, um sie zum Kaffee einzuladen.

Renata lehnte sich zufrieden in dem Terrassenstuhl zurück. »Ich freue mich auf die Hochzeit.«

Nirvana nippte an ihrer Mokkatasse. »Wirklich? Aber du kannst Ljiljana doch gar nicht leiden. Also kann es dir eigentlich egal sein, dass sie heiratet.«

»Aber ich bin schon lange auf keiner Hochzeit mehr gewesen. Eigentlich bin ja auch nicht *ich* zur Hochzeit eingeladen, sondern Andrej.«

»Jetzt sei nicht so empfindlich. Sie hat euch beide eingeladen.«

Renata winkte ab. »Aber nur, weil sie und Andrej als Kinder befreundet waren.« Sie dachte eine Weile nach. »Und vielleicht, weil wir Nachbarn sind.« Verschwörerisch beugte sie sich über den Tisch hinweg Nirvana zu. »Sie soll fünftausend Kuna für das Kleid ausgegeben haben.«

»Sie? Ich glaube eher, Boris hat fünftausend Kuna ausgegeben.« Nirvana versuchte, gelassen zu klingen. »Na ja. Von mir aus hat er eine Million ausgegeben. Wen interessiert's?«

»Kannst du dich erinnern, wie sie früher herumgelaufen ist?« Renatas Gesicht verzog sich zu einer Fratze.

Nirvana zuckte mit den Schultern. »Na ja, dass ihre Eltern kein Geld hatten, dafür konnte sie schließlich nichts.«

»Ja, aber seit sie sich Boris gekrallt hat, kommt sie sich vor, wie die edelste Stute im Stall.« Renata schloss die Augen, als sie in die Sonne blickte. »Sie wirft mit dem Geld um sich wie eine Verrückte. Und dass Boris das alles mit sich machen lässt, spricht ja auch irgendwie gegen seine Intelligenz. Ich sage nur: Chantal.«

Nirvana verschluckte sich vor Lachen an ihrem Kaffee. »Ja, das ist schon schwer zu verstehen. Sie kauft sich diesen Pudel für ein Heidengeld und er spaziert nachts damit herum.«

»Angeleint, als wären wir in der Stadt.«

»Ljiljana sagt, weil es eine Hündin ist. Chantal soll ja nicht von irgendeinem x-beliebigen Köter besprungen werden.«

»Wenn ich mir einen Pudel anschaffen und Andrej sagen würde, er soll spät abends mit ihm Gassi gehen, angeleint, ich glaube, der würde mir sonstwas erzählen. Boris spinnt, dass er das mitmacht, und Ljiljana dreht immer mehr durch. Sie macht auf Pariser Comtesse oder so.«

Nirvana schenkte ihnen aus der verbeulten Mokkakanne noch einmal nach und sah ihre Freundin dabei prüfend an. »Früher mochte ich Ljiljana eigentlich ganz gern, aber sie ist wirklich immer hochnäsiger geworden.« Sie streckte die Beine auf dem ihr gegenüber stehenden Stuhl aus. »Früher hat sie den Mund nicht aufgekriegt. Jetzt denkt sie wohl, endlich ist sie wer.«

»Sie tut mir Leid.« Der gehässige Ton in Renatas Stimme war nicht zu überhören.

»Sie tut dir Leid? Sie macht mit Boris den Fang des Jahrhunderts, aber sie tut dir Leid?«

»Ach, komm schon. Boris kauft ihr einen neuen Golf und sie kriegt nicht einmal mehr einen Gruß über die Lippen. Das ist doch lächerlich.«

»Als wir zusammen in die Schule gingen, war sie ganz anders. Sie hat mich immer abschreiben lassen. Tja, war sowieso umsonst. Ich bin seit zwanzig Jahren Hausfrau und sie arbeitet bei der Bank. Außerdem war sie nicht nur ziemlich schlau, sondern auch hübsch.«

»Gutes Stichwort. Hast du gemerkt, dass ihr Hintern immer fetter wird?«

Nirvana dachte einen Augenblick ernsthaft über die Frage nach. »Nein.«

»Was? Du hast nichts gemerkt? Ich bitte dich!«

Nirvana zuckte mit den Schultern. »Nichts gemerkt. Leider.«

»Mich würde auch mal interessieren, was es mit den Vätern von Aljoša und Kevin auf sich hat.«

»Wie meinst du das?« fragte Nirvana überrascht.

Renata beschloss, im Flüsterton weiter zu sprechen. Eine

etwas späte Erkenntnis, wenn man bedachte, dass Ljiljanas Haus nur einen Steinwurf entfernt lag. »Glaubst du, sie weiß, wer die Väter sind?«

»Renata! Sie hat zwei Kinder von zwei verschiedenen Männern, na und? Es liegen zehn Jahre zwischen den Kindern. Wahrscheinlich hat sie einfach nur Pech gehabt.«

Renata verzog ungläubig den Mund. »Ich weiß nicht recht. Man hat sie nie mit einem Mann zusammen gesehen. Das ist doch alles nicht normal.«

»Natürlich würde es mich auch interessieren, wer die Typen sind ...«

»Und dann diese übertriebenen Namen, die sie den armen Kindern gegeben hat. Aljoša und Kevin! Einfach unmöglich.«

»Vielleicht plädiert sie so für die russisch-amerikanische Freundschaft«, witzelte Nirvana.

Renata klopfte mit den Fingern auf den Tisch. Ihr Blick wirkte ein wenig wie der einer Irren, die sich gerade an ihre Identität zu erinnern versucht. »Es ist schon bemerkenswert, dass Boris sie mit zwei unehelichen Kindern heiratet.«

»Irgendetwas wird er an ihr finden, sonst würde er sie nicht heiraten.«

»Du versuchst doch immer, in jedem Menschen etwas Gutes zu sehen.« Es klang für Nirvana wie ein Vorwurf, eine Kritik an ihrer Naivität und Kompromisslosigkeit. Sie kannte Renata schon ihr ganzes Leben lang und sie waren seit jeher Freundinnen gewesen, aber manchmal verletzten sie Renatas Seitenhiebe.

»Weißt du, was ich wirklich an ihr mag?« Nirvana setzte sich aufrecht hin und versuchte, selbstbewusst auszusehen.

Renata schaute erwartungsvoll, sagte aber nichts. Abwesend führte sie die Mokkatasse zum Mund.

»Mir gefällt, dass sie tut, was sie für richtig hält. Sie pfeift auf Regeln und Normen. Ich finde das mutig.«

Renata zuckte mit den Schultern. »Du bist doch auch so. Du gibst nichts darauf, was die Leute von dir denken.«

Nirvana sann darüber nach. »Aber Ljiljana ist viel stärker als ich. Sie hat zwei uneheliche Kinder, erzieht sie allein und ist zufrieden. Sie ist ausgebrochen aus der Norm und hat ihr Leben selbst in die Hand genommen.«

Renata kniff die Augen zusammen und sah sie aufmerksam an. »Was ist los? Krach mit der besseren Hälfte?« Geräuschvoll ließ Renata die Tasse auf den Untersetzer krachen. Renata hatte ihre Neugier noch nie verbergen können.

»Ach, Quatsch. Das hat doch damit nichts zu tun.« Nirvana lachte eine Spur zu schrill.

Renata blieb ernst und sah sie immer noch bohrend an. Nirvana hatte den Eindruck, dass Renata nichts von dem verstand, was sie gesagt hatte. Deshalb beschloss sie, den Unbekannten nicht zu erwähnen, der heute morgen bei Ljiljana aufgekreuzt war.

Arsen kam spät nach Hause. Die Arbeit bei der *Technischen Untersuchung* war manchmal sehr anstrengend. Allerdings war die nervliche Belastung durch die Leute, die mit allen Mitteln versuchten, ihr Auto durchzubringen, weit höher als die körperliche Belastung.

Letzte Woche war wieder so ein Fall gewesen. Eine Oma mit Hütchen und Handschühchen hatte Arsen davon zu überzeugen versucht, dass ihr alter Klapperkasten noch mindestens fünfzehn Jahre vor sich hatte.

»Aber sehen Sie denn nicht, dass der Rost vorne an den Pedalen schon Löcher gefressen hat?« Arsen hatte verzweifelt mit dem Kopf geschüttelt.

Die Dame war unbeeindruckt geblieben. »Na und? Ich fahre nie bei Regen.«

Arsen hatte gelacht, und die Dame hatte ihm im Flüsterton versprochen, am nächsten Tag eine große Portion Steaks und Filets vorbeizubringen. Ihr Schwiegersohn sei Metzger. Arsen hatte eingewilligt. Am nächsten Tag kam sie nicht. Arsen war nicht sehr erstaunt darüber. Wie oft versprachen die Leute irgendwelche Dinge. Wenn sie nicht gleich etwas herausrückten oder ihm dezent einen Umschlag zuschoben, konnte man die Sache gleich vergessen. Arsen war hart. Er ließ die alten Karren durchfallen, wenn die Besitzer nicht großzügig waren. Die Dame kam zwar nicht am nächsten Tag, aber dafür am übernächsten. Sie winkte ihn zum Parkplatz und hielt ihm ein riesiges Paket entgegen, gefüllt mit dem Besten von Kalb und Rind. Sie entschuldigte sich mehrfach, dass sie es am Vortag nicht geschafft hatte. Arsen war zufrieden, und Nirvana auch, als er das Fleisch nach Hause brachte.

So schlug man sich eben durch in diesem Land. Eine ordentliche Dienstleistung bekam man nur, wenn man sich gefällig zeigte. Wer nicht konnte, hatte Pech. Eine einigermaßen gute Stelle bekam man auch nur durch gute Beziehungen oder sehr viel Glück. Kompetenz kam gleich nach Vitamin B. Aber das Schlimmste war, dass junge Leute früher dafür gekämpft hatten zu studieren oder einen guten Job zu finden. Heute nicht mehr. Jetzt war Kroatien mit Heroin verseucht. Die jungen Leute dröhnten sich zu. Sie dachten nicht darüber nach, wie aus einer miserablen Situation eine erträgliche zu machen sein könnte. Wer konnte, ging ins Ausland, wer nicht konnte, kämpfte mit seinem mickrigen Gehalt ums Überleben. Und der Rest nahm eben Drogen.

»Du kommst spät. Es ist schon nach zehn. Ihr habt doch nur bis acht geöffnet.« Nirvana stellte den Teller auf den Tisch und sah Arsen an.

Er setzte sich an den Küchentisch und starrte angewidert auf seinen gefüllten Teller. »Was ist das?«

Sie legte ihm das Besteck hin. »Was ist was? Gemüseauflauf. Ich hab dich was gefragt, Arsen.«

Er sah genervt auf und seufzte so laut, als wäre es seine Henkersmahlzeit. »Wir hatten viel Arbeit, Mann. Ich konnte nicht früher.« Wieder ein freudloser Blick auf den Teller. »Glaubst du, ich bleibe freiwillig länger oder was? So viel Spaß macht mir die verdammte Arbeit auch nicht. Hör mal, was hast du da wieder für eine Vegetarier-Pampe gekocht?«

Nirvana sah ihn von oben herab an. Sie verschränkte die Arme und versuchte, gleichgültig auszusehen. Warum musste er immer in diesem Ton mit ihr reden? »Du brauchst nicht so aggressiv zu sein. Aggressivität macht alt.« Sie ging aus der Küche.

»Nirvaaanaaa!« Er schrie so laut, dass sie glaubte, die Wandteller wackeln zu sehen. In solchen Momenten wäre sie am liebsten davongerannt. Wie Thelma. Aber woher sollte sie eine Louise nehmen, die mit ihr rannte? Mit Renata konnte sie da nicht rechnen. Die schätzte ihr gemütliches Heim. Ja. Davonrennen wäre nicht schlecht. So weit fort wie möglich.

Sie ging zurück in die Küche und sah ihn gespielt mitleidig an. »Was?«

»Wenn du Vegetarierin sein willst, dann ist das deine Sache. Aber *ich* will nicht jeden Tag diese verdammten Gemüsebreie.«

»Ich bin keine Vegetarierin«, stellte sie fest, »ich bin nur der Meinung, dass wir nicht jeden Tag Fleisch essen müssen. Erstens können wir uns das nicht leisten, denn wir leben in Kroatien und nicht in Dubai – und zweitens ist es ungesund.« Sie lehnte am Türrahmen und steckte die Hände in ihre Jeans. »Glaub mir, das ist besser für dich.«

»Viermal in der Woche will ich mein Fleisch! Das ist wohl nicht zu viel verlangt. Gestern hast du mir so einen Auberginenmatsch vorgesetzt, und heute das hier.« Sie sahen einander an. Seine grünen Augen funkelten wütend. »Du hättest dir vor zwanzig Jahren eine Arbeit suchen sollen, dann hätten wir jetzt mehr Geld.«

»Bist du beim Friseur gewesen?«, fragte sie, betont fröhlich. Manchmal ging er darauf ein. Wenn sie tat, als hätte sie selbst allerbeste Laune, dann ließ er sich erweichen und hörte zumindest auf, sie anzuschnauzen. Doch es kam vor, dass sie einfach nicht die Energie hatte und sich überwinden konnte, ihm und sich diesen *Gefallen* zu tun.

Endlich fing er an zu löffeln. »Jaaa, in der Mittagspause.« Nachdem er den ersten Bissen seiner Mahlzeit hinuntergeschluckt hatte, verzog sich sein Gesicht zu einer hässlichen Grimasse.

»Sieht gut aus. Deine Haare haben mir schon immer gefallen, weißt du? Ich wollte auch immer blond sein. Ich habe es gehasst, diese durchschnittlichen braunen Haare zu haben.«

»Dann färb sie doch.« Er warf ihr einen flüchtigen Blick zu und rührte in seinem Essen herum.

»Eigentlich hättest du jetzt etwas Nettes über meine Haare sagen sollen, anstatt diesen miesen Vorschlag zu machen.«

»Deine Haare sind schön«, sagte er hölzern.

»Danke für das spontane Kompliment.« Nirvana stieß sich vom Türrahmen ab und holte sich ein Bier aus dem Kühlschrank. Sie trank es aus der Flasche. Früher hätte sie das nie getan, aber irgendwie hatte es sich so eingebürgert, weil Arsen auch immer aus der Flasche trank. Ob etwas dran war, dass Ehepaare sich immer ähnlicher wurden?

»Ich habe heute in einem englischen Krimi gelesen, dass Arsen ein Gift ist. Wusstest du das?«

Er lächelte leicht und so kurz, dass sie nicht sicher war, ob er es wirklich getan hatte. »Ja, wusste ich.« Seufzend schob er den Teller beiseite. Die Hälfte hatte er übrig gelassen.

Nirvana schüttelte den Kopf. »Warum haben deine Eltern dir diesen Namen gegeben?«

Er zuckte mit den Schultern und lehnte sich zurück. »Keine Ahnung. Vielleicht haben sie es aus einem englischen Kriminalroman. Außerdem kommt der Name doch recht häufig vor, zumindest in Kroatien.« Er nahm sich eine Zigarette aus der zerknautschten Packung und zündete sie genüsslich an. »Ausgerechnet du musst mich nach meinem komischen Namen fragen. Deine durchgeknallte Hippie-Mutter hat plötzlich Silvana durch Nirvana ersetzt. Also, entschuldige bitte ...«

»Ich mag es nicht, wenn du so über sie sprichst.« Sie versuchte, autoritär zu klingen. »Sie ist vielleicht kein Vorbild an Tugendhaftigkeit. Aber sie ist immer noch meine Mutter!«

Arsen blies im Zeitlupentempo den Rauch aus und musterte seine Frau dabei. »Hast du heute die Zeitung gekauft?«

»Ja, aber nur, weil heute die Fernsehübersicht drin ist. Die Zeitungen werden auch immer teurer.«

»Alles wird teurer, nicht nur die Zeitung.«

Nirvana griff nach der Zeitung auf der Fensterbank und warf sie Arsen zu. Er fing sofort an, darin zu blättern, ohne sie weiter zu beachten. Eine Weile stand sie so da mit dem Bier in der Hand. Wie wenig Respekt er für sie empfinden musste, wenn es ihn nicht störte, dass sie neben ihm stand, während er las. Sie ging ins Wohnzimmer, ließ sich auf die Couch fallen und schaltete den alten Fernseher ein, der eine Minute brauchte, bis das volle Bild zu sehen war. Als sie ihn damals gekauft hatten, waren sie fasziniert davon gewesen, dass der Ton sofort zu hören war, sobald man ihn einschaltete.

Wieder eine von diesen mexikanischen Billigserien. Früher waren abends immer gute Serien oder Filme zu sehen gewesen. Jetzt liefen oft irgendwelche langweiligen Reportagen oder Dokumentationen. Es fehlte hinten und vorne an Geld, aber Hauptsache man startete immer irgendwelche überflüssigen Misswahlen und ließ die Schönheiten über die Laufstege stolzieren. Außerdem waren sie ständig dabei, die Touristen zu zählen. Das war das Einzige, was dieses Land einigermaßen aus der Misere holen konnte. Jeden Abend bekamen es die Zuschauer vorgesetzt: man hielt den Touristen das Mikrofon unter die Nase und fragte sie, wie ihr Urlaub sei. Derartig überrumpelt sagten natürlich alle dasselbe: »Ganz wundervoll, ein schönes Land, nette Menschen, schöne Strände …« Nirvana fragte sich, was die Fernsehjournalisten den Zuschauern damit eigentlich beweisen oder sagen wollten. Ihr war es ziemlich egal, was die Touristen dachten. Sie konnte sich jedenfalls keine Reisen leisten, und diese Leute entfachten manchmal Neid in ihr.

Sie hörte, wie Arsen in der Küche herumhantierte. Sie hatte vergessen, Bier zu kaufen, die letzte Flasche hielt sie gerade in der Hand. Bestimmt fing er deswegen gleich zu nörgeln an. Aber nein, er sagte nichts. Mit einem Glas Mineralwasser kam er ins Wohnzimmer und legte sich auf die andere Couch. Er starrte in den Fernseher. Sie beobachtete ihn dabei. Er sah noch immer gut aus. Eigentlich hatte er sich in diesen neunzehn Jahren Ehe kaum verändert. Er war noch immer schlank und muskulös.

»Arsen? Kann ich dich mal etwas fragen?«

Er wandte den Blick nicht vom Fernseher. »Hmhm.«

»Was hat dir damals an mir gefallen? Warum hast du dich in mich verliebt?«

Verwirrt drehte er dem Kopf in ihre Richtung. »Hä?«

»Nun sag schon.«

Er seufzte, wie so oft, wenn sie eine ihrer Fragen stellte. »Du hast ein schönes Gesicht gehabt.«

»Gehabt? Vielen Dank!«

»Du hast gefragt, warum ich mich damals in dich … na ja, damals eben. Wir reden doch von damals, oder?«

»Warum fällt es dir eigentlich so schwer, das Wort *verliebt* auszusprechen?«

»Ach, Nirvana«, stöhnte er.

»Was?«

»Wir sind doch keine zwanzig mehr, Mann.«

»Was hat denn das damit zu tun?«

Er wackelte eine Weile mit seinen Kopf hin und her. »Natüüürlich war ich verliebt in dich.«

Sie setzte sich aufrecht hin. »Ach, darum geht es doch gar nicht. Ich … ach, vergiss es einfach.«

Sie starrten in den Fernseher, sahen zu, wie Marianna nach zwanzig Folgen noch immer ihr Gedächtnis nicht wiedererlangt hatte. Mariannas Mann hatte vor, sich der Amnesie seiner Frau zu stellen. Waren die Männer im Fernsehen nicht wundervoll?

»Ich habe Tea einen Brief geschrieben. Du könntest auch ein paar Worte hinzufügen.«

Er stöhnte. »Wozu denn? Du schreibst in unser beider Namen und grüßt sie herzlich von mir.«

»Mein Gott, Arsen«, sie schlug mit den Handflächen neben sich auf die Couch, »sie ist deine Tochter. Glaubst du, sie würde sich nicht freuen, wenn du ihr ein paar Zeilen schreibst?«

»Meine Tochter hat mich nicht gefragt, ob sie nach London gehen darf. Sie ist einfach gegangen.«

»Tea ist volljährig«, sagte Nirvana in energischem Ton, »sie muss dich nicht fragen.«

Er zuckte mit den Schultern. »Von mir aus. Also habe ich als Vater meine Pflicht erfüllt. Sie ist ja jetzt volljährig.«

Nirvana beugte sich nach vorne und stützte die Arme auf ihre Knie. Ihre Locken fielen über die Wangen. »Sie hat es bestimmt nicht leicht dort. Sie schreibt zwar, sie hätte sich schon ein bisschen eingewöhnt und die Familie sei ganz nett, aber mit der Sprache hapert es halt und sie kennt niemanden. Sie vermisst nun mal ihre Eltern und ihre Freunde. Und natürlich auch dieses Dorf.«

»Tja, gegen Mala Šuma ist London natürlich ein Kaff.« Er verzog den Mund, sah sie von der Seite an.

»Hör auf, sarkastisch zu sein«, fuhr sie ihn an. »Ich kann nicht glauben, dass du so wenig Verständnis für Tea aufbringst.«

Eine halbe Minute verging. Es war still, denn Marianna streichelte gerade schweigend die Hand des ihr unbekannten Mannes, und die Uhr im realen Wohnzimmer tickte laut über der Kommode.

»Sie wird nie mehr zurückkommen. Kapierst du das nicht?«

Nirvana schoss einen scharfen Blick in seine Richtung ab. Sie wünschte, er hätte das nicht gesagt und er würde es nie wieder sagen. »So ein Unsinn! Was redest du denn da?«

»Jeder, der bisher von hier wegging, ist nicht mehr wiedergekommen. Jedenfalls nicht mehr, um hier zu leben. Unsere Verwandten und Schulfreunde von damals, wo sind sie jetzt? In der Schweiz, Deutschland, Österreich, Italien und so weiter. Ein paar sind sogar am Ende der Welt, in Australien oder Kanada.« Er nahm sich bedächtig eine Zigarette aus der Packung. »In England verdient Dorotea als Babysitter dreimal so viel wie hier als Hotelfachfrau, obwohl sie dafür jahrelang in die Schule gegangen ist. Sie wird es sich zehnmal überlegen, ob sie zurückkommt.«

Nirvana stand erbost auf. »Ich will so was nicht hören.« Sie verschwand mit schnellen Schritten in die Küche.

Wütend spülte sie das Geschirr, knallte die Teller lautstark auf das Abtropfgestell. Glaubte Arsen wirklich, was er da sagte? Würde sie ihre Dorotea nur noch einmal im Jahr sehen, plaudernd über die alten Zeiten in Mala Šuma; zwischen Koffern und blassen, englischen Kindern? Tea war das Wertvollste, das sie hatte. Wer, außer ihr, war so wichtig für sie? Arsen, dem sie offensichtlich nur noch auf die Nerven ging? Ihr Vater, der sie noch nie richtig verstanden hatte? Im Grunde verstand sie niemand. Die einen hielten sie für ein bisschen verrückt, und den anderen schien sie auf die Nerven zu gehen.

Als sie aufwachte, war es schon zehn Uhr vorbei. Ein paar Leute aus dem Dorf hatten jetzt sicher ein Gesprächsthema: Bei Nirvana waren um zehn Uhr die Vorhänge noch zugezogen. Ordentliche Hausfrauen standen vor acht Uhr auf. Die Seite neben ihr war leer. Es war Samstag und Arsen hatte frei. Eigentlich schlief er am Wochenende aus, vor zehn stand er fast nie auf.

Nirvana dachte an die Hochzeit, die heute in einer Woche sein würde. Die Leute im Dorf fragten sich, warum Ljiljana mit achtunddreißig Jahren noch heiratete. Gerade so, als würde sich das gar nicht mehr lohnen. Als wäre das nur etwas für verliebte Teenager. Ljiljana hatte Glück. Früher war sie eine von ihnen gewesen, war gerade so über die Runden gekommen. Nun hatte sie einen Mann, der als selbständiger Fliesenleger arbeitete und damit viel Geld verdiente. Boris war in seinem Job sehr gefragt und manchmal mehr als ein halbes Jahr im Voraus ausgebucht.

Nirvana versuchte sich vorzustellen, wie die temperamentvolle Ljiljana mit dem ruhigen Boris zurechtkommen sollte. Vielleicht würden sie einander besser verstehen als andere, die angeblich so viel gemeinsam hatten.

Vor dem Laden hockten Matija und Valter. Die beiden Freunde waren morgens die ersten Kunden bei Eliza. Seit dreißig Jahren lebten sie von der Sozialhilfe und setzten diese in Bier um. Um diese Zeit, wenn der Alkohol seine volle Wirkung noch nicht zeigte, waren sie einigermaßen höflich. Nachmittags jedoch vermied man den Kontakt mit ihnen besser, da sie oft ausfallend wurden. Sie widerten Nirvana an. Matijas zahnloser Mund war immer fransig und trocken. Valter hatte tagein, tagaus dasselbe an. Sein rotkariertes Hemd trug er im Sommer aufgekrempelt und im Winter mit einer Jacke darüber. Wenn man ihnen aus

Platzmangel notgedrungen näherkommen musste, schlug einem der Gestank von Alkohol, Nikotin und ungewaschenen Körpern entgegen.

Sie saßen auf Obstkisten aus Holz, die sie umgedreht auf den Boden gestellt hatten. Neben ihnen, vor dem Eingang des Ladens, standen Getränkekisten und leere Kartons herum.

»Wunderschönen guten Morgen, Fräuleinchen«, krächzte Matija. Sein Kumpane grinste.

Nirvana blieb stehen und sah sie an. »Fräuleinchen? Was ist das denn für ein idiotisches Wort? Bin ich einen Meter groß oder was?«

Die beiden lachten, als hätte sie den Witz des Jahrhunderts erzählt.

Nirvana betrat das Geschäft – und fiel beinahe in Ohnmacht. Vedrana stand da und machte Eliza das Leben zur Hölle, wie so oft. Alle wussten, dass Vedrana harmlos war, aber manchmal trieb sie einen zur Verzweiflung. Das Problem war, dass Vedrana grundsätzlich aussprach, was das ganze Dorf dachte. Hin und wieder war es sogar lustig, aber für manch einen im Dorf hatte es dank Vedrana schon unangenehme Enthüllungen gegeben.

Sie drehte sich um, als sie Nirvana kommen hörte. Nirvana versuchte, ein Lachen zu unterdrücken. Vedrana war geschminkt wie eine in die Jahre gekommene Hafenprostituierte. Blauer Lidschatten bis zu den Augenbrauen und dunkelrotes Rouge. Ihr Mund war über den Rand hinaus lila geschminkt. Nirvana warf Eliza einen Blick zu, und diese biss sich auf die Lippe.

»Also, was kosten nun die Kekse?«, krächzte Vedrana.

»Hab ich doch schon zweimal gesagt«, antwortete Eliza ruhig, »drei Kuna zwanzig.«

»Du verdammte Halsabschneiderin! Als du klein warst, hab ich dir Bonbons geschenkt. Wie oft hab ich dir Bonbons geschenkt, als meine Mutter noch den Laden hatte, hä? Sag schon.« Sie erwartete tatsächlich eine Antwort.

Eliza zuckte hilflos mit den Schultern. »Ja, Vedrana, das stimmt. Aber die Zeiten haben sich geändert.«

Wenn Vedrana im Laden war, ging nichts mehr voran. Lange

Wartezeiten waren vorprogrammiert, weil sie entweder wegen der Preise mit Eliza stritt oder stundenlang in ihren vielen Taschen nach dem Geld kramte. Nirvana sah sich gelangweilt um. Der Laden war weiß getüncht, an den Wänden hingen Werbeposter für Eiscreme oder Gewürze. Luka, Elizas Mann, hatte die hellen Holzregale selbst gebaut. Eliza war zwar nicht die Fleißigste, aber sie machte ihren Job gewissenhaft, deshalb waren die Regale immer gut gefüllt. Eliza hatte keine Kasse, sondern warf das Geld lose in eine Schublade.

Sabina betrat den Laden. Sie nickte Nirvana kurz zu. Nirvana freute sich immer, Sabina zu sehen. Sie war in letzter Zeit sehr gealtert, und Nirvana hasste es, wenn die Menschen um sie herum alterten. Sabina ging nun sogar etwas gebückt.

Vedrana regte sich immer noch auf. »Ich sag's ja. Du kannst von den Menschen keine Dankbarkeit erwarten. Je tiefer du dich bückst, desto mehr sieht man deinen Arsch. Die Bibel predigt Unterwürfigkeit, aber die Leute nutzen das nur schamlos aus.«

Sabina gähnte demonstrativ. »Ja genau, Vedrana. Du bist die Unterwürfigkeit in Person. Na mach schon. Ich will heute noch dran kommen.«

»Ja ja, keine Hetze!« Sie warf theatralisch ihren Kopf zurück und stützte die Hände in die Hüften. »Los, Elizabeta. Gib mir die Kekse. Dann muss ich eben auf die Milch verzichten, wenn die Kekse so teuer sind.« Eliza holte die Kekse vom Regal. Vedrana riss sie ihr wütend aus der Hand, noch bevor sie die Packung auf den Tresen legen konnte, und verstaute sie in ihrer großen Netztasche. Sie nahm ein paar Scheine, die sie in einem blauen Briefkuvert aufbewahrte, und knallte sie Eliza auf den Tresen. Gerade als die Frauen aufatmen wollten, riss Vedrana unvermittelt ihren Rock hoch und bot einen knapp sitzenden, sexy Slip zur Schau, auf dem *Love* stand. Weißes Fleisch quoll über das bisschen Stoff. »Ich wette, niemand in Mala Šuma hat so eine scharfe Unterhose, hä?« rief sie euphorisch in den kleinen Laden. Ihr Mund war weit aufgerissen. Sie lachte aus vollem Hals.

Nirvana und Eliza grinsten mitleidig. Sabina seufzte gequält und drehte den Kopf zur Seite. Endlich schob sich Vedrana in Richtung Tür und verschwand in der heißen Junisonne.

»Die Unterhose hat sie bestimmt von irgendeiner Wäscheleine geklaut«, kommentierte Eliza.

»So eine arme Kreatur«, stöhnte Sabina.

»Das würdest du nicht sagen, wenn du jeden Tag mit ihr zu tun hättest«, sagte Eliza, nicht ohne eine Spur Selbstmitleid. »Was bekommst du, Nirvana?«

»Ein halbes Brot und eine Packung Reis.«

Während Eliza das Gewünschte vom Regal holte und vor sie hinstellte, fragte sie: »Wie geht es meinem großen Bruder?«

»Arsen ist heute ziemlich früh aufgestanden. Als ich ihn vorhin gesucht habe, fand ich ihn tatsächlich beim Holzhacken.«

»Er hackt Holz? Im Juni?«

»Es ist eine Menge liegen geblieben über den Winter. Wir haben uns im Herbst mit dem Einkauf verschätzt.«

»Seit ihr eigentlich auch auf die Hochzeit eingeladen?«

»Ja, und ihr?«

»Schon, aber wir gehen nicht hin.« Eliza wandte den Blick ab.

Nirvana holte ihren Geldbeutel hervor und sah sie verwundert an. »Aber warum denn nicht?«

Eliza zuckte verlegen mit den Schultern. Sie tat geheimnisvoll.

»Was ist los?« hakte Nirvana nach.

»Wir haben einen Termin in Zagreb, bei einem Spezialisten.« Sie sah abwechselnd zu Nirvana und Sabina und wurde ein bisschen rot dabei. »Danach wissen wir mehr.«

Nirvana langte über die weiß gestrichene Holzplatte und legte ihre Hand auf die von Elizas. »Das ist ja toll. Vielleicht klappt es ja.«

»Ich würde mich sehr für dich freuen, Eliza«, meinte Sabina leise.

»Danke, ihr beiden. Luka und ich dachten schon über eine Adoption nach, aber er will lieber ein eigenes Kind. Männer sind da irgendwie eitel, glaube ich.«

»Tja, davon verstehe ich nichts.«

»Von Männern?«, grinste Eliza.

»Das auch«, grinste Nirvana, »aber ich meinte die Adoptionssache. Jedenfalls wäre es schön, wenn's klappt.«

»Ja«, sagte Eliza. Ihre Augen leuchteten, wie es Nirvana nur selten bei Erwachsenen gesehen hatte.

Nirvana zwängte sich in das rote Kostüm, sie versuchte es zumindest. Mittlerweile war es sechs Jahre alt und entschieden zu eng. Sie hatte es für die Hochzeit von Eliza und Luka gekauft. Damals war es wie für sie gemacht gewesen. Verdammt. Ein neues Kostüm zu kaufen war unmöglich. Sie sparten seit einem Jahr für eine neue Waschmaschine. Nirvana seufzte, zog den Bauch ein und strich den Rock glatt. Zur Feier des Tages hatte sie sich ein bisschen geschminkt. Sie zog die schwarzen Pumps an und ging zu Arsen ins Wohnzimmer. Nirvana hasste hohe Schuhe und in ihrem ganzen Leben hatte sie nur zwei Paar davon besessen. Darin laufen konnte sie auch nicht. Sie sah dann aus wie John Wayne, den man in Stöckelschuhe gepackt hatte. Sie stellte sich zwischen Arsen und den Fernseher und sah ihn an. Er blickte zu ihr hoch und grinste. »Pass auf, dass dir nach dem zweiten Gang nicht die Knöpfe wegspringen.«

Sie nickte. »Ich weiß. Es sieht furchtbar aus.«

»Nein.« Er schüttelte den Kopf. »Vielleicht solltest du nur einen anderen Rock dazu anziehen, das ist alles. Sonst ist es in Ordnung.«

»Ich fühle mich einfach unwohl in so einer Aufmachung. Das weißt du genau. Ich hasse hohe Schuhe. Ich hasse enge Röcke. Ich hasse diesen weiblichen Stil.«

»Dann zieh etwas anderes an«, meinte Arsen genervt.

Sie sah ihn eine Weile durchdringend an. »Alle Frauen ziehen sich zu einer Hochzeit so an.«

Er zuckte mit den Schultern.

»Du hast Recht. Nur weil alle sich so zurechtmachen, muss ich das nicht auch tun. Ich bin nicht jede. Oder?«

»Nein«, meinte Arsen gespielt hilflos, »das bist du wirklich nicht.«

Sie ging mit großen, uneleganten Schritten zurück ins Schlafzimmer.

»Beeil dich, Nirvana«, brüllte er nach einer Weile. »Mein Anzug wird langsam staubig, während ich hier auf dich warte!«

»Du siehst unglaublich gut aus in dem Ding«, brüllte sie zurück. »Zum Glück haben Luka und du die gleiche Größe. Dunkelblau war schon immer deine Farbe. Ist nett von ihm, dass er dir seinen Anzug leiht.« Sie kam zurück ins Wohnzimmer.

»Das ist nicht dein Ernst«, murmelte er, nachdem sie sich erneut vor ihm aufgebaut hatte. Schwarze Jeans und eine schlichte weiße Bluse, dazu schwarze Slipper.

»Warum? Ich fühle mich darin wesentlich wohler.«

»Das mag schon sein, aber Ljiljana wird denken, du nimmst ihre Hochzeit nicht ernst.«

»Unsinn.«

»Ich weiß nicht, Nirvana. Es ist so … einfach.«

»Wir sind doch auch einfache Leute.«

Er schloss für ein paar Sekunden die Augen. »Wenn *du* meinst, dass es in Ordnung ist …«

»Ja, das meine ich. Komm schon. Es wird Zeit.«

Ljiljanas Gäste fanden sich in ihrem Haus ein. Später sollten der Bräutigam und seine Gäste eintreffen und die Braut abholen. Nirvana stand im Türrahmen und schaute sich um. Fast ganz Mala Šuma war hier. Anita und Ines saßen natürlich zusammen und schnatterten wie zwei Schulmädchen. Ganz im Gegensatz zu Tanja und Vlado: Die saßen nebeneinander und waren beide in Gedanken weit weg. Jetzt war Vlado noch nüchtern, also noch einigermaßen umgänglich.

Renata und Andrej waren auch schon da und winkten ihnen zu. Nirvana und Arsen gingen hinein und setzten sich. Renata saß da mit smaragdgrünen Rüschen und schwang ihre übereinandergeschlagenen Beine im Takt auf und ab. Es war unmöglich, sich bei der lauten Musik zu unterhalten. Der Akkordeonspieler, den Nirvana noch aus der Schulzeit kannte, sang so inbrünstig, dass er viel lauter war als sein Instrument. Nirvana nahm sich ein Glas und füllte es mit Rotwein. Sie passte auf, dass kein Tropfen auf die schneeweiße gestärkte Tischdecke fiel. Die Gläser waren aus feinstem Kristall. Ljiljana hatte in letzter Zeit offenbar viel eingekauft.

Endlich machte der Musikant eine Pause. Die Leute applaudierten. Nirvana mochte nicht, ihre Arme waren schwer von dem halben Glas Rotwein.

Im Flur klatschten die Leute Beifall. »Ich glaube, unsere junge Braut kommt gerade aus dem Mädchenzimmer«, meinte Renata höhnisch. »Die lässt's krachen, was? Hochzeit mit allen Schikanen, als wär sie zwanzig.«

Nirvana füllte ihr Glas noch einmal und trank. Ljiljana kam gerade an ihrer Tür vorbei. Sie blieb stehen und strahlte über das ganze Gesicht. Sie scheint glücklich zu sein, überlegte Nirvana. Ob sie und Boris sich gut verstehen werden? Ob Boris sie liebt, richtig liebt? Ob sie in zwanzig Jahren noch miteinander reden werden?

»Ich hab gar nicht mitgekriegt, dass der Bräutigam schon da ist«, sagte Nirvana.

»Ja, die stehen draußen herum. Hab sie durchs Fenster gesehen.«

»Hochzeiten machen mich immer irgendwie traurig«, sagte Nirvana, »sie haben etwas von Tod, von Beerdigung. Irgendetwas stirbt, aber ich weiß nicht was.« Sie kippte den letzten Tropfen Rotwein hinunter.

Renata sah sie an und zog die Augen zusammen. »Manchmal hast du wirklich einen Knall.«

Nachdem die Zeremonie auf dem Standesamt und in der Kirche beendet war, ging es endlich ins Restaurant. Natürlich war es das Beste vom Besten. Ein Eliterestaurant, das Nirvana nur vom Hörensagen kannte. Die riesige Halle mit dem imposanten Kronleuchter und den Ölbildern an den blassblauen Wänden wirkte geradezu majestätisch auf sie. Die Ölbilder hatten die besten Zeiten hinter sich. Sie waren grau vom Staub, der sich eingefressen hatte und die Motive waren alles andere als modern. Schiffe in Seenot und Landschaften im Frühling. Einige der Gäste waren erst jetzt hinzugekommen. Die meisten aber hatten sich schon in der Kirche und auf dem Standesamt gelangweilt. Arsen und Nirvana sahen, dass auf jedem Platz ein Kärtchen stand. Als sie näher herangingen, sahen sie, dass es Vor- und Nachnamen waren.

»Ich glaub, ich spinne«, murmelte Arsen, »die schreiben einem vor, wohin man sich setzen soll. So was Blödes hab ich ja noch nie gesehen.«

Schließlich fand Nirvana ihre beiden Plätze. Sie steuerte auf die Mitte des Saales zu, wo man mit dem Rücken zu einem großflächigen Fenster saß. Arsen kam hinterher und sah sie von der Seite an. »Was ist?«, fragte Nirvana eine Spur zu laut. Einige Augenpaare wandten sich in ihre Richtung. »Was passt dir denn jetzt schon wieder nicht?«

Arsen setzte sich neben sie und räusperte sich. »Könntest du bitte in normaler Lautstärke reden, ja? Außerdem dreh es bitte nicht so, als wäre *ich* immer schwer zufrieden zu stellen. Ich finde zufällig diese Plätze vollkommen daneben. Sie sind zu nah an der Band. Außerdem dachte ich, wir würden neben Renata und Andrej sitzen.«

»Ich kann schließlich auch nichts dafür. Warum musst du mir an allem die Schuld geben?«

»Tu ich doch gar nicht.«

»Du merkst es nicht einmal, was?«

Er sah nach vorne den Gästen entgegen, die hier und da noch eintrudelten. »Ich finde, es ist nicht gerade der richtige Zeitpunkt oder Ort, um über unsere Probleme zu diskutieren.«

»Du diskutierst überhaupt nicht mehr mit mir, egal wie ideal der Zeitpunkt oder der Ort ist.«

Anita und Marijan kamen an.

»Da, Honigbär, da stehen unsere Namen«, rief Anita ihrem Mann über die Schulter zu. »Ach, wie schade, dass Ines und Josip so weit weg sitzen.« Anita hob den Arm und winkte ihrer Busenfreundin Ines lächelnd zu. Nirvana spürte einen leichten Brechreiz.

»Na, können wir uns dazu setzen?«, fragte Marijan so freundlich, dass Nirvana ihn am liebsten geohrfeigt hätte. Marijans gute Manieren gingen über eine nette Begrüßung nicht hinaus. Er tat intelligenter als er war, und das konnte Nirvana nicht leiden. Außerdem hatte er immer noch den Jargon eines Teenagers. Anita war ein Fall für sich. Es ließ sich schwer sagen, ob ihr Egoismus oder ihre Arroganz überwogen. Nirvana verfluchte im Stillen Ljiljana, die ihr die beiden aufgedrängt hatte. Was hatte sie sich nur dabei gedacht, diese idiotischen Kärtchen zu machen? Und dann auch noch so unpassend zusammengewürfelt! In Nirvana regte sich der Verdacht, dass Ljiljana das absichtlich inszenierte. Wie bei einer Gruppe neuer Schüler: *Lernt euch doch untereinander ein wenig näher kennen.* Renata und Andrej saßen neben Ines und Josip. Renata schnitt eine genervte Grimasse in Nirvanas Richtung und eine Kopfbewegung zu Ines hin. Nirvana grinste. Und sie musste nun den ganzen Abend Marijan und Anita ertragen. Aber als sie schräg gegenüber Ines und Josip ansah, dachte sie, es hätte sie noch schlimmer treffen können.

Anita rutschte auf ihrem Stuhl herum und strich ihr Kleid glatt. »Super ist das hier«, meinte sie im Plauderton. »Aber unser Saal war noch schöner damals. Nicht, Marijan?«

Dieser nickte brav. Manchmal warfen sie mit Porzellan um sich, dass man es bis zum Laden hörte. Erstaunlich, welche Gefechte die beiden sich in den eigenen vier Wänden liefern konnten. Aber in der Öffentlichkeit waren sie immer das harmonische Ehepaar.

»Wo habt ihr denn Viviana gelassen?« Nirvana wollte höflich sein. Eigentlich waren ihr leere Phrasen zuwider.

»Sie übernachtet bei einer Freundin.« Anita schob sich mit ihren dunkelrot lackierten Nägeln ein Schokoküchlein in den dunkelroten Mund. »Wir wollten ein vierjähriges Kind nicht auf eine Hochzeit schleppen. Das ist zu verwirrend für Kinder, weißt du? Es gibt da unheimlich viele Sinneseindrücke und das kann ein Kind nicht alles verarbeiten. Ich denke, so viel Akustik schadet dem Gehör.«

»Ja, genau«, nuschelte Nirvana. Sie hörte Arsen kurz kichern.

»Manchmal haben wir sie zu meiner Mutter gebracht, aber da wollte sie nie bleiben. Marijan und ich haben uns immer darüber gewundert, denn meine Mutter ist ein wundervoller Mensch.« Für eine halbe Sekunde glaubte Nirvana ein unterdrücktes Lachen in Marijan aufglucksen zu hören. Anita nickte nachdrücklich. »Dann habe ich meiner Mutter nahe gelegt, sie sollte ihre Wohnung auch nach Feng Shui einrichten. Seitdem ist alles in bester Ordnung.«

»Und du glaubst wirklich, das liegt an diesem Peng Pfui?« Arsen lachte über seinen eigenen Witz. Nirvana konnte sich allerdings ein kleines Grinsen auch nicht verkneifen.

»Selbstverständlich!«, erboste sich Anita. »Meine Mutter hatte viele negative Energien. Sie sagt selbst, sie fühlt sich jetzt unheimlich wohl.«

»Du kennst doch deine Mutter.« Jetzt war der Zeitpunkt gekommen. Marijan kehrte den Macho raus. Er lehnte sich im Stuhl zurück und ließ seine Arme seitlich herunter baumeln. Dabei machte er sein Clint-Eastwood-Gesicht, das zwar nicht so attraktiv war, aber dessen Unnahbarkeit hatte. »Sie glaubt alles, was du sagst. Verstehst du? Sie bildet sich das ein.«

»Du bist entsetzlich.« Anita liebte es, Wörter zu benutzen, die schwer oder gar nicht steigerungsfähig waren. War etwas einfach nur unangenehm, so war es für sie grauenhaft oder katastrophal. »Seit wir Feng Shui im Haus haben, bist du auch nicht mehr so müde. Das weißt du selbst. Es hat unheimlich viel gebracht.«

»Für dich ist alles, was aus China kommt, unheimlich toll.« Marijan kratzte seinen Bauch. »Feng Shui, Yoga, Sprichwörter. Sogar dieser elende Reisfraß.«

Anita wollte das Thema gern abhaken, das spürte Nirvana. Viel lieber berichtete Anita über neue Kleider, die sie sich gekauft hatte, oder über irgendwelche Elektrogeräte oder edlen Schmuck, den sie von Marijan geschenkt bekam. Die meisten Leute, die Nirvana kannte, kauften diese Dinge entweder auf

Ratenzahlung oder es blieb ein Wunsch, der sich nie erfüllen würde, weil das Geld für diesen Luxus fehlte. Anita liebte es, den Glanz des Neides in den Pupillen der anderen zu sehen. Nirvana würde ihr diesen Triumph niemals gönnen.

»Warum bist du so komisch angezogen?«, fragte Anita plötzlich an Nirvana gewandt.

»Ich bin angezogen wie immer.«

»Eben.«

»Was willst du damit sagen?« Nirvana sah ihr in die Augen und lächelte dabei kein bisschen.

Anita zuckte für eine Sekunde zusammen, fing sich aber gleich wieder, mit einem Hauch roter Farbe im Gesicht. »Ach, nichts. Ich dachte nur … Macht man sich nicht ein bisschen hübsch, wenn man auf eine Hochzeit geht?«

»Ich bin hübsch.«

Die anderen drei lachten kurz auf. Das versetzte Nirvana einen Stich. Nicht wegen der beiden ihr gegenüber, sondern weil Arsen mitlachte.

»Du bist ja bescheiden«, tönte Marijan auf seine vermeintlich witzige Art. Nirvana ließ es auf sich beruhen.

Die Band fing an, »O Susannah« zu spielen. *I came from Alabama, with my banjo on my knees* … Das Essen wurde serviert. Selbstverständlich waren die Kellner aufmerksam und freundlich, dem Hause angemessen. Zum Essen gab es etwas Undefinierbares. Eine Art Cremegulasch mit Pilzen und Gemüse. Wahrscheinlich etwas für feine Leute … Während des Essens erzählte Marijan von seiner Arbeit. Natürlich seien seine Kunden unglaublich zufrieden mit ihm und empfahlen ihn ständig weiter. Er könne sich vor Aufträgen gar nicht mehr retten, meinte er lässig. Nirvana musste widerwillig zugeben, dass das stimmte. Marijan verdiente gut, das wussten alle. Sie fragte sich allerdings, warum Männer so gern und oft von ihrer Arbeit erzählten. Merkten sie nicht, wann die Grenze der Langeweile für ihre Zuhörer erreicht war?

Nirvana brauchte eine Pause. Sie stand auf, ohne etwas zu sagen. Marijan war ohnehin so in sein Eigenlob vertieft, dass er nichts davon mitbekam. Und die anderen zwei schienen aus irgendeinem Grund an seinen Lippen zu hängen. Oder vielleicht taten sie nur so.

Sie betrat die Toilette und wäre fast in Ohnmacht gefallen. Alles in Marmor. Große, schattierte Spiegel mit vergoldeten Rahmen. Ein Wasserhahn, der keine Heiß- oder Kaltregulierung hatte. Sie hielt einfach ihre Hände unter den Hahn und ein lauwarmer Strahl lief gleichmäßig an ihrer Haut entlang. Hier spritzte das Wasser nicht in alle Richtungen wie bei ihr zu Hause. Hier war noch nicht alles vom Kalk zerfressen. Es wäre schön, ein solches Bad zu haben. Ihre gesamte Freizeit würde sie in diesem Raum verbringen. Träume, nichts als Schäume.

Gegen Mitternacht waren einige schon ziemlich betrunken, allen voran die Braut. Ljiljana griff nach dem Mikrofon, um sich bei allen herzlich zu bedanken. Ein unbeabsichtigter kleiner Rülpser folgte der freundlichen Rede. Die Leute applaudierten, als wäre es das Originellste, das sie je gehört hatten. Ljiljana stieg auf wackligen Füßen von der kleinen Bühne. Nirvana verzog dabei das Gesicht. Sie rechnete damit, Ljiljana über die drei Stufen fallen zu sehen. Ljiljana riss sich jedoch zusammen. Bedächtig setzte sie ihre kleinen Schritte, hielt dabei ihr teures, mit Chiffon und Spitze besetztes Kleid hoch. Es hatte jede Menge erstaunter Ausrufe gegeben, als Ljiljana in Weiß erschienen war. Schließlich hatte sie zwei Kinder, und in Weiß sollten nur Jungfrauen heiraten. Wenn man diese Sitte (oder Unsitte) ernst nähme, würden weiße Brautkleider in den Geschäften verschimmeln, dachte Nirvana.

Arsen machte die Runde und unterhielt sich hier und da mit den anderen Männern. Offenbar redete er mit jedem lieber als mit seiner Frau. Nirvana trank einen Rotwein nach dem anderen. Weniger aus Freude am Wein als aus Langeweile. Sie beobachtete Anita und Marijan. Die beiden schienen eine kleine Meinungsverschiedenheit zu haben.

»Du hältst dich ja für unheimlich schlau«, hörte sie Anita zischen. »Ich habe es satt, dass du mir jedes Wort im Mund umdrehst, du … du Idjöt.« Wie es aussah, waren sie mittlerweile zu betrunken, um die Schimpfwörter richtig auszusprechen.

»Du kannst dich nur nicht mehr daran erinnern, was du gesagt hast, du Furie!« Er wandte sich theatralisch ab und kippte einen Cognac nach. Nirvana merkte, dass die Leute sich plötzlich die Hälse ausrenkten und die Musik nun leiser spielte.

»Mit dir irgendwohin zu gehen, ist unmöglich«, kreischte Anita gerade. »Du bist primitiv!« Das letzte Wort schleuderte sie ihm mit einer exorbitanten Genugtuung entgegen.

»Ha! Natürlich bin ich primitiv. Jeder, der nicht so zickig ist wie du, ist für dich primitiv!«

Einige der Gäste scheuten sich nicht, ein paar Schritte näher heranzukommen. Besonders, da man die einmalige Gelegenheit hatte, das verlogen harmonische Ehepaar einmal live beim Streiten erleben zu dürfen. Marijan war hässlich, wenn er wütend war. Sein Gesicht war rot und aufgebläht. Er fletschte förmlich die Zähne. Anita zog ihre Mundwinkel bis zu den Knien.

»Ich hätte jede haben können.« Marijan übertrieb maßlos, denn solange Nirvana ihn kannte, war er füllig und ungepflegt. »Aber nein, ich musste unbedingt ein Monster wie dich heiraten. Du kannst NICHTS! Du kannst nicht kochen, putzen, nähen oder sonst irgendwas. Du liegst nur faul auf der Couch herum und wirst immer fetter!« Er musterte sie demonstrativ von oben bis unten.

Anita sah ihn wutschnaubend an, dann kreischte sie in einer phänomenalen Lautstärke: »Ich weiß zumindest, wo Nordpol und Südpol liegen! Das habe ich wahrscheinlich kuchenfressend und auf der Couch liegend im Fernsehen gesehen.« Sie drehte sich um, ihrem Publikum zu. »Er fragt mich vor ein paar Tagen: ›Sag mal, wo liegt das eigentlich – Nordpol und Südpol?‹« Sie fasste sich verzweifelt an die Stirn. »So dämlich ist er! Ich sag: ›Das weißt du nicht, Schatz? Der Nordpol liegt in Ghana und der Südpol in Kanada.‹«

Die Hochzeitsgäste lachten, und auch Ljiljana schien sich gut zu amüsieren. Marijan stand auf, riss wütend sein Jackett vom Stuhl und verließ mit großen Schritten den Saal. Als er durch die schwere Eichentür verschwunden war, lachte Vlado laut los. Ausgerechnet Vlado, dieses Scheusal! Immer musste er sich über andere lustig machen, statt dass er vor seiner eigenen Tür kehrte. Sein Wirtshaus, das *Krokodil*, wurde nur von Alkoholikern besucht. Matija und Valter waren seine treuesten Gäste. Sie kamen aus dem Nachbardorf Zorići, weil es bei Vlado billiger war als in anderen Kaschemmen. Die arme Tanja hatte nicht genug mit drei Kindern, Vieh und Garten zu tun, sondern schluckte auch seine zahlreichen Affären. Irgendwann würde er Tanja noch mit AIDS oder so etwas anstecken. Tanja war einmal ein hübsches Mädchen gewesen, und sie war immer noch eine attraktive Frau. Sie war mit Nirvana in die Schule gegangen. Vlado hatte sie mit achtzehn geschwängert. Nirvana vermutete, dass es eher eine Vergewaltigung als eine Liebelei gewesen war. Nachdem ihre Eltern von der Schwangerschaft erfahren hatten, wollten sie für Tanja nur eines, die Ehe. Die Zeiten änderten sich, aber damals war es einfach noch so, dass ein uneheliches Kind eine Schande war.

Sie sah Renata und Andrej, wie sie ausgelassen auf der Tanzfläche herum hoppelten. Doch sie waren nichts im Vergleich zu Zora Klić, Boris' Stiefmutter, deren füllige Brust durch das heftige Auf und Abhüpfen aus dem Dekolleté zu springen drohte. Ihr machte das wohl nicht viel aus. Zoras violett geschminkter Mund war den ganzen Abend über in die Breite gezogen. Sie amüsierte sich hervorragend. Ihr Mann dagegen sah der Hochzeit seines Sohnes ruhig, fast gelangweilt, zu. Beneidenswert, dachte Nirvana mit Blick zur Tanzfläche, wie man so ausgelassen sein konnte. Sie hatte noch nie gern getanzt. Sie kam sich dabei wie ein Affe im Zirkus vor.

Nirvana wurde langsam müde. Sie sah sich nach Arsen um. Als er in ihre Richtung blickte, winkte sie ihm zu und tippte mit dem Zeigefinger auf ihr linkes Handgelenk. Er kam zu ihr. »Du willst schon los?«, fragte er schroff.

»Es ist zwei Uhr.«

»Ja und? Die meisten sind noch hier.«

»Na gut. Noch eine halbe Stunde. Ich gehe ein bisschen raus an die frische Luft.« Sie verschwand nach draußen. Die Luft war angenehm kühl. Es war Vollmond. Sie spazierte um die Ecke und zündete sich eine Zigarette an. Eine männliche Person hatte sich über das Geländer gelehnt und blickte auf das Meer hinaus. Die Wellen peitschten gegen die schwarzen Felsen. Als Nirvana näherkam, erkannte sie Boris. »Hallo«, rief sie überrascht.

Er drehte den Kopf in ihre Richtung. »Oh, hallo.« Das Mondlicht war hell genug, um das Lächeln auf seinem Gesicht zu zeigen. Nirvana stellte sich neben ihn und sah ans Ufer, wo die Wellen einen weißen Schaum zurückließen. Sie liebte das Meeresrauschen. »Gefällt dir meine Hochzeit?«

Sie lächelte. »Ja.«

»Eigentlich wollte ich keine Hochzeit, weißt du. Furchtbar stressig das Ganze. Und teuer.« Er lächelte und seine weißen Zähne blitzten auf. Boris war kein schöner Mann. Er war mittelgroß und dünn. Sein Haar war schon etwas schütter und er hatte ein verlebtes Gesicht. So als hätte er in seinen achtunddreißig Jahren nur wenig Schlaf bekommen. Trotzdem war er ziemlich eitel. Vielleicht wusste er ja, dass er keine Schönheit war, versuchte aber das Beste daraus zu machen. Er hatte sich einige Muttermale im Gesicht entfernen lassen und stemmte Gewichte im Fitnessstudio. Aber seine Zähne waren beneidenswert. Die schönsten, die Nirvana je gesehen hatte.

»Meine eigene Hochzeit ist lange her. Ich kann mich kaum noch daran erinnern.« Sie lächelte gequält.

»Na, na. Jetzt übertreibst du aber.«

»Hast du gesagt ich untertreibe? Na, jetzt wirst du aber unverschämt.«

Sie lachten.

»Ihr werdet bei Ljiljana leben, oder?«

Er nickte. »Das ist besser. Mein Vater hat zwar ein großes Haus, aber wir wären eben doch bei meinem Vater. Außerdem ist es kein Geheimnis, dass ich mit meiner Stiefmutter nicht besonders gut klar komme.«

»Warum eigentlich?«

»Sie ist strohdumm. Klingt hart, aber so ist es nun mal. Ljiljana und ich wollen unsere Ruhe. Wir können furzen, streiten und Liebe machen, wenn uns danach ist.«

»Ha!« rief Nirvana lachend. »Bei zwei Kindern? Und eines von ihnen ist gerade mal fünf.«

»Der ist ja irgendwann auch mal im Bett.«

»Die Alten doch auch.«

»Du hast gewonnen. Ich sag dir die Wahrheit: Ich hab einen Riesenkrach mit meinem Vater. Vielleicht ist dir aufgefallen, dass er heute noch kein Wort mit mir geredet hat. Nicht mal gratuliert hat er mir.«

»Weil du Ljiljana heiratest und sie nicht der Inbegriff eines Mauerblümchens ist?«

Er grinste. »Schon in der Schule hattest du einen 1a Verstand. Sie ist eine Frau, die zwei uneheliche Kinder hat.«

»Mein Vater sagt, die Leute in Zorići waren schon immer arrogant. Er kann dieses Dorf nicht leiden. Er sagt, ihr wollt von allem immer das größte und beste Stück.«

»Da hat dein Vater vielleicht nicht Unrecht.«

Sie sahen eine Weile schweigend aufs Meer. Plötzlich sagte Boris: »Weißt du, dass ich dich als Kind gehasst und als Junge geliebt habe?«

Dieser Satz kam unerwartet und war so komplex, dass Nirvana ihn nur anstarren konnte. Als sie sich etwas gesammelt hatte, meinte sie: »Warum hast du mich als Kind gehasst?«

»Neid, einfach Neid. Du warst so gut in der Schule. Aber als ich in der siebten Klasse sitzen blieb und mir klar wurde, dass ich dich nicht mehr so oft sehen würde, wusste ich, ich war verknallt in dich.«

»Ach, wirklich? Ich hatte keine Ahnung. Du warst immer wie ein Rüpel zu mir.«

»Genau.«

»Nennt man so etwas männliche Logik?«

»Vielleicht auch zuviel Alkohol. Ich hab einiges getrunken heute Abend. Ich rede viel zu viel Unsinn.«

»Es stimmt aber, was du gesagt hast, oder?«

Er lachte kurz auf. »Ja, es stimmt schon. Aber mein Gott, es ist so lange her. Alles vergeht so furchtbar schnell, findest du nicht?«

Sie nickte.

»Es gibt einen Spruch: ›Lebe jeden Tag, als wäre es dein Letzter.‹ Aber das ist kompletter Unsinn, weißt du. Würdest du wissen, dass es dein letzter Tag ist, könntest du ihn gar nicht genießen. Und wenn du wirklich jeden Tag nach diesem Prinzip leben würdest, dann würdest du dich überhaupt nicht um morgen kümmern, und das wäre ein Fiasko. Du würdest jedem deine Meinung sagen, nicht mehr zur Arbeit gehen … es wäre eine Katastrophe.« Er seufzte. »Ich gehe jetzt lieber wieder hinein, bevor ich an meiner eigenen Philosophie ersticke.«

Nirvana hörte noch eine Weile den Wellen zu und dachte über Boris' Sätze nach.

Während der vierzigminütigen Fahrt nach Hause sprachen Nirvana und Arsen nur einen Satz miteinander, nämlich: »Hast du getankt?«

Wenn sie gewusst hätten, was morgen auf sie zukommen würde, wären sie nicht so ruhig gewesen.

Sag nicht hopp, bevor du springst

Nirvana erwachte mit heftigen Kopfschmerzen. Wahrscheinlich war der Wein Schuld daran. Sie hatte ein wenig über den Durst getrunken und kaum etwas gegessen. Vorsichtig richtete sie sich auf und stützte sich mit den Füßen am Holzboden ab. Eine Weile saß sie so da, den Kopf zwischen den Händen, bemüht, das Bett zu verlassen. Schließlich stand sie auf und warf einen Blick über die Schulter zu Arsen, der noch im Tiefschlaf auf dem Bauch lag. Ein dünner Faden Spucke lief ihm aus dem leicht geöffneten Mund. Sie streckte sich und schob den dunklen Vorhang beiseite, um das Fenster zu öffnen, bevor sie in die Küche ging und Frühstück machte. Nachts schlossen sie das Fenster immer, weil es zur Straße hinausging; stattdessen ließen sie die Tür geöffnet. Sie rieb sich die Augen und dachte, nicht richtig zu sehen. Zwei Polizeiautos und etwa zehn Polizisten standen vor Ljiljanas Haus. Das Haus war sozusagen umstellt. Einige der Polizisten schrieben, andere suchten das Gelände ab und zwei oder drei weitere unterhielten sich mit Leuten aus dem Dorf. Für einen Moment war sie davon überzeugt, noch im Bett zu liegen und zu träumen. Weder Ljiljana noch Boris waren irgendwo zu sehen, aber in der Erde, etwa drei Meter von den Stufen und fünf Meter vom Schuppen entfernt, steckten Stäbe. Und mitten zwischen diesen Stäben … lag jemand!

»O … Gott!« Sie fuhr zu ihren schlafenden Mann um. »Arsen! Arsen, wach auf!«

Er murmelte etwas und drehte sich auf die andere Seite.

»Arsen! Bei Ljiljana ist irgendetwas passiert. Da liegt jemand … Arsen!«

»Was?« Er war sofort hellwach und sprang mit einem Satz aus dem Bett. »Was redest du da?« Er kam zu ihr ans Fenster. Auf der rechten Wange hatte er rote Knitterfalten. Die beiden sahen hinüber zu Ljiljanas Haus und auf die am Boden liegende

Person. Man konnte kaum etwas erkennen, da alle möglichen Leute um ihn herum standen.

»Was ist denn da los?«, rief Arsen.

»Komm, wir ziehen uns an und gehen rüber.« In Windeseile zogen sie ein paar Kleidungsstücke an. Zu spät merkte Nirvana, dass es die Kleider vom Vorabend waren. Arsen stürmte in Lukas guter Hose und dem fleckigen, weißen Hemd nach draußen. Er machte sich gar nicht erst die Mühe, auf seine Frau zu warten. Nirvana wunderte sich ein bisschen über seine Aufregung. So kannte sie ihn gar nicht. Aber ihre Kopfschmerzen waren auf einmal wie weggeblasen.

Arsen lief geradewegs auf die Gruppe von Menschen zu und fragte, was passiert sei. Nirvana hastete keuchend hinter ihm her.

»Boris ist ermordet worden«, berichtete Marinka nüchtern.

Arsen und Nirvana starrten ungläubig auf Boris' leblosen Körper. Nirvana konnte den Blick nicht abwenden. Vor ein paar Stunden noch hatte sie mit ihm gesprochen. Vor ein paar Stunden noch hatte er ihr gesagt, dass er mal verliebt in sie war.

Boris wurde von einem Mann untersucht, der durchsichtige Handschuhe trug.

»Der Gerichtsmediziner«, flüsterte Marinka den beiden Neuankömmlingen zu.

Boris' Kopf sah grauenhaft aus. Er lag auf dem Bauch und sein Gesicht war vollkommen mit Blut bedeckt. Ein Mann machte kaugummikauend Fotos von der Leiche.

Renata schob sich an den Leuten vorbei, zu Nirvana und Arsen. »Stellt euch das mal vor. Ein MORD! Bei uns!«

»Der Arme«, meinte Tanja. »So einen Tod hat niemand verdient.«

»Ja, schlimm.« Anitas schrille Stimme passte wie so oft nicht zu dem, was sie sagte. »Unheimlich schlimm!«

Eine ganze Weile standen alle so da und schauten in Ljiljanas blutigen Garten.

»Es ist einfach schrecklich.« In Ines' Stimme war ein Anflug von Larmoyanz, besonders weil jeder wusste, dass sie sich selbst immer die Nächste war. Kein Wunder, dass sie Anitas beste Freundin war.

»Unglaublich.« Nirvana schüttelte den Kopf. Sie sah Arsen an.

Er schien verblüfft zu sein. »Warum? Und wer?« Abwesend zuckte er mit den Schultern, um sein Unverständnis zu untermauern.

»Keine Ahnung«, murmelte Renata. »Die Polizei ist nicht gerade gesprächig. Die reden nur untereinander. Hin und wieder stellen sie uns eine alberne Frage, aber Antworten geben die keine.«

Ines konnte diese Gelegenheit natürlich nicht auslassen. Sie war heilfroh, sich in den Mittelpunkt stellen zu können. »Ich habe vorhin gehört, wie einer zu dem andern sagte«, dabei verstellte sie ihre Stimme und sprach etwas tiefer, »›dem wurde ordentlich auf dem Schädel gehauen. Wahrscheinlich mit dieser Axt.‹ Dabei hatte er auf die Axt gezeigt, die im Gras gelegen hatte. Mittlerweile haben sie das Ding weggeräumt.«

»Mit einer Axt!« Marinka redete wieder einmal in Zeitlupe. »Dem hat man einfach den Schädel gespalten. Und das alles ist wahrscheinlich während des Gassigehens passiert. Der ist ja in aller Herrgottsfrühe immer mit der Schantl gegangen.«

»Chantal«, verbesserte Anita. »Wo ist sie überhaupt?«

»Wer?«, fragt Marinka verwirrt, »Ljiljana?«

»Nein, Chantal.«

»Ist doch egal, wo der Pudel ist. Wahrscheinlich im Haus bei Ljiljana.«

Ines seufzte. »Gestern noch hat er geheiratet, der liebe Boris.«

»Nun mal halblang.«

Marinkas Worte ließen Ines ein bisschen zusammenzucken. »Wie du nur so gefühllos sein kannst.«

»Ich bin nicht gefühllos«, sagte Marinka sachlich, »aber lasst uns doch bitte nicht so tun, als wäre er unser aller Freund gewesen.«

»Aber tut jemand so etwas?« Nirvana konnte sich nicht vorstellen, wer Boris umbringen sollte. Selbst wenn ihn jemand nicht leiden konnte, aber ermorden? »Wer könnte denn Boris umbringen?« Nirvana sprach ihre Gedanken laut aus. »Er hat doch nicht etwas so Schlimmes gemacht, dass ihn jemand so dafür hassen könnte. Ich meine … nicht in letzter Zeit und …« Als sie die Blicke der anderen sah, die auf sie gerichtet waren, schwieg sie.

»Naajaa, ein Motiv muss jedenfalls vorhanden sein«, meinte Marinka weise. »Nach außen hin war er ausgeglichen und ruhig, aber stille Wasser reißen Berge auf, so heißt es.«

»Ljiljana war das Letzte, was Boris aufgerissen hat.« Renata mangelndes Taktgefühl war manchmal grenzenlos.

In diesem Moment bog ein Auto von der Dorfstraße ab und kam direkt auf sie zugefahren. »Wahrscheinlich der ermittelnde Inspektor«, raunte Marinka. Nirvana und Renata mussten über diese scharfsinnige Feststellung schmunzeln.

Aus dem roten Ford stieg ein etwa vierzigjähriger Mann. Seine blonden Haare waren nicht modisch kurz, sondern hingen etwas zerzaust herunter. Er war groß und hatte einen geraden Rücken. Durch seine Haltung wirkte er selbstbewusst und überlegen. In seiner schwarzen Jeans und der schwarzen Windjacke sah er jugendlich aus. Mit großen Schritten ging er auf den Polizisten zu, der gerade Fingerabdrücke vom Geländer nahm. Sie tuschelten. Der uniformierte Polizist nickte und lächelte für einen Moment. Der Zivile ging zum Gerichtsmediziner und dem toten Boris. Er bückte sich und sah sich die Leiche an. Der Gerichtsmediziner erzählte ihm etwas, aber leider viel zu leise, als dass die kleine Menge etwas mitbekommen konnte.

»Ljiljana ist zu Hause?«, fragte Nirvana die anderen.

»Ja«, antwortete Renata. »Sie ist natürlich völlig fertig mit den Nerven, die Arme.« Nirvana warf ihr einen verstörten Blick zu. Renata bedauerte sie? Sie konnte es unmöglich ernst meinen. Was war plötzlich mit ihren Nachbarinnen los? Lange würde diese Anteilnahme bestimmt nicht anhalten.

»Tja, es gibt wohl kaum etwas für uns zu tun«, meinte Arsen. »Die kommen schon auf uns zu, wenn sie Fragen haben.«

»Darauf kannst du wetten.« Marinka nickte wissend. Nirvana kam es vor, als hätte Marinka das alles schon einmal erlebt. Mit dem Tod hatte Marinka allerdings schon zu tun gehabt. Ihr Mann hatte einen tödlichen Herzinfarkt gehabt und ihr Sohn war vor vielen Jahren gestorben, als er nicht einmal drei Jahre alt war. Ihre Tochter war seit zwei Jahren im Kloster, was Marinka nur schwer verkraftete, weil sie bekennende Atheistin war.

Vedrana kam frisch geschminkt die Straße herunter. Sie sang *O sole mio* aus vollem Hals. Die Beamten wandten die Köpfe. Einige legten die Stirn in Falten, andere grinsten. Als sie an den Leuten vorbeikam, krächzte sie so laut, dass jeder es hören konnte: »Ja ja, Ljiljana. Vorbei ist's mit dem Wohlstand. Sag nicht hopp, bevor du springst.«

»Diese alte Hexe«, wisperte Ines vor sich hin.

»Ach, sie weiß doch nicht, was sie tut.« Nirvana hatte Mitleid mit ihr, wie immer.

»Das glaubst du doch nicht im Ernst.«

»Aber sicher. Sie ist krank, Ines.«

»Phhh. Und warum trifft sie dann so oft den Nagel auf den Kopf?«

Sie lachten auf. Das brachte ihnen einen rügenden Blick von ein paar Polizisten ein. Einer von ihnen schritt breitbeinig auf sie zu. Arrogant sagte er: »Gehen Sie jetzt nach Hause. Hier stören Sie im Moment nur.« Er warf ihnen noch einen strengen Blick zu, dann wandte er sich wieder ab.

Marinka schüttelte missmutig den Kopf. »Frechheit! Wir können uns doch nicht einfach so wieder in unseren Häusern verteilen. So, als wäre nichts passiert.«

»Ich will jetzt nicht allein sein«, sagte Tanja etwas verlegen. »Das klingt wahrscheinlich blöd, aber …«

»Nein«, winkte Ines ab. »Mir geht's genauso.«

»Wir könnten doch zu Nirvana auf die Terrasse.« Marinka lenkte mit ihrem Vorschlag alle Aufmerksamkeit auf sich. »Wenn Nirvana so nett wäre, uns einen Kaffee zu kochen, hätten wir von dort aus freie Sicht auf das Geschehen. Die können uns nicht von einer privaten Terrasse verjagen.«

Arsen verzog das Gesicht. »Also, ich weiß nicht. Was macht denn das für einen Eindruck?«

Marinka brummte. »Stell dich nicht an. Wir pfeifen auf einen guten Eindruck. Wir wollen den Mörder, und darüber sollten wir uns mal Gedanken machen.«

»Sie hat Recht«, meinte Tanja.«

»Finde ich eigentlich auch. Also, gehen wir.« Anita hielt es nicht für nötig, Nirvana den Vortritt zu lassen. Arsen zuckte mit den Schultern und sah ziemlich hilflos aus. Sabina, die bisher nur zugesehen und kein Wort gesagt hatte, verabschiedete sich höflich mit den Worten, sie hätte etwas auf dem Herd. Sabina und Marinka redeten seit vielen Jahren nicht mehr miteinander.

So zog die Menschentraube zu Nirvana auf die Terrasse. Arsen musste noch ein paar alte Stühle vom Dachboden holen. Nirvana kochte Kaffee und bot Kekse und Salzstangen an.

»Der Bulle sieht nicht schlecht aus, was?« Renata biss gierig in einen Keks.

»Gut, dass dein Mann nicht hier ist«, bemerkte Marinka.

»Ich finde, er hat ein bisschen was Feminines.« Ines schubste ihre Freundin an. »Anita, friss nicht gleich die ganzen Kekse auf.«

»Ach ja. Wenn ich anfange zu essen, vergesse ich mich manchmal völlig.«

»Seht mal«, meldete sich Tanja zu Wort. »Der Inspektor, oder was immer der auch ist, redet mit dem Gerichtsmediziner und schüttelt dauernd den Kopf. Er sieht irgendwie … schockiert aus.«

»Na, ich weiß nicht, ob jemand bei dem Job noch schockiert sein kann.« Marinka machte einen langen Hals. »Ich sag's ja ungern, aber die schütteln die Köpfe, seit sie uns hier sitzen sehen. Ich glaube, die halten uns für neugierig.«

»Warum wohl?« murmelte Arsen und verdrehte die Augen.

»Was glaubt ihr, wer der Mörder ist?« Marinkas Frage erregte Verwirrung.

»Na, woher sollen wir das denn wissen?«

»Ines, du weißt doch sonst immer alles. Warum also das nicht?«

»Sehr witzig«, raunte Ines.

»Ich glaube, es war ein Psychopatt.« Die letzte Silbe des Wortes sprach sie kurz aus.

»Psychopaath«, verbesserte Ines.

»Ja, das ist meine Meinung. Einer, der durch und durch ein Psychopatt ist.«

Einige grinsten, die anderen lachten.

»Glaubt ihr nicht?« Sie setzte sich kerzengerade hin. »So was *kann* nur ein Psychopatt machen.«

Jetzt lachten alle. Marinka zog die Augen zusammen und blickte vorwurfsvoll in die kleine Menge. »Ein Normaler war's wohl kaum, ihr Hohlköpfe.«

»Du hast ja Recht«, meinte Arsen, »aber keiner von uns weiß, wer's war.«

»Hmm, einer vielleicht schon.«

Anita erstickte beinahe an ihrem Keks. »Was? Du glaubst doch nicht etwa, dass der Mörder hier in unserem Dorf zu finden ist?«

»Na, wo denn sonst, Frau Einstein?«

»Einer von uns?« Tanja hielt bebend ihre Mokkatasse in die Luft.

»Sehen wir doch den Tatsachen ins Auge.« Marinka sah die anderen mitleidig an. »Der Mörder ist hier in Mala Šuma. Etwas anderes ist sehr unwahrscheinlich.«

»Unwahrscheinlich heißt nicht unmöglich.« Anita gab die Hoffnung nicht auf.

»Vielleicht war es ein Unfall«, warf Nirvana zögernd ein.

»Ein Unfall?«, wiederholte Marinka gedehnt. »Sicher, er ist ausgerutscht und zufällig auf die Axt gefallen, die mit der Klinge nach oben auf dem Boden lag. Dann ist er nochmal samt der Axt im Kopf auf dem Boden gefallen und …«

»War nur so ein Gedanke.«

»Wahrscheinlich war der Mord nicht geplant«, meinte Arsen nachdenklich. »Sonst hätte er doch keine Axt benutzt, sondern hätte geschossen. Das ist viel professioneller.«

»Und wie!« Marinka warf ihm einen kurzen Blick zu. »Innerhalb von zehn Sekunden wären alle Nachbarn ans Fenster gestürmt, wenn sie einen Schuss gehört hätten. Der Typ wäre nicht mal bis zu seinem Auto gekommen, und wir hätten ihn schon erkannt.«

»Ich glaube trotzdem, dass der Mord nicht geplant war«, meinte Arsen.

»Und ich glaube genau das Gegenteil.« Renata schob die Finger ineinander und holte tief Luft. »Der Mord war hundertprozentig geplant! Ein cleveres Bürschchen, das einen Killer angeheuert hat.«

»Jetzt fangen wir aber an, Unsinn zu reden«, winkte Ines ab. »Ein Auftragsmord, also wirklich! Boris war doch nicht bei der Mafia.«

O Gott! Der Typ, der neulich hier war! Nirvana erinnerte sich. Schwarzgekleidet mit Sonnenbrille … Er hatte bei Ljiljana geklingelt. Vielleicht hatte er Boris gesucht. Ganz bestimmt sogar.

»Wir sind doch nicht in New York, Mensch.«

»Ines, Mord gibt's nicht nur in New York.« Anita verdrückte ihren ungefähr zwanzigsten Keks. Sie schob ihren gehäkelten Pullover gerade, den sie von Ines bekommen hatte und wischte sich einige Krümel von der Brust.

»Mir macht das alles Angst«, sagte Tanja leise. »Vielleicht wird es ein nächstes Opfer geben.«

»Quatsch«, bellte Ines.

»Und wenn doch? Wer wird es sein?«, meinte Tanja mit zittriger Stimme.

»Hoffentlich nicht ich«, meinte Anita sogleich.

Marinka setzte laut ihre Tasse auf der Untertasse ab. »Es wird kein nächstes Opfer geben. Jemand hat Boris gehasst, deswegen hat er ihm den Schädel gespalten. Basta!«

Die anderen nickten und starrten auf ihre Schuhe.

»Ähm, vor ein paar Tagen, da …«, Nirvana rutschte auf ihrem Stuhl herum, »da war so ein komischer Typ hier. Er ist aus einem schwarzen Auto gestiegen und hat bei Ljiljana geläutet. Er sah richtig mafiamäßig aus, wirklich. Schwarze

Kleidung, Sonnenbrille, ziemlich arrogant. Hat mich blöd angeredet.«

»Kennst du ihn?«, fragte Anita.

»Nein, ich hab ihn nie vorher gesehen.«

»Was hat er denn zu dir gesagt?«, wollte Ines wissen.

»Ich soll nicht so blöd schauen, ich Dorftrampel. Irgend so was.«

»Also, wenn das nicht hochinteressant ist«, bemerkte Marinka, »das musst du natürlich der Polizei erzählen.«

»Und was, wenn ich ihn identifiziere und er mich dann umbringt?«

»Dann wird er wegen Doppelmordes angeklagt.« Marinka grinste. »Kleiner Scherz am Rande. Unsinn, dann schnappen sie ihn doch. Die Polizei darf sowieso nicht sagen, wer ihn infiziert hat.«

»Identifiziert«, verbesserte Tanja. Die anderen grinsten wieder.

»Meinetwegen«, meinte Marinka pikiert.

»Warum hast du mir das nicht erzählt?«, fragte Arsen vorwurfsvoll.

Nirvana blieb ihm eine Antwort schuldig. Sie war im Moment zu sehr mit sich selbst beschäftigt. Sie hatte den Mord geträumt. Nein, sie hatte darin nicht Boris erkennen können, aber der Schlag auf den Kopf und die Tatsache, dass sie von einem Mord geträumt hatte. Sie würde nichts sagen. Die anderen könnten sie für eine Spinnerin halten – oder noch schlimmer – für eine Lügnerin. Sie könnten denken, sie mache sich wichtig.

»Endlich ein würdevolles Essen«, meinte Arsen zufrieden zwischen zwei Bissen Gänsekeule. Die Nachbarn waren vor einer Stunde gegangen und während Nirvana das Essen zubereitet hatte, räumte Arsen die Terrasse auf. »Diese Diskussion hat mich fertig gemacht. Wir haben tausend Hypothesen aufgeworfen und nichts ist dabei herausgekommen.«

»Was sollte dabei auch herauskommen? Hast du erwartet, dass wir den Mord aufklären?«

Er schüttelte den Kopf. »Wir haben eine Menge dummes Zeug geredet und uns gegenseitig bloß noch mehr verwirrt.«

»Irgendwie hat es mir gut getan.« Sie sog den würzigen Duft des Essens ein. Es roch köstlich, aber sie hatte keinen Appetit. Ihr ging es wie Tanja. Sie hatte ein mulmiges Gefühl. »Glaubst du, wir sind sicher?«

Arsen schob sich ein großes Stück Fleisch in den Mund. »Marinka hat Recht mit ihrer Annahme. Es ging um Boris. Das ist alles. Nicht mehr und nicht weniger.« Er sah seine Frau nachdenklich an. »Tut mir schon irgendwie Leid um ihn.«

»Ja, mir auch.«

Sie aßen eine ganze Weile schweigend, hörten nur das Radio, das im Hintergrund leise eine Liebesschnulze spielte. Sollte sie ihm jetzt den Traum erzählen? Wie würde er reagieren? Sie wollte es loswerden. Aber Arsen würde sie nicht ernst nehmen. Sie stocherte in ihrem Essen herum und schwieg.

»Wir sollten heute mal zu Eliza und Luka rüber gehen«, sagte Arsen, »es interessiert mich, was dieser Arzt gesagt hat.«

»Eliza nimmt ja eine ganz schöne Tortur auf sich. Sie hat schon etliche Untersuchungen über sich ergehen lassen.«

Arsen blickte sie an, als hätte sie etwas Dummes gesagt. »Hast du einen besseren Vorschlag? Die beiden wollen Kinder und es klappt nicht. Er hat sich doch auch schon untersuchen lassen und die haben ihm gesagt, es liegt nicht an ihm. Also?«

Nirvana schluckte den Salat hinunter. »Woher wissen wir, dass sie überhaupt Kinder will? Vielleicht will Luka unbedingt Kinder, aber sie nicht. Mir kommt es manchmal vor, als mache sie das nur wegen ihm.«

Arsen schüttelte wieder einmal den Kopf über sie. »Blödsinn. Jeder will Kinder.«

Sie seufzte, tief und laut. »Das ist doch nicht wahr! Wer sagt das eigentlich? Wieso glaubt ihr Männer nur alle, dass jede Frau Kinder haben will oder dass jede für Kindererziehung geeignet ist?«

»Nirvana, ich bitte dich. Das ist die Natur. Sonst hätte sie nur einige Frauen mit einer Gebärmutter ausgestattet.«

»Ach, komm.« Sie spülte ihren Ärger mit Arsens Bier hinunter. Er sah der goldenen Flüssigkeit traurig nach. »Luka ist wirklich ein netter Kerl und du weißt, dass ich ihn mag, aber ich finde, er sollte mal darauf hören, was seine Frau will. Nicht nur, was *er* will.«

Arsen schob das Bierglas so unauffällig wie möglich wieder auf seinen Platz zurück. »Ich glaube, du dramatisierst das Ganze etwas.«

»Du glaubst immer das Gegenteil, von dem, was ich glaube.« Nirvanas Stimme war ruhig, aber Arsen kannte sie gut genug, um den Ärger darin zu erkennen.

Am Nachmittag gingen sie zu Eliza und Luka. Das Haus war schon ziemlich alt. Lukas Großeltern hatten es gebaut, aber Luka steckte viel von seiner Freizeit und seinem Fleiß in das Haus. Seit ein paar Monaten hatte es einen neuen Anstrich, hellblau mit weißen Rändern um die Fenster.

Der Renault von Arsens Eltern stand in der Einfahrt. »Oh, die Alten sind auch da.«

»Nenn sie doch nicht immer so. Du bist kein Teenager mehr.«

Sie stiegen aus und klingelten. Niemand öffnete. »Na so was.« Arsen verzog erstaunt die Lippen. »Das verstehe ich ni …« Schritte waren zu hören, dann wurde zaghaft die Tür geöffnet. Elvira, Nirvanas Schwiegermutter, stand verheult in der Tür. Im ersten Moment dachte Nirvana, sie weine wegen Boris, aber dann fiel ihr ein, dass ihre Schwiegermutter Boris kaum kennen konnte. Arsens Eltern wohnten in der Stadt. »Was ist denn hier los?«, fragte Arsen heute schon zum zweiten Mal.

»Kommt erst mal rein«, quetschte Elvira hervor. Nirvana schloss die Tür hinter sich, dann gingen sie beide hinter Elvira her. Sie sahen einander verwirrt an.

Als sie ins Wohnzimmer kamen, waren dort auch Arsens Vater, Luka und, im Sessel zusammengekauert, Eliza. Ihr Vater und ihr Mann sahen besorgt aus. Eliza heulte leise vor sich hin. Nirvana wollte nicht die Erste sein, die die Stille brach. Endlich begann Luka: »Wir waren bei diesem Spezialisten.« Nirvana und Arsen nickten. »Er hat bei den Untersuchungen festgestellt, dass sie keine Kinder bekommen kann.«

»Oh, das tut mir Leid.« Das war alles, was Nirvana herausbrachte. Angestrengt versuchte sie, etwas Sinnvolles zu sagen, aber ihr Kopf war merkwürdig leer. Sie blickte auf die vollgestopfte Vitrine und fragte sich, warum die Frauen so viel Kristall und Geschirr sammelten, wenn sie es ohnehin nie benutzten. Die billigen Sachen wurden verwendet und die edlen Geschenke waren nichts als Staubfänger, für alle sichtbar.

Arsen ging auf seine Schwester zu. Sie hatte noch nicht aufgeschaut, seit sie im Raum standen. Nirvana konnte Arsens Gesicht nicht sehen, er drehte ihr den Rücken zu. Langsam kniete er sich neben Elizas Sessel und schob ihr seine Hand entgegen. Sie nahm sie und verdeckte sie unter ihrem langen, dunklen Haar. Sie weinte nun ein bisschen lauter. Anscheinend hatte Eliza doch einen großen Kinderwunsch gehabt, aber auf Nirvana wirkte die ganze Situation fast lächerlich. Sie schämte sich dafür, versuchte, sich in Eliza hineinzuversetzen, doch es gelang ihr nicht.

»Was hat denn der Arzt noch gesagt?«, fragte Nirvana. Sie fühlte sich in solch einer dramatischen Atmosphäre unwohl und suchte nach einem Lichtblick.

»Die sagen, es wäre unmöglich. Diese Untersuchung war die gründlichste.« Ljubos Stimme klang deprimiert. Er sah seine Tochter Eliza und seinen Sohn Arsen an und ihm traten die Tränen in die Augen.

Nirvana schüttelte den Kopf, dann begriff sie, dass sie es wegen Ljubos Theatralik tat, und nicht wegen Elizas Ärzten.

»Komm, wir trinken einen Kaffee zusammen.« Luka nickte Nirvana zu und ging Richtung Küche. Sie folgte ihm.

Der Küchentisch war überfüllt mit Zeitungen, vollen Aschenbechern und Tassen. Eliza war noch nie eine ordentliche Hausfrau gewesen, weshalb sie bei den Frauen im Dorf nicht den besten Ruf hatte. Eine gute Hausfrau zu sein war wichtig, um auf einer gewissen Beliebtheitsskala oben zu stehen. Elizas

Freundinnenkreis bestand hauptsächlich aus alten Schulfreundinnen. Es war ihr nicht so wichtig, von den anderen Frauen in Mala Šuma gemocht zu werden. Ihre freundliche und diskrete Art wurde vielleicht nicht geliebt, aber geschätzt. Eliza hasste Klatsch – und das machte sie für die meisten langweilig. Eine, die so gar nicht klatschte, war für die Frauen in Mala Šuma wie ein Huhn, das keine Eier legte.

»Möchtest du deinen Kaffee schwarz?«, fragte Luka vom Herd aus, neben dem die Kaffeemaschine stand. Eliza und Luka waren wohl die Einzigen im Dorf, die eine Kaffeemaschine hatten. Alle anderen kochten den Kaffee immer noch in einer Kanne, so wie es die Türken vor mehreren hundert Jahren auf dem Balkan eingeführt hatten. Nicht nur die Art der Kaffeezubereitung hatten die Türken hinterlassen, sondern auch Wörter und Ausdrücke, die nicht nur von den Muslimen in Bosnien weiter gepflegt wurden, sondern auf dem ganzen Balkan.

Nirvana hatte gar nicht bemerkt, dass sie sich bereits gesetzt hatte. »Ja. Ich könnte einen so starken Kaffee vertragen, dass der Löffel drin stecken bleibt.« Unter normalen Umständen hätte Luka wahrscheinlich jetzt gelacht. Sein Gesicht blieb aber ernst und traurig. Er schenkte ihr den Kaffee in eine kleine Blümchentasse und ließ dabei seinen Kopf müde hängen.

»Hast du einen Cognac oder so was?«, fragte sie zaghaft.

Er sah sie verwundert an. »Ja, natürlich.« Er holte zwei winzige Gläser aus dem Hängeschrank und kam damit an den Tisch. Die kleinen Gläser waren für alle möglichen starken Schnäpse gedacht, und die schönen Cognacschwenker blieben wie immer in der Vitrine.

Nachdem er eingeschenkt und den dampfenden Kaffee vor Nirvana hingestellt hatte, nahm er ihr gegenüber Platz. Die Flasche stand wie ein drohender Zeigefinger zwischen ihnen. Luka seufzte und strich sich mit seinen schlanken Fingern die Haare aus der Stirn. Er hob das winzige Glas. »Trinken wir auf meine Frau.«

»Auf Eliza.« Sie hob ebenfalls ihr Miniaturglas und leerte es mit einem Zug. Kleinmütig schnappte sie nach Luft, so unauffällig wie möglich, um vor Luka nicht als unbeholfenes Mädchen dazustehen. »Ich hätte nicht gedacht, dass Eliza das so schrecklich treffen könnte. Sie ist ja nicht krank oder so. Viele Ehepaare können keine Kinder bekommen.«

Er warf ihr einen Blick zu, der gleichzeitig hilflos und genervt war. »Während wir beide hier sitzen, wird deinem Mann von Elvira und Ljubo gerade die Trauerversion erzählt. Darauf wette ich. Die heulen die ganze Zeit und machen meine Frau damit vollkommen fertig. Ja, natürlich hat der Arzt gesagt, sie kann keine Kinder bekommen. Verdammt nochmal!« Er donnerte mit der Faust auf den Tisch. Nirvana zuckte zusammen. »Er hat es uns erklärt.« Luka hielt inne und stützte seinen Kopf ab. »Aber ich bin deswegen nicht deprimiert. Und Eliza war es bis heute Morgen auch nicht. Wir haben die ganze Nacht geredet.« Er schenkte Cognac nach und sie tranken ihn sofort aus. »Dann kamen Elvira und Ljubo heute Morgen. Als sie es erfuhren, brachen sie zusammen und fingen an zu heulen. Als hätten sie erfahren, dass morgen die Erde explodiert. Seitdem ist Eliza nur noch fertig.«

»Ach, Luka.« Nirvana schüttelte traurig den Kopf. »Es ist sicher nicht einfach für euch.«

»Es geht so.« Er schenkte nochmal Cognac nach.

»Luka, vielleicht sollten wir nicht …«

»Trink! Das Leben ist ungerecht. Weißt du, was mein Vater immer sagte? ›Was im Leben wirklich zählt, ist Anstand, Ordnung und Aufrichtigkeit.‹ Das hat er gesagt. Der Alte war nicht ganz dicht.«

Nirvana lachte und kippte den Cognac hinunter. Die Flasche hatte ihre Bedrohlichkeit verloren und Nirvana ihre Sprachlosigkeit. »Was glaubst du denn, was im Leben zählt?« fragte sie. Ihre Zunge wurde auf einmal schwerer. Durch das offene Fenster war Hundegebell zu hören.

Er zuckte mit den Schultern. »Keine Ahnung. Vielleicht fressen, saufen, rülpsen … Wer weiß das schon? Jeder denkt, er weiß es besser. Blödsinn! Keiner weiß es. Wir erfahren es, wenn wir sterben. Und vielleicht nicht mal dann.«

»Wenn du und Eliza irgendwas braucht, egal was, bitte scheut euch nicht, es uns zu sagen.«

»Hmhm.« Er nickte und lächelte schwach.

»Ist es schlimm für dich zu wissen, dass ihr keine Kinder bekommen werdet?«

»Es gibt Schlimmeres als das. Ich kann damit leben. Und Eliza wird auch damit leben können. Ich will nur nicht, dass Elvira und Ljubo hier jeden Tag rein spazieren und meiner Frau die Ohren volljammern.«

»Sollten sie das tun, dann wirst du Klartext mit ihnen reden müssen.«

»Darauf kannst du dich verlassen.«

Nirvana griff zur Flasche und füllte die kleinen Gläschen. Der Kaffee war inzwischen kalt geworden. »Hast du das mit Boris gehört?«

Er sah auf. »Was denn?«

»Sag bloß, ihr habt es noch nicht erfahren.«

Er verzog irritiert den Mund. »Nein. Was?«

»Er ist ermodelt … ähm … ermordet worden.« Sie sah Luka etwas verschwommen vor sich sitzen.

Luka riss die Augen auf. »Wie bitte? Ermodelt, ähm … ermordet?«

»Ja.« Nirvana riss sich zusammen. »Jemand hat ihm mit einer Axt auf den Schädel geschlagen.«

»Das gibt's doch nicht. Weiß man schon, wer's war?«

»Nein.«

»Mein Gott, das ist … aufregend … ein Mord in Mala Šuma! Einfach unheimlich schrecklich, wie Anita jetzt sagen würde. Aber warum sollte jemand den armen Kerl ermorden? Außer vielleicht, Ljiljana war es. Sie ist ein bisschen gierig und fein geworden … in letzter Zeit.«

»Genau aus dem Grund war sie es wohl nicht. Was soll sie mit einem toten Boris anfangen? Er hat verdammt gut verdient und jetzt kommt kein Geld mehr rein. Verstehst du? Ihr kann es dadurch nur schlechter gehen.«

»Ach so?«

Sie nickte. »Aber sicher.«

Die Tür wurde geöffnet. Arsen stand plötzlich neben ihr. Nirvana hob den Kopf, aber sie konnte ihn nur unklar erkennen. Er blickte abfällig auf sie hinunter. »Du bist ja betrunken!«

»Ja, das glaube ich auch«, gab sie matt zurück.

Arsen warf seinem Schwager einen missbilligenden Blick zu, bevor er sich wieder seiner Frau zuwandte. »Eigentlich wollte ich noch bleiben, aber ich möchte mich vor meinen Eltern nicht mit dir blamieren. Also, komm. Wir gehen nach Hause!«

»Rede nicht in diesem Ton mit mir.« Sie musterte ihn geringschätzig.

Arsen sah sie ein paar Sekunden fassungslos an, dann brüllte er: »Mit so einem Benehmen erwartest du auch noch respektvolle Untergebenheit oder was?«

»Ach, leck mich ...« Sie sah wieder geradeaus.

Luka blickte sie überrascht an. Er war so etwas von Nirvana nicht gewöhnt.

Arsen schoss aus der Küche und kaum war er wieder im Wohnzimmer, rief er: »Tut mir Leid, aber ich muss gehen. Meine Frau ist nämlich besoffen.«

Von seinen Eltern kam kein Ton.

Luka stand auf und ging ebenfalls ins Wohnzimmer. Eliza blieb sitzen, wo sie war. Nirvana konnte Lukas Stimme hören: »Nun reg dich ab, Arsen. Ist doch alles nicht so schlimm. Ich brauchte das jetzt, und Nirvana war da und hat mir Gesellschaft geleistet. Was ist daran so schlimm? Außerdem hat sie mir von der Sache mit Boris erzählt.«

»Wieso?«, hörte sie Eliza fragen, »was ist denn mit Boris?«

»Stell dir vor«, sagte Luka mit schwerer Zunge, »jemand hat ihn umgebracht.«

Nirvana goss sich noch einen Cognac ein und trank ihn seelenruhig aus.

Arsen schlief längst. Auch er hatte sich lange hin und her gewälzt, doch irgendwann hatte die Müdigkeit gesiegt. Er lag neben ihr. Gleichmäßig und ruhig war sein Atem. Den ganzen

Abend hatte er nicht mit ihr gesprochen. Sie hatte keine Antworten auf ihre Fragen bekommen und keinen einzigen Blick beim Abendessen. Manchmal konnte er gnadenlos sein.

Sie waren nach Hause gegangen. Eliza hatte sich zu diesem Zeitpunkt etwas beruhigt. »Ich habe gehört, wir ihr gelacht habt«, warf Arsen ihr vor.

»Ja. Die Situation wurde unerträglich ernst und rührselig …«

»Rührselig?« Dann schrie er wie ein Besessener: »Meine Schwester ist am Boden zerstört und du kannst diese rührselige Situation nicht ertragen?«

»Das habe ich nicht gemeint«, hatte sie zu erklären versucht.

»Halt's Maul, Mann!«

Sie starrte zur Decke. Jetzt konnte sie den Fleck an der Decke nicht sehen, weil es dafür zu dunkel war.

Wie wunderbar sie sich früher verstanden hatten. Manchmal hatten sie so gelacht, dass ihnen der Bauch weh tat. Sie hatten gespürt, wie der andere fühlte, gewusst, was der andere dachte. In der Schwangerschaft war Arsen fünfzig Kilometer weit gefahren, um Erdbeeren für sie zu besorgen. Er hatte ihr die Beine massiert, in denen sich das Wasser staute und ihr gesagt, wie glücklich er war, dass gerade sie die Mutter seines Kindes sein würde.

Das alles würde er heute nicht mehr tun.

War das wirklich derselbe Arsen gewesen? Manchmal zweifelte sie daran. Es war, als hätte sich Arsen über die Jahre immer mehr verabschiedet, jedes Jahr ein Stückchen mehr, und an seine Stelle war dieser ungute Mann gekommen, der sich auch Arsen nannte. Vielleicht ein Fluch, oder ein geschickter Personentausch? Aber nein, es war wohl nur das zwangsläufige Ergebnis einer neunzehnjährigen Ehe. Seither sahen sie sich jeden Tag, verbrachten die Wochenenden zusammen und die Abende und die Nächte … Er war ihrer überdrüssig. Und sie? Sie war so an ihn gewöhnt. Wie würde ein Leben ohne ihn aussehen? Vielleicht erwartete sie zu viel? Vielleicht erwarteten die Menschen überhaupt zu viel von der Ehe. Die Verliebtheit am Anfang, weil alles noch fremd an dem anderen ist, was ihn interessant macht. So viel, das es noch heraus zu finden gibt. Dann möchte man

Vertrautheit, einen besten Freund an seiner Seite und man fängt an ums Geld zu streiten und man muss sich mit einer Familie auseinandersetzen, die man nicht unbedingt dazu haben wollte; als wäre man mit der eigenen Familie nicht genug geschlagen. Und diese sexy Fremdheit am Anfang verflüchtigt sich. Irgendwann entsteht doch diese Vertrautheit. Aber fremd und vertraut gleichzeitig geht nicht, das ist so unmöglich wie süßes Salz.

An Schlaf war nicht zu denken, Nirvana war hellwach. Ein letzter Seufzer, dann schlug sie die Bettdecke zurück und stand auf. In der Küche schaltete sie die kleine Lampe über dem Herd an. Es war viertel vor eins und es war ein grauenhafter Tag gewesen. Sie ging in den Flur und spähte durch die Rollos, weil sie Ljiljanas Haustür gehört hatte. Ljiljana stand da im Pyjama und gähnte. Chantal schnüffelte im Gras herum und hob ein Bein. Ljiljana rief nach ihr. Sie klang müde. Chantal trippelte die Treppe hoch und Ljiljana schlug die Tür ins Schloss. Die Hündin hatte gerade noch den Schwanz einziehen können.

»Blöde Kuh«, murmelte Nirvana vor sich hin. Boris musste spät abends und früh morgens durch das Dorf spazieren, und Ljiljana ließ das Tier abends nur zum Pinkeln raus. Nirvana konnte es nicht leiden, wenn Leute sich Tiere hielten und sich dann nicht anständig um sie kümmerten. So lächerlich Boris mit Chantal an der Leine auch gewirkt hatte, Ljiljanas Egoismus jedenfalls war unerträglich.

Ob Renata noch wach war? Sie ging nie früh zu Bett. Vielleicht hatte Renata Lust auf ein kleines Pläuschchen? Das Telefon würde die anderen nicht wecken, weil es leise war und fernab von den Kinderzimmern stand. Außerdem wollte sie wissen, ob Renata von Elizas Unglück gehört hatte. Aber dann hätte sie sicherlich angerufen. Nirvana nahm den Apparat in der Küche und wählte, während sie sich wieder auf den Küchenstuhl setzte und ihren Kakao trank.

»Hallo?« Renatas Stimme klang so überrascht, dass Nirvana lachen musste.

»Ich bin's.«

»Hey, was ist denn los? Alles in Ordnung?«

»Nein, eigentlich nicht. Ich kann nicht schlafen. Hab ich dich geweckt?«

»Nein, ich schau mir gerade eine alte Krimiserie an.«

»Hast du heute nicht genug Krimi gehabt?«

»Mein Gott, was für ein Tag!«

»Hast du das mit Eliza gehört?«

»Mit Eliza? Nein, was denn?« Renata schien gerade einen Apfel zu essen.

Nirvana erzählte.

»Wie bei meiner Mutter.«

»Bei deiner Mutter?«

»Ja. Sie konnte nach mir auch keine Kinder mehr bekommen.«

»Das ist ein bisschen etwas anderes. Sie hatte wenigstens dich.«

»Ja, sicher. Aber ich dachte, medizinisch hätte sich da einiges getan. Heute können die doch alles machen.«

»Soviel hat sich nicht verändert, meine Liebe. Jedenfalls nicht in Kroatien. Die guten Ärzte suchen das Weite und gehen ins Ausland, weil sie nichts verdienen. Und auch wenn du hier an einen guten Arzt gerätst, verlangt er Cash. Ach, komm, das weißt du doch. So läuft das immer noch.«

»Mich kotzt das alles so an, sage ich dir. Ich würde alles geben, wenn ich von hier abhauen könnte.« Es klang, als ob Renata es ernst meinte.

»Ich würde niemals von hier fort gehen.«

»Warum nicht?«

»Weil ich hier zu Hause bin und ich nicht woanders leben könnte«, meinte Nirvana scharf. »Manche Leute machen es sich ganz schön einfach.«

»Und warum nicht? Warum sollte man es sich unnötig schwer machen? Mein Vater bekommt sechshundert Kuna Rente.«

»Glaubst du, meiner bekommt mehr?«, fragte Nirvana etwas zu laut.

»Warum würdest du dann nicht gehen, wenn du könntest?«

»Weil ich in Kroatien zu Hause bin.«

»Das ist kein Argument. Du kannst auch dort zu Hause sein, wo du dich wohl fühlst.«

»Wenn jeder gehen würde, was wäre dann, hm? Kannst du mir das sagen?«

»Na ja, weiß ich auch nicht.« Nirvana hörte das Feuerzeug klicken. »Früher haben wir uns an Belgrad dumm und dämlich gezahlt und jetzt an Zagreb. Wir an der Küste machen den Tourismus und die anderen fordern nur. Ich kann dir nicht sagen, wie mich das alles nervt.«

»Vielleicht erwarten wir einfach zu viel. Ich weiß auch nicht.«

»Ich möchte jedenfalls nicht zurück«, warf Renata schnell ein. »Ich bin froh, dass Kroatien unabhängig ist.«

»Mir ist es egal, unter welcher Flagge ich lebe.«

»Ich weiß, aber den meisten Leuten ist es das nicht, und das musst du auch verstehen.«

»Ich habe noch nie patriotisch gefühlt.«

»Ich schon. Ich möchte nichts anderes als Kroatin sein.«

»Aha. Aber du würdest sofort die Koffer packen, wenn du verschwinden könntest.«

»Na und?« Renata blies den Rauch aus. »Das eine schließt das andere doch nicht aus.«

»Weißt du, was ich nicht verstehe? Unsere wirtschaftliche Lage ist zum Verzweifeln, aber wenn du dich mal in der Stadt umsiehst, siehst du jedes zweite Auto mit einer tollen Marke, nagelneu.«

»Was gibt's denn da nicht zu verstehen? Die Küste ist doch voll mit Seefahrern. Jede Familie hat irgendjemanden, der zur See fährt.«

»Ich könnte das nicht. Alle sechs oder sieben Monate ist der Mann für zwei Monate zu Hause, dann fährt er wieder, und die Frauen bleiben mit den Kindern allein zurück und kümmern sich um alles.«

Renata biss wieder in ihren Apfel. »Na und? Ich könnte das locker. Jedenfalls stimmt das Geld.«

»Geld ist nicht alles.«

»Wenn ich das schon höre … Du musst ja extrem zufrieden

sein mit deiner kaputten Waschmaschine und dem alten Fernseher. Ich beneide dich.«

»Sei nicht so sarkastisch, Renata. Es gibt Länder in Europa, die sind noch viel schlimmer dran als wir.«

»Das ist ja ein toller Trost!«

Nirvana wollte mit Renata jetzt keinen Streit anfangen. »Wer, glaubst du, hat Boris getötet?«

»Ich habe nicht die geringste Ahnung. Jedenfalls ist so ein mieser Mörder unter uns, und das macht mir Angst.«

Nirvana trank von ihrem lauwarmen Kakao. »Glaubst du, jemand hat es wegen Geld getan?«

»Keine Ahnung. Aber Vedrana könnte möglicherweise einen Blackout gehabt haben.« Renata blies gerade den Rauch ihrer Zigarette aus.

»Auf keinen Fall. Sie ist verrückt, aber nicht gefährlich«, sagte Nirvana schnell. »Ich hoffe nur, man lässt sie in Ruhe.«

»Hör mal, Nirvana. Nur weil sie die beste Freundin deiner Mutter war …«

»Das hat damit überhaupt nichts zu tun«, erwiderte Nirvana gekränkt.

»Ist ja gut. Ich hab's nicht böse gemeint.«

»Es war ein harter Tag. Ich bin einfach geschafft. Reden wir morgen weiter, ja?«

»Abgemacht. Kommst du morgen früh zu mir, wenn Arsen zur Arbeit geht? Wir können zusammen frühstücken«, schlug Renata vor.

»Gut. Ich bin um neun Uhr da. Gute Nacht.«

»Gute Nacht, Alte.«

Nirvana stand auf und hängte den Hörer an das Wandtelefon.

Sie kontrollierte noch einmal, ob sie die Haustür zwei Mal abgeschlossen hatte. Wer weiß, vielleicht ging ein verrückter Mörder um. Womöglich hatte er es gar nicht speziell auf Boris abgesehen.

Um fünf nach neun ging Nirvana aus dem Haus. Sie lief die Stufen hinunter und sah zu Ljiljanas Haus hinüber. Sie musste zwangsläufig daran vorbei, wenn sie zu Renata ging. Es war nicht mehr abgeriegelt. Anscheinend hatte die Polizei gestern ihre Arbeit erledigt. Ob Ljiljana daheim war? In diesem Moment kam Ljiljanas fünfzehnjähriger Sohn Aljoša herausgestürmt. Er warf Nirvana einen Blick zu. »Ist der Bus schon vorbeigefahren?« fragte er hastig.

»Soviel ich weiß, nicht. Hast du verschlafen?«

»Ja. Scheiße.« Er lief in rasantem Tempo zur Bushaltestelle. Erstaunt sah Nirvana ihm nach. Irgendwie schien er gar nicht traurig oder geknickt. Das Ganze war gerade mal vierundzwanzig Stunden her. Und warum ging er heute schon zur Schule? Jeder Lehrer hätte Verständnis dafür, wenn er heute nicht gekommen wäre.

Bei Renata angekommen, teilte Nirvana der Freundin beim Frühstück ihre Überlegungen mit. Es duftete nach frisch gemahlenem Kaffee. »Ich verstehe das einfach nicht. Es ist so … geschmacklos.«

Renata seufzte. »Ljiljana ist nun mal eine gefühllose Person.«

Nirvana schenkte sich noch Kaffee ein und versuchte, sich in Ljiljanas Lage zu versetzen. Konnte sie das? Ljiljana war frisch verliebt gewesen, Nirvanas Ehe glich dem Müllhaufen, den ihr Vater sammelte. »Nun, in ein paar Tagen fangen die Sommerferien an, dann ist erstmal keine Schule mehr. Und vielleicht will sie, dass die Kinder von allem so wenig wie möglich mitbekommen.«

Renata wäre beinahe an ihrem Brötchen erstickt. Sie hustete. »Was? Da liegt der neue Stiefvater aufgespalten im Garten und du sagst, die Kinder sollen so wenig wie möglich mitbekommen?«

»Es muss schwer für sie sein.«

»Für die Kinder?«

»Für Ljiljana.«

»Na, ich weiß nicht«, brummte Renata mitleidslos. »Die krallt sich bestimmt bald einen Neuen.«

Nirvana schüttelte den Kopf. »Also, manchmal bist du wie

ein Eisbrocken, wirklich. Es kommt mir so vor, als wärst du neidisch.«

Renata hielt inne und sah sie durchdringend an. »Neidisch? Weil mein Alter nicht tot im Garten liegt?«

Sie beugte sich über den Tisch. »Hör auf mit dem Quatsch. Du weißt genau, was ich meine. Vielleicht sind wir alle ein bisschen neidisch auf Ljiljana. Sie hat Courage, Selbstbewusstsein und neuerdings auch viel Geld. Und soll ich dir noch was sagen?«

»Nur zu. Du bist ja kaum zu bremsen.«

Nirvana hob den Zeigefinger in die Luft. »Genau das könnte das Motiv sein. NEID!«

»Und da bin ich jetzt deine Hauptverdächtige, oder was?«

»Renata! Ich meine es ernst. Eine der Frauen war's. NEID!« wiederholte sie mit Nachdruck.

Renata schüttelte den Kopf. »Also, ich weiß nicht. Keine ist so dumm und riskiert zwanzig Jahre Gefängnis wegen ihres Neides auf die Nachbarin. Ich bitte dich.«

»Wieso nicht? Schließlich töten Menschen auch aus anderen Emotionen heraus. Eifersucht zum Beispiel, oder Habgier.«

»Jaja, aber trotzdem. Es ist unglaubwürdig, dass jemand Boris umbringt, weil er Ljiljana beneidet.« Renata sah sie an, als wäre Nirvana fünf Jahre alt. »Ich tippe eher auf einen Psychopathen. Ein Irrer, der umgeht.« Sie kniff die Augen zusammen. »Ob Vedrana immer brav ihre Tabletten nimmt?«

Nirvana schüttelte hilflos den Kopf. »Lasst bloß Vedrana da raus. Und selbst wenn sie ihre Tabletten nicht einnimmt, heißt das im schlimmsten Fall, dass sie wirres Zeug redet und den ganzen Tag spazieren geht. Mehr nicht.«

»Du verteidigst sie mit einem Feuereifer, das ist bemerkenswert. Deine gute, alte Taufpatin.«

»Ich hab dir schon mal gesagt, es hat nichts damit zu tun, dass sie mit meiner Mutter befreundet war.« Nirvanas Stimme zitterte.

»Ja, ist ja gut. Ich weiß, dass du deine Mutter nicht gern erwähnst.«

»Dann erinnere mich nicht ständig an sie.«

Spuck nicht zu hoch, sonst fällt es dir zurück in den Mund

Marko Ban öffnete das niedrige Eisentor zum Garten und ging mit großen Schritten auf das kleine, graue Haus zu. Er klopfte. »Ja?« hörte er eine müde Männerstimme von drinnen. Er drückte die Klinke nach unten, trat ein und stand sogleich in einer großen Wohnküche. Der Raum war geschmackvoll, aber altmodisch eingerichtet. Alles war blitzsauber. Ein etwa siebzigjähriger Mann saß auf einer Holzkiste und sah ihn überrascht an. Seine Frau, die kaum jünger war, stand am Herd und schälte Kartoffeln. Ihre Schürze war perfekt gebügelt und hatte ein altmodisches Blümchenmuster. Das Haar der Frau war weiß und hinten zusammengebunden. Jedes einzelne Haar war auf seinem Platz. Sie warf ihm einen gleichgültigen Blick zu.

»Guten Morgen. Ich bin Inspektor Ban. Ich gehe dieser Mordsache nach. Wenn Sie nichts dagegen haben, möchte ich Ihnen ein paar Fragen stellen. Es dauert nicht lange.«

»Setzen Sie sich doch«, sagte der Alte und zog im Sitzen einen Stuhl zu sich heran.

»Danke.« Er nahm Platz.

»Möchten Sie etwas trinken?« fragte die Frau. Sie hatte ein freundliches Gesicht mit unzähligen Falten. Es sah aus, als hätte sie in ihrem Leben zu viel gearbeitet.

»Danke, nein. Ich hatte vorhin einen Kaffee. Das reicht mir fürs Erste.« Er lächelte ein bisschen. »Sie sind Sabina und Benedikt Juretić, nicht wahr?«

»So ist es!«, rief der Mann fröhlich. »Bloß nennt mich keiner so, wissen Sie. Alle sagen Benko zu mir.«

»Ach, komm«, rügte ihn seine Frau. »Das ist doch dem Herrn Inspektor egal, wie dich wer nennt.« Sie winkte ab und sah Marko an. »Was wollen Sie von uns wissen, Herr Inspektor?«, fragte sie.

»Sie kannten Boris Klić?«

»Nun ja«, fing die Frau an, »kennen ist übertrieben, würde

ich sagen.« Sie wischte sich die Hände an einem feuchtem Tuch ab und setzte sich Marko Ban gegenüber. »Er kam aus Zorići, das ist drei, vier Kilometer weit weg. Wir haben ihn bei Ljiljana manchmal aus dem Haus kommen sehen, oder mal im Laden.«

»Ja«, bestätigte Benko, »manchmal ist er frühmorgens hier vorbeigegangen, wenn er zum Pinkeln ist.«

»Wie bitte?«

»Na, mit dem Pudel. Ich bin Frühaufsteher. Morgens gehe ich gern in den Garten, wissen Sie, und da hab ich ihn manchmal hier vorbeigehen sehen.« Der Alte grinste. »Am Anfang hab ich ja schon lachen müssen, wie er da mit dem Pudel durchs Dorf spaziert. Sie wissen ja wie das ist auf dem Land, die Hunde sind vor dem Haus angekettet, man stellt ihnen etwas zu Fressen hin und sie haben eine Stunde Auslauf am Tag, und da kommt dieser Boris und latscht mit dem Pudel …«

»Nun ja, man gewöhnt sich ja an alles«, unterbrach ihn seine Frau.

»Aha.« Marko holte seinen dicken Notizblock hervor und notierte sich etwas. »Haben Sie ihn auch an jenem Morgen gesehen?«

»An welchem Morgen?«

»Nach der Hochzeit. Der Morgen, an dem er ermordet wurde. Es passierte, als er mit dem Hund Gassi gehen wollte.«

»Nein, an dem Morgen hab ich länger geschlafen.«

»Waren Sie auf die Hochzeit eingeladen?«

»Waren wir nicht.« Benko schüttelte den Kopf. »Wir kommen mit der Ljiljana gut aus, aber befreundet sind wir nicht mit ihr.«

»Mögen Sie sie?«

Diese Frage verursachte bei dem alten Ehepaar einen Austausch von verwirrten Blicken.

»Mögen?«, fragte Sabina verständnislos, »wir haben nichts gegen sie, wenn Sie das meinen.«

»Ja, was meinen Sie denn genau?« fragte Benko.

»Tja …« Die Frage konnte doch deutlicher kaum sein,

warum wollten sie sie erklärt haben? »Nun, sie hat uneheliche Kinder, und das gibt in einem kleinen Dorf auch heute noch Anlass zu Tratsch.«

Benko schüttelte den Kopf. »Ist uns doch egal. Meinetwegen kann sie zehn uneheliche Kinder haben. Unsere Sache ist das nicht.«

»Ja, sicher«, sagte seine Frau. »Es hat allgemeine Verwunderung gegeben, besonders beim zweiten Kind. Aber wie mein Mann schon sagte, uns kümmert das herzlich wenig.«

»Leben Sie allein, Herr und Frau Juretić?«

»Hat das etwas mit dem Mord zu tun?« Benko sah ihn unsicher an.

»Nein, natürlich nicht. Das ist einfach Neugierde, die man sich in meinem Beruf automatisch zulegt.« Er lächelte ihn freundlich an.

Sabina räusperte sich und ergriff schnell das Wort. Marko hatte den Eindruck, dass sie ihrem Mann zuvorkommen wollte. Vielleicht schämte sie sich seiner Naivität. Sie schien klüger zu sein als ihr Mann. »Wir haben zwei Töchter. Sie leben beide in Deutschland.«

»Unsere Ältere ist Arzthelferin«, erklärte Benko, »und die Jüngere arbeitet in der Fabrik. Die wollte nichts lernen. Wir haben immer zu ihr gesagt: Mädchen, lern was Gescheites, damit du später mal ...«

»Haben Sie noch Fragen, Herr Inspektor?« Sabina ignorierte die Ausschweifungen ihres Mannes.

Marko verneinte und stand auf. »Gut, das war's schon. Vielleicht komme ich noch mal auf Sie zurück.«

»Klar, wir sind fast immer daheim«, rief Benko. »Kommen Sie das nächste Mal am Nachmittag, dann können Sie auch ein Schnäpschen mit mir kippen.«

»Schsch, halt den Mund«, schalt ihn seine Frau. Trotzdem war ein kleines Grinsen auf ihrem Gesicht.

Marko lächelte ebenfalls. Er bewegte sich auf die Tür zu. »Ich habe bei Ihrer Nachbarin geklopft, aber da scheint niemand zu Hause zu sein.« Er zeigte Richtung Osten.

»Bei Vedrana?« Sabina verdrehte die Augen. »Um diese Zeit ist sie unterwegs.«

»Zur Arbeit?«

Das Ehepaar konnte sich ein kurzes Auflachen nicht verkneifen. »Nein«, kam Benko ihm zu Hilfe. »Vedrana ist meine Schwester. Die Arme ist ein bisschen krank im Kopf, wissen Sie. Sie steht um fünf Uhr auf und latscht sich bis zum Nachmittag die Sohlen ab.«

»Verstehe.« Marko öffnete die Tür und rief den beiden noch einen Gruß zu. Warum hatten sie gelacht? Hatte Benko kein Mitleid mit seiner Schwester, wenn es so um sie bestellt war? Oder war er an die Tatsache, dass sie krank war, schon gewöhnt? Marko wollte den alten Mann nicht verurteilen, denn er selbst hatte keine psychisch Kranken in der Familie. Vielleicht ist man irgendwann hilflos und findet sich damit ab. Marko wusste, dass es Menschen gab, die ihr Mitleid oder ihre Verletztheit mit Lachen oder gespielter Gleichgültigkeit kaschierten. Er hoffte, dass dies bei Benko der Fall war. Dass es keine Gleichgültigkeit war.

Ivan Prodan war dabei, den Zaun zu streichen, als Marko eintraf. Im Hintergrund türmte sich ein riesiger Berg von Sperrmüll, wahllos übereinander gestapeltes Zeug. Marko erkannte Toaster, Reifen, Kaffeemaschinen, Radios und Fernseher. Der riesige Haufen nahm einen großen Teil des Gartens ein. Das Haus konnte man beinahe als eingefallen bezeichnen. Viel hatte er von diesem Dorf noch nicht gesehen, doch von allen Häusern schien dieses hier im schlechtesten Zustand zu sein. Der Mann strahlte keine Sympathie aus, anders als Benko. Er hatte einen ernsten Gesichtsausdruck und sein Blick war hart, fast streng. »Sie sind Ivan Prodan?« fragte Marko überflüssigerweise, aber irgendwie musste er ja anfangen.

Der Mann hörte mit dem Streichen auf und hob den Kopf. Sein graues Haar war kurz geschnitten. Er hatte ein altes Hemd und eine Arbeitshose an. »Ja, bin ich. Und wer sind Sie?« Seine Stimme war tief und rau.

»Mein Name ist Marko Ban. Ich bin Inspektor und untersuche den Mordfall …«

»Aha. Und was wollen Sie von mir?«

»Ich muss alle Dorfbewohner befragen. So ist das nun mal.« Er versuchte, seiner Stimme einen autoritären Tonfall zu geben. »Kannten Sie den Toten?«

»Nein.«

»Waren Sie bei der Hochzeit?«

»Nein.« Prodan stützte seinen Arm auf dem Bein ab, die flüssige Farbe tropfte vom Pinsel auf seine schwarzen Schuhe.

»Kennen Sie Ljiljana Tomić?«

»Natürlich kenne ich sie«, sagte Prodan ungeduldig, »wir sind Nachbarn.«

»Ich meine, kennen Sie sie näher?«

»Ich bin nicht der Vater ihrer Kinder, guter Mann. Was heißt näher?«

Marko war über Prodans Art teils überrascht, teils verärgert. Normalerweise behandelten ihn Zeugen oder Verdächtige mit einem gewissen Respekt. Er versuchte, sich diese Verärgerung nicht anmerken zu lassen. »Also nur eine Bekanntschaft, die über das Grüßen nicht hinausgeht. Richtig?«

Er seufzte. »Richtig.«

»Der Tote war Ihnen nicht bekannt?«

Er schüttelte den Kopf. Offensichtlich war er langsam genervt.

»An dem Morgen, als Boris Klić ermordet wurde, ist Ihnen da etwas Ungewöhnliches aufgefallen?«

»Nein.«

»Überlegen Sie bitte.«

»Da brauche ich doch nicht zu überlegen«, schnauzte er rüde, »das hätte ich ja wohl gleich gemerkt, oder?«

»Sind Sie immer so miserabler Laune?«

»Hören Sie«, er reckte den Zeigefinger in die Luft, »Sie haben kein Recht, mich so anzureden.«

»Glauben Sie denn, Sie haben das Recht, so mit mir zu sprechen?« Marko sah ruhig auf ihn herab. »Ich bin nur gekommen, um Ihnen ein paar Fragen zu stellen. Wenn Sie nicht kooperativ sind, dann lasse ich Sie einfach ins Präsidium fahren. Dort verbringen wir beide dann ein paar Stunden gemeinsam. Haben Sie das verstanden, Herr Prodan?«

Der Alte sah ihn verächtlich an und schnaubte.

»Also. Wie gut kannten Sie den Toten?«

»Ich kannte ihn kaum, wie gesagt.«

»Und Ljiljana Tomić? Welche Art Nachbarschaft führen Sie? Besuchen Sie sich manchmal gegenseitig, schwatzen Sie miteinander oder grüßen Sie sich nur?«

»Nichts von allem. Ich grüße niemanden. Ist mir zu viel Stress, das ganze freundliche Getue.«

»Ihre Tochter kennt Ljiljana Tomić bestimmt besser, oder? Sie sind Nachbarinnen.«

»Da gehen Sie am besten zu Nirvana und fragen sie selbst.« Er tauchte den Pinsel in die Blechdose und fuhr fort, den Zaun zu streichen.

»Nirvana?« Marko zog verwirrt die Brauen zusammen. Er griff nach seinem Block und blätterte. »Hier steht, sie heißt Silvana Reljac.«

»Seit etwa dreißig Jahren wird sie aber Nirvana genannt. Ihre Mutter wollte es so.«

»Und wo ist ihre Mutter? Ist sie verstorben?«

Ohne aufzublicken, sagte Prodan: »Kann gut sein. Sie ist abgehauen, als meine Tochter noch klein war.«

»Ach so.« Er räusperte sich. »Danke für Ihre Hilfe. Auf Wiedersehen.«

Prodan grüßte nicht zurück. Er konzentrierte sich ganz auf seinen Zaun.

Bevor Marko eine Mittagspause einlegen würde, wollte er noch zu dieser Nirvana. Wenn sie genauso freundlich und zuvorkommend war wie ihr Vater, dann stand ihm etwas bevor. Es war unmöglich, diesen Mann einzuschätzen. Er würde ihn vielleicht noch mal aufsuchen müssen, um ihn abzuklopfen. Er ging auf das Haus zu, wo Prodans Tochter wohnte. Die Sonne schien ihm in den Nacken und er bereute es, heute ein Sweatshirt und nichts Kurzärmeliges angezogen zu haben. Es war nicht möglich, das Ding auszuziehen, denn darunter hatte er nur ein löchriges Unterhemd an. Er hasste Nähen. Es fehlten unzählige Knöpfe in seiner Kleidung.

Das Haus stand auf einem Hügel. Er ging die Stufen nach oben und sah dann hinunter. Von hier aus hatte man einen schönen Ausblick. Man konnte über die Dächer von Mala Šuma sehen. Er drückte auf den Klingelknopf, und erst dann bemerkte er, dass die Tür nur angelehnt war. Schritte waren zu hören. Dann riss eine Frau die Tür auf und sah ihn an. »Ja?«

Marko stellte sich vor, heute schon zum dritten Mal. Er hasste diese Prozedur, kam sich dabei manchmal wie ein Staubsaugervertreter vor. »Ihre Tür war nicht verschlossen«, bemerkte er.

»Wer schließt denn in einem Dorf tagsüber seine Haustür ab?«

»Nach einem Mord sollte man das vielleicht tun. Zumindest bis der Täter gefasst ist.«

»Hm«, die Frau verzog den Mund, »da haben Sie wohl nicht Unrecht. Nachts schließen wir natürlich ab, aber ich verspreche, es in Zukunft auch tagsüber zu tun.«

Er lächelte.

»Kommen Sie doch rein.«

Er ging hinter ihr den Flur entlang. Tapeten mit orangegrünem Motiv, die bestimmt schon viele Jahre an den Wänden klebten und ein paar Bilder und Fotos in grünen Rahmen. Die Frau führte ihn in die Küche. Einfache, weiße Möbel, aber jede Menge gemütlicher Schnickschnack. Salzteigfiguren, Obstaufkleber an den Kacheln und getrocknete Blumen in mehreren Vasen und Töpfen. »Möchten Sie etwas trinken? Ich habe gerade Kaffee gekocht.«

»Ja, warum nicht.«

Sie drehte ihm den Rücken zu und er sah sie an. Sie trug Jeans und ein blaugrau kariertes Hemd. An den Füßen hatte sie nur weiße Strümpfe. Ihre schulterlangen, lockigen Haare waren zu einem Zopf zusammengeflochten. Marko kannte wenig

Frauen, die auf schlichte und natürliche Art attraktiv waren. Ihre Bewegungen waren elegant, anmutig. In seinem Block stand, dass sie verheiratet war. Natürlich.

»Ich komme gerade von Ihrem Vater.«

Nirvana Reljac drehte sich zu ihm um. »So? Hat er mich herzlich gegrüßt?« Sie lächelte, dann erkannte er, dass es ironisch gemeint war. »Bitte, setzen Sie sich doch.«

Marko tat es. »Na ja, besonders hilfreich waren seine Antworten ehrlich gesagt nicht.«

Sie stellte zwei Tassen Kaffee auf den Tisch und setzte sich. »Mein Vater ist ein guter Mensch. Ich weiß, es klingt komisch, wenn ich das so sage, aber so ist es nun mal. Er ist in seinem Leben ziemlich gebeutelt worden und hat das Lachen verlernt.«

Marko sah sie an. Obwohl ihn Ivan Prodan kaum interessierte, wollte er, dass sie weitersprach. »Warum?«

»Mein Vater hat seine Mutter verloren, als er elf war. Sie ist an Lungenentzündung gestorben. Meine Mutter hat ihn verlassen, als ich fünf war. Mit siebenundfünfzig hat er seine Kündigung bekommen, weil die Firma bankrott gegangen ist. Das war vor sechs Jahren.« Nirvana zuckte mit den Schultern. »Tja, seitdem lebt er von einer lächerlichen Rente.«

»Mir ist aufgefallen, dass er einen enormen Müllberg in seinem Garten hat.«

Sie sah verlegen zur Seite. »Er hat seit etwa fünfzehn Jahren diesen Müllzwang. Er fährt mit seinem Fahrrad auf die Müllkippen und sammelt das Zeug, weil man es vielleicht noch gebrauchen könnte. Das sagt er. Natürlich ist dieser Abfall nicht zu gebrauchen. Wer wirft schon Sachen weg, die noch intakt sind?«

Marko senkte den Blick und warf zwei Zuckerwürfel in seinen Kaffee. Er merkte, dass ihr das Verhalten ihres Vaters unangenehm war. »Sind Sie mit Ljiljana Tomić befreundet?«

Nirvana verschränkte die Arme und stützte sie am Tisch ab. »Nein. Ich war nur selten bei ihr im Haus.«

»Und umgekehrt?«

»Sie war vor zwei Wochen hier.«

»Ach ja? Warum?«

»Um uns zur Hochzeit einzuladen.«

»Wie ist es mit Boris Klić? Kannten Sie ihn?«

»Na ja, einigermaßen. Wir sind zusammen zur Schule gegangen. Später sind wir uns manchmal über den Weg gelaufen. Beim Tanzen, im Kino und so.«

»Aber das war zufällig? Eine Verabredung hatten Sie nie mit ihm?«

Sie lachte. Ihr Gesicht wirkte sehr jung dabei.

»Warum lachen Sie?«

»Ich weiß nicht.« Sie schüttelte den Kopf. »Boris und ich eine Verabredung? Nein. Daran habe ich nie gedacht.«

»Hat er auf seiner Hochzeit irgendwie bedrückt ausgesehen? Nachdenklich, oder abwesend?«

»Ljiljana weiß das wohl besser als ich.«

»Ich möchte Boris Klićs Frau heute noch in Ruhe lassen. Sie ist einem Zusammenbruch nahe.«

»Wirklich?«

»Die Ärztin musste ihr eine Beruhigungsspritze geben.«

»Na so was.«

»Warum überrascht Sie das so?«

Nirvana zuckte zusammen, als wäre sie eben wach geworden. »Ich weiß auch nicht. Sie ist sonst so stark und selbstbewusst.«

»Wenn einer Frau unmittelbar nach ihrer Hochzeit der Partner ermordet wird, bricht wohl die Stärkste zusammen.«

Sie nickte. »Ja, sicher.« Eine Weile schien sie nachzudenken, dann sagte sie: »Da gab es schon etwas, das mir aufgefallen ist. Auf der Hochzeit.«

»Gut. Sagen Sie es mir, bitte.«

»Ich bin nach draußen gegangen, weil mir langweilig war. Es war ein oder zwei Uhr, ich weiß nicht mehr genau. Ich fand Boris über das Geländer gelehnt. Er war wohl in Gedanken versunken. Wir haben uns dann unterhalten, über nichts Besonderes eigentlich. Er fing an zu philosophieren, meinte, es sei unsinnig zu sagen, man solle jeden Tag so leben, als wäre es der Letzte. Komisch«, sie schüttelte den Kopf, »und es war sein Letzter.«

Marko notierte, was sie sagte. »Es gibt so etwas wie dumme Zufälle. Jedenfalls kann auch der kleinste Hinweis manchmal hilfreich sein.«

»Und dann sagte er noch, sein Vater wäre ziemlich sauer auf ihn, weil er Ljiljana heiratet. Er hat sich für seinen Sohn wohl eine Passendere als Ljiljana vorgestellt.«

Marko nickte.

»Das ist alles.«

»Danke, dass Sie es mir erzählt haben.« Er nahm einen kräftigen Schluck Kaffee. Er war stark, und das tat ihm gut. »Ihr Mann ist bei der Arbeit?«

»Ja. Er kommt so gegen halb neun. Morgen hat er frei, wenn Sie ihn sprechen wollen.«

»Haben Sie keine Kinder?«

In ihrem Gesicht zeichnete sich plötzlich ein Anflug von Traurigkeit ab. »Doch, wir haben eine Tochter. Sie ist in London, lebt bei einer Familie und hütet deren Kinder. Mein Mann sagt immer, Tea kommt nicht mehr zurück. Dieser Gedanke ist schlimm für mich.« Sie setzte sich auf und strich sich verlegen über den Kopf. »Warum erzähle ich Ihnen das bloß?«

»Ist in Ordnung.« Er nickte und lächelte ihr zu.

»Sind Sie verheiratet?«

»Nein.«

»Noch nie?«

Er lachte kurz auf. »Noch nie. Darf man hier rauchen?«

»Aber sicher.« Sie streckte den Arm nach dem Aschenbecher aus, der auf dem Fensterbrett stand. »Bekomme ich auch eine?« Sie nahm eine Zigarette aus der angebotenen Packung und ließ sich Feuer geben. »Eigentlich rauche ich selten. Mein Mann mag es nicht, obwohl er selbst raucht.«

»Das ist eigenartig.«

»Ja«, sagte sie nur. Sie lehnte sich im Stuhl zurück. »Aljoša hat Boris also gefunden. Ich dachte, der arme Junge muss völlig aufgelöst sein, dabei ist er heute ganz normal in die Schule gegangen.«

»Seine Mutter wollte es so.«

»Ja, vielleicht ist es besser, wenn er abgelenkt wird.«

»Kinder belastet so etwas ungemein, obwohl man es ihnen manchmal nicht ansieht.«

»Was ist mit dem Kleinen?«

»Der ist bei einer Verwandten untergebracht.«

Nirvana blies den Rauch aus und lehnte sich zurück. »Und Boris' Eltern?«

Marko seufzte gequält. »Ich war gestern bei ihnen, habe die Befragung dann aber verschoben. Ein schwerer Schlag für den Vater. Die Mutter … Na ja.«

»Was denn?« Sie sah ihn neugierig an.

»Sie ist eigentlich nicht seine Mutter, sondern seine Stiefmutter. Wussten Sie das?«

»Ja. Ich glaube, seine leibliche Mutter starb vor etwa zehn Jahren. Sie hatte einen Hirnschlag.«

Marko nickte. »Das hat mir Herr Klić auch gesagt, ja. Er ist mit dieser Zora Klić jetzt neun Jahre verheiratet.«

»Gerade mal ein halbes Jahr, nachdem seine Frau gestorben ist, hat er die Neue zum Altar geschleppt.«

Marko lächelte. »Woher wissen Sie das alles?«

»Ach, kleine Dörfer, Herr Inspektor. Neuigkeiten verbreiten sich schneller als die Dämmerung.«

Er stützte den Kopf auf die Hand, in der er seine Zigarette hielt, sah sie direkt an, sagte jedoch kein Wort.

»Na ja«, sie zuckte mit den Schultern, »wie ich schon sagte, sind wir uns öfter über den Weg gelaufen. So hat er mir dann einiges erzählt.«

»Hören Sie, Frau Reljac«, in seiner Stimme schwang der Polizistenton mit, den er manchmal selbst hasste, »Sie haben nichts zu befürchten, wenn Sie nicht die Mörderin sind.« Als er sah, wie sie schluckte, fuhr er schnell fort: »Und das sind Sie wahrscheinlich auch nicht. Aber sagen Sie mir doch einfach die Wahrheit.«

»Ich weiß nicht, was in Ihrem Kopf vorgeht, aber es gibt wirklich nichts, was ich Ihnen erzählen könnte. Manchmal haben wir uns in der Stadt getroffen. Die Stadt ist nicht groß, ich treffe öfter Leute, die ich kenne. Manchmal sind wir auch zusammen etwas trinken gegangen. Auch das mache ich manchmal mit Leuten, die ich treffe. Wir kannten uns noch aus der Schule und haben uns ganz gut verstanden.«

»Worüber hat er sonst noch mit Ihnen gesprochen?«

Nirvana lachte hilflos auf. »In den letzten dreißig Jahren oder in den letzten drei Tagen?«

Marko grinste. »Die Zeitspanne ist nicht so wichtig. Etwas, das interessant oder außergewöhnlich war.«

»Boris war ein außergewöhnlicher Mensch; bei ihm war so ziemlich alles außergewöhnlich.«

Er nahm einen tiefen Zug. »Wie meinen Sie das, er war außergewöhnlich? In welcher Hinsicht?«

Sie dachte eine ganze Weile über die Frage nach. »Das ist schwer zu beschreiben. Er war nicht wie alle anderen. Er hatte einen eigenen Charme. Nicht nur als Mann, auch als Mensch. Er konnte einen davon überzeugen, dass die Erde eine Scheibe ist. Irgendwie glaubte man alles, was er sagte. Einige haben das vielleicht im Nachhinein bereut.« Sie gestikulierte nervös mit den Händen herum. »Ich meine, vielleicht hätte man nicht alles glauben sollen, was er so sagte.«

»War er ein Lügner?«

»Nein, nicht im eigentlichen Sinne. Er hat das Leben nicht so ernst genommen wie viele andere. Das ist alles.«

Marko hob den Blick von der Zigarette, die er gerade ausgedrückt hatte. »Hat er auch manche Menschen nicht ernst genommen? Hat er jemanden mit seiner Art wütend gemacht?«

Nirvana fühlte sich nun sichtlich unwohl. Sie fing an, auf dem Stuhl herum zu rutschen. »Warum fragen Sie nicht seine Frau oder seinen Vater? Die kannten ihn besser als ich.«

»Aber jetzt bin ich bei Ihnen, und ich frage Sie.«

Nirvana drückte mit zittrigen Fingern an ihrer Zigarette herum. »Ich habe keine Ahnung.«

»Geben Sie mir doch einfach ein Beispiel für das, was Sie mir erzählt haben.«

»Ein Beispiel …«, sagte sie tonlos, »also, manchmal hat er

seine Versprechen nicht gehalten. Er hat mit jemandem ausgemacht, am Montag zum Fliesenlegen zu kommen, erschien dann aber erst am Donnerstag. Solche Dinge eben.«

»Wen hat er denn versetzt? Jemanden aus diesem Dorf?«

Sie schüttelte energisch den Kopf. Zu energisch, wie er fand. »Nicht, dass ich wüsste. Ich habe das nur so gehört. Manches schnappt man einfach auf.«

»Aha.« Er erhob sich. Es brachte nicht viel, Druck auf sie auszuüben. Sie war blockiert. »Vielen Dank für den Kaffee.«

Nirvana brachte ihn zur Tür und lächelte ihm noch einmal zu.

Nirvana räumte den Tisch ab und leerte den Aschenbecher. Dieser Inspektor war attraktiv. Tolle Figur. Sie mochte schlanke Männer. Zu viele Muskeln hatten ihr noch nie gefallen. Und er war der einzige Mann, den sie kannte, der ungekämmt gut aussah. Irgendwie wirkte er ein bisschen schlampig, aber nicht ungepflegt. Richtig *tough* eben. Er konnte gut zuhören, was wohl zu seiner Arbeit gehörte. Aber warum hatte sie sich da so hineingeredet? Sie wusste nicht mehr, wie es dazu kommen konnte, dass sie so unbefangen von Boris erzählt hatte. Später war es dann gar nicht mehr unbefangen. Sie hatte sich nicht wohl gefühlt bei dem Gedanken, dass sie zur Plaudertasche geworden war. Sicher, es stimmte, wie sie es gesagt hatte, aber warum musste sie ihm das alles erzählen? Sollte er doch die anderen fragen. Das nächste Mal würde sie sich zurückhalten. Sie würde ihm klarmachen, dass sie alles, was sie wusste, schon erzählt hätte.

Es würde sie nicht wundern, wenn Ljiljana sich den Inspektor zur Brust nehmen würde. Im wahrsten Sinne des Wortes. Wenn die Trauer etwas nachgelassen hatte.

Nirvana stand unschlüssig in der Küche und starrte den Fußboden an. Über was hatte er mit ihrem Vater gesprochen? Sie warf den Putzlappen ins Waschbecken und entschloss sich, ihren Vater zu besuchen.

Als sie die frisch gestrichene, grüne Pforte öffnete, schlug ihr der penetrante Geruch der Chemikalien in die Nase. Pinsel und

Farbdose lagen noch herum, und als sie die Müllhalde sah, verspürte sie Scham. Dieses Gefühl überkam sie jedes Mal, wenn sie ihren Vater besuchte.

Er stand in der Küche und rührte im Kochtopf. Als sie eintrat, hob er kurz den Kopf und murmelte einen Gruß.

»Was kochst du denn Feines, Ivan?«

»Rinderbrühe.«

Sie setzte sich auf einen der Stühle, die er letztes Jahr von einer Müll-Odyssee mitgebracht hatte. »Eine Richtige oder Instant?«

Er grinste sein unfröhliches Lächeln und hielt den Blick weiter in den Inhalt des Topfes gerichtet. »Instant. Ich habe nur noch fünfzig Kuna bis Ende des Monats.«

»Soll ich dir etwas geben?«

Er schüttelte energisch den Kopf. »Nein. Ihr habt auch nichts zu verschenken.«

Nirvana räusperte sich und legte befangen die Hände in den Schoß. »Hat dich dieser Inspektor auch besucht?«

Er gab einen abfälligen Laut von sich. »Dieser Bulle hat mir sinnlose Fragen gestellt. Ob ich Ljiljana kenne. So ein Quatsch! Natürlich kennt man seine Nachbarn. Der Mann hat seinen Rang anscheinend im Lotto gewonnen.«

»Ich finde ihn nett.«

Jetzt drehte er sich das erste Mal zu ihr um. »Nett? Ich habe nie verstanden, wenn jemand über einen anderen gesagt hat, er sei *nett*.« Er verzog den Mund. »Ich finde Goldfische und Igel auch nett, deswegen sind sie trotzdem zu nichts zu gebrauchen.«

»Mein Gott, bist du kleinlich, also wirklich. *Nett* heißt einfach, ich finde ihn sympathisch.«

»Was hat er dich gefragt? Ob du Ljiljana und Boris kennst?«

»Ja, so in etwa. Was soll er auch sonst fragen? Etwa, was meine Hobbies sind? Was wollte er noch wissen? Ging es nur um Ljiljana und Boris?«

»Er wollte wissen, wo deine Mutter ist.«

Nirvana sah ihn neugierig an. »Und?«

»Nichts und.«

»Hat er sonst noch etwas wissen wollen?«

»Sind das nicht genug Belanglosigkeiten?« Er nahm den Topf vom Herd und einen Teller aus dem Hängeschrank.

»Hat er etwas über mich wissen wollen?«

»Nein. Willst du mitessen?«

»Nein, danke.« Sie sah ihn an und dachte, wie gesund er für sein Alter doch wirkte. Er hatte kräftige Schultern und rote Wangen, selbst jetzt im Sommer. Ihr Blick fiel auf einen hellblauen Brief. Solche, die per Flugpost kamen. »Hat Veljko geschrieben?« Veljko und ihr Vater hatten in der Schule immer in derselben Bank gesessen.

Ivan nahm seinen gefüllten Suppenteller und setzte sich an den Tisch. »Ja, gestern. Er hat mich zur Hochzeit seiner jüngsten Tochter eingeladen.«

»Wirklich? Aber er weiß doch, dass du dir einen Flug nach Neuseeland unmöglich leisten kannst.«

»Er will mir das Ticket bezahlen«, meinte Ivan stolz. Nirvana sah es an seiner Körperhaltung, wie glücklich ihn diese Nachricht machte. »Lässt sich nicht lumpen, der alte Hund. Aber ich fliege natürlich nicht. Es kommt nicht in Frage, dass jemand so viel Geld für mich bezahlt.«

»Na ja, die Entscheidung liegt natürlich bei dir«, sagte sie zaghaft, »aber wenn er es dir schon anbietet … Und ihr habt euch seit fünfunddreißig Jahren nicht gesehen. Wäre das nicht fantastisch? Er kann es sich leisten, Ivan. Veljko hat es dort zu etwas gebracht. Ihm gehören drei Firmen. Für ihn ist dieses Geld ein Tropfen im Meer.«

Ivan ließ wütend den Löffel in die Suppe fallen. »Ich kann es nicht leiden, wenn du so über ihn sprichst. Veljko hat hart dafür geschuftet in all den Jahren. Wir schreiben uns seit drei Jahrzehnten fast jeden Monat und ich kann dir sagen, ich kann mich noch genau an seine Briefe aus den ersten Jahren erinnern.« Ivan hielt ihr seinen Zeigefinger unter die Nase. »Manchmal hat er nur vier Stunden am Tag geschlafen. Manchmal hatten sie mehr Dreck an den Schuhsohlen als Essen auf dem Teller.«

»Das mag ja sein, Himmel nochmal, aber hier haben die

Leute genauso gerackert und haben heute noch immer mehr Schuhsohlen als … wie war das nochmal?« Sie grinste ihn an und er tat nachsichtig das Gleiche.

Ivan blickte nachdenklich auf seine Hände. »Wir haben hinter der Hecke mit der Schleuder die Lehrer beschossen; wir haben uns einen Apfel geteilt oder Nüsse, wenn wir so etwas mal in die Finger bekamen. Als meine Mutter starb, hat er mir die Tränen von der Wange gewischt und mir versprochen, er würde für immer mein Freund sein. Ich werde ihn nicht ausnutzen.«

Nirvana lehnte sich nach hinten und verschränkte die Arme vor der Brust. »Wenn er dich einlädt, nutzt du ihn nicht aus. Es war *sein* Vorschlag.«

»Trotzdem.« Er fing an, seine Suppe zu löffeln.

»Warum ist er nie wieder zurückgekommen? Zu Besuch, meine ich. Nach seinen Verwandten und Freunden sehen. Das verstehe ich nicht.«

»Man muss nicht alles verstehen«, lautete Ivans kurzer Kommentar.

Marko saß im Auto und kaute an einem zerquetschten Sandwich. Er hatte hinter dem Bushäuschen geparkt und beobachtete, wie Nirvana zu ihrem Vater ging. Merkwürdig. Zuerst hatte er den Vater besucht, dann war er zur Tochter gegangen; und jetzt ging die Tochter zum Vater. Was sie wohl zu bereden hatten? Und warum hatte sie es so eilig? Es war gerade mal zehn Minuten her, dass er Nirvana Reljac verlassen hatte. Auf dem Herd hatte etwas vor sich hin geköchelt und die Waschmaschine war eingeschaltet gewesen. Sie hatte sicher nicht geplant, gerade jetzt zu ihrem Vater zu gehen. Hatte sie Angst? Wenn ja, um sich oder um ihren Vater?

Er warf die zerknüllte Alufolie in den halbvollen Aschenbecher und trank ein paar Schlucke 7up. Es war unerträglich heiß im Wagen. Im Radio warnten sie gerade davor, sich ungeschützt der Sonne auszusetzen. »Fangen Sie mindestens mit Faktor 15 an und cremen Sie abends Ihre Haut großzügig ein«, riet die Radiosprecherin. Er cremte nie mit irgendetwas seine Haut ein, weder morgens noch abends. Nur wenn er manchmal diese Schmerzen im Fußknöchel hatte, seit dem Autounfall vor sieben Jahren, rieb er den Knöchel mit Rakija ein. Ein selbstgebranntes Teufelszeug von einem Freund seines Bruders. Er konnte Rakija sowieso nicht leiden, nur selten trank er eine ˇljivovica, den Pflaumenschnaps, aber die anderen Rakijasorten aus Trauben oder Stachelbeeren verursachten Brechreiz bei ihm.

Nun musste er zu dieser merkwürdigen Vedrana Juretić. Er konnte es kaum erwarten, diese Begegnung hinter sich zu bringen. Der Schweiß tropfte ihm von der Stirn, als er den Pfad zum Haus hinaufging. Das Haus war mittelgroß und blasslila gestrichen. Die Farbe blätterte allerdings schon ab. Er hämmerte gegen die Tür. »Ist jemand zu Hause?«

»Ist da der schwarze Mann?« vernahm er eine kreischende Stimme von innen.

»O Gott«, stöhnte er, dann lauter: »Mein Name ist Ban. Ich ermittle im Mordfall …«

»Ich bin nicht ermordet worden.«

»Aber Boris Klić. Machen Sie jetzt bitte die Tür auf!« Er gab sich Mühe, streng und entschlossen zu klingen: »Sonst muss ich Sie mit aufs Präsidium nehmen.«

Plötzlich riss jemand die Tür auf. Eine Frau, etwa sechzig, stand vor ihm und sah ihn an wie ein wildes Tier. Sie trug eine schwarze Baumwollhose, einen schwarzen Rollkragenpullover und darüber ein rosa Nachthemd. Im Haar trug sie eine Orchidee. Woher sie die wohl hatte?

»Äääh …« Er hatte vergessen, was er sagen wollte.

»Ääääh ist nicht da. Der ist gestorben.«

»Ja, genau. Es geht um Boris Klić. Kannten Sie ihn?« Dass es so schlimm um diese Frau stand, konnte er nicht wissen. Ein Gedanke schoss ihm plötzlich durch den Kopf: Verrückte sagten schonungslos die Wahrheit, auch wenn sie Realität und Fiktion manchmal durcheinander brachten, aber vielleicht konnte Vedrana ihm wertvolle Hinweise geben. Das Problem war nur, dass er heute irgendwie nicht in der Stimmung war, mit einer Verrückten zu sprechen. Gern hätte er dieses Gespräch verschoben, aber wie sähe es aus, wenn er sich einfach umdrehte und wegging … Was tat er da eigentlich? Er zerbrach sich den Kopf darüber, was er für einen Eindruck auf eine Geisteskranke machte?

»Klar kenne ich den. Der Tennisspieler. Der hat doch mal Tennis gespielt.«

»Nein. Das ist Boris Becker. Ich meine Boris Klić. Na, egal.«

Sollte er fragen, ob er hereinkommen konnte? Oder lieber nicht? Sie könnte ihm ein Messer in die Brust rammen oder ihn mit kochendem Wasser überschütten … »Wie gut kennen Sie Ljiljana?«

»Die Ljiljana ist eine durchtriebene Person ist die. Hat kein Mitleid für niemanden.« Vedrana nickte heftig mit den Kopf. »Jetzt kriegt sie auch kein Mitleid nicht.« Sie erinnerte Marko ein wenig an ihren Bruder, wenn sie sprach. »Ja ja, spuck nicht zu hoch, sonst fällt es dir zurück in den Mund. Jetzt geht's ihr mal schlecht, dieser Zicke.«

»Wie meinen Sie das?«

»Ihre Mutter war'ne faule Sau, die ihren Arsch nicht hochgekriegt hat, und ihr Vater war'n Säufer, hat alles versoffen, das ganze Geld. Die waren so arm wie Kirchenmäuse. Kapierst du das alles? Geht das in dein Hirn?«

»Ja, ja. Das pack ich gerade noch. Und …«

»Immer ist sie in den gleichen Klamotten rumgelaufen. Bei denen gab's jeden Tag nur Eintopf. Die Schwester ist mit neunzehn nach Italien gegangen und hat dort einen Serben geheiratet. Die kommt nicht mal mehr zu Besuch, will von hier nichts mehr wissen. Die Eltern haben den Löffel abgegeben und sie war nicht mal bei der Beerdigung. Kannst du mir noch folgen, Kleiner?«

»Ja, alles klar.«

»Gut. Und dann hat sich die Ljiljana, als sie groß war, Männer mit Kohle angelacht. Versteh mich nicht falsch, will nicht sagen, dass sie für Geld die Laken zerknautscht hat, aber immer Typen, die ihr was geben konnten, weißt du. Und dann kam der Boris, den hat sie sich natürlich festgeklemmt. Hat dann richtig auf Dame gemacht, mit neuem Auto, Pudel auf'm Arm und Schmuck auf ihren flachen Titten. Ja, und jetzt ist es vorbei.«

»Sie mögen sie nicht besonders, oder?«

»Als Kind war sie niedlich, ein richtig liebes Ding, aber jetzt ist sie keine mehr von uns, verstehst du? Sie behandelt die Leute wie Dreck, denkt, sie ist was Besseres.«

Vedrana faszinierte ihn. Streckenweise redete sie, als wäre sie normal, sachlich und nüchtern. »Und Boris?«

»Den kannte ich so gut wie gar nicht.« Sie nahm die Orchidee aus ihrem Haar und steckte sie sich hinters Ohr.

»Ich war bei Ihrem Bruder Benko.«

»Na und?«

»Verstehen Sie sich gut mit Ihrem Bruder und seiner Frau?«

»Was geht dich das an?«

»Ist nur so eine Frage.«

»Dann stell keine so blöden Fragen.«

»Besuchen Sie Ihren Bruder manchmal?«

»Nein, ich kann's nicht haben, wie er sich von seiner Alten rumkommandieren lässt.«

»Vielleicht ist seine Frau sehr klug und meint es gut mit ihm.«

»Na, da hast du auch wieder Recht. Besonders helle war unser Benko noch nie.«

»Kennen Sie Ivan Prodan?«

»Natürlich kenne ich den, du Depp. Der wohnt ja gleich da drüben. Er hat seit vierzig Jahren verdammt schlechte Laune. Na ja, vielleicht eine etwas längere Phase bei ihm.«

Das *Du Depp* musste Marko erstmal verdauen. Er versuchte, es sofort zu vergessen. Wenn die Frau nicht krank wäre, würde er sie mit zur Dienststelle nehmen. »Und seine Tochter? Nirvana?«

Vedrana hatte für eine Sekunde den Gesichtsausdruck einer normalen, nachdenklichen Frau. »Meine Nirvana lass mir bloß in Ruhe. Die kann keiner Fliege was zu Leide tun. Hast du der auch so dumme Fragen gestellt?«

»Es ist mein Job, dumme Fragen zu stellen.«

»Die Arme ist schon genug geschlagen mit ihrem idiotischen Vater und dem aufgeblasenen Ehemann, und die Tochter ist jetzt auch weg.«

»Ja, ich weiß. Ihr Mann ist aufgeblasen?«

»Ach«, sie winkte ab, »er ist einer von der Sorte, die ewig unzufrieden ist und rumjammert, aber nichts dagegen macht.«

»Woher wissen Sie das eigentlich alles?«

»Na hör mal, ich stehe in Verbindung zu Gott. Weißt du das nicht?«

»Ähm, nein, das wusste ich nicht.«

»Sie sind ziemlich scharfsinnig und … Und wer bist DU überhaupt? Bist du der Klempner? Wurde auch Zeit, dass du dich nach siebzehn Jahren herbewegst. Vor siebzehn Jahren hab ich angerufen …«

»Nein, ich bin der Inspektor, der den Mordfall an Boris Klić untersucht. Wissen Sie noch?«

»Was willst du da untersuchen?«

Marko räusperte sich. »Ich will den Mörder schnappen.« Er sah ihr in die schwarzumrandeten Augen. »Ist Ihnen an dem Morgen, als er ermordet wurde, etwas Ungewöhnliches aufgefallen?«

»Ja. Ljiljanas Haus war umstellt von Bullen und im Garten lag 'ne Leiche.«

»Ja, ganz recht, aber ich meine davor.«

»Nein, gar nichts. Hör mal, Kleiner, würde ja gern noch mit dir quatschen, aber ich hab eine Menge zu tun, kapierst du das?«

»Also dann, schönen Tag noch.« Er sah zu, dass er wegkam. Sie knallte hinter ihm laut die Tür ins Schloss. Was sie wohl Wichtiges zu tun hatte? Merkwürdig. Sie hatte *meine Nirvana* gesagt.

Im Laden standen Sabina, Ines und Anita, als Nirvana hereinkam. Wie kleine Mädchen gingen Ines und Anita immer zusammen zum Einkaufen. Natürlich drehte sich das Gespräch gerade um Boris. Nirvana bekam mit, wie Sabina sagte, der Inspektor sei auch bei ihnen gewesen.

»War er schon bei dir?«, wurde Nirvana von Ines gefragt, kaum dass sie den Fuß in den Laden gesetzt hatte.

»Ja.«

»Also bei uns war er noch nicht«, meinte Ines, »und bei ihr auch nicht.« Sie machte eine Kopfbewegung in Richtung Anita.

»Und bei dir?«, fragte Nirvana ihre Schwägerin.

Eliza schüttelte den Kopf.

»Wie ist er denn so?«, wollte Ines wissen.

»Nett«, sagte Sabina und verstaute die gekaufte Ware in ihrer Tasche.

»Ja, er ist nett«, bestätigte Nirvana, »aber auch ziemlich hartnäckig. Alles Mögliche wollte er wissen. Ihr müsst aufpassen, was ihr sagt. Ich glaube, er könnte es schnell anders auslegen.«

»Wieso? Was hast du denn gesagt?«

»Ich?« Nirvana wurde rot. »Gar nichts. Ich meine, nichts von Bedeutung, aber er hat ziemlich gebohrt.«

»Aha.« Ines und Anita sahen sie an, und das gefiel ihr überhaupt nicht.

»Die ganze Sache wird so unangenehm.« Eliza stützte sich am Tresen ab. »Ich will nicht, dass ein Inspektor zu uns hereinschneit und uns Fragen stellt.«

Sabina tätschelte flüchtig ihre Hand. »So schlimm ist es auch nicht, Eliza. Das Ganze dauert fünf oder zehn Minuten.«

»Wenn es bei einem Mal bleibt«, fügte Anita hinzu.

»Habt ihr gehört, dass er auch bei Vedrana war?« Ines schüttelte ungläubig den Kopf. »Mein Gott, was wollte er nur bei ihr? Die kann ihm doch nun wirklich nicht weiterhelfen.«

Sabina ging Richtung Tür. »Er wusste eben nicht, wie es um sie steht.«

»Na, jetzt weiß er's bestimmt.« Ines kicherte.

»Vorsicht, Ines«, sagte Sabina ruhig, »sie ist meine Schwägerin und ich möchte nicht, dass du über eine kranke Frau in diesem Ton sprichst. Hast du mich verstanden?«

Ines wandte gekränkt den Blick ab und holte ihren Einkaufszettel aus der Hemdtasche.

Sabinas Blick blieb noch lange an ihr haften, bevor sie hinausging.

Nirvana dachte, dass vor Ines wirklich gar nichts verborgen

bleiben konnte. Sie wusste sogar, dass Ban bei Vedrana gewesen war.

Marko legte sich aufs Bett, ohne seine Kleidung abzulegen. Es war ihm unmöglich einen klaren Gedanken zu fassen und die vielfältigen Eindrücke zu sortieren, und deshalb stellte sich in ihm ein Moment des Zweifelns an seiner Kompetenz ein. Seit fast zwanzig Jahren war er nun schon bei der Polizei, und manchmal ging ihm diese Arbeit an die Nieren. Im wahrsten Sinne des Wortes. Letztes Jahr hatte man ihm einen großen Nierenstein entfernt. Eigentlich hatte er immer den Wunsch gehabt, in der Mordkommission zu arbeiten. Es war sein Ziel gewesen. Und im Grunde ging es ihm auch nicht schlecht, wenn er bedachte, was seine Kollegen im Drogendezernat erlebten. Minderjährige Junkies, weinende Eltern, die Geld hatten, aber zu wenig Zeit für ihre Kinder. Manchmal gab es von diesen Eltern anständige Schmiergelder. »Lassen Sie bitte meinen Sohn frei und schreiben Sie nichts davon in Ihre Akten. Kein Wort zur Presse. Ich habe hier tausend Dollar …« Manchmal waren es auch fünfhundert oder zweitausend Euro oder fünfhundert Dollar. Natürlich verlor keiner seiner Kollegen ein Wort darüber, aber es war ein offenes Geheimnis. Er selbst war sicher, niemals in Versuchung zu kommen, Schmiergelder anzunehmen, aber er verurteilte auch niemanden, der es tat. Ging man ins Krankenhaus, wollte der Arzt Bargeld sehen, wenn man als Patient eine besondere Behandlung wollte. Und was war wichtiger als die Gesundheit? Was sollte ein Vater machen, dessen Kind krank war? Wenn der verzweifelte, aber reiche Vater eines Junkies einem Polizisten fünfhundert Dollar unter die Nase hielt und dieser Polizist wusste, dass er für dieses Geld dem Kind eine bessere Behandlung ermöglichen konnte? Manchmal fragte er sich, was aus der jungen Generation werden sollte. Massenhaft durchstochene Unterarme und zerfressene Nasengewebe. Eine Generation voller Zweifel und Zukunftsangst, ein Abendprogramm im Fernsehen, das ihnen zeigte, wie anderswo das Leben lebenswert war – verdientes Geld, das nicht ausschließlich für Essen und ein Dach über dem Kopf erarbeitet wurde.

Das alles machte ihn wütend oder hilflos, je nach Stimmung. Genauso wie die erkauften Arbeitsplätze. Manchmal zahlten die Leute ein Jahresgehalt an jemanden, der die Macht hatte, ihnen einen Arbeitsplatz zu verschaffen. Wenn sie doch einfach ihre Arbeit machen würden, ohne einen Bonus zu erwarten. Als Kroatien unabhängig wurde, war er glücklich, wie viele andere auch. Weil er dachte, dass es jetzt besser werden würde. Sicher, in vielerlei Hinsicht war es auch besser geworden. Zumindest gab es die große Inflation nicht mehr. Er war kein fanatischer Patriot, aber er liebte sein Land. Doch am meisten ärgerten ihn diejenigen, die zu Titos Zeiten eingefleischte Kommunisten waren, dann glühende Anhänger Tudjmans, und – als dieser starb und die Sozialisten an die Macht kamen – dann begeistert von der neuen Regierung waren. Ihnen fehlte eine eigene Meinung, eine, die ihnen nicht aufgedrückt wurde. Früher hing in allen Geschäften und Lokalen Titos Porträt, später das von Tudjman. Jetzt gab es keine Porträts in den öffentlichen Einrichtungen mehr, dafür das kroatische Wappen. Im Präsidium gab es viele dieser Wappen. Den Kroaten fehlte es nicht an Fleiß, guten Ideen oder Intelligenz. Es fehlte ihnen einzig und allein an einer eigenen Meinung. Dass ausländische Filme noch immer nicht synchronisiert, sondern mit Untertiteln versehen wurden, sagte schon alles. Schließlich hatten ein paar weise Individualisten gemeint, es sei unpassend, John Wayne Kroatisch sprechen zu lassen. Für Italiener, Deutsche und Franzosen schien das anscheinend nicht unpassend zu sein. Wo blieb hier der ansonsten so stark ausgeprägte Patriotismus – wenn ein Cowboy alle Sprachen außer Kroatisch sprechen konnte.

Er hatte vergessen, die Waffe abzunehmen. Sie drückte. Müde schnallte er sie ab und ließ sie langsam auf den Boden neben sich gleiten. Anfangs hatte er einen Heidenrespekt vor dem Ding gehabt, sogar ein wenig Angst. Jetzt war sie in seinen Augen nicht mehr als andere Dinge an seinem Körper, wie Schuhe oder Armbanduhr.

Rockmusik dröhnte durch die Wände. Wahrscheinlich feierten die Bobićs mal wieder eine Party. Es verging keine Woche, in denen die Maklerin und der Richter ihre Wohnung nicht in eine Diskothek verwandelten. Die beiden hatten keine Kinder und waren eigentlich ganz nett, aber von Dingen wie Nacht- oder Sonntagsruhe schienen sie nicht viel zu halten. Es gab für sie keinen Grund, Rücksicht zu nehmen. Schon oft hatte Marko sich vorgenommen, sie einmal darauf anzusprechen, doch wenn er sie dann im Treppenhaus traf, sie ihn herzlich grüßten und ihm zuvorkamen mit den Worten: »Wir hoffen, es ist Samstag nicht zu laut geworden«, dann schüttelte er den Kopf und winkte ab, noch bevor ihm dies bewusst wurde.

Nun überfiel ihn wieder einer dieser verdammten Hustenanfälle. Wie oft hatte er sich schon vorgenommen, mit dem Rauchen aufzuhören? Genauso oft, wie er sich vorgenommen hatte, regelmäßig Sport zu treiben. Ein paar Mal war er im Park gejoggt und mit hängender Zunge nach Hause gekommen. Das hatte wirklich keinen Spaß gemacht.

Er stand auf und ging in die Küche, um sich einen Pfefferminztee zu kochen. Außerdem musste er Rambo noch füttern. Sein Meerschweinchen war ohnehin so anspruchslos, da überkam ihn manchmal das schlechte Gewissen, wenn er vergaß, ihm ein bisschen Gemüse durch den Käfig zu schieben. Er setzte den Teekessel auf und gab Rambo eine halbe Karotte. Als er im Wohnzimmer seinen Arbeitstisch sah, bekam er Lust, an dem Modellflugzeug weiterzubasteln, womit er vor ein paar Tagen begonnen hatte. Nein, er hatte jetzt keine Zeit dafür. Er würde die Liste durchsehen müssen, die Liste der verdammten Einwohner dieses verdammten Dorfes.

Der Teekessel pfiff. Er goss sich seinen Tee auf und dachte plötzlich an Nirvana Reljac. Er hatte schon lange keine so nette Frau mehr getroffen. Eine, die sich ihrer Ausstrahlung ganz und gar nicht bewusst war. Seine letzte Beziehung lag lange zurück – Anamarija, vor eineinhalb Jahren. Wenn er sie im Präsidium traf, grüßte sie nur kurz, mehr nicht. Er wollte nie ein Verhältnis mit einer Kollegin anfangen, aber es hatte sich einfach so ergeben. Sie hatte ihn auf einen Kaffee um die Ecke eingeladen und ihm von ihrem aktuellen Liebeskummer erzählt. Was hätte er machen sollen? Er musste sie trösten, und das ging am besten auf der Couch in ihrem Appartement. Sie verabredeten sich noch drei, vier Mal und dann schloss er die Akte Anamarija. Sie hatte ihn nur angesehen und sich umgedreht, wortlos.

Seine Gedanken wanderten zurück zum Fall Klić. Diesen Boris schien niemand gut gekannt zu haben. Zumindest die paar Leute, die er heute befragt hatte. Seine Witwe hatte er bisher in Ruhe gelassen, aber übermorgen würde sie ihm zur Verfügung stehen müssen. Morgen konnte er nicht weiterarbeiten, da würde die Beerdigung stattfinden. Er würde hingehen müssen, um die Leute ein wenig zu beobachten. Viel brachte so etwas natürlich nicht, aber es konnte zumindest zu einer oberflächlichen Einschätzung verhelfen, zu einer minimalen Einordnung der Charaktere. Obwohl es auch sein konnte, dass man damit auf die Nase fiel. Vor Jahren hatte eine Witwe auf der Beerdigung ihres ermordeten Gatten ganze Sturzbäche geheult. Später musste er leider herausfinden, dass sie ihren Liebsten selbst zur Strecke gebracht hatte.

Der Tee duftete verlockend.

Nirvana zog ihre braune Stoffhose und ein beigefarbenes Hemd an. Arsen hielt es nicht für nötig, auch nur einen Blick in ihre Richtung zu werfen, als sie aus dem Zimmer kam. »Sehe ich gut aus?«

Er hob den Kopf von der Zeitung und meinte: »Ich wusste nicht, dass man auf Beerdigungen gut aussehen muss.«

»Schon gut. Vergiss es. Ich bin jedenfalls fertig, also können wir gehen.«

Als sie im Auto saßen und Richtung Friedhof fuhren, schien ihnen die Sonne durch das Glas ins Gesicht. Heute war es außergewöhnlich heiß, die Kleidung blieb am Körper kleben und der Mund war ständig trocken.

»Heute kommt also dieser Polizeitrottel?« meinte Arsen.

»Das habe ich nicht gesagt. Ich hab ihm nur erzählt, dass du dir heute frei nimmst und zu Hause sein wirst. Ob er kommt, weiß ich nicht.«

»Hm.«

Nirvana seufzte. »Armer Boris.«

Sie spürte Arsens Blick von der Seite und konnte sich denken, was er jetzt dachte. Sie wandte den Kopf und sah ihn an. »Was ist? Was hab ich jetzt schon wieder gemacht?«

Arsen zuckte grinsend mit den Schultern. »Nichts. Ich hab doch gar nichts gesagt.«

Sie spürte die Wut, die sich in ihrem ganzen Körper ausbreitete. »Es hängt mir zum Hals heraus, dass du mich immer lächerlich machst.«

»Was soll denn das jetzt, Mann!?«, stöhnte er und verdrehte dabei die Augen.

»Du nimmst mich nie ernst, verdammt noch mal!«, schrie sie ihn an. Sie hatte schon lange nicht mehr geschrien, sondern sich meistens zusammengerissen, wenn sie die Wut aufsteigen spürte. Sie wollte nicht, dass er sie als hysterisch beschimpfte.

»Was schreist du jetzt hier herum?« brüllte er zurück.

»Du brüllst doch auch oft. Du brüllst mich ständig an. Wo ist da der Unterschied?«

Er schüttelte den Kopf, als hätte er ein Kind neben sich sitzen, mit dem man Nachsicht haben musste. Er lenkte den Wagen auf den Hügel neben den Eingang des Friedhofs. Sie stieg aus. Aufgebracht und enttäuscht, wie so oft. Sie spürte die Wärme, die ihre Tränen auf den Wangen hinterließen. Sie mochte sie nicht abwischen, es war ein so wohliges Gefühl. Mit jeder Träne schien auch ein Teil ihres Kummers herauszuströmen.

An die hundert Leute standen vor dem Tor herum und warteten auf den Beginn der Zeremonie. Einige schauten sie erstaunt und überrascht an. Ihr wurde klar, dass es so aussah, als würde sie um Boris weinen. Ljiljana kam aus dem Nebenraum der Leichenhalle, wo die Leute ihr Beileid aussprechen konnten. Ljiljana starrte sie an, irgendwie neugierig und abwartend, und hielt für einen Augenblick inne. Nirvana hob die Hand, die ihr unsagbar schwer vorkam, und wischte sich die Tränen aus dem Gesicht, um nicht noch mehr Verwirrung zu stiften. Ljiljana wandte sich ab, erst den Körper und Sekunden später auch das Gesicht.

Nirvana sah Renata, die eine Zigarette in der Hand hielt und den Mund verzog. Sie winkte Nirvana zu, Nirvana winkte zurück und lächelte unsicher. Arsen stellte sich hinter sie.

Die Trompeten begannen ihre Leidenstöne von sich zu geben und der Sarg wurde sichtbar. Es war ein teures Modell, das sah man sofort, schweres und glänzendes Holz. Er lag auf einem Wagen mit Rädern und bewegte sich Richtung Tor. Nirvana ließ ihren Blick über die Gräber wandern. Es war ein alter und großer Friedhof. Sie war schon lange nicht mehr hier gewesen. Noch nie hatte sie jemandem gesagt, wie sie darüber dachte, denn niemand hätte es verstanden: Dieses Prestige, das Wettrennen um die schönsten Familiengräber, die ewig frischen Blumen und brennenden Kerzen. Wofür? Der Mensch war tot. Ein für alle Mal tot. Da halfen keine Blumen und kein goldener Grabstein. Sie behielt ihre Gedanken für sich.

Hinter dem Sarg gingen Boris' Vater und seine Frau. Sein Vater ging gebückt, aber gefasst. Boris' Stiefmutter jedoch schluchzte in ihr Spitzentaschentuch. Nirvana hörte einen Wagen heranfahren und drehte sich um. Der Inspektor parkte sein Auto unter zwei Eichen und stieg aus. Die schwarzen Jeans und das schwarze Sakko standen ihm gut. Darunter trug er ein schwarzes T-Shirt. Er hatte diesen sportlich-eleganten Stil, der ihr gefiel.

Marko erkannte ein paar Leute, andere würde er erst noch vernehmen müssen. Er sah Ljiljana, die mit ihrem schwarzen Schleier unter der Junisonne ziemlich theatralisch wirkte. Ihr Mund war knallrot geschminkt und die Sonnenbrille wirkte auch fehl am Platz.

Nirvana Reljac sah dafür um so geschmackvoller aus. Es schien ihm, als wäre sie traurig, nachdenklich. Der Mann an ihrer Seite war bestimmt ihr Ehemann. Er wirkte selbstbewusst und hatte außergewöhnlich schöne Augen. So ehrlich musste er schon sein, wenn es sich auch um einen Mann handelte.

Marko hörte, dass getuschelt wurde und etliche Augenpaare in seine Richtung blickten. Ganz vorne hinter dem Sarg ging

Boško Klić und seine Frau Zora. Die Frau weinte sich die Augen aus. Vielleicht hatte sie ihren Stiefsohn wirklich geliebt, wer weiß. Boško Klić versuchte Haltung zu bewahren, aber immer wieder wischte er sich mit dem Handrücken die Tränen aus dem Gesicht. Marko hatte beide an jenem Morgen nur kurz gesprochen. Sie waren beide kaum vernehmungsfähig gewesen, vor allem der Vater nicht. Dieser Mann wirkte auf ihn ziemlich gebildet. Er sprach dialektfrei und auf gehobenem Sprachniveau. Ungewöhnlich für einen pensionierten Maurer. Marko hatte Unmengen von interessanten Büchern im Wohnzimmer dieses Mannes gesehen. Vielleicht neigte er ebenso zu Vorurteilen wie alle anderen. Zum Beispiel dass Handwerker sich nicht wie höfliche oder intelligente Leute verhalten. Was Marko besonders beeindruckt hatte, war die Antwort auf seine Frage gewesen, ob er nicht daran glaube, dass sein Sohn jetzt an einem guten Ort sei. Boško Klić hatte geantwortet: »Die Pseudointellektuellen vergeuden ihr halbes Leben damit, den Tod zu verstehen. Ich verstehe ihn nicht. Ich hoffe nur, er ist nicht so grausam wie das Leben.«

Am folgenden Tag setzte Marko seine Arbeit fort. Er würde mit der Witwe anfangen, dafür war höchste Zeit. Später musste er zu den Eltern fahren. Damit konnte er auch nicht länger warten. Boris Klićs Frau und die Eltern waren erst einmal die wichtigsten Zeugen.

Der Tag fing nicht gut an. Das Labor rief an und sagte, es gebe an der Axt keine Fingerabdrücke. Entweder trug der Mörder Handschuhe oder er hatte sie abgewischt.

Als Marko seinen Wagen vor Ljiljana Tomićs Haus parkte und ausstieg, stand Nirvana Reljac gerade auf der Terrasse und klopfte ihren Teppich ab. Sie winkte kurz, lächelte aber nicht. Er winkte umständlich zurück. Es passierte nicht oft, dass Mordverdächtige oder Zeugen ihm freundlich zuwinkten.

Er klopfte kurz und trat dann ein. Durch den Flur konnte er sehen, dass die Wohnzimmertür halb offen war. Marko trat ein und fand Ljiljana Tomić weinend auf der Wohnzimmercouch vor. Chantal saß neben ihr. Die Hündin musterte ihn geringschätzig, aber vielleicht bildete er sich das auch nur ein. Die Wohnung war blitzsauber. Er kannte einige ordentliche Haushalte, doch hier glänzten sogar die Türrahmen. Es war nicht zu übersehen, dass das Wohnzimmer erst kürzlich neu eingerichtet worden war. Modische Möbel und ein teurer Teppich, wie er vermutete. »Guten Tag. Es geht Ihnen wohl nicht besser.«

Sie blickte auf und wischte sich die Tränen mit dem Hemdsärmel ab. »Ich habe gerade mit der Bank telefoniert. Stellen Sie sich vor, ich soll tatsächlich morgen schon wieder zur Arbeit kommen. Die sind doch verrückt, oder?« Sie wartete auf eine Antwort.

»Tja«, er verzog den Mund und setzte sich ohne Aufforderung neben sie, »vielleicht ist es gar nicht so schlecht, wenn Sie sich ablenken. Dann denken sie nicht immer daran.«

Sie seufzte. »Es ist zum Verzweifeln.« Ihr Tonfall war mehr als deprimiert. »Da finde ich endlich mal einen Mann, der Verstand, Geld und Humor hat ... O Gott ...« Sie bedeckte ihr Gesicht mit den Händen und schluchzte. Marko wusste nicht recht, wie er sich verhalten sollte, deshalb beschloss er, sie sich ausweinen zu lassen. Nach etwa fünf Minuten beruhigte sie sich ein wenig, sah auf und meinte: »Die meisten Männer sind doch irgendwie Einfaltspinsel, oder?«

Hatte er sich eben verhört? Wollte sie wirklich eine Antwort darauf? »Jeder Topf findet seinen Deckel. Man findet das, was man sucht.« Sollte sie es doch auslegen wie sie wollte.

»Ach, ich weiß auch nicht.« Sie winkte ab. »Möchten Sie etwas trinken?«

»Nein, danke. Aber rauchen würde ich gern. Stört es Sie?«

»Ja«, erwiderte sie, als wenn er sie gefragt hätte, ob draußen die Sonne schien. Er räusperte sich, um seine Verlegenheit zu kaschieren, sofern das möglich war, und begann mit den üblichen Standardfragen.

Ihr sei nichts Merkwürdiges an Boris oder sonst wem aufgefallen.

»Wie lange kannten Sie Herrn Klić vor der Hochzeit?«

»Ich kenne ihn noch aus der Schule.«

»Nein, nein. Ich meine, wie lange … ähm … waren Sie mit ihm zusammen …«

»Zwei Monate.«

»Oh.«

»Und eine Woche.«

»Aha.« Er schrieb das in seinen Notizblock. »Da müssen Sie von Ihrer Liebe ganz schön überzeugt gewesen sein, wenn Sie nach so kurzer Zeit beschlossen haben zu heiraten.«

»So außergewöhnlich ist das auch wieder nicht.« Sie trank aus ihrer Kaffeetasse und beugte sich nach vorne, als hätte sie Bauchschmerzen. »Wir haben sofort begriffen, dass wir zusammengehören.«

Im Haus war es völlig still, deshalb hatten die Worte für Marko etwas Sentimentales. Er sah Ljiljana genauer an. Ihre Frisur war perfekt nach innen geföhnt und das Make-up dezent, aber mit Bedacht aufgelegt. Ihre Fingernägel waren vorgestern noch nicht in dieser Pinkfarbe lackiert gewesen. Das musste sie gestern oder heute gemacht haben. Merkwürdig, dass sie jetzt Sinn für solche Dinge hatte. Außerdem trug sie kein Schwarz. Gut, in den letzten Jahren hatte sich dieser Brauch nicht mehr so halten können. Heute trugen die Frauen unter Sechzig nicht mehr ein Jahr lang Schwarz nach dem Ableben ihrer Männer, aber doch zumindest die ersten Wochen oder Monate. Ljiljana trug heute einen dunkelblauen, langen Rock und eine pinkfarbene Bluse.

»Er ist also frühmorgens mit dem Pudel rausgegangen.«

»Ja. Boris war ein Frühaufsteher. Deshalb hat es ihm auch nicht viel ausgemacht, mit Chantal Gassi zu gehen.«

»Warum muss man mit ihr eigentlich Gassi gehen?« Er warf Chantal einen abschätzigen Blick zu. »Warum lassen Sie den Hund nicht einfach ein paar Stunden nach draußen?«

Ljiljana sah ihn an, als wäre er vollkommen übergeschnappt. »Bitte was? Sie könnte von einem Schäferhund zerfleischt werden – oder besprungen, was noch schlimmer wäre.«

»Na und?«

Ljiljana traute ihren Ohren nicht. Sie schüttelte ungläubig den Kopf. »Chantal ist ein erstklassiger Zuchtpudel. Sie hat fast fünfhundert Euro gekostet.«

Fünfhundert Euro? Für das Geld würde er lieber einen schönen Urlaub machen.

»Wenn ich Chantal paaren lasse, dann selbstverständlich nur mit einem ihr Ebenbürtigen.«

»Selbstverständlich.« Er räusperte sich. »Sie haben also nicht gehört, wie Ihr Mann aufstand und Gassi ging?«

»Nein. Es war drei Uhr, als wir nach Hause kamen. Um halb vier etwa bin ich eingeschlafen. Um halb acht hat mich Aljoša geweckt. Er schrie, Boris liege blutüberströmt im Garten.«

Er nickte und wünschte sich nichts sehnlicher als eine Zigarette. »Laut Obduktion ist der Tod zwischen vier und fünf Uhr eingetreten.«

Sie zuckte mit den Schultern. »Wenn Sie es sagen… Wahrscheinlich wollte Boris noch mit Chantal raus, bevor er duschen und sich ins Bett legen wollte. Vielleicht wollte er am nächsten Tag ausschlafen und … Ich weiß nicht. Ich war todmüde.«

»Ein Testament scheint es nicht zu geben, oder? Seine Eltern sagen, er hätte keines gemacht.«

Sie schüttelte den Kopf. »Ich habe ihn nie gefragt, aber ich glaube nicht.« Dann sah sie ihn direkt an. »Kommen Sie mir jetzt bloß nicht mit blöden Gedanken. Boris hat kaum etwas gespart. Er konnte nicht mit Geld umgehen und … Na ja, ich auch nicht, wenn ich ehrlich bin. Seinen Eltern hat er Geld gegeben, für das Haus, das dank seiner Hilfe jetzt fertig ist. Auf der hohen Kante hatte er fast nichts.«

»Das wird sich noch zeigen. Eine Frage noch: Sind Sie im Schlaf vielleicht aufgeschreckt, weil Sie geglaubt haben, etwas …«

Sie verdrehte die Augen. »Das hätte ich Ihnen doch schon längst gesagt, oder?«

»Das weiß ich nicht. Ich kenne Sie ja kaum. Die Menschen sind sehr verschieden. Außerdem erinnert man sich manchmal erst durch andere und später an bestimmte Dinge.« Er holte tief

Luft. »Hat er Ihnen gegenüber etwas erwähnt, das ihm Kummer machte?«

»Nein.« Sie nahm noch einen Schluck aus der Tasse und stellte sie dann geräuschvoll wieder auf dem Tisch ab. Plötzlich hielt sie inne. »Letzte Woche hat er mal etwas Merkwürdiges gesagt«, dann winkte sie ab, »aber das dürfte kaum etwas hiermit zu tun haben, und außerdem ist es gar nicht so merkwürdig.«

»Sagen Sie's bitte.« Chantal atmete hörbar aus und legte ihren Kopf auf die Vorderpfoten.

»Wir sprachen über die Vergangenheit. Ich erzählte ihm von den Fehlern, die ich im Laufe meines Lebens gemacht habe. Er meinte, was ich gemacht habe, seien keine Fehler, sondern Rebellion. Dann sagte er, die Dinge, die er getan habe, wären viel mehr der Sorge wert. Ja, so hat er es formuliert. Er meinte, er hätte nie gelernt, sich zusammenzureißen.«

»Haben Sie ihn gefragt, was er damit meinte?«

Sie warf ihm einen schrägen Blick zu. »Er wollte nicht mehr darüber reden. Er hat das sehr betrübt gesagt, wissen Sie. Aber dann wechselte er einfach das Thema.«

»Haben Sie nicht darüber nachgedacht?«

Sie zuckte die Schultern. »Nein, eigentlich nicht. Die Vergangenheit interessiert mich nicht.«

Marko versuchte mit aller Gewalt, das Gähnen zu unterdrücken. Er hatte sich die ganze Nacht hin und her gewälzt. Und das Telefonat mit dem Labor am Morgen hatte ihm dann den Rest gegeben. Der Tod war durch einen Schlag mit der Axt eingetreten, was er ohnehin schon wusste. Es hatten sich keine Spuren am Tatort gefunden, wie das manchmal der Fall war. Knöpfe, Fasern, Fußspuren. Nichts. Es gelang Marko nicht, das Gähnen zu unterdrücken, aber zum Glück betrachtete Ljiljana ihren abgebrochenen Fingernagel.

Er steckte den Notizblock samt Stift in die Hemdtasche und stand auf. »Ich gehe jetzt. Ich muss Ihnen ja wohl nicht sagen, dass Sie das Land nicht verlassen dürfen.«

»Schade«, meinte sie ironisch, »dabei wollte ich morgen in meine Villa auf die Bermudas.«

Es missfiel ihm, dass sie seine Höflichkeit ausnutzte. Es gab Inspektoren, die gingen mit den Leuten ganz anders um. »Ich mache nur meine Arbeit, Frau Tomić. Sie müssen nicht in diesem Ton mit mir reden.«

»Ja, schon gut«, sagte sie eine Spur leiser.

»Da fällt mir ein, warum haben Sie eigentlich Ihren Nachnamen behalten? Die meisten Frauen nehmen den Namen ihres Mannes an.«

»Die meisten Frauen haben nicht zwei Kinder, wenn sie heiraten. Und außerdem hätte ich es sowieso getan. Ich bin als Tomić geboren und ich möchte auch mit meinem Namen sterben. Ich kann mich nicht mit einem fremden Nachnamen identifizieren.«

»Klingt einleuchtend.« Er lächelte. Zu seiner Überraschung lächelte sie auch. »Bis bald«, sagte er.

»Auf Wiedersehen.«

Marko machte sich auf den Weg zu Marinka, der Frau, die neben Nirvana wohnte. Er konnte nicht widerstehen, einen Blick auf die Terrasse zu werfen, aber Nirvana Reljac war nicht zu sehen. Marinka fütterte gerade ihre Hühner. Wenn er dieses Gackern jeden Tag hören müsste, würde er wahrscheinlich an chronischer Migräne leiden. Aber vielleicht gewöhnte man sich mit der Zeit an alles.

Er stellte sich vor und erklärte, worum es ging.

»Da kann ich Ihnen nicht weiterhelfen, mein Lieber. Habe nichts gesehen und nichts gehört.«

»Gar nichts?«

»Nein. Erst, als alles schon vorüber war. Wer bügelt Ihre Hemden?« Sie machte eine abfällige Kopfbewegung in Richtung Markos Kragen. »Ihre Frau Mutter wohl kaum.«

»Was? Äh, nein. Das mache ich selbst.«

»Sieht man.« Sie griff in den alten, zerbeulten Topf und nahm eine Handvoll Maiskörner. Mit einer ausholenden Handbewegung warf sie das Futter durch den Drahtzaun in den Hühnerstall.

»Kannten Sie den Toten?«

»Nein.« Sie schüttelte den Kopf. »So gut wie gar nicht. Sind Sie schon lange Inspektor?«

»Ich bin schon lange bei der Polizei, ja.«

Marinka nickte nachdenklich. Ihre Neugier schien fürs Erste befriedigt zu sein.

»Sie haben also nichts …«

»Macht Ihnen die Arbeit Spaß?« Sie griff wieder in den Topf.

»Manchmal schon.«

»Sind Sie Junggeselle? Ich denk nur, weil Sie doch selber Ihre Hemden bügeln. Oder ist Ihre Frau auch den ganzen Tag weg?«

Für einen Augenblick hatte er den Faden verloren. Marinka verwirrte ihn durch ihre Fragen. »Sie haben Recht. Ich bin Junggeselle.«

»Da haben Sie bestimmt einen leeren Kühlschrank zu Hause und kochen können Sie auch nicht, oder?«

»Da irren Sie sich. Ich bin ein wirklich guter Koch.« Er lächelte. »Meine Spezialität ist Omelette mit Tomaten und frischen Kräutern.«

»Aha, Sie mögen Eier. Na dann warten Sie mal.« Sie bückte sich nach einem abgewetzten, kleinen Karton und legte vorsichtig ein paar Eier hinein. »Hier«, sie reichte ihm den Karton mit dem Inhalt. »Ganz frisch, mein Lieber.«

»Vielen Dank.« Er war etwas verblüfft über diese herzliche Geste. »Das ist sehr nett von Ihnen.«

Sie schaute ihn ein paar Sekunden merkwürdig an. »Ich weiß, Sie haben uns auf Nirvanas Terrasse gesehen und denken bestimmt, dass wir ziemlich abgebrüht sind, aber … aber wir haben alle Angst wegen diesem Mord.«

»Das verstehe ich.«

»Sie sind an solche Dinge ja gewöhnt, aber für uns alle hier ist das ziemlich hart.«

Er nickte. Dann sagte er etwas gedämpfter: »Wie ist Ihr Verhältnis zu Ljiljana Tomić?« Er kam sich mit dem Eierkarton in der Hand etwas unbeholfen vor.

»Tja, was soll ich sagen?«, Marinka schien ihre Worte im Voraus abzuwägen, »jede von uns führt ihr Leben so, wie sie es für richtig hält. Ich finde es nicht gut, dass die Kinder ohne Vater aufwachsen. Ich meine, ein Kind hat doch das Recht auf beide Eltern, oder?«

»Im Prinzip ja. Aber wo soll man die Grenze ziehen? Sollen Paare, die sich nicht mehr lieben, zusammenbleiben wegen der Kinder? Was ist mit den Kindern, die durch Krankheit oder Unfall ihre Eltern verlieren? Sind die dann schlimmer oder besser dran als Scheidungskinder?«

Marinka hob die Augenbrauen. »Na, da schau einer an. Ein Mordinspektor mit philosophischen Gedanken.«

Er lächelte. »Kommen Sie gut mit Ljiljana aus?«

»Eigentlich schon. Wir hatten nie Streit oder so. Sie will in Ruhe gelassen werden und lässt die anderen in Ruhe.«

»Sie haben das Opfer bestimmt öfter ein- und ausgehen sehen, da Sie ja gleich gegenüber wohnen.«

»Ja, aber unterhalten habe ich mich nie mit ihm. Er war nicht gerade ein freundlicher Mann, wenn ich das mal so sagen darf. Nur selten ist ihm ein Gruß über die Lippen gekommen.« Sie bückte sich und stellte den Topf auf den Boden, dann öffnete sie die wackelige Zauntür und Marko musste fast zur Seite springen, weil eine Unmenge an Hühnern sofort herausgeschossen kam. Das Gegacker war nun um einiges lauter.

»Also eine Unterhaltung hatten Sie nie mit ihm?«, schrie er beinahe.

»Nein, nie.«

»Gut, das war's fürs Erste.« Er betrachtete die Eier im Karton.

»Ein Mord ist bei uns noch nie passiert. Wirklich grässlich.«

»Wir tun unser Bestes, dass der Täter so bald wie möglich gefasst wird. Machen Sie sich nicht zu viele Sorgen. Einen schönen Tag noch«, er hob den Karton in die Luft, »und nochmals vielen Dank.«

»Aber bitte.« Sie nickte lächelnd.

Das Telefon klingelte. Nirvana knöpfte sich schnell die Jeans zu, bevor sie aus der Toilette gerannt kam. »Hallo?«

»Hallo, Mama.«

»Tea! Ach, mein Kind, wie geht es dir?«

»O Gott, Mama. Ich bin doch keine zehn mehr.«

»Du wirst immer meine Kleine bleiben. Das solltest du akzeptieren«, lachte Nirvana, obwohl ihr überhaupt nicht zum Lachen war. Sie musste jedes Mal die Tränen hinunterschlucken, wenn sie mit ihrer Tochter telefonierte. »Warum schreibst du nicht lieber? Telefonieren ist so teuer, Tea.«

»Ach, ist nicht so schlimm. Wie geht es euch da drüben?«

»Na ja, uns geht es eigentlich soweit gut …«

»Aber? Ist was mit Ivan?«

»Nein, nein. Es ist … Boris ist ermordet worden!«

»Ermordet? Ist ja schlimm. Aber wer ist Boris?«

»Ach ja, du kennst ihn nicht. Er ist Ljiljanas frischgebackener Ehemann gewesen. Umgebracht in der Hochzeitsnacht. Ich bin mit ihm zur Schule gegangen.«

»Und wer war's?«

»Das weiß man bis jetzt noch nicht.«

»Na so was.« Nirvana hörte Kindergeschrei im Hintergrund. »Ian, keep the noise down a little bit, please«, mahnte Tea. »Hach, eigentlich habe ich ja heute meinen freien Tag, weißt du. Aber Diana und Larry sind auf eine Geburtstagsparty eingeladen.« Tea sprach die Namen Englisch aus.

»Tea?« Nirvana räusperte sich, wie so oft, wenn sie sich auf eine direkte Frage vorbereitete. »Sind diese Leute gut zu dir? Ich meine, behandeln Sie dich wirklich *gut*?«

»Ja, Mama. Sie sind absolut in Ordnung. Ich würde mich nicht verarschen lassen, das weißt du. Auch nicht für englische Pfund.«

»Gut. Das wollte ich hören.«

»Und wie geht es dir wirklich?«

Nirvana überlegte, was sie sagen sollte. »Wie immer.«

»Du hörst dich komisch an.«

»Ach, Unsinn.«

»Habt ihr Streit?« Tea ging davon aus, dass Nirvana schon wusste, wen sie mit *ihr* meinte.

»Ein bisschen.«

»Ach, du weißt doch, wie er ist.«

»Ja, und ich habe es irgendwie satt, das jahrelang zu tolerieren.«

»Denkst du an Scheidung oder so?«

»Nein, komischerweise habe ich daran noch nie gedacht, nicht wirklich.«

»Hm.« Tea wusste anscheinend nicht, was sie dazu sagen sollte.

»Aber ich will dich nicht damit belasten.«

»Mein Gott, ich bin erwachsen. Man kann mich mit Problemen konfrontieren, ohne dass ich anfange zu heulen.« Sie klang gekränkt.

»Ja, weiß ich doch, Tea. Mach dir über uns keine Gedanken. Wir kommen schon klar.«

»Das ist eine ziemlich bescheuerte Floskel, Mama.« Tea hatte manchmal Arsens ruppige Art.

»Vielleicht ist es das, aber ich meine es so.«

»Ich liebe dich.«

»Du bist die Einzige, die das jemals zu mir gesagt hat.«

Du kannst nicht furzen und gleichzeitig den Hintern zusammendrücken

Marko fand Boško Klić im Garten auf einem Stuhl sitzend. Er hatte Marko den Rücken zugewandt und starrte ins Leere. Vor ihm auf dem runden Plastiktisch lag die Zeitung des heutigen Tages. Marko parkte den Wagen auf der anderen Straßenseite. Klić hatte ihn nicht kommen hören und erschrak ein wenig, als der Inspektor plötzlich neben ihm stand. Marko begrüßte ihn und erklärte, er müsse nun seine Fragen stellen.

»Natürlich, das verstehe ich.« Er war ein drahtiger, mittelgroßer Mann mit schmalem Schnurrbart und dunklen Haaren. Und jetzt, in seiner Trauer, wirkte er schwach, sein Gesicht war eingefallen und farblos.

»Bitte, setzen Sie sich.« Er machte eine einladende Handbewegung in Richtung des anderen Stuhls. Marko nahm etwas befangen Platz. Die engen Familienangehörigen von Mordopfern zu befragen, gehörte nicht gerade zu seinen liebsten Aufgaben. Die Leute waren verstockt und wortkarg – und sie taten ihm Leid.

»Herr Klić, ich möchte es Ihnen nicht unnötig schwer machen. Deshalb will ich mich so kurz wie möglich fassen. Aber ich bitte Sie, mir gegenüber so offen und ehrlich zu sein wie möglich.«

Der Mann nickte, sah ihn dabei jedoch nicht an.

»Sprechen Sie mit mir auch über die Dinge, die Sie vielleicht an Ihrem Sohn nicht mochten. Oder die andere an ihm nicht mochten.«

Jetzt blickte Klić ihn direkt an. »Ich werde alles tun. Alles«, sagte er mit scharfer, aber trauriger Stimme, »damit dieser Abschaum, der meinen Sohn ermordet hat, verhaftet wird.«

»Gut, denn das will ich auch und …«

»Ach, Herr Inspektor!« Das war zweifellos Zora Klićs hohe Stimme. Sie kam mit einem Tablett auf die beiden zu. Frau Klić trug einen großen Krug orangefarbener Flüssigkeit und drei Gläser. »Ich habe Sie vom Fenster aus gesehen und gedacht, ich bringe etwas Eistee zur Erfrischung.«

»Das ist sehr freundlich«, säuselte Marko gegen seine Überzeugung, »Danke sehr.« Viel lieber hätte er den Vater in Ruhe befragt.

Sie setzte sich auf einen der noch freien weißen Gartenstühle und schenkte die Getränke ein.

»Ich würde gern wissen«, begann Marko, »ob Ihnen etwas Ungewöhnliches an Ihrem Sohn aufgefallen ist. War er in letzter Zeit nachdenklich oder verstimmt?«

Boško Klić schüttelte den Kopf.

»War er vielleicht aggressiv, gereizt?«

Wieder schüttelte er den Kopf.

»Hat er sich über jemanden beklagt?«

»Ja«, platzte die Frau dazwischen, »über den Kevin hat er sich manchmal beklagt. Er sei so schwierig.«

»Frau Klić, der Junge ist fünf Jahre alt. Er hat Boris bestimmt nicht ermordet. Er scheidet also definitiv aus.«

Sie dachte scharf nach. »Ach so, ja. Na, weil Sie doch wissen wollten, ob er sich beklagt hat und … nun, egal.« Sie stellte vor jeden der beiden Männer ein Glas und lehnte sich bequem in ihrem Stuhl zurück.

Marko musste sich konzentrieren, um den Faden wieder aufzunehmen. »Hat er sich über jemanden beklagt?« Er sah demonstrativ in die Richtung des Mannes und hoffte inständig, dass die Frau den Mund halten würde.

»Nein«, antwortete dieser, »hat er nicht.«

»War Ihr Verhältnis zu Ihrem Sohn gut? Hätte er es Ihnen erzählt, wenn er mit jemandem Probleme gehabt hätte?« Er nahm einen großen Schluck Eistee und musste zugeben, dass er köstlich schmeckte.

Klić nickte. »Ja, ich denke schon. Wir haben viel über seine Arbeit gesprochen und auch über andere Dinge. Ich denke, dass er mir sicher erzählt hätte, wenn er mit jemandem größere Probleme gehabt hätte.«

»Was für ein aufregender Beruf, den Sie da haben«, redete seine Frau wieder dazwischen.

Marko hoffte, dass ihr Mann sie zurechtweisen oder ihr zumindest einen warnenden Blick zuwerfen würde. Aber er tat es nicht. Marko lächelte nur kurz und hielt es nicht für nötig, einen Kommentar dazu abzugeben. Wieder wandte er sich ganz dem Mann zu. »Ich will ehrlich zu Ihnen sein. Wir sind bisher nicht weitergekommen. Es gibt weder Hinweise noch Zeugen noch Spuren.«

»Ich weiß«, er machte eine Kopfbewegung zur Zeitung. »Ich habe es gelesen.«

Marko bemühte sich um einen freundlichen Ton. »Ich habe die Zeitung heute Morgen auch gelesen. Glauben Sie mir, die Zeitungen übertreiben manchmal. Der Bericht ist kurz, aber pessimistisch. Dass die Polizei hier nicht weiterkommen wird, halte ich für eine pure Übertreibung.«

»Hoffentlich«, meinte Klić dumpf. Dann wiederholte er noch einmal: »Hoffentlich.«

»Hatte Ihr Sohn manchmal Unannehmlichkeiten mit anderen Leuten? Erinnern Sie sich an einen Streit? Vielleicht ein Streit, der schon länger zurückliegt?«

Der Mann wiegte den Kopf hin und her. »Na ja, er war nicht immer pünktlich zur Stelle, wenn Sie wissen, was ich meine. Manchmal waren die Leute deshalb wütend auf ihn. Aber ich denke nicht, dass ihn jemand deswegen töten würde.« Seine Lippen fingen an zu zittern. Marko ließ ihm eine Minute, um sich wieder zu fangen.

»Wie groß waren denn diese Verspätungen, Herr Klić? Ein paar Stunden, ein paar Tage oder ein paar Wochen?«

Boško Klić seufzte schwer. »Manchmal auch das. Wir Handwerker haben einen schlechten Ruf und ich muss zugeben, weitgehend zu Recht. Ich war in meiner Arbeit immer gewissenhaft, aber ich hatte schließlich auch privat viel mit Handwerkern zu tun. Es war oft ein Ärgernis, wenn die Leute zu spät kamen und es nicht für nötig hielten, telefonisch Bescheid zu geben. Da ich wusste, dass Boris sich ebenfalls solche Unzuverlässigkeiten leistete, habe ich ihn deshalb auch hin und wieder kritisiert. Jetzt erinnere ich mich, dass es da ein Problem in Mala Šuma gab. Ein älteres Ehepaar. Sie wollten unbedingt Boris als Fliesenleger, weil er der Beste war.« Er sah Marko selbstbewusst an. »Und das war er auch. Boris hatte aber parallel dazu einen anderen Auftrag angenommen, weil … nun ja, weil die Bezahlung sehr gut war. So hat er das Ehepaar ein paar Wochen warten lassen. Sie waren erbost, weil sie ihr Bad so lange nicht benutzen konnten, alles durcheinander war und das ganze Haus verstaubt.«

»Wissen Sie zufällig, wie das Ehepaar heißt?«

»Ja, sie heißen Juretić. Ich bin mit dem alten Benko zur Schule gegangen.«

Boris lächelte bitter. »Danke, Herr Klić. Vielen Dank.«

Sein nächster Besuch galt Eliza und Luka. Im Haus roch es nach Angebranntem. Der Mann führte ihn in die Küche, die unordentlich aussah. Das Geschirr türmte sich und Luka Čaval musste erstmal den Tisch freiräumen, bevor er sich mit Marko setzen konnte. Zeitschriften, ein paar randvolle Aschenbecher und leere Gläser trug er einfach zur Küchenzeile und stellte alles irgendwo ab. Seine Frau schnitt gerade Fleisch in kleine Stücke.

Sie sagten, sie wären weder bei der Hochzeit dabei gewesen noch hätten sie Boris gekannt. Die beiden wirkten ziemlich gleichgültig gegenüber dem Tod des Mannes, der ihr Nachbar hätte werden sollen.

»Aber Sie kannten ihn vom Sehen, nicht wahr?«, hakte Marko nach.

»Ja, das schon«, antwortete die Frau über die Schulter. »Natürlich kannten wir ihn auch von früher, von der Schule.« Sie schnitt weiter das Fleisch, während ihr Mann saß und rauchte. »Ich habe den Laden, und manchmal kam er und hat etwas gekauft. Er war sehr höflich, mehr kann ich über ihn nicht sagen.« Sie sah nicht auf.

»Und Sie?«, wandte sich Marko an ihren Mann.

»Ich?« Er schien überrascht, dass er mit dieser Frage konfrontiert wurde. »Ich bin in der Stadt aufgewachsen, kannte ihn nicht von früher. Er ist mir nur ein paar Mal über den Weg gelaufen. Machmal, wenn ich für meine Frau Besorgungen gemacht und die Sachen in den Laden gebracht habe, war er da und hat etwas gekauft.«

Marko machte sich Notizen, wobei er sich Zeit ließ. Aus den Augenwinkeln beobachtete er, wie sich das Ehepaar einen langen Blick zuwarf. »Nun, ich hoffe, Sie verstehen mich nicht falsch, aber …«, Marko räusperte sich, »es fällt mir schwer zu glauben, dass der Mann hin und wieder bei Ihnen einkaufte und sich darauf beschränkt hat zu sagen, was er in seine Einkaufstasche packen wollte. Das ist doch ein Dorfladen, man kauft anders ein als im Supermarkt in der Stadt. Hat er nicht wenigstens manchmal das Wetter erwähnt oder Sie etwas gefragt? Oder irgendetwas über Ljiljana Tomić gesagt?«

Eliza Čaval schüttelte den Kopf. »Nein.« Nun hielt sie mit dem Schneiden inne und sah ihn an. »Er kam, sagte mir, was er wollte, zahlte und ging.« Sie zuckte mit den Schultern. »Einmal habe ich ihn gefragt, ob er sich darauf freue, nach Mala Šuma zu ziehen. Da lächelte er nur und gab keine Antwort.« Sie verzog den Mund, als würde sie sich noch im Nachhinein darüber wundern. »Von da an habe ich ihn nichts mehr gefragt. Wissen Sie, ich kenne die Leute in diesem Dorf ziemlich gut. Ich weiß, wer in Ruhe gelassen werden möchte, wenn er bei mir einkauft. Ich weiß, wer ein bisschen plaudern will, und es gibt auch manche, die lästern wollen. Da mache *ich* allerdings nicht mit. Ich kann nicht für jeden Kunden meinen Charakter ändern, nur um es ihm recht zu machen.«

Marko nickte. »Das verstehe ich. Aber Boris Klić gehörte anscheinend zu denen, die ihre Ruhe haben wollten?«

»Eindeutig. Wie gesagt, er war höflich, aber … Na ja, wortkarg.«

»Ich fand ihn nicht freundlich«, sagte ihr Mann plötzlich. Er blickte Marko direkt an. »Egal, war nur ein Eindruck, den ich von ihm hatte.«

»Bitte sprechen Sie weiter. Mir könnte so ziemlich alles helfen.«

Luka Čaval lehnte sich zurück und verschränkte die Arme vor der Brust. »Wie ich schon sagte, habe ich nie mit ihm geredet, aber er war mir einfach unsympathisch. Manche Leute sind einem halt nicht geheuer, auch wenn man sie nicht kennt. So was nennt man wohl Vorurteil.« Er lächelte, und Marko tat es ihm nach. »Ich finde, er war überheblich. Eingebildet eben. Er tat, als wäre er was Besseres. So was nervt mich bei Leuten.«

»Ich weiß schon, was Sie meinen. Hatten Sie je eine Unterhaltung mit ihm?«

»In keinster Weise. Ich hatte auch nicht das Bedürfnis danach.«

»War er eitel? Ich meine, hat er es heraushängen lassen, dass er gut verdient hat? Vielleicht durch seine Kleidung?«

Die beiden dachten einen Augenblick nach. »Kann man eigentlich nicht sagen«, meinte Eliza Čaval. »Er hatte Geschmack, aber dass er sich irgendwie teuer gekleidet oder viel Schmuck getragen hätte, das nicht.«

»Im Gegensatz zu Ljiljana«, bemerkte ihr Mann.

Marko wartete darauf, dass er weiter sprach. Als er es nicht tat, fragte Marko: »Wie meinen Sie das?«

Luka grinste. »Ich glaube, Sie verstehen genau, was ich meine. Ich bin wohl nicht der Erste, der sagt, dass Ljiljana jetzt ziemlich eingebildet ist.«

»Luka!«, schalt ihn seine Frau.

»Na, was denn?«, rief er ihr zu, »ist doch so. Als ob du nicht auch weißt, wie sie früher war und wie sie jetzt ist. Früher haben wir nämlich manchmal Babysitting für sie gemacht.« Er wippte auf seinem Stuhl vor und zurück.

»Ach?« Marko war mehr als überrascht. Er schrieb es sofort auf. »Wie kam es denn dazu?«

»Ljiljana und Eliza haben sich früher ziemlich gut verstanden. Als Aljoša noch klein war, hat sie ihn manchmal hier übernachten lassen und ist auf Achse gewesen. Was sie in der Zeit gemacht hat und wo sie hinfuhr, dafür haben wir uns nicht interessiert. Es war auch nicht so oft, vielleicht alle sechs oder acht

Wochen mal. Als dann Kevin kam, ist sie etwas ruhiger geworden und nicht mehr so oft ausgegangen.«

»Würden Sie sagen, dass sie eine gute Mutter ist?«

Luka nickte. »Ja. Um die Kinder hat sie sich immer gut gekümmert, da kann man nichts sagen. Denen fehlt es an nichts. Sie ist auch sehr zärtlich zu ihnen und verwöhnt sie.«

»Hat sie Kevin auch mal hier schlafen lassen?«

»Nein. Wie ich schon sagte, sie ist dann ruhiger geworden.«

»Hat das Babysitting abrupt aufgehört?«

»Hm, im Grunde schon«, sagte Luka und drückte seine Zigarette aus.

»Gab es dafür einen bestimmten Grund?«

Eliza wischte sich die Hände an der Schürze ab und drehte sich um. »Sie wollen wissen, ob wir uns verkracht haben. So ist es doch?«

»Haben Sie?«

»Ja.«

Marko sah sie an. Sie war etwa vier Meter von ihm entfernt, aber er konnte das Funkeln in ihren Augen sehen. »Und warum?«

»Das weiß ich nicht mehr.«

Marko hob demonstrativ die Augenbrauen.

»Es ist über fünf Jahre her. Ich kann mich nicht mehr erinnern, worum es dabei ging.«

»Um ehrlich zu sein, das glaube ich nicht ganz.«

»Schade«, sagte sie pampig, »aber das kann ich nicht ändern.«

»Vielleicht fällt es Ihnen ja noch ein.« Er stand auf. Wie allen anderen legte er auch ihnen seine Karte auf den Tisch. »Danke. Hier ist meine Nummer. Sie können auch auf den Anrufbeantworter sprechen, falls ich gerade nicht erreichbar sein sollte.«

Die beiden nickten und Luka brachte ihn zur Tür. »Vielleicht wollen *Sie* mir sagen, worum es bei dem Krach ging«, sagte Marko und stand schon fast draußen.

Luka zuckte die Schultern. »Tut mir Leid. Ich war nicht dabei.«

Marko nickte und warf ihm einen letzten Blick zu. Glaubte dieser Mann wirklich, dass Marko ihm abnahm, seine Frau hätte es ihm nicht erzählt?

Im Eilschritt ging er zu Sabina und Benko. Er hatte zuerst Eliza und Luka Čaval aufgesucht, weil das Haus auf dem Weg lag. Das alte Ehepaar würde ihm ohnehin nicht weglaufen. Schon von weitem sah er, dass die Tür zur Wohnküche geöffnet war. Als er näher kam, sah er durch die geöffnete Tür, dass Benko wieder auf seiner alten Holzkiste saß und seiner Frau beim Kochen zuschaute. Marko klopfte kurz an, bevor er eintrat.

»Guten Tag«, sagte er in neutralem Ton. Er versuchte, seinen Ärger über die beiden erst mal im Zaum zu halten.

Sabina warf ihrem Mann einen besorgten Blick zu. »Guten Tag«, riefen beide im Chor. Irgendwie klang es mehr wie eine Frage.

Marko wollte ohne Umwege zur Sache kommen. »Sie haben mir nicht die Wahrheit gesagt.«

Benko blickte zu Boden. »Ja, aber deswegen sind wa doch nicht verdächtig.«

Marko ging in der Küche auf und ab. »Da haben Sie Recht. Nur weil Sie Scherereien mit ihm hatten und er bei Ihnen einen schlechten Eindruck hinterließ, macht Sie das noch lange nicht zu Mordverdächtigen. Aber wissen Sie, was mich wirklich sauer macht?«

Benko schüttelte den Kopf.

Marko sah ihm direkt in die Augen. »Doch, ich glaube, dass Sie das wissen.«

»Ähm, ja, glaube ich auch.«

»Warum reden die Leute nicht ehrlich und aufrichtig mit mir?«

»Hm, vielleicht liegt das daran, dass Sie Polizist sind.«

»Halt jetzt mal besser den Mund, Benko«, mischte Sabina sich ein. »Es ist so, Herr Ban: Kein Mensch hat gern mit der Polizei zu tun, und schon gar nicht, wenn es um Mord geht. Na ja, sicher ist das nichts Besonderes, was zwischen Boris Klić und uns vorgefallen ist, aber wir möchten diese Mordsache so weit weg wie möglich von uns wissen.«

Marko seufzte. »Wissen Sie eigentlich, dass gerade so ein Verhalten merkwürdig ist?« Als er den erstaunten Ausdruck auf ihren Gesichtern sah, fügte er hinzu: »Sie sind nicht wirklich verdächtig, und nur mit Ehrlichkeit kommen wir weiter. Verstehen Sie?«

Beide nickten eifrig.

»So, und jetzt möchte ich hören, was Sie mir zu sagen haben.«

»Er hat uns um tausend Kuna beschissen«, fing Benko an, »hat das Geld eingesackt und die restliche Arbeit nicht mehr erledigt. Dafür mussten wir dann einen anderen kommen lassen und den natürlich auch bezahlen.«

Sabina setzte sich auf den Küchenstuhl und zupfte am Geschirrtuch, dass sie in der Hand hielt. »Er war arrogant, aufgeblasen und besserwisserisch. Das wäre ja nicht so schlimm gewesen, hätte er seine Arbeit gemacht, wie es sich gehört. Aber während er noch bei uns beschäftigt war, einfach einen anderen Auftrag anzunehmen, das gehört sich nicht. Dummerweise hatten wir ihn im Voraus bezahlt, und so hat er die Arbeit dann einfach nicht abgeschlossen und wir mussten einen anderen Fliesenleger finden, der die Arbeit fertig machte. Wie mein Mann schon sagte, haben wir dem anderen tausend Kuna zahlen müssen für etwas, das eigentlich Klić hätte beenden müssen. Das ist eine Menge Geld für uns.«

Marko nickte. »Während er hier gearbeitet hat, gab es da irgendwelche Unterhaltungen oder Auseinandersetzungen mit ihm?«

»Das ist ja …«, fing Benko an.

»Komm, lass mich mal lieber«, unterbrach ihn Sabina ungeduldig. Marko rang dies ein leises Lächeln ab. Er fand das alte Ehepaar drollig, auch wenn sie ihn verärgert hatten. »Also, wenn Sie einen Handwerker im Haus haben, dann kochen Sie ihm natürlich einen Kaffee und bieten ihm etwas zu trinken an. Das habe ich auch getan. Ich hatte schon einige Handwerker im

Haus, und man unterhält sich ein bisschen, natürlich über Alltägliches, sicher, aber so zugeknöpft und unfreundlich wie der Klić war bisher keiner. Ich habe ihm einen Kaffee gebracht und er bedankt sich nicht mal. Ich biete ihm etwas zu trinken an und er lehnt ab oder sagt, ich solle ihm ein Glas Wasser bringen. Als ob das meine Pflicht wäre! Kein Bitte und kein Danke!«

»Ja, und einmal«, Benko ließ sich von seiner Frau nicht entmutigen, »da kam er morgens, um mit der Arbeit anzufangen, murmelte nur ‚Morgen' und ging zum Bad rüber, hat uns dabei nich mal angesehen, weißt du noch?« Er sah seine Frau an.

»Natürlich weiß ich es noch. Ich habe mich zwei Tage darüber gewundert. Ich finde, er hatte keine Manieren. Sehr schlechte Kinderstube, wirklich, sehr schlecht.«

Marko wollte nicht so recht glauben, dass es an der Kinderstube lag, denn Boris' Vater hatte bestimmt Wert auf gutes Benehmen gelegt.

»Gibt es sonst noch etwas, was Sie mir über ihn sagen könnten?«

Beide schüttelten die Köpfe. »Das war ja wohl mehr als genug«, meinte Benko. »Trinken Sie ein Schnäppschen mit?«

»Nein, vielen Dank. Vielleicht ein anderes Mal.«

»Ha. Wie sagt man so schön: Versprechen sind nur sinnlose Vorfreuden.«

Marko lächelte.

»Jetzt bin ich froh, dass wir es Ihnen erzählt haben«, sagte Sabina.

»Ist es so nicht viel besser? Sie belasten sich nicht länger und ich weiß, woran ich bin.«

Auf Sabinas Gesicht war eine winzige Spur von Belustigung zu sehen. Benko zuckte grinsend mit den Schultern. »Aber wie haben Sie das erfahren?«

»Mütter und Bullen wissen alles.«

Nirvana stand zwanzig Minuten unter der Dusche. Sie ließ sich das lauwarme Wasser auf den Körper prasseln und wusch sich die Haare. Der Traum hatte sie nicht aufgewühlt, sondern nachdenklich gemacht. Sie hatte von Arsen geträumt, wie er sich mit einer anderen Frau im Bett wälzte. Dabei hatte die Frau Nirvanas Namen genannt und Arsen hatte ihr zärtlich den Zeigefinger auf die Lippen gelegt, um ihr zu bedeuten, still zu sein. Die Frau hatte Bedenken gehabt, Arsen nicht. Nach dem Traum war sie verletzt gewesen. Als sie aufgewacht war, hatte sie eine halbe Stunde den Fleck an der Decke angestarrt. Sie hatte Eifersucht verspürt. Es war doch nur ein Traum, versuchte sie sich zu beruhigen. Trotzdem tat es irgendwie weh. Sie hatte doch auch den Mord an Boris geträumt. Nein, in dem Traum hatte sie Boris nicht erkannt. Es konnte auch alles ein Zufall sein. Und wenn nicht? Nein, jetzt nicht daran denken. Sie durfte sich in diese Träume nicht so hineinsteigern. Sie schob den Duschvorhang zur Seite und stieg aus der Wanne. Gerade, als sie sich Slip und BH angezogen hatte, hörte sie von draußen hysterisches Gekreische. Wieder eine Leiche? Sie stürmte in Unterwäsche und nassen Haaren in den Flur und spähte durchs Fenster. Ljiljana ging vor ihrem Haus auf und ab, die Hände vor dem Mund zu einem Becher geformt. »Chantaaaaal! Chantal, mein Liebling, komm zu Mami!«

Marinka kam aus dem Haus gestürmt und brüllte nun ihrerseits zur anderen Straßenseite hin: »Was plärrst du hier herum?«

»Ich habe nur einen Spalt die Tür geöffnet, da …«

»Kapierst du denn nicht? Das ist die Natur. Die Schantl will auch mal eine Nummer schieben. Versetz dich doch mal in ihre Lage. Die ist bestimmt nur zu einem der Dorfrüden. Und jetzt gib Ruhe und lass mich mein Nickerchen machen.« Marinka ging wieder ins Haus.

Nirvana legte lachend die Hand vors Gesicht, als sie Ljiljanas schockiertes Gesicht sah. Erst stand sie da wie versteinert, dann sprintete sie in beachtlichem Tempo die Dorfstraße runter.

Nirvana war zu neugierig, als dass sie nicht erfahren wollte, wie die Geschichte mit dem Pudel ausgehen würde. Sie zog sich an, nahm einen Trinkjoghurt aus dem Kühlschrank und die Zigaretten vom Fensterbrett. Im Eilschritt ging sie auf die Terrasse und setzte sich. Seelenruhig zündete sie sich eine Zigarette an und wartete, bis Ljiljana wieder auftauchte. Es dauerte eine ganze Weile.

»Hallo. Warst du mit Chantal spazieren?« Sie stellte sich ahnungslos.

Ljiljana keuchte und hielt Chantal schützend an die Brust gepresst. Mit Chantal schien alles in Ordnung zu sein, nur Ljiljana wirkte, als hätte sie eine mehrstündige Achterbahnfahrt hinter sich. »Es ist furchtbar. Elizas Köter hat sie besprungen und ich hab versucht, sie auseinander zu bringen, aber es ging nicht. Sie waren wie aneinander festgeklebt.«

»Warum lässt du sie nicht sterilisieren?«

»Das werde ich tun«, nickte Ljiljana geistesabwesend und ging ins Haus.

Zora Klić hieß ihn willkommen wie einen alten Bekannten. Ihre Fröhlichkeit nervte ihn. Außerdem schien ihm unverständlich, dass sie gar nicht traurig wirkte. Vor ein paar Tagen erst hatte man ihren Stiefsohn beerdigt. Konnte ihr Mann so etwas angemessen finden? Sie führte ihn ins Wohnzimmer, wo Boško Klić sich gerade eine Sportsendung ansah. Er hatte blutunterlaufene Augen.

»Guten Tag, Herr Klić. Störe ich?«

Der Mann warf ihm einen zerstreuten Blick zu. »Nein, natürlich nicht. Entschuldigen Sie, ich habe Sie nicht kommen hören. Bitte nehmen Sie Platz.«

Wie höflich dieser Mensch doch war. Ganz anders, als man ihm seinen Sohn beschrieben hatte. »Danke.« Er setzte sich. »Sicher wundern Sie sich, dass ich so schnell wieder hier aufkreuze.«

Boško nahm die Fernbedienung und schaltete den Fernseher aus. Er lehnte sich zurück. »Ich wundere mich zwar, aber es ist auch ein gutes Zeichen. Das heißt, dass Sie fleißig sind. Gibt es etwas Neues?«

»Nein, jedenfalls nichts von Belang. Aber ich habe ein paar Fragen an Sie, Herr Klić. Fragen, die in Ihren Ohren vielleicht anmaßend klingen werden, aber ich kann sie anders nicht stellen.«

Er seufzte. »Gut, fragen Sie.«

Gerade als Marko den Mund aufmachen wollte, kam Zora ins Wohnzimmer geschossen. »Soll ich denn vielleicht Kaffee machen oder Tee oder eine kleine Erfrischung?«

»Möchten Sie etwas?«, fragte Boško an Marko gewandt.

»Nein, danke. Das Einzige, was ich möchte, ist zehn Minuten nicht gestört zu werden. Wir müssen uns allein unterhalten.«

»Holla, Sie sind aber direkt.« Zora lachte auf. »Sozusagen unter zwei Augen?«

»Vier Augen«, verbesserte Marko räuspernd.

»Ach ja, weil jeder Mensch ja zwei Augen hat.« Wieder lachte sie auf. »Unter zwei Augen, Mensch, bin ich dumm. Das können ja dann nur Piraten sein. Ha.« Sie winkte ab. »Ich verspreche, mich mucksmäuschenstill zu verhalten und nicht mehr zu stören.« Sie machte einen Buckel und schritt auf Zehenspitzen hinaus. Dabei ließ sie die Zungenspitze etwas aus dem Mund lugen. Marko zweifelte ernsthaft an ihrem Verstand. Diese Frau führte sich auf wie eine Fünfjährige!

»Sicher wundern Sie sich etwas über meine Frau«, bemerkte Boško.

»Ähm«, Marko rutschte auf dem Sessel hin und her, »nein, nein. Eine Frohnatur ist sie, wirklich.«

»Deshalb habe ich sie geheiratet. Sie bringt mich zum Lachen. Diese Eigenschaft ist sehr selten unter den Menschen. Ist Ihnen das schon aufgefallen?«

»Ja, das stimmt.«

»Ich könnte es nicht ertragen, wenn sie jetzt genauso deprimiert wäre wie ich, obwohl sie in den ersten Tagen auch sehr niedergeschlagen war, das können Sie mir glauben. Zora ist ein Stehaufmännchen. Das Leben geht weiter, sagt sie. Zora ist eine Weile traurig, dann päppelt sie sich wieder selbst auf und ist die alte Zora. Dafür liebe ich sie. Sie ist herzlich und gütig.«

Und nervtötend, hätte Marko beinahe hinzugefügt.

»Was wollten Sie mich fragen, Inspektor?«

»Herr Klić, Sie sind ein sehr höflicher, gebildeter Mensch. Sie sind belesen, haben interessante Bücher im Regal, sind kultiviert … Nun, um es direkt zu sagen: Ihr Sohn scheint nicht so gute Manieren gehabt zu haben. Bitte sehen Sie mir das nach, aber diesen Eindruck habe ich aus den Gesprächen mit anderen Leuten gewonnen. Ich gebe zu, ich bin kein Meister in geschickten Formulierungen.«

Der alte Mann saß eine ganze Weile schweigend da und starrte auf das billige Ölbild an der Wand. »Sie müssen sich nicht entschuldigen. Es ist die Wahrheit. Bei Boris war es so: Wenn er jemanden mochte, konnte man alles von ihm haben. Für Ljiljana hätte er alles getan. Er ist sogar immer mit dem Pudel raus, obwohl er für Hunde nicht viel übrig hatte. Er liebte Ljiljana. Und mich liebte er auch, das weiß ich. Aber wenn er jemanden nicht mochte, und manchmal gab es dafür keinen bestimmten Grund, konnte er unmöglich sein. Das war schon immer so. Als Kind habe ich ihn einmal deshalb verprügelt.« Er schluckte, und brauchte wieder eine Weile, um sich zu fangen. »Wenn er Lehrer hatte, die er nicht mochte, war er unverschämt und frech. Auch Bestrafungen halfen nichts. Manchmal schämte ich mich auf Elternabenden, wenn mir vor den anderen Eltern die Leviten gelesen wurden, weil mein Sohn sich so daneben benommen hatte. Aber wenn er eine Lehrerin mochte – und meistens war es eine Lehrerin – dann legte er sich total ins Zeug und versuchte, seine Hausaufgaben so gut zu machen wie möglich. Er meldete sich im Unterricht und das Lernen machte ihm Spaß. Für ihn gab es nur diese beiden Extreme.«

»Aber er schien auch nicht besonders zuverlässig gewesen zu sein. Bei der Arbeit, meine ich.«

»Das habe ich Ihnen aber schon gesagt.«

»Ja, das ist korrekt. Was war der Grund für dieses Verhalten?«

»Geld. Für Boris war Geld sehr wichtig.«

»Verstehe.«

»Und ich gebe zu … ich habe ihn wahrscheinlich als Kind ein wenig verzogen. Ich habe ihm keine Grenzen gesetzt. Er durfte alles, und das war ein Fehler.«

Marko nickte.

»Mein Sohn hatte seine Macken. Mit den Jahren habe ich gelernt zu akzeptieren, wie er ist. Vielleicht war nicht alles gut, was er getan hat, aber er war mein Sohn und ich habe ihn geliebt.«

Darauf konnte und wollte Marko nichts sagen.

Eine Weile saßen sie noch schweigend so da, dann stand Marko auf. »Es muß sehr schwer für Sie sein. Besonders, weil er Ihr einziges Kind war.«

Der Mann blickte auf und nickte. In seinen Augen standen Tränen.

»Auf Wiedersehen.« Leise schloß er die Tür hinter sich. Eiligen Schrittes ging er in Richtung Haustür, um der Hausherrin nicht zu begegnen.

Er klopfte bei Nirvana. Als sie öffnete, hatte sie eine grüne Kosmetikmaske im Gesicht. »Hallo, wie geht's?«

»Mir geht's gut, danke. Und Ihnen?« Er grinste unsicher.

Sie zuckte nur mit den Schultern und ließ ihn herein. »Sind Sie nicht erschrocken?«

»Wegen der Maske? Nein.« Er grinste. »Ohne sehen Sie allerdings besser aus.«

Sie lächelte breit und ihre Zähne bildeten einen schönen Kontrast zu dem grässlichen Grün. Kommen Sie.«

Auf dem Weg in die Küche meinte sie: »Mein Mann ist wieder nicht da. Aber er kommt heute früher nach Hause, weil sie in der Firma renovieren. So in zwei Stunden müsste er da sein.«

Er setzte sich auf einen Stuhl. »So lange werde ich bestimmt nicht bleiben. Aber vielleicht schaue ich später noch mal herein.«

»Ja, wie Sie wollen.« Sie riss ein Stück Küchenrolle ab und wischte sich den Kleister ab, dann hantierte sie an den Töpfen herum und schaltete den Herd aus. »Das Essen ist gerade fertig. Möchten Sie mitessen?«

Er sah sie verdutzt an. Das war ihm noch nie passiert. »Ähm, nein, ich glaube nicht. Danke.«

»Wieso nicht?« Sie sah ihn an und wartete auf seine Antwort. »Haben Sie keinen Hunger?«

»Es geht so. Ich werde später …«

»Ach was, ich bitte Sie. Es ist genug da und Sie müssen keine verklebten, knautschigen Sandwiches essen.«

Er lächelte. »Woher wissen Sie das?«

»Ich kann's mir denken.« Sie deckte den Tisch und er sah ihr etwas betreten dabei zu. Entweder sie war die Mörderin, die sich bei dem Inspektor gut verkaufen wollte – oder sie war einfach ein netter Mensch. Hoffentlich das zweite, überlegte er. Als sie seinen Teller mit Griessklößchensuppe füllte, fragte sie: »Sind Sie aus einem bestimmten Grund hier?«

»Ich hatte vergessen, dass Sie sagten, Ihr Mann komme erst abends nach Hause. Das ist mir eben erst wieder eingefallen.«

»Ach so, ja.« Fand sie es eigenartig, dass er es vergessen hat, absichtlich vergessen?

Als sie anfingen zu essen, fragte Marko sie, warum sie nicht arbeite. Die Frage ließ sie ernst aufblicken. »Ich wollte immer arbeiten, das können Sie mir glauben.«

Er schüttelte den Kopf. »Sie müssen sich nicht rechtfertigen. So war das nicht gemeint …«

»Als ich heiratete, war ich schwanger. Arsen sagte, ich solle ein paar Jahre zu Hause bleiben und mich um Tea kümmern. Dann suchte ich eine Arbeit, aber ich fand nichts. Ich habe mindestens vierzig Bewerbungen abgeschickt. Dann gab ich es auf. Damals, als Tea ein Jahr alt war, hatte ich eine Riesenchance. Der Vater einer Freundin machte sich gerade mit einem Restaurant selbständig. Er wollte mich als Geschäftsführerin einstellen, obwohl ich eigentlich gelernte Laborantin bin.« Sie verzog den Mund. »Aber Arsen wollte nichts davon hören. Er wollte nicht, dass Tea in die Kinderkrippe kommt. Dann hat sich mein Vater angeboten, tagsüber auf sie aufzupassen, aber das behagte meinem Mann auch nicht. Tja, und jetzt … was soll ich sagen? Sie wissen ja, wie die Arbeitssituation in diesem Land ist. Mittlerweile kann man froh sein, wenn man die Arbeit, die man hat, überhaupt behalten kann.«

Er nickte.

»Mir fällt die Decke auf den Kopf. Ich bin manchmal aggressiv deshalb, und dann wieder bekümmert.«

»Ich glaube, ich verstehe, was Sie meinen. Arbeit gibt einem Menschen Anerkennung und das Gefühl, etwas zu leisten.«

»Und man verdient sein eigenes Geld. Immer diese Einschränkungen, das ist so deprimierend. Wir sparen seit langer Zeit für eine neue Waschmaschine. Sie wäscht zwar, aber sie pumpt das Wasser nicht ab, und wenn sie schleudert …« Nirvana biss sich auf die Lippen und dann lachte sie. »Mein Gott, was müssen Sie sich hier für einen Unsinn anhören.« Sie verdrehte die Augen. »Normalerweise bin ich nicht so redselig.«

»Das macht doch nichts. Ich finde es angenehm, wenn man sich mit einem Menschen auch mal über einfache Dinge unterhalten kann.«

Sie löffelte ihre Suppe aus und verzog den Mund. »Ich glaube, das ist auch das Einzige, worüber Sie sich mit mir unterhalten können. Ich lese keine klugen Bücher, gehe nicht in Galerien und besuche keine Ausstellungen …«

»Das sind auch nicht unbedingt Kriterien für Intelligenz.« Er legte seinen Löffel neben den Teller und betupfte sich den Mund mit der Serviette. »Ich kenne Leute, die kluge Bücher lesen, aber völlig oberflächlich bleiben. Und ich kenne Menschen, die noch nie ein Buch gelesen haben, aber sie sind herzlich und klug. Vielleicht nicht in intellektueller, aber in menschlicher Hinsicht.«

»Das haben Sie schön gesagt, finde ich.«

»Finde ich auch«, meinte er gespielt überheblich. Sie lachten. Nirvana stand auf und belud ihre Teller mit gefüllten Paprikaschoten und Kartoffelpüree.

Er starrte erfreut auf seinen Teller. »Mein Gott, das habe ich seit Jahren nicht mehr gegessen. Meine Mutter hat das manchmal gemacht.«

Sie setzte sich wieder und sah ihn an. »Ist Ihre Mutter tot?«

»Ja. Sie starb an gebrochenem Herzen.« Er stocherte in seinem Teller herum.

»Kann man an so etwas sterben?« fragte sie behutsam.

»Mein Vater hat ihr das Leben zur Hölle gemacht.«

»Tut mir sehr Leid.« Sie fingen an zu essen. »Lebt Ihr Vater noch?«

»Ja, aber ich habe keinen Kontakt zu ihm.«

»Haben Sie Geschwister?«

Er schluckte den Bissen hinunter und antwortete: »Einen Bruder. Er ist Metzger und hat einen dreizehnjährigen Sohn.« Er sah sie an. »Darf ich fragen, wo Ihre Mutter ist?«

Bei dieser Frage verschluckte sich Nirvana beinahe. Sie hustete ein paar Mal, bevor sie antwortete: »Sie lebt irgendwo in der Stadt.« Sie schnitt das Fleisch und vermied es, ihn anzusehen. »Ich habe mal im Telefonbuch gesucht.«

»Warum haben Sie nicht angerufen?«

Sie schwieg eine Weile. »Ich wollte, aber … ich weiß nicht, wie mein Vater das aufnehmen würde.«

»Ihr Vater? Der hat damit doch nichts zu tun. *Sie* müssen Ihre Gefühle ordnen und verarbeiten.«

Mein Gott, was redete er da? Er hörte sich an wie ein Therapeut. »Vielleicht mache ich das irgendwann. Mal sehen.«

»Warum ist sie damals weggegangen?«

»Die Ehe mit meinem Vater war ein Desaster. Sie war eine liberale und moderne Frau. Mein Vater ist konservativ. Das Einzige, was sie gemeinsam hatten, war ihre Sympathie für den Kommunismus. Allerdings war das bei meinem Vater Ideologie und bei meiner Mutter Idealismus. Ähm, habe ich das jetzt richtig gesagt?«

Marko nickte nur.

»Das konnte alles nicht gut gehen. Sie hatten überstürzt geheiratet. Ich war unterwegs und damals war das schon Grund genug. Eigentlich kannten sie sich kaum, als sie sich die Ringe ansteckten.«

»Verstehe.« Er lächelte ihr zu, um sie wieder ein wenig aufzuheitern. Sie lächelte auch. »Ich würde Sie jetzt gern etwas fragen, aber ich fürchte, es ist zu persönlich.«

»Ich weiß sowieso, was Sie mich fragen wollen.«

Er hob überrascht die Brauen. »Ach ja?«

»Sie wollen wissen, ob ich in meiner Ehe glücklich bin. Ist es so?«

»Ähm, ja, genau das. Woher wissen Sie das?«

»Das hat mir mein Gefühl gesagt. Hat es etwas mit dem Fall zu tun oder wollen sie es als … Privatmensch wissen?«

»Als Privatmensch.«

»Gut. Wenn es was mit dem Fall zu tun hätte, würde ich sagen, das geht Sie nichts an.«

Er grinste. »Und wenn ich als Privatmensch frage, sagen Sie das nicht?«

»So ist es.«

»Aha.«

»Und warum fragen Sie mich das?«

»Neugier.«

»Aha.«

»Und? Sind Sie glücklich?«

»Nein. Mein Mann versteht mich nicht. Ich gehe ihm auf die Nerven, und er geht mir auch auf die Nerven. Arsen kann überhaupt nicht mehr vernünftig mit mir reden. Er schreit mich immer nur an und beschimpft mich. Wir leben nicht miteinander, sondern aneinander vorbei. Aber allein leben möchte ich auch nicht, obwohl ich auch so einsam bin. Mein Vater sagt: ›Du kannst nicht furzen und gleichzeitig den Hintern zusammendrücken.‹ Für eines von beidem muss man sich entscheiden.«

Marko wusste nicht, was er darauf sagen sollte. Er empfand eine Art Mitleid mit ihr. Wenn er so eine Frau hätte, würde er niemals zulassen, dass sie unglücklich war. Dieser Arsen musste ein Volltrottel sein.

»Wie kommt es, dass Sie niemals geheiratet haben?«

»Früher hatte ich keine Zeit dafür, für ernste Beziehungen, meine ich. Und ich habe auch noch nie eine Frau getroffen, bei der ich gedacht hätte: Die ist es!«

»Schade.«

»Vielleicht auch nicht. Sehen Sie sich mal die Ehen unserer Eltern an. Oder Ihre eigene. Oder blicken Sie sich um im Verwandtenkreis, bei Freunden, Nachbarn …«

»Trotzdem glaube ich an die Ehe.«

»Oder an die große Liebe?«

Sie wurde befangen, das war nicht zu übersehen. »Das eine schließt das andere doch nicht aus.«

»Das habe ich auch nicht gesagt.«

»Doch, indirekt schon.« Sie stocherte verlegen in ihrem Essen herum.

»Dann nehme ich es zurück«, meinte er.

»Aus Bequemlichkeit oder aus Überzeugung?«

»Von beidem etwas.«

»Na gut«, sagte sie gespielt nachsichtig. »Sind Sie fertig?«

»Ja. Es war köstlich. Danke.«

Sie stand auf und räumte den Tisch ab. »Wollen Sie einen Kaffee? Oder haben Sie Durst?«

»Ein Glas Wasser wäre schön, danke.«

»Wasser? Möchten Sie ein Bier oder vielleicht Wein? Ach so, ja, Sie sind im Dienst. Entschuldigung.«

Schade, dass ihr das noch eingefallen war, dachte Marko, ein Glas Wein wäre jetzt genau das Richtige gewesen.

Sie tranken Wasser und rauchten. Marko erzählte über seine Arbeit; und Nirvana hörte aufmerksam zu. Eigentlich ging er diesem Thema immer bewusst aus dem Weg, weil er die Erfahrung gemacht hatte, dass er die Leute damit langweilte. Nirvana schien das wirklich zu interessieren.

Plötzlich hörte er die Tür zuschlagen. Erschrocken warf er einen Blick auf seine Uhr. Tatsächlich, er war seit über zwei Stunden hier und hatte diese arme Frau aufgehalten.

Arsen Reljac kam zur Tür herein. Er blickte auf Marko und grüßte. »Sie sind von der Polizei, nehme ich an.« Er reichte ihm die Hand. Sein Gesichtsausdruck wirkte nicht unfreundlich, aber vollkommen ernst und irgendwie müde. Marko stellte sich vor. Durch Arsens plötzliches Hereinstürmen kam er sich auf eine merkwürdige Art ertappt vor. Es war ein Gefühlsumschwung, den er so schnell nicht verarbeiten konnte. Hoffentlich sah ihm dieser Mann, der diese sympathische Frau so unglücklich machte, das nicht an.

»Ich möchte wissen, ob Sie mir etwas über Boris Klić erzählen können. Ihre Frau sagte zwar schon, dass Sie ihn kaum kannten, aber vielleicht fällt Ihnen doch noch ein Detail ein, das mir weiterhelfen könnte.«

Nirvanas Mann setzte sich auf einen der vier Küchenstühle und zog ein Päckchen Zigaretten aus der Hemdtasche. Nirvana machte den Herd an, um sein Essen aufzuwärmen.

»Da kann ich Ihnen wirklich nicht weiterhelfen. Drei oder vier Mal habe ich den nur gesehen, und das Einzige, was ich über ihn sagen kann, ist, dass er ein netter Kerl war. Auf der Hochzeit hab ich mich ein bisschen mit ihm unterhalten, das war aber nur oberflächliches Gerede, mehr nicht.«

Marko seufzte. »Er war also ein netter Kerl, sagen Sie.«

»Ja, ich fand ihn recht sympathisch.«

Boris wurde von Arsen sympathisch gefunden, und von Benko und Sabina nicht. Wie unterschiedlich die Geschmäcker waren. »Worüber haben Sie sich denn mit ihm unterhalten?«

Arsen strich sich durchs Haar und dachte nach. Er hatte ein markantes und schön geschnittenes Gesicht. »O je, das weiß ich nicht mehr genau. Auf der Hochzeit ging es um die Hochzeit. Tolle Feier, schöne Braut, netter Anzug und so weiter.«

»Und die anderen Male?«

»Hab ich doch schon gesagt, ich weiß es nicht mehr. Wahrscheinlich übers Wetter oder so.«

»Aha. Es scheint, dass ihn keiner so richtig gut gekannt hat.«

Arsen machte eine Kopfbewegung in Nirvanas Richtung. »Meine Frau kannte ihn, noch aus der Schule, aber das wissen Sie bestimmt schon. Und Ljiljana kannte ihn ja wohl auch ein bisschen näher.« Die Ironie in seinem Ton entging Marko nicht.

»Ja, das ist anzunehmen.« Er stand auf. »Falls Ihnen irgendetwas einfallen sollte, sagen Sie mir Bescheid.«

»Klar.«

»Vielen Dank für Ihre Hilfe«, und an Nirvana gewandt: »Ich danke Ihnen.« Die Einladung zum Essen erwähnte er lieber nicht. Wer weiß, wie ihr Mann das aufnehmen würde.

Sie lächelte und sagte: »Bis bald.«

Beim Hinausgehen überlegte er, wie sie dieses *Bis bald* gemeint hatte. Wollte sie ihn wiedersehen oder ging sie davon aus, dass er ihr wieder auf die Pelle rücken würde? Aber sie hatte es nett gesagt, mit einem winzigen Lächeln auf den Lippen.

Heute wollte er noch Marijan und Anita Kaštelan besuchen. Im Auto ließ er die letzten Gespräche Revue passieren und rauchte dabei eine Zigarette. Der Vater half ihm so gut er konnte. Er war offen und ehrlich, obwohl es ihn Kraft kostete. Eliza und Luka Čaval fand er etwas merkwürdig, besonders die Frau. Anscheinend war sie wütend auf ihren Mann, weil er einiges ausgeplaudert hatte. Besonders wurmte es ihn, dass sie nicht erzählen wollte, worum es bei dem Streit gegangen war. Durchs Autofenster sah er Marinka beim Unkraut jäten. Für ihr Alter war sie ziemlich fit. Das viele Bücken schien ihr nichts auszumachen. Ihm tat schon das Kreuz weh, wenn er sich nur die Fußnägel schnitt.

Nirvana beschäftigte ihn am meisten. Sie war eine tolle Frau. Warum war statt Boris nicht dieser Arsen umgebracht worden? Dann wäre Nirvana jetzt Witwe und nicht eine verheiratete Frau … Er grinste über seinen schwarzen Humor.

Als er bei Marijan und Anita Kaštelan in dem geschmackvoll eingerichteten Wohnzimmer stand – man hatte ihm keinen Platz angeboten –, war sein erster Eindruck von den beiden mehr als negativ. Der Mann war ein Pseudomacker und die Frau geschwätzig.

»Schätzelchen? Hast du den Wagen in die Werkstatt gebracht?« fragte sie ihren Mann, während sie die Couchkissen aufklopfte, als ob Marko überhaupt nicht anwesend wäre.

Das machte ihn wütend, deshalb sagte er scharf: »Würden Sie mir freundlicherweise ein paar Minuten Ihrer Zeit opfern? Es ist sehr wichtig.«

»Aber natürlich«, meinte Anita und zeigte auf einen Sessel, als würde sie sich darüber wundern, dass er noch nicht saß. »Honigbär?« rief sie ihrem zwei Meter großen Mann zu, »gib dem Polizeimann doch ein Bier, ja?« Polizeimann? In Marko kam der

Verdacht auf, dass sie dieses dumme Wort absichtlich gebrauchte, um ihn zu degradieren.

»Ich möchte nichts, vielen Dank.«

»Gar nichts?«

»Nein, wirklich.«

Nachdem Anita mit den Schultern gezuckt und sich eine Zigarette angezündet hatte, fragte er das Übliche über Boris Klić. Gleichzeitig sah er sich ein wenig um. An den Wänden hingen Bilder von Wasserfällen und auf der Fensterbank stand ein großer Kristall. Er sah ein Buch auf dem Wohnzimmertisch liegen. *Feng Shui für Liebende.*

»Scheint ein ziemlicher Trottel gewesen zu sein«, riss Marijan ihn aus seinen Gedanken. »Ein finanziell unabhängiger Mann heiratet eine Frau mit zwei Kindern! Weiß der Teufel, wer die gezeugt hat.«

Seine Frau kicherte.

»Das beweist doch, dass er einen Charakter hatte, der frei von Vorurteilen und Engstirnigkeit war.« Marko hörte seine eigenen Worte in den Ohren nachhallen und fand sie auf einmal spießig und altklug.

Das Ehepaar sah sich an und blickte dann zu Boden.

»Tja, jeder Mensch ist anders«, meinte der Mann weise.

Seine Frau kicherte wieder. Marko hatte schon immer etwas gegen kichernde Frauen gehabt. Schon in der Schule war er lieber mit den Mädchen gegangen, die sich auf dem Schulhof prügelten oder rauchten. Seine Freunde hingegen waren lieber mit den Kicherinnen gegangen.

»Sie waren auf der Hochzeit«, stellte Marko fest, »also haben Sie ihn gekannt.«

»Nein, nein, nein.« Anita Kaštelan wackelte mit dem Zeigefinger hin und her. »Uns hat *Ljiljana* eingeladen, nicht Boris.«

»Wie gut kannten Sie ihn?«

»Überhaupt nicht.« Marijan Kaštelan beugte sich vor und straffte die Schultern, wobei er die Arme vom Körper weg hielt, als wollte er dem Inspektor demonstrieren, was für ein breiter und starker Honigbär er war. Er wusste nicht, dass er bei Marko damit an der falschen Adresse war. Ebenso wenig, wie ihm Frauen mit rotlackierten Fingernägeln und Pumps imponierten, genauso wenig imponierten ihm breitschultrige Machos. Er fand, beides hatte etwas Aufgesetztes.

»Sie haben sich doch sicher mit ihm unterhalten?«

»Ach, na ja«, meldete sich die Frau zu Wort, »wir waren letzte Woche von Ljiljana zum Kartenspielen eingeladen.«

»War Boris Klić auch dort?«

»Ja«, meinte Marijan, »ich habe ihn geschlagen.«

»Sie haben ihn geschlagen?« Marko rutschte auf seinem Sessel nach vorne und sah dem Mann ins Gesicht. »Warum?«

»Weil ich halt der Bessere bin, ganz einfach.«

»Bitte, was?«

Marijan sah verwirrt zu Marko und hilflos zu seiner Frau. Diese zuckte mit den Schultern.

»Sie haben sich mit dem Mordopfer geschlagen und ich möchte wissen …«

»Nonsens!«, rief Anita dazwischen, »er hat Boris beim Kartenspielen geschlagen.«

Marko wäre am liebsten in den Erdboden versunken. Es war tatsächlich so, dass er vor diesen beiden Idioten als der Oberidiot dastand. Aber warum erzählte ihm dieser erwachsene Mann auch so wichtigtuerisch, dass er beim Kartenspielen gewonnen hatte? Wen interessierte diese Belanglosigkeit?

»Wie lange waren Sie ungefähr dort?«

»Zwei Stunden oder so«, antwortete Marijan.

Marko schrieb in sein Notizbuch. »In diesen zwei Stunden haben Sie sich bestimmt über verschiedene Dinge unterhalten.«

Anita seufzte, als würde sie nun langsam die Geduld verlieren. »Wir waren zwei Stunden da, aber Boris ging nach der ersten Runde, also etwa nach fünfundvierzig Minuten. Er war unheimlich pikiert, dass er verloren hatte.«

»Im Ernst?« Gab es wirklich so etwas wie erwachsene Spielverderber?

»Ja«, sie nickte mit Nachdruck. Ihr Mann nickte ebenfalls. »Er hat es nicht direkt gesagt, aber nachdem mein Honigbär gewonnen hatte, riss er sein Jackett vom Stuhl und murmelte einen Gruß. Dann ist er, schwuppdiwupp, durch die Tür verschwunden.«

»Aha. Und in diesen fünfundvierzig Minuten, die Sie mit ihm verbracht haben, worüber wurde da geredet?«

Marijan hob für ein paar Sekunden die Hand in die Luft, als würde er sich furchtbar konzentrieren, dann legte er sie wieder auf seinen Oberschenkel. »Wir haben nur gespielt. Es ging nur um das Spiel. Ach so, ja, er hat mich gefragt, was ich beruflich mache, ich sagte, ich sei selbständiger Wasserinstallateur. Er fragte, was man da so verdient, ich sagte, ich verdiene sehr gut und arbeite viel schwarz und …«

»Möchten Sie wirklich nichts trinken?«, unterbrach ihn seine Frau eilig und lautstark, an den Inspektor gewandt.

»Nein, danke.« Er drehte den Kopf wieder in Marijans Richtung. »Und dann?«

Marijan warf seiner Frau einen ängstlichen Blick zu. Marko konnte ihren Gesichtsausdruck leider nicht sehen. »Nichts dann. Das war's.«

»Worum ging es noch an diesem Abend?«

»Nur Blabla. Über Aquarien, denn Ljiljana wollte sich eines anschaffen, und über Weine.«

»Ist Ihnen an dem Abend oder auf der Hochzeit oder sonst etwas Ungewöhnliches aufgefallen?«

»Nein«, antwortete Anita, »bis auf die Tatsache, dass der Videomann uns ziemlich genervt hat, besonders am Schluss wurde er penetrant.«

»Videomann?«, fragte Marko verwirrt.

»Ja. Der Mann, der Videoaufnahmen von der Hochzeit gemacht hat.«

Es gab also ein Videoband von der Hochzeit. Darauf hätte er eigentlich kommen können. »Wie ist Ihr Verhältnis zu Ljiljana?«

»Normal«, sagte Marijan.

»Was heißt normal?«

»So wie es unter Nachbarn so ist. Wir grüßen uns, wenn wir uns sehen. Dass sie uns zum Kartenspielen eingeladen hat, hat sich im Laden ergeben. Ljiljana hat dort meine Frau getroffen und uns beide eingeladen. War irgendwie spontan.«

»Ja, ich hab mich auch gewundert«, bemerkte Anita, »aber so ist Ljiljana eben, immer für eine Überraschung gut.«

Marko wandte sich an Anita. »Waren Sie jemals befreundet mit ihr? Vielleicht früher, in der Schule?«

»Nein.« Sie zog gierig an ihrer Zigarette. »Richtig befreundet waren wir nie.«

»Bin ja mal gespannt, wann Sie den Mörder schnappen«, sagte Marijan plötzlich.

»Warum? Haben Sie jemanden in Verdacht?«

Die Frage erschreckte die beiden. Der Mann zuckte zusammen und die Frau drehte ruckartig den Kopf in Markos Richtung.

»Was? Nein!«, rief Marijan. »Wie kommen Sie denn darauf?«

»Ach, nur eine Frage wie jede andere. Denken Sie sich nichts dabei.«

Er stand auf, verabschiedete sich und ließ die beiden verdutzt zurück.

Kurz vor Ladenschluss fiel Nirvana ein, dass kein Kaffee mehr da war. Eigentlich könnte sie das auch morgen früh erledigen, aber sie war auch neugierig, ob unten gerade über den Mord getratscht wurde. Bestimmt war Anita dort; Ines arbeitete wohl noch. Für manche war es eine Folter, dass der Laden von zwölf bis sechzehn Uhr geschlossen hatte. Einige kamen zwei oder drei Mal täglich, kauften irgendeine Belanglosigkeit und tauschten dabei den neuesten Klatsch aus. Nirvana musste sich eingestehen, dass sie zur Zeit auch nicht abgeneigt war, den neuesten Klatsch zu hören.

Im Laden standen, wie erwartet, Anita und – das war eher ungewöhnlich – Tanja, die ihre Einkäufe sonst meistens vormittags erledigte. Anita hielt eine halbvolle Plastiktasche in der Hand. Tanja verstaute gerade ihre Sachen. »… und eine ganz komische Art hat der«, berichtete Anita gerade.

»Wer denn?«, wollte Nirvana wissen, als sie hereinkam.

Anita drehte sich zu ihr um. »Dieser Inspektor.«

»Wieso? Wie meinst du das?«

»Ich weiß nicht«, sie verzog säuerlich das Gesicht, »er hat so was Ironisches. Er versucht, so viel wie möglich aus dir rauszulocken.«

»Das ist schließlich sein Beruf.« Tanja legte zwei Geldscheine auf den Tresen.

»Ja, aber so hinterlistig.«

»Komisch«, meinte Eliza, »ich finde genau das Gegenteil. Er ist ziemlich direkt.«

»Was meinst du denn?« Anita sah Nirvana an.

»Na ja …« Sie konnte hier kaum sagen, dass sie ihn eigentlich nett fand. »Ja, ich finde auch, er ist direkt. Das muss er ja auch sein, wenn er den Mörder fangen will.«

»Klar«, meinte Eliza.

»Tja, da bin ich ja mal gespannt«, sagte Tanja leichthin, »bei mir war er noch nicht. Aber das dauert wahrscheinlich nicht mehr lange.«

Marko stieg ins Auto und ließ den Motor an. Eigentlich wollte er direkt nach Hause fahren. In der Innenstadt angekommen, bekam er plötzlich Lust sich zu betrinken. Er war nicht mehr im Dienst. Seit Jahren hatte er sich nicht mehr betrunken. Woher dieser Drang kam, wusste er nicht. Er wollte es auch nicht analysieren. Ein paar Ecken weiter gab es ein Lokal, wo gesungen wurde und die alten Volkslieder wieder auflebten.

Als er eintrat, herrschte ausgelassene Stimmung. Eine provisorische Bühne bot den Musikanten reichlich Platz für die Show. Ein paar Männer saßen einsam vor ihren Gläsern, starrten stumpf in ihr Getränk oder klatschten munter zur Melodie. Er würde weder das eine noch das andere machen. Als er sich setzte, kam schon die Kellnerin an seinen Tisch. Er schätzte sie um die fünfzig und fand sie mehr als vollschlank: Ihr Hals war so breit wie ein Lkw-Reifen.

»Einen Wodka.«

Sie drehte sich schon um, als er rief: »Oder … doch lieber einen Doppelten.«

»Wir haben auch Dreifachen.«

»Wir wollen's mal nicht übertreiben.«

»Wie Sie wollen.« Sie verschwand und schob ihren Zweihundert-Pfund-Körper in Richtung Bar.

Nach anderthalb Stunden war er so betrunken, dass er doch mitklatschte. Ein paar der anderen Männer warfen ihm interessierte Blicke zu. Nach dem Doppelten hatte er sich noch zwei Dreifache kommen lassen. Die Bedienung hatte dabei wissend genickt. Als die Band Pause machte, rief er: »Zugabe!«

Der Akkordeonspieler schrie: »Wir haben noch nicht Feierabend, Mensch!«

Später kam eine Frau an seinen Tisch. Er hatte sie an der Bar sitzen und einige Male zu ihm herschauen sehen. Sie war etwa dreißig, eine schlanke Frau mit schwarzen Locken. »Kann ich mich ein bisschen zu dir setzen?«

»Meinetwegen.« Als er aufsah, fing sie an, vor seinen Augen hin und her zu schwanken. Dann wurde ihm klar, dass dies auf den Alkohol zurückzuführen sein musste.

»Wie heißt du?« fragte die Frau mit überfreundlicher Stimme.

»Ähm, ich heiße … Tudjman. Alfred Tudjman.«

»Wirklich?« rief sie erstaunt aus. »Bist du etwa verwandt mit dem früheren Präsidenten?«

»Nicht direkt, über sieben Ecken. Verschwägert sozusagen.«

»Ich konnte den Kerl nicht ausstehen. Er lebte in Saus und Braus, und die Alten konnten sich von ihrer Rente nicht mal ernähren.«

»Dazu darf ich nichtsss saagen«, brachte er mit Mühe hervor.

»Warum?«

»Aus beruflichen Gründen.«

»Bist du auch in der Politik? Du siehst gar nicht aus wie ein Politikerarsch.«

»Neinnn, bin nicht in der Politik. Bin … Leibwächter.«

Die Frau hatte einen aufmerksamen Blick, warme und

wache Augen. Sie sah ihn an, als ob sie sich sein Gesicht ganz genau einprägen wollte.«Und da darf man sich politisch nicht äußern?«

»Ich will mich nicht äußern. Wie heißt du, wenn ich das mal so fragen darf?« Ihm wurde warm und er lockerte seine Krawatte bis zur Hälfte der Schlinge.

»Lara.«

»Bestimmt dein richtiger Name, was?«

Sie lächelte. »Natürlich nicht. Mein Künstlername, genau wie deiner Tudjman ist.«

»Du hast gewonnen.«

Die füllige Bedienung kam wieder und fragte nach Laras Wunsch.

»Lädst du mich ein?« fragte sie Marko.

»Ja, sicher.«

Sie bestellte einen Bloody Mary. Als die Bedienung verschwunden war, fragte er: »Warum machst du das hier?«

»Ich bin keine Prostituierte, das wollen wir gleich mal klarstellen. Ich gehe nicht mit den Männern ins Bett.«

Er nahm einen letzten Schluck aus seinem Glas. »Und was machst du dann?«

Sie seufzte. »Ich unterhalte die Männer hier, damit sie mehr trinken und das Geschäft stimmt. Chuck macht mächtig Druck. Er kontrolliert jeden Abend den Umsatz, und wenn's nicht genug war, kriegen wir Ärger.«

»Chuck? Klingt nach einem amerikanischen, narbigen Knastbruder.«

Sie zuckte mit den Schultern. »Kommt ungefähr hin, außer, dass er kein Amerikaner ist.«

»Was habt ihr da für Namen … Chuck, Lara … Wie heißen deine Kolleginnen? Scarlett und Whitney?«

»Mach dich nicht lustig über uns, ja?« Sie sagte das nicht erbost – Marko hatte eher den Eindruck von Hilflosigkeit.

»Tut mir Leid. War nicht meine Absicht.« Er sah sie an. Sie war keine vollkommene Schönheit, fand er, aber sie hatte etwas, das man wohl Ausstrahlung nannte. In ihrem Gesicht glänzten hellblaue Augen und sie hatte einen schönen Teint. »Ich wundere mich gerade über dich.«

Sie umfasste das Glas mit dem blutfarbenen Getränk, das vor sie hingestellt worden war. »Ja?« Sie hatte ein fast schüchternes Lächeln, fand er. Es war kein Pflichtlächeln. So etwas erkannte er sofort.

»Ja. Ich frage mich, warum du dir das hier antust.«

»Vielleicht weiß ich keinen Ausweg mehr. Vielleicht ist mein Mann damals an der Front gefallen und ich sitze mit den Schulden und den Kindern allein da.«

Er schwieg eine Weile, dann fragte er: »Ist es denn so?«

Sie sah auf ihre Hände und meinte: »Ja, es ist so.«

Arsen lag im Bett und las die Zeitung. Nirvana ging ins Bad und putzte sich die Zähne. Während sie ihren Mund ausspülte, dachte sie daran, dass sie seit Monaten nicht mehr miteinander geschlafen hatten. Wahrscheinlich war das völlig anormal. Wahrscheinlich waren sie das einzige Ehepaar weit und breit, das wie Geschwister zusammenlebte. Sie zog ihren Pyjama an und ging ins Schlafzimmer. Arsen nahm keine Notiz von ihr. Er konzentrierte sich auf einen Zeitungsartikel. Sie kroch ins Bett und zog sich die Bettdecke über den Kopf.

»Stört dich das Licht?«, fragte er.

»Ja.«

Er sah überrascht auf sie hinunter, dann legte er die Zeitung weg und löschte das Licht. Als er sich nach einer Weile in die richtige Position gebracht hatte, sagte er: »Gute Nacht.«

»Gute Nacht.«

Es war vollkommen still im Zimmer. Das Fenster war diesmal wegen der Hitze auf Kippe geöffnet und aus der Ferne war Hundegebell zu hören. Irgendwo quietschten Reifen. Sie schob ihren Körper zu ihm hinüber, ganz dicht an seinen. Er rührte sich nicht. So schnell konnte er noch nicht eingeschlafen sein. Sie legte ihren Arm um seine Taille. Er drehte sich auf den Rücken. Langsam hob er den Arm und fuhr mit seinen Fingern durch ihre Haare. Er zog sie an sich und küsste sie. Sie spürte die Erregung, es war Monate her. Sie zog sich das Pyjamahemd über den Kopf und er streifte ihr die Hose vom Körper. Sie legte sich auf ihn. Es ging alles ziemlich schnell, aber es war gut. Es erinnerte sie an früher.

Als Marko am nächsten Tag aufwachte, dröhnte sein Kopf wie ein kaputter Fernsehapparat. Er setzte all seine Kraft in den linken Arm, um die Bettdecke von sich zu schieben und aufzustehen. Jeder Schritt kostete ihn Überwindung. Er ging stöhnend ins Bad und schälte sich aus dem alten Seidenpyjama. Die ganze Zeit, während er sich die Zähne putzte, stöhnte er. Das Schrubben war, als ob jemand sein Gehirn ausfegte. Lara kam ihm in den Sinn. Als er sich verabschiedet hatte, hatte er ihr fünfzig Kuna zugeschoben. Sie wollte das Geld nicht. Sie mache hier nur ehrlich ihren Job und rede ein bisschen mit den Typen. Es gab nichts, wofür er sie bezahlen musste. Er zog sich an und murmelte: »Scheiße.« Sein Auftritt in dieser Spelunke war ziemlich peinlich gewesen. Betrunkene Leute sind doch wirklich die größten Idioten, dachte er. Dann kam ihm ein grässlicher Gedanke: Hoffentlich hatte ihn niemand gesehen, als er in das Lokal hinein- oder aus ihm herausgegangen war. Das wäre mehr als unangenehm.

Jetzt brauchte er erst einmal einen starken Kaffee. Gebückt ging er aus dem Bad in Richtung Küche, als es an der Tür klingelte. Komisch, dachte Marko. Jemand war schon oben vor der Wohnungstür, dabei war unten die Haustür an sich immer geschlossen. Er legte seufzend die Kette an die Tür und machte auf. Draußen standen ein etwa fünfzigjähriger Mann und eine jüngere Frau, die aussahen, als wären sie gerade einem Waschmittel-Werbespot entsprungen. Beide zogen die Lippen auseinander und strahlten ihn an. Der Mann wollte gerade den Mund öffnen, als Marko ihn mit seinem unfreundlichen Knittergesicht ansah und sagte: »Ich weiß genau, wer Sie sind und habe es satt, dass Sie mindestens vier Mal im Jahr hier aufkreuzen und mich zu bekehren versuchen.«

»Sehen Sie sich an, lieber Herr«, sagte der Mann nachsichtig, »Sie sind unzufrieden, irgendetwas frisst Sie auf und Sie denken, Sie können dieses Problem mit Aggressivität lösen? Nein, lieber Herr, es ist alles eine Frage der Einstellung, wie wir unser Leben wahrnehmen.«

Die Frau ergänzte: »Und ob wir die Liebe wahrnehmen können – und die Liebe, die wir empfangen, auch zurückgeben können.«

Markos Kopf brummte. Er brauchte einen Kaffee und sonst gar nichts. Jetzt war der Zeitpunkt günstig, da er gerade so wunderbar schlechter Laune war. »Nun hört mir mal genau zu, ihr Liebesfritzen und Dauergrinser. Woher nehmt ihr euch eigentlich das Recht, mich zu Hause zu stören? Wartet einen Augenblick.«

Die beiden nickten entgeistert.

Marko erschien nach einer Minute wieder in der Tür. Die beiden standen immer noch dort, wo er sie zurückgelassen hatte. »Seht ihr das?« Er hielt ihnen seinen Ausweis vor die Nase. »Wenn ihr das nächste Mal kommt und ich bin milde gestimmt, dann rufe ich in meiner Dienststelle an und sage meinen Kollegen, hier belästigen mich regelmäßig irgendwelche Weltverbesserer. Und wenn ich mieser Laune bin, so wie jetzt, dann schmeiße ich euch die Treppe runter. Kapiert?«

Wortlos machten sie auf dem Absatz kehrt und gingen.

Die Bobić kam auf ihren hohen Schuhen gerade die Treppe hinunter. Wie immer war sie perfekt zurechtgemacht. Ihre brünette Haarpracht fiel über die Schultern, das Make-up war dezent und tadellos. Sie trug ein cremefarbenes, kurzärmliges Kostüm. »Guten Tag, Herr Ban. Waren diese Leute auch bei Ihnen, ja?«

Er brummte ein »Ja«.

»Zum Glück ist mein Mann heute früher ins Gericht gegangen, sonst hätten sie ihr blaues Wunder erlebt.« Sie lächelte. Die Bobić war eine der schönsten Frauen, die er je gesehen hatte. Ihr Mann war fünfzehn Jahre älter, Anfang fünfzig und etwas dickleibig. Sie schienen sich gut zu verstehen, schlenderten händchenhaltend durch die Straßen und machten zweimal im Jahr

Urlaub in der Karibik oder an anderen Orten, an denen es warm und teuer war.

»Ich glaube, zu mir kommen sie nicht mehr.«

Nun lachte sie. Ihr herzförmiger Mund verführt zum Küssen, dachte Marko. »Ich hoffe, Sie haben am Wochenende nicht allzu viel von unserer Party mitbekommen.«

Nun grinste er. »Nicht mehr als sonst.« Obwohl sein Kopf noch schmerzte, nahm er sich immer gern ein oder zwei Minuten für einen kleinen Flirt mit der Bobić. Es war seit Jahren eine Art Spielchen zwischen ihnen. Natürlich hätte es keiner von beiden zugegeben, dass es Flirten war, aber es machte ihnen Spaß, einander zuzulächeln und für Sekunden tief in die Augen zu schauen. Deshalb hatte er ihr auch nie das Du angeboten – dann wäre es zu intim geworden. Ihren Mann duzte er schon seit längerem. Diese Frau liebte ihren Mann, das merkte Marko an der Art, wie sie mit ihm sprach und ihn ansah, aber sie war die Art Frau, die ihre Schönheit und ihren Charme gern bestätigt bekam.

»Bis bald«, meinte sie und drehte ihm den geraden, schmalen Rücken zu. Er sah ihr nach und ohne, dass er es wollte, fiel sein Blick auf ihren wohlgeformten Hintern.

Nach zwei Tassen Kaffee fuhr Marko ins Büro. Im Hafenviertel stand er im Stau, was für diese Jahreszeit nichts Ungewöhnliches war. Die Touristen konnten sich nicht entschließen, wo sie abbiegen sollten, die Einheimischen waren spät dran und quetschten sich seitlich in die Schlange.

Endlich parkte er den Wagen vor dem Präsidium. Gerade, als er den Motor ausschaltete, meldete sich das Handy in seiner Hemdtasche. »Hallo.«

»Wo zum Teufel steckst du denn?« Nikolas Stimme würde er unter tausend anderen sofort erkennen. Der Chef sprach immer mit einem aggressiven Unterton. Früher dachte Marko, Nikola könne ihn nicht leiden, doch dann hatte er herausgefunden, dass Nikola mit jedem so umsprang, sogar mit seiner Tochter, obwohl Nikola nach den Gesprächen mit ihr immer zufrieden lächelnd und geradezu liebevoll den Hörer auflegte. Marko erwartete manchmal, Nikola würde sanft über den Hörer streicheln.

»Ich war im Stau und habe gerade den Wagen geparkt. In einer Minute bin ich oben.«

»Ihr seid doch alle Deppen, fahrt immer in der letzten Minute los und sitzt dann wütend in euren Karren. Deshalb fahre ich immer mit dem Bus.«

»Tja, aber wenn wir jetzt noch länger reden …«

»Ja, schon gut. Beweg deinen Hintern ins Büro.« Nikola hatte aufgelegt.

Das gelbe Gebäude wirkte aus der Ferne wie ein fröhlicher Kindergarten. Grüne Tür- und Fensterrahmen verstärkten diesen Eindruck. Kaum hatte er an seinem Schreibtisch Platz genommen, kam Nikola auf ihn zu. Marko schwitzte, so heiß war es an diesem Morgen. Sämtliche Fenster waren geöffnet, aber das half auch nicht viel.

»Gibt's was Neues?« fragte sein Chef.

Marko blickte auf. »Nein, leider nicht. Ich komme kaum voran, allerdings habe ich auch noch nicht alle Dorfbewohner befragt.«

»Hm.« Nikola biss sich auf die Lippen und lockerte seine Krawatte ein wenig. Dann setzte er sich auf den freien Stuhl neben Markos Schreibtisch. »Ist schon eigenartig, diese Geschichte. Die einen fanden ihn nett, die andern konnten ihn nicht ausstehen. Wenn ein Fall so schwarzweiß ist, stimmt etwas nicht.

»Na ja, nicht immer.« Marko hatte keine Hemmungen, seinem Chef zu widersprechen, denn Marko war nur zwei Jahre jünger als er und sie hatten nicht selten ein Bier ums Eck zusammen getrunken. Nikola Horvat war ein Typ, mit dem man gut zurechtkam, sofern man nicht schleimte oder log. Diese beiden Dinge hasste er wie die Pest.

»Du hast wirklich keinen einzigen Verdächtigen?«

Er schüttelte den Kopf. »Nicht wirklich. Da gibt's einige, die mir nicht so behagen, um es mal so auszudrücken. Aber es ist mehr persönliche Antipathie. In der Hand habe ich nichts gegen sie.«

»Deine Intuition hat dich bisher selten im Stich gelassen«, meinte Nikola, während er die Beine von sich streckte. Sein Bierbauch wölbte sich unter dem knapp sitzenden Hemd. »Lass mal hören.«

»Da ist diese Geisteskranke, die …«

»Geisteskranke?«

»Ja, die Arme ist völlig wirr im Kopf. Ich muss mal im Computer nachsehen, ob wir was über sie haben. Und dann wären da noch Ivan Prodan und Arsen Reljac. Die beiden sind überheblich und wirken mir eine Spur zu selbstsicher.« Als er das ausgesprochen hatte, wurde ihm klar, dass er von Nirvanas Vater und ihrem Mann sprach. Das schlechte Gewissen dieser netten Frau gegenüber quälte ihn plötzlich. »Und da ist noch ein überdrehtes Ehepaar. Das heißt, sie ist überdreht und er ist ein armes Schwein, das ein Macker sein will, aber auf den Namen Honigbär hört.«

Sie lachten.

»Die beiden sind einfach nur Vollidioten, mehr nicht.«

Nikola erhob sich langsam. »Na gut, lass hören, wenn's was Neues gibt.«

»Du bist der Erste, der's erfährt. Wie immer.« Er grinste und Nikola ging wieder in sein Büro.

Ljiljana war gerade beim Essen, als Marko kam. Er hatte angeklopft und war eingetreten, ohne abzuwarten. Kevin spielte mit großen Legosteinen am Boden, Aljoša war nicht zu sehen. Chantal lag in ihrem rosa Körbchen und rührte sich nicht. Ljiljana spulte Spaghetti auf ihre Gabel. »Guten Tag«, sagte sie.

»Tag. Stört es Sie, wenn ich mich zu Ihnen an den Tisch setze?«

»Nein, natürlich nicht, solange Sie nicht rauchen. Möchten Sie etwas trinken?«

»Nein, danke. Bitte, essen Sie in Ruhe zu Ende.« Er setzte sich ihr gegenüber. Sie würde mit dem Essen bald fertig sein, es waren nicht mehr viele Nudeln auf ihrem Teller. Er sah zu Kevin hinüber. Der Kleine musterte ihn interessiert. Marko lächelte.

Der Kleine lächelte zurück, sah dann schüchtern wieder zu Boden.

»So«, sagte Ljiljana, »ich bin satt. Möchten Sie wirklich nichts?«

»Nein, wirklich nicht.«

Sie zuckte die Schultern, stand auf und nahm sich eine Dose Cola aus dem Kühlschrank.

»Was ist mit der Hündin los? Sie sieht ziemlich fertig aus.«

Ljiljana warf einen mitleidenden Blick zum Körbchen. »Die Arme hat eine Sterilisation hinter sich. Heute Morgen.« Dann sah sie den Inspektor an und meinte: »Tja, sie wird schon wieder.«

»Vielleicht wäre es besser, das Kind für ein paar Minuten nach draußen zu schicken«, sagte Marko ruhig und deutete auf den spielenden Kevin.

Sie stand da, starrte ihn an und stellte langsam die Dose auf die Anrichte. »Unangenehme Fragen?«

»Ich fürchte ja.«

Ljiljana schluckte. Sie schien ihm plötzlich etwas nervös zu sein. Dann ging sie zu Kevin, sagte leise etwas zu ihm und räumte die Legosteine in den eckigen Plastikeimer. Schließlich gingen die beiden zusammen in ein anderes Zimmer. Als sie zurückkam, sah sie blass aus. »Also, was gibt's?«, fragte sie, ohne ihn anzusehen und öffnete zischend die Coladose.

»Ich habe mehrere Fragen an Sie. Ich will nicht lange um den heißen Brei herumreden: Wer sind die Väter von den Kindern?«

Sie lächelte bitter, dann setzte sie sich. »Ich hab's gewusst. Ich hab's haargenau gewusst, dass das kommt.« Sie nahm einen Schluck Cola aus der Dose und stellte sie dann lautstark auf den Tisch. »Warum ist das wichtig? Was hat das mit dem Mord an meinem Mann zu tun?«

»Das weiß ich nicht. Ob es etwas damit zu tun hat, wird sich herausstellen. Wahrscheinlich hat es das nicht, aber jede winzige Information könnte hilfreich sein. Ich muss es wissen.«

Sie holte tief Luft.

»Seien Sie kooperativ, Frau Tomić. Dann ist uns allen geholfen.«

»Herrje, also wirklich. Es ist doch völlig egal, wer die Väter von meinen beiden Söhnen sind. Mit Boris kam ich doch viel später zusammen.«

Marko sagte nichts, sah sie nur abwartend an.

»Der Vater von Aljoša war verheiratet und ist es wahrscheinlich immer noch.«

»Verstehe. Geben Sie mir bitte seinen Namen. Ich verspreche, es läuft alles diskret ab. Seine Frau wird nichts erfahren.«

»Versprechen Sie es?«

»Ja. Sie können sich auf mich verlassen.« Er holte seinen Notizblock hervor.

»Also gut. Sein Name ist Siniša Haramija.«

Marko blickte auf. »Der Name kommt mir bekannt vor.«

»Ihm gehören die Diskothek *Luna* und ein paar Cafés in der Stadt.«

»Ach ja, richtig. Arm ist er nicht gerade.«

»Nein, ist er nicht.« Sie drehte die Dose hin und her.

»Bekommen Sie Alimente von ihm?«

»Ja, sicher. Früher habe ich mich auch ein paar Mal mit ihm getroffen, weil er den Jungen sehen wollte. Mittlerweile trifft er sich allein mit ihm. Hin und wieder gab er mir trotz der Alimente noch ein dickes Kuvert. Jetzt steckt er Aljoša persönlich Geld zu. Er war immer fair, da kann ich mich nicht beklagen. Ich war es natürlich auch. Seine Frau hat nie etwas erfahren.«

»Hm. Und Kevins Vater?«

Sie wurde noch blasser, ihre Augen streiften unruhig durch den Raum. »Das war ein One-Night-Stand. Ich hab seinen Namen vergessen.«

Marko sah sie prüfend an. Entweder sie log oder sie wurde deshalb so bleich, weil es ihr peinlich war, den Namen des Burschen nicht mehr zu wissen. »Lügen Sie mich lieber nicht an.«

»Ich lüge Sie nicht an.« Sie sah ihm in die Augen. »Es stimmt.«

Er notierte das, obwohl er ihr kein Wort glaubte. »Wo haben Sie ihn denn kennen gelernt?«

»In einer Diskothek. Danach hab ich ihn nicht mehr gesehen.«

»Sind Sie damals zu ihm nach Hause? Dann müssten Sie sich doch an den Stadtteil und möglicherweise an das Haus erinnern.«

»Nein. Wir sind in ein Hotel gegeangen.«

»Warum? War er auch verheiratet?«

Sie zuckte die Schultern. »Keine Ahnung. Ich hab nicht gefragt.«

»Also bekommen Sie von ihm keine Alimente?«

»Nein.«

»Ich werde das überprüfen.«

»Tun Sie das.«

»Warum haben Sie sich mit Eliza Čaval verkracht?«

Sie verdrehte die Augen. »Herrgott nochmal, was sind denn das für Fragen heute!«

»Also?«

»Ich weiß es nicht mehr.«

»Sie sind ziemlich vergesslich, oder?«

Ihr Gesichtsausdruck wurde starr. Sie nahm wieder einen Schluck. »Ja, bin ich. Das ist ja auch nicht strafbar.«

Er lächelte sie an, lehnte sich zurück und verschränkte die Arme. »Eliza Čaval hat mir erzählt, warum Sie sich gestritten haben. Nun möchte ich es auch von Ihnen hören. Ich möchte sehen, ob Sie genauso ehrlich sind.«

»Sie bluffen doch. Kein einziges Wort hat sie zu Ihnen gesagt, da bin ich sicher.«

»Warum?«

»Weil sie es genauso vergessen hat wie ich.«

»Ach so, Sie haben sich also abgesprochen, dass Sie es vergessen werden. Sehe ich das richtig?«

»Nein«, sagte sie genervt, »wir haben es eben vergessen, weil es irgendeine Kleinigkeit war. Irgendein lächerlicher Grund. Ich weiß nur nicht mehr welcher.«

»So ein Zufall.«

»Sonst noch Fragen?«

»Ja. Ihre Schwester war nicht auf der Beerdigung. Ist das nicht ungewöhnlich?«

»Warum soll das ungewöhnlich sein? Ich habe ihr nicht Bescheid gegeben. Erst vor ein paar Tagen rief ich sie an. Sie hat einen wunderbaren Mann und lebt ein schönes Leben dort in Italien. Meine Schwester will mit der Vergangenheit und diesem Dorf nichts mehr zu tun haben. Ich akzeptiere das. Manchmal telefonieren wir miteinander.«

»Geben Sie mir bitte das Video von der Hochzeit.«

Sie schüttelte leicht den Kopf. »Das ist erst in ein paar Tagen fertig. Der Typ, der die Hochzeit gefilmt hat, bringt es mir nach Hause. Ich rufe Sie an, wenn es da ist. Warum brauchen Sie das eigentlich?«

»Nun stellen *Sie* komische Fragen.«

Sie seufzte. »Ich verstehe schon. Sie wollen sich ein Bild von den Leuten hier machen, stimmt's? Und natürlich wollen Sie sehen, ob sich jemand merkwürdig verhalten hat.«

»Gut geraten.« Er stand auf. »Rufen Sie mich an, wenn das Videoband da ist – und wenn Ihnen noch etwas einfällt.«

Sie sah auf. »Ich weiß, was Sie von mir halten.«

»Was ich von Ihnen halte? Ich denke, Sie sind eine intelligente Frau und eine gute Mutter. Aber ebenso denke ich auch, dass Sie schon so manchen Menschen ausgenutzt haben, um es sich bequem zu machen.«

»Auf Wiedersehen, Herr Inspektor.«

Marko klopfte kräftig gegen die Tür. Nach nur zwei Sekunden öffnete Vedrana. Sie hatte einen pinkfarbenen Gymnastikanzug an und trug dazu hellblaue Stöckelschuhe. Diesmal war sie nicht geschminkt. Einerseits kam er sich idiotisch vor, Hilfe bei ihr zu suchen; andererseits war es ihm egal, von wem diese Hilfe kam. Er hatte den Eindruck, Vedrana sagte über die anderen die blanke Wahrheit, auch wenn ihre Einschätzungen vielleicht manchmal übertrieben waren.

»Was willst du denn schon wieder hier?«

»Ich habe noch ein paar Fragen an Sie.«

»Machst du mich jetzt zu deiner Gehilfin, oder wie?«

»Das nicht unbedingt, aber Sie können mir vielleicht helfen.«

»Und was gibt's dafür? Oder soll ich umsonst drauflosplappern? Alles kostet Geld, Kleiner.«

Sie war vielleicht verrückt, aber nicht dumm. Er holte seine Geldbörse hervor und gab ihr einen Hundert-Kuna-Schein.

Sie betrachtete das rotbraune Papier, als sähe sie es zum ersten Mal. »Na ja, großzügig bist du nicht gerade, was? Also, was willst du wissen? Für hundert Kuna.« Den letzten Satz betonte sie nachdrücklich.

»Was wissen Sie über Anita und Marijan Kaštelan?«

»Du kommst wohl bloß zum Lästern her, wie? Oder besser gesagt, ich soll lästern. Für hundert Kuna.«

Es wurde ihm zu dumm und er gab ihr nochmal hundert. Hoffentlich war es das wert. Dafür musste er den halben Tag arbeiten.

»Anita ist eine dumme Zicke und Marijan der Speichellecker seiner Frau.«

»Warum ist sie eine dumme Zicke?«

»Ist sie einfach. Das ist doch nicht so schwer zu verstehen, oder? Wenn sie ihr Maul aufmacht und so honigsüß rumquatscht, könnte ich ihr eins in die Fresse hauen.«

»Aha.«

»Denkt, sie ist was Feines, weil sie sich beim Arbeiten die Hände nich schmutzig macht. Ist beim Arbeitsamt angestellt, möchte mal wissen, wie die da mit den Leuten umgeht. Samstag Abend gehen die immer ins Theater oder zum Tanzen. Und sonntags wird bei denen nicht gekocht. Da gehen die essen ins Restaurant. In der Schule war sie schlecht. Ihr Vater hat ihr den Arbeitsplatz erkauft. Sie denkt nur an sich selbst. Nach dem Mord hat sie im Laden gesagt: ›Der Tod ist nicht schlimm, solange es einen nicht selbst trifft.‹ So ist die nämlich, die Anita.«

»Und er?«

»Tss. Sein Hobby ist Auto waschen. Jeden Samstag nachmittag, bevor sie weggehen, poliert er seinen Wagen. Er ist der Älteste von sechs Kindern, hat als Kind auf seine Geschwister aufpassen müssen. Deshalb überlässt er die Erziehung wohl seiner Frau. Er liest der Zicke heute jeden Wunsch von den Augen ab, und morgen hauen sie sich die Köpfe ein.«

»Wissen Sie, warum sie streiten?«

»Klar weiß ich das. Ich geh ja manchmal da vorbei und wenn ich sie schreien höre, dann bleib ich stehen und hör mir das 'n Weilchen an. Meistens geht es darum, dass sie so viel Geld verprasst. Und einmal hat er geschrien, sie hätte jemand anderen. Er hat Rasierwasser auf ihrer Bluse gerochen.«

»Ach, wirklich? Hatte er jemanden in Verdacht?«

»Da hab ich nichts von gehört. Tun so, als wären sie das perfekte Pärchen. Stimmt aber nicht.«

»Fällt Ihnen sonst noch etwas zu den beiden ein?«

»Nein. Aber er ist ein großer Angeber. Ist dir das nicht auch aufgefallen?«

»Ähm …«

»Ich weiß nicht, warum sie den geheiratet hat. Der war schon immer hässlich und er stinkt aus dem Maul.«

»Und Eliza und Luka Čaval?«

»Ach, die.« Sie winkte ab. »Elizabeta ist geizig wie der Teufel. Keine müde Kuna kann man der schuldig bleiben. Als meine Mutter noch den Laden hatte, da hat sie Eis und Bonbons gekriegt, und jetzt? Das hat man davon, wenn man gutmütig ist. Und sie ist schlampig, schlampig ist die«, sie machte eine ausholende Bewegung mit den Armen, »in anderen Läden sieht's viel ordentlicher aus, weißt du? Ja, schlampig und faul ist sie. Manchmal kommt man ins Geschäft und sie liest einen Roman, statt dass sie mal Ordnung schafft. Aber nicht mögen kann man sie auch nicht, weil sie ist so furchtbar korrekt, behandelt jeden gleich. Meistens jedenfalls.«

»Und der Mann?«

»Der ist nett, der Luka. Hat immer ein nettes Wort für mich

übrig, obwohl er immer einen Grund findet um zu schimpfen. Der schimpft über Gott und die Welt.«

»Ist das alles, was Sie über ihn sagen können?«

»Sehe ich aus wie ein Lexikon?«

»Was führen die beiden für eine Ehe?«

»Was weiß denn ich!«, sagte sie plötzlich entrüstet, »stehe ja schließlich nicht mit dem Kerzenständer bei denen im Schlafzimmer.«

»Haben Sie sie mal streiten hören?«

»Noch nie.«

»Können Sie mir etwas über Marinka …«

»Ha! Marinka! Als Kinder sind wir mit den Kühen raus. Wir waren die besten Freundinnen.«

Marko sah sie erstaunt an. »So?«

»Ja. Was glotzt du denn so?«

Er räusperte sich. »Ähm, nichts.«

»Da stirbt ihr der Sohn, dann der Mann und seitdem glaubt sie nicht mehr an Gott. War seit Jahren nicht mehr in der Kirche. Und dann wird die Tochter Nonne. Und dann zerstreitet sie sich mit Sabina. Die reden seit Jahren nicht mehr miteinander.«

»Warum?«

»Weil Sabina sie manchmal kritisiert hat, weil Marinka nicht mehr in die Kirche geht und nich mehr an Gott glaubt. Die Sabina ist doch so gläubig. Dann ist Marinka der Kragen geplatzt und sie hat sie angeschrien, sie soll ihr nicht ihre Meinung aufdrängen. Sabina ist da empfindlich, weißt du. Sie war eingeschnappt und jetzt reden sie nicht mehr miteinander. So, war's das jetzt, Kleiner? Hab nicht den ganzen Tag Zeit. Für hundert Kuna.« Sie knallte ihm die Tür vor der Nase zu.

»Zweihundert!«, schrie er gegen die geschlossene Tür.

Arsen sah Nirvana an und dann tat er etwas, das er seit Jahren nicht mehr getan hatte. Er streichelte ihre Wange. Nur für zwei Sekunden, aber in seinem Blick lag ein Anflug von Zärtlichkeit. Sie standen in der Küche einander gegenüber und sahen sich an.

Nirvana war völlig verwirrt. Sie stand nur da und sah ihn an.

»Ich muss dir etwas sagen.« Seine Stimme klang belegt.

»Ja?«

Er holte tief Luft und stemmte die Hände in die Hüften. »Ist nicht einfach.«

»Sag es doch. Was ist?«

Arsen starrte zu Boden, dann wieder in ihr Gesicht. »Ich weiß nicht. Wahrscheinlich wäre es besser, es dir nicht zu sagen, aber ich kann einfach nicht mehr allein damit leben.«

Nirvana versteifte sich. Sie schluckte. »Du hast eine andere.« Während sie das sagte, hatte sie das Gefühl zu verbluten. Die Vorstellung tat unglaublich weh, obwohl sie die Hoffnung aufgegeben hatte, dass ihre Ehe sich wieder bessern könnte.

»Nicht ganz«, meinte er leise. »Jetzt nicht, aber vor ein paar Jahren, da …«

»O Gott!«, rief sie entsetzt. Dann schrie sie: »Du Arschloch!« Sie knallte mit voller Wucht ihre Handfläche auf sein Gesicht. Er taumelte ein wenig und sah betreten zur Seite, machte aber keinerlei Anstalten zurückzuschlagen.

»Ich bin eine solche Idiotin! Jeden Tag habe ich weiterhin die Hoffnung, dass du wieder der Alte wirst, dass wir uns wieder einigermaßen verstehen …«

»Es tut mir Leid«, murmelte er.

Sie sah ihn wütend an. »Nicht mal das glaube ich dir. Würde es dir Leid tun, hättest du mich seitdem besser behandelt. Wer ist sie? Kenne ich sie? Wo hast du diese Frau kennen gelernt?«

Arsen schwieg. Er lehnte sich gegen die Wand. Seine Wange war knallrot.

»Mach endlich den Mund auf!«

»Du kennst sie nicht.«

»Wo hast du sie kennen gelernt, verdammt noch mal? Bei der Arbeit?«

Er nickte.

»Jung?«

»So alt wie du ungefähr.«

»Hübsch?« fragte sie, den Tränen nahe.

»Nicht so hübsch wie du.«

»Das darf doch wohl nicht wahr sein, oder? Seit ungefähr zehn Jahren hast du mir kein Kompliment mehr gemacht und dann jetzt, in dieser geschmacklosen Situation … Du … du … falsches Schwein!«

Nirvana stürmte aus der Küche und knallte die Tür hinter sich zu. Sie setzte sich aufs Bett. Es kamen keine Tränen. Sie fühlte nur Leere. Ihr Leben hatte sich gerade verändert, aber das Zimmer sah noch genauso aus. Die Äste des Baumes vor dem Fenster schaukelten leicht im Wind, wie sie es oft taten. Der Wecker tickte laut vor sich hin und die Tagesdecke fühlte sich kühl an. Eigentlich war alles wie immer.

Zwei Stunden später saß Marko in dem kleinen Haus von Vilim Božić. Das Häuschen gehörte gerade noch zu Mala Šuma, es lag abgeschieden und recht weit von der Straße entfernt. Wie bei Sabina und Benko und in anderen sehr alten Häusern, befand sich Marko in der Wohnküche, sobald er eingetreten war. Nachdem er angeklopft hatte, war eine müde Stimme zu hören gewesen, die ihn hereingebeten hatte. Nun saß er auf der Couch neben Vilim Božić und dem alten Holzofen. Es gab nur eine Tür, die von der Küche abging, und das war vermutlich die Schlafkammer. Seine Notdurft verrichtete der Alte in dem kleinen, eckigen Häuschen, das etwa zehn Meter neben seinem Wohnhaus stand.

Mit Markos Fragen konnte er überhaupt nichts anfangen. Er hätte wohl gehört, dass ein Mann umgebracht worden war, den er jedoch nicht gekannt hatte.

»Wissen Sie«, meinte er krächzend, als er ein Holzstück in den Ofen warf, »ins Dorf gehe ich so gut wie nie, außer wenn ich was im Laden kaufen muss. Die meisten der jüngeren Leuten kenne ich nur vom Sehen. Die Alten sind alle schon hinüber.« Er setzte sich wieder neben Marko auf die abgewetzte Couch und meinte: »Da müssen Sie schon zu der Ines gehen, die weiß *alles*.«

»Das habe ich noch vor.«

Der alte Mann lächelte ein wenig und hob kurz die Hände nach oben, bevor er sie wieder auf seinen Knie abstützte. »Wenn die nichts weiß, dann niemand, glauben Sie mir.«

»Und Sie können mir also überhaupt nichts über den Verstorbenen sagen?«

»Nicht die Bohne.«

»Aber gesehen haben Sie ihn schon mal, oder?«

Der Alte gab ein kurzes Stöhnen von sich. »Ich sehe viele Leute, aber ich nehme sie nicht mehr wahr.« Seine zierliche Gestalt bewegte sich bedächtig vor und zurück. Marko fürchtete, er könnte jeden Augenblick von der Couch kippen. Das einzig

Große an diesem mageren Kerl waren seine braunen Augen und die langen Wimpern. Sie waren auch das einzig Junggebliebene an ihm.

»Und wie gut kennen Sie Ljiljana?«

»Die ist fünfzig Jahre jünger als ich. Uns verbindet also nicht viel.«

»Sprechen Sie manchmal miteinander?«

Der Alte schüttelte den Kopf. »Nein, ich sehe sie auch nur zwei Mal im Jahr oder so.«

»Ist Ihnen vor oder nach dem Mord etwas Ungewöhnliches aufgefallen?«

»Nein, was denn?«

»Hat sich irgendjemand eigenartig verhalten oder haben Sie etwas gehört oder gesehen, was Ihnen merkwürdig vorkam?«

»Nein, ich höre auch nicht mehr so gut.«

Marko fiel nichts Vernünftiges mehr ein, was er ihn hätte fragen können. Es schien keinen Sinn zu haben, hier noch länger Zeit zu vergeuden. Er hörte das Holz im Ofen knistern und ihm wurde heiß. Seine Großmutter hatte auch manchmal im Frühjahr oder Sommer den Holzofen angezündet, um den Elektroofen zu schonen und um Strom zu sparen. Vilim Božić schien die gleiche Angewohnheit zu haben, denn auf der Eisenplatte stand ein kleiner Topf. Als Marko aufstand, fiel sein Blick auf den Tisch und das halbfertige Puzzle. Die untere Hälfte war bereits zusammengesetzt und er erkannte einen Ozean und den kleinen Teil eines Schiffes.

»Die Titanic«, sagte Božić leise.

»Eine Art Hobby, nehme ich an.«

»Hobby, Zeit totschlagen, nennen Sie es, wie Sie wollen.«

»Was machen Sie mit den fertigen Bildern?« Seltsamerweise interessierte es ihn wirklich.

Der alte Mann ging wortlos zu der einzigen Tür und öffnete sie. Er machte eine einladende Handbewegung. Marko setzte langsam einen Fuß vor den anderen und hielt dabei die Hände im Rücken verschränkt. Er trat einen Schritt ins Zimmer und sah sich um. Darin standen nur ein Bett und ein Schrank, sonst nichts. Die

Wände waren geschmückt mit Puzzlemotiven. Vielleicht könnte man noch drei, vier aufhängen, dann wäre die Kapazität der Wände jedoch endgültig erschöpft. »Hmm«, machte Marko nur, er wusste nicht, was er sagen sollte. Möglicherweise erwartete Božić nun Worte der Bewunderung. Aber wie lobte man einen Erwachsenen wegen seiner Puzzlebilder? Marko wusste es nicht.

»Nachdem vor dreiundzwanzig Jahren mein Haus abgebrannt ist«, fing der Alte hinter ihm zu erzählen an, »dachte ich mir, entweder du fängst an zu saufen oder du beschäftigst dich irgendwie.«

Marko drehte sich um und sah ihn freundlich an. »Sie haben sich für das Richtige entschieden.«

»Sind Sie sicher? Meine gesamten Ersparnisse sind damals verbrannt. Ich stand vor dem Nichts.« Er blickte zu Boden, als die Erinnerung ihn packte. »Mir ging's immer gut. Und dann … dann hab ich meinen Bruder um Geld bitten müssen, damit ich dieses Loch hier bauen konnte.«

Marko schloss leise die Tür zur Schlafkammer und ging zurück in die Wohnküche. »Bitte entschuldigen Sie meine Neugierde, aber warum haben Sie Ihre Ersparnisse nicht auf die Bank gebracht?«

Božić stand da, ließ die Arme sinken und zuckte mit den Schultern, als wundere er sich über seine eigene Nachlässigkeit. »Meine Eltern haben uns immer vor der Bank gewarnt. Das seien alles Halsabschneider.«

»Hmm, stimmt ja auch. Aber sein Geld zu Hause aufzubewahren ist auch keine Alternative.«

Der Alte warf ihm einen giftigen Blick zu. »Mittlerweile habe ich das begriffen, ja. Sie brauchen mir das jetzt nicht noch unter die Nase zu reiben.«

»Sie haben Recht.«

»Ja, ja«, er schlurfte zurück zum Ofen, »Sie können auch nichts dafür.«

Als Marko gehen wollte, drehte er sich noch mal um und fragte: »Fühlen Sie sich nicht manchmal einsam?«

Er schüttelte den Kopf.

»Sie leben so … abgesondert. Haben Sie keine Familie?«

»Nein«, brachte er nach einer Weile hervor. Er hatte sich gebückt, um ein weiteres Holzscheit aufzuheben, das am Boden vor dem Ofen lag. »Habe keine Verwandten mehr. Bin jetzt siebenundachtzig, lang dauert's nicht mehr, dann sehe ich ein paar Leute wieder.« Er machte eine Kopfbewegung Richtung Himmel.

Marko verstand. »Alles Gute. Auf Wiedersehen.«

»Wiedersehen. Viel Erfolg noch«, rief er ihm nach.

Ines und Josip waren so verschieden wie Milch und Wein. Er brachte den Mund nicht auf, sie hingegen plapperte wie ein Wasserfall. Während Ines Margan den Tisch in Ordnung brachte und Kaffeetassen wegräumte, redete sie übers Wetter. Ihr Mann sah sich ungerührt vom Besuch des Inspektors im Fernsehen ein Fußballspiel an. Alle halbe Minute riss er sich davon los und warf einen Blick in das Wohnzimmer. Die zwölfjährige Tochter saß in einer Ecke des Esszimmers über ihren Schularbeiten. Marko nutzte die Gelegenheit, dass ihn niemand besonders beachtete und sah sich im Zimmer um. So wie Božić Puzzles sammelte, schien diese Frau eine Handarbeitsfanatikerin zu sein. Den Glastisch zierte eine gehäkelte Tischdecke, die Fenster gehäkelte Vorhänge, den Glasschrank gehäkelte Untersetzer und die Körper der Familienmitglieder gestrickte kurzärmelige Pullover. Ein, zwei Jahre würde die Tochter das vielleicht noch mitmachen, dann würde ihre Mutter ihr normale T-Shirts kaufen müssen. Marko warf einen schnellen Blick von der Seite auf Josip Margan, der gerade einen beißenden Pfeifengeruch verströmte. Er wirkte ein wenig lächerlich in dem dunkelblauen Strickshirt. Für nichts auf der Welt würde Marko sich in so ein Ding stecken lassen. Zugegeben, er hatte eine Schwäche für schwarze Kleidung, aber etwas Gestricktes käme für ihn auch in Schwarz nicht in Frage.

Ines Margan stand plötzlich neben Marko und sah auf ihn herab. Marko zuckte zusammen und ärgerte sich darüber, dass er in Gedanken so abdriften konnte, wenn auch nur für ein paar Augenblicke.

»Bitte?« Er blickte zu der großen, blonden Frau hoch. Im Grunde war sie ziemlich attraktiv, überlegte Marko, schade, dass sie einen eher unsympathischen Eindruck machte.

»Ich fragte gerade, was Sie wohl zu uns führt, Herr ... Oberinspektor.«

»Inspektor reicht völlig, Frau Margan. Bis zum Oberinspektor habe ich es noch nicht gebracht. Was können Sie mir über Boris Klić sagen?«

»Gar nichts.« Endlich setzte sie sich neben ihren Mann und verschränkte die Beine. »Wir kannten ihn kaum. Nun muss Ljiljana sich ja wohl einen anderen Zahlmeister suchen.«

Ihr Mann rauchte seine Pfeife und konzentrierte sich weiter auf das Fußballspiel. Marko wurde wütend. Dieser Mann hatte nicht mal so viel Anstand, sich ein paar Minuten von dem Fernseher loszureißen. »Herr Margan!«, sagte er in scharfem Ton, »könnten Sie mir möglicherweise zehn Minuten Ihrer Zeit opfern, um einige Fragen zu beantworten, die einen *Mordfall* betreffen?«

Es war nicht zu übersehen, dass dem Mann diese Zurechtweisung unangenehm war. »Natürlich, Herr Ban. Ich wollte nicht unhöflich sein, aber ich dachte, Sie möchten vielleicht erst meine Frau befragen, da wollte ich mich nicht einmischen. Ich dachte einfach nur, dass ich später an der Reihe wäre, weiter nichts. Entschuldigen Sie.« Der Mann lächelte ihn freundlich an und Marko fühlte sich auf einmal ganz betreten.

»Nein, nein«, sagte er in neutralem Tonfall, »es ist nicht nötig, dass ich Sie getrennt befrage.«

Plötzlich war ein tiefes Röcheln aus dem Nebenzimmer zu hören. Ines Margan sprang sofort auf und lief aus dem Wohnzimmer. »Meine Schwiegermutter«, sagte Josip Margan erklärend. »Sie ist achtzig und liegt im Sterben.«

Marko nickte verständnisvoll. »Tut mir Leid, dass ich Sie vorhin so angefahren habe. Das ist eigentlich nicht meine Art.«

Margan hielt in der einen Hand seine Pfeife, mit der anderen winkte er lässig ab. »Es war ein Missverständnis.« Er erhob sich aus seinem ledernen Fernsehsessel. »Ich gieße mir mal einen kleinen Cognac ein. Möchten Sie auch einen?«

»Nein, danke. Während ich arbeite, darf ich nichts trinken. Leider.« Solidarisch lächelten sie einander zu.

»Eine Frage, Herr Margan. Wie kommt es, dass Sie zu Hause sind?«

»Heute habe ich frei. Und sonntags.« Er öffnete das Büfett des Wohnzimmerschrankes und holte eine verschnörkelte Flasche hervor. »Ich arbeite bei einem Juwelier. Er ist Albaner. Na ja, ist ja wohl klar. Juweliere und Konditoren in Kroatien sind fast alle Albaner.« Er nahm wieder Platz und schenkte sich einen großzügigen Schluck in das bauchige Glas ein. »Er bezahlt mich anständig. Ich war zwei Jahre arbeitslos und das war wirklich schwer für uns alle.« Er drehte den Kopf zu seiner Tochter und lächelte sie liebevoll an. Sie lächelte auch. »Ich habe in dieser Zeit zwei, drei Angebote bekommen, aber das war alles von sechs bis zwei oder von sieben bis drei. Ich kann aber wegen der Schwiegermutter nur nachmittags arbeiten. Wir waren froh, dass wenigstens meine Frau einen festen Job hatte. Als dann meine Firma Bankrott ging, wurde meine Schwiegermutter bettlägerig. Es muss ständig jemand bei ihr sein. Wir können uns ja keine Krankenschwester oder so etwas leisten.«

Ines Margan kam wieder durch die Tür geschwebt. »Sie hatte Durst«, erklärte sie, »ihre Kehle war ganz trocken.«

Marko schlug die Handflächen ineinander und räusperte sich. »Ich will Sie nicht lange aufhalten. Alles, was ich wissen will, ist, wie gut Sie das Mordopfer kannten.«

Beide schüttelten die Köpfe und beteuerten, ihn kaum gekannt zu haben. Ljiljana habe sie eingeladen. »Mehr gibt es dazu eigentlich nicht zu sagen«, meinte die Frau. »Eigentlich waren wir nie befreundet oder so, aber … sie ist eine Prahlerin. Sie wollte eine große Hochzeit mit vielen Gästen. Und es bringt schließlich Unglück, eine Einladung zur Hochzeit oder Taufe abzuschlagen. Deswegen sind wir hingegangen.«

»Aber Sie mögen sie nicht besonders?«

»Nicht besonders.«

Die zwölfjährige Tochter hatte aufgehört, ihre Hausaufgaben zu machen und hörte interessiert zu.

»Alle Welt scheint etwas gegen diese Frau zu haben. Könnten Sie das vielleicht begründen?«

»Na ja«, meinte sie breit, »nicht dass ich etwas gegen sie habe … Marina! Mach deine Hausaufgaben!« Marina ignorierte die Aufforderung gänzlich. Sie biss an ihrem Bleistift herum und betrachtete neugierig die kleine Runde. »Aber sie ist so … vulgär.«

»Wirklich? Ist mir gar nicht aufgefallen.«

»Ach?«, rief Ines Margan, als ob sie darüber entzückt wäre, »da hat sie Sie also auch schon um den Finger gewickelt?«

»Bitte?« Marko war nicht nur überrascht, sondern auch ziemlich erbost über diese Bemerkung, aber nachdem er schon vorhin ihren Mann zurechtgewiesen hatte, wollte er nicht schon wieder wie ein Moralapostel auftreten.

»Ach, nichts«, winkte sie ab. Ihr Mann warf ihr einen strengen Blick zu, sagte aber nichts.

»Ich will damit nur sagen, dass sie ein großes Talent hat, Männer für sich einzunehmen.« Ihr Kopf mit der blonden Haarpracht wiegte sich hin und her. »Ich würde gern wissen, wie sie das macht.«

»Sie können sie ja fragen.« Marko konnte nicht umhin, diese Bemerkung von sich zu geben. Dann fragte er, an ihren Mann gewandt: »Wie finden Sie denn Ljiljana?«

»Charmant und clever.« Das kam, als ob er auf diese Frage gewartet hätte.

»Haben Sie in letzter Zeit, oder vor dem Mord, etwas bemerkt, das ungewöhnlich war?«

»Nein, gar nichts.«

»Ich auch nicht.« Ines zuckte die Schultern.

»Aljoša hat mir mal was erzählt«, kam es plötzlich vom Esszimmer herüber. Marina blickte zu den dreien herüber.

»Ach, halt den Mund«, schalt ihre Mutter sie, »und mach deine Hausaufgaben.«

»Was hat er denn erzählt?« Marko wurde neugierig.

»Boris soll ein paar Mal angerufen worden sein. Manchmal auch über sein Handy. Er soll gesagt haben: ›Lass mich damit in

Ruhe. Es ist aus und vorbei. Begreif das endlich‹, so in etwa, glaube ich.«

»Ach, was soll das schon bedeuten, Marina?« Ihre Mutter wirkte beunruhigt. Sie sah zu Marko: »Kindergeschichten eben. Vielleicht hat der Junge es auch ausgeschmückt, wer weiß.«

Marko kritzelte in seinen Notizblock. »Vielleicht aber auch nicht. Ich finde es jedenfalls sehr interessant.« Er stand auf und steckte Block und Stift in seine Sakkotasche. »Danke, Marina, du hast mir sehr geholfen.«

Sie lächelte schüchtern.

Aljoša starrte ihn verständnislos an. »Ich hab nicht mehr daran gedacht. Ist das denn so wichtig?«

Marko versuchte, seine Wut im Zaum zu halten. »Es könnte wichtig sein. Ich habe gesagt, *alles* könnte von Bedeutung sein!«

Aljoša stand ihm gegenüber und ließ die Arme neben seinem dünnen Körper hängen. Seine Mutter saß auf dem Sofa und baumelte nervös mit dem übereinandergeschlagenen Bein. »Er ist schließlich ein Kind.«

Marko drehte den Kopf in ihre Richtung. »Ja, ein Kind, dessen Stiefvater ermordet wurde. Ist es denn zuviel verlangt, dass ich von Ihnen allen erwarte, dass Sie mir alles sagen, was irgendwie mit Boris Klić zusammenhängt? Ein wenig Anstrengung und Konzentration, das ist alles, was ich will!«

»Wollen Sie uns hier eine Szene machen? Es reicht mir, dass Sie …«

»Mir reicht es auch mit Ihnen! Ich versuche meine Ermittlungen so höflich und menschlich wie möglich zu führen, aber irgendwann ist meine Geduld am Ende. Sie können es darauf anlegen, aber ich sage Ihnen, ich kann auch anders. Denken Sie daran: Kämpfe nicht mit einem Hörnigen. Und wissen Sie warum? Weil Sie verlieren werden. Ab heute erwarte ich von Ihnen Höflichkeit, verstehen Sie mich?«

Ljiljana starrte ihn mit offenem Mund an und brachte kein Wort heraus.

O je, zuerst hatte er Josip Margan angefahren und nun machte er die Witwe zur Schnecke. Heute war einfach nicht sein Tag.

Der Junge wurde rot und blickte hilflos zu seiner Mutter. Marko seufzte laut und sah ihn an. »Also gut, setzen wir uns.« Marko nahm Ljiljana gegenüber Platz und Aljoša ließ sich schwerfällig in den Sessel fallen, der zwischen den beiden Erwachsenen stand. »Wie oft wurde er angerufen?«

Aljoša zuckte mit den Schultern. »Soviel ich weiß, drei- oder viermal.«

»Gut. Was war an diesen Gesprächen anders als sonst?«

»Er sprach ziemlich aufgebracht und fast ängstlich, und wenn er aufgelegt hatte, ging er eine Weile nervös hin und her.«

Marko kniff nachdenklich die Augen zusammen. »Du weißt nicht zufällig, ob es eine Frau oder …«

»Keine Ahnung.«

»Und was hat er noch so gesagt?« Musste man dem Jungen denn alles aus der Nase ziehen?

Aljoša dachte nach, kratzte sich am Kopf, zog eine unbestimmte Grimasse …

»Auch wenn es unzusammenhängend ist. Gib mir einfach die Wort- oder Satzfetzen wieder.«

»Begreif doch endlich, dass es vorbei ist … Ruf mich nicht mehr an … Wir wussten nicht, was wir taten … Dann geh zu einer Beratungsstelle …« Als er das heruntergeleiert hatte, hob er die Handflächen nach oben und sah Marko an.

»Tu mir einen Gefallen. Wenn dir noch was einfällt, dann gib mir Bescheid. Verstanden?«

Er nickte.

Marko blickte zur Seite. »Wussten Sie eigentlich davon?«

»Ja, aber es war mir ehrlich gesagt ziemlich egal. Ich dachte, es handelt sich vielleicht um eine Verflossene, die ihm immer noch nachtrauert.«

»So wie Ihr Sohn die Sache schildert, muss es nicht unbedingt um eine Affäre gegangen sein. Vielleicht hat er mit einem Freund ein krummes Ding gedreht.«

»Ich habe keinen blassen Schimmer, wirklich. Aber kriminell war Boris nicht.«

Wieder an den Jungen gewandt, fragte er: »Wann war der letzte von diesen Anrufen?«

»Ist ’ne Weile her. Zwei, drei Wochen vor seinem Tod vielleicht.«

»Hattest du die Person auch mal am Apparat?«

»Nein. Aber ein paar Mal wurde aufgelegt, wenn ich abgehoben und mich gemeldet habe.«

»Aha. Das heißt, es könnte eine Person sein, die du kennst. Sie wollte vielleicht nicht, dass du ihre Stimme erkennst.«

»Kann sein«, meinte er gelangweilt.

Als Marko gehen wollte, sagte Ljiljana: »Warten Sie einen Moment.« Sie öffnete die Schublade des Wohnzimmerschranks und holte eine Videokassette heraus. »Das habe ich vor einer Stunde bekommen. Ich bin also selbst noch nicht dazu gekommen, es anzusehen.« Sie betrachtete das Ding in ihrer Hand. »Und wahrscheinlich werde ich das auch nicht so bald tun.« Sie streckte den Arm aus.

Er nahm die Kassette entgegen. »Danke. Sie bekommen sie so bald wie möglich zurück.« Er verschwieg ihr lieber, dass er vorhatte, eine Kopie davon zu machen.

Marko klopfte kurz und trat ein. Nirvana war gerade beim Bügeln. Als sie ihn sah, stellte sie das Bügeleisen ab. »Hallo. Wie geht’s?«

Er brachte ein müdes Lächeln zustande und meinte: »Mittelprächtig, danke.«

»Haben Sie schon alle verhört?«

»Nein.«

»Ich stelle mir Ihren Beruf sehr nervenaufreibend vor.«

»Die Leute sind nicht gerade kooperativ. Um jedes Wort, das sie mir sagen, muss ich kämpfen.«

»Brauchen Sie von mir noch irgendetwas?« Sie stand hinter dem Bügelbrett und er etwa drei Meter von ihr entfernt. Diese Frage schien ihn verlegen zu machen. Er grinste und steckte die Hände in die Hosentaschen.

»Eigentlich nicht. Das Einzige, was ich von Ihnen brauche, ist Ihre Gesellschaft.«

Darauf hatte sie keine Antwort. Sie schluckte.

»Ich weiß, wie das für Sie klingen muss. Bitte verstehen Sie mich nicht falsch. Sie sind einfach die Einzige hier, der ich vertraue.«

Sie sah ihm in die Augen. »Wirklich?«

Er nickte.

»Tja, wenn das so ist, dann könnten wir einen Kaffee zusammen trinken.«

»Das wäre wunderbar.«

Sie gingen in die Küche. Nirvana schenkte ihnen beiden Mokka in kleine Tassen ein. »Haben Sie denn immer gekochten Kaffee da?«

»Ja, meistens.«

Sie nahmen einander gegenüber Platz.

»Und wie geht es Ihnen?« fragte er.

»Auch nicht besonders.«

»Sind Sie krank?«

Sie versuchte zu lächeln, aber es gelang ihr nicht. »Nein.«

»Familienprobleme?«

Sie ließ den Blick auf die Tasse sinken und schob sie hin und her. »Sozusagen.« Dann sah sie ihn an. »Haben Sie eine Zigarette?«

»Ja, sicher.« Er kramte die halbvolle Packung hervor und bot ihr eine an. Als er ihr Feuer geben wollte, nahm sie ihm das Feuerzeug aus der Hand. »Ich mag das nicht, wenn Männer Frauen in den Mantel helfen und ihnen Feuer geben. Ich bin kein kleines Kind.«

Er sah sie aufmerksam an. Sein Blick machte sie nervös. Arsen hatte sie schon lange nicht mehr so angesehen. Intensiv und interessiert. »Für manche ist das ein Zeichen von guten Manieren«, meinte er.

Sie war verwirrt. Über was hatten sie geredet?

»Das Türeaufhalten und Feuergeben, meine ich.« Er grinste.

»Ach so, ja. Ich denke, Manieren wären es, wenn es auf alle

zutrifft. So ist es nur entmündigend. Ich habe mit drei Jahren gelernt, mir selbst den Mantel anzuziehen. Ich bin nicht zu ungeschickt dazu.«

»Davon bin ich überzeugt.«

Sie räusperte sich. Ihr Mund war plötzlich trocken. Sie nahm einen Schluck Kaffee und zog an ihrer Zigarette.

»Sie wollen mir also nicht erzählen, was Sie bedrückt?«

Es klang nicht neugierig, als er das sagte. Seine Stimme war angenehm warm.

Sie atmete tief durch. »Mein Mann hat mir erzählt, dass er mich vor einiger Zeit betrogen hat.«

Marko schwieg und sah sie weiterhin interessiert an.

»Es ist zwar offenbar schon länger her, aber es hat mich sehr verletzt.« Sie versuchte mit großer Mühe, die Tränen zurückzuhalten. »Er wollte mir nicht sagen, wer die Frau ist. Ich komme mir vor wie die größte Idiotin aller Zeiten. So viel Mühe habe ich mir gegeben, unsere Ehe wiederherzustellen, und er macht so etwas. Statt dass er versucht, mit mir noch mal neu anzufangen, orientiert er sich anderswo!«

Nun zündete auch er sich eine Zigarette an. »Warum hat er es Ihnen gerade jetzt erzählt?«

»Keine Ahnung. Das habe ich mich auch gefragt. Es kam so … plötzlich. Er sagt, er kann nicht mehr damit leben, ohne dass er es mir erzählt.«

»Ich kann mir vorstellen, wie sehr Sie das verletzt.«

»Ja, das tut es. Heute hat meine Tochter aus London angerufen. Sie hat sofort gemerkt, dass mit mir etwas nicht stimmt. Ich habe ihr natürlich nichts gesagt.«

»Lieben Sie Ihren Mann noch?«

Sie sah ihn an. Seine Augen ruhten gespannt auf ihrem Gesicht. »Ich weiß es wirklich nicht. Diese Frage habe ich mir schon oft gestellt. Ich vermisse den Arsen, wie er früher war, ganz früher. Ich möchte sehr gern eine gute Beziehung, das Gefühl, geliebt zu werden.« Sie sah zur Seite. »Wir schlafen kaum noch miteinander. Das sagt wahrscheinlich schon alles.«

Eine Weile schwiegen sie beide.

»Wissen Sie, wann ich im Grunde begriffen habe, dass es vorbei ist? Als wir nicht mehr miteinander lachen konnten. Wir haben früher so viel gelacht; manchmal hatte ich das Gefühl, dass der Humor uns zusammengebracht hat und dass wir, solange wir ihn haben, auch immer zusammenbleiben. Aber irgendwann war's vorbei mit dem Lachen.«

»Vielleicht sollten Sie sich noch mal vernünftig miteinander aussprechen. Fragen Sie ihn doch ganz einfach, ob er sie noch liebt und ob er ihrer Ehe noch eine Chance gibt. Er soll ganz klar darauf antworten, ohne auszuweichen. Dann werden Sie sehen, was dabei herauskommt.«

Sie lächelte ironisch. »Ich weiß sowieso, was er sagen wird.« Sie imitierte seine tiefe Stimme: »Was soll das denn jetzt wieder? Du musst immer alles so verkomplizieren. Ich will jetzt nicht darüber reden.«

Marko schüttelte den Kopf. »Ich glaube nicht, dass er das sagen wird. Nach seiner Beichte hat er bestimmt ein schlechtes Gewissen. Wenn er so reagieren würde, dann wäre er wirklich das Letzte.«

»Wir werden sehen.«

Sie sahen sich wieder an. Aus Verlegenheit blickte sie schnell wieder zur Seite.

»Ich gehe jetzt lieber«, meinte er.

Als er schon halb aufgestanden war, platzte sie heraus: »Gehen Sie nicht.«

Sie sah ihm seine Überraschung deutlich an. Er setzte sich wieder. Sie wollte gern etwas sagen, um die Stille zu durchbrechen, aber ihr Verstand war wie festgeklebt.

»Es ist für mich schwer zu glauben, dass eine Frau wie Sie von ihrem Mann so behandelt wird.«

»Eine Frau wie ich? Wie meinen Sie das?«

Er zuckte mit den Schultern. »Sie sind klug … charmant … witzig … nett … und schön.«

Sie wusste nicht, wie lange es her war, dass sie so etwas gehört hatte. Seine Worte ließen ihre Handflächen feucht werden. Ihre Beine zitterten. »Also *schön* bin ich ja nun nicht gerade. Wenn eine schiefe Nase und breite Hüften für Sie schön sind …«

»Auch diese Makel können liebenswert sein. Ich finde Sie jedenfalls schön.« Er fasste sich mit der rechten Hand ans Kinn und stützte seinen Arm auf dem Tisch ab.

Sie wusste nicht, was mit ihr los war, als sie sagte: »Ich finde Sie auch schön.«

»Jetzt übertreiben Sie.«

»Nein, tu ich nicht.«

»Nachdem wir jetzt wissen, welch wunderschöne Menschen wir sind, kann ich beruhigt nach Hause gehen.« Er stand auf.

Sie gingen schmunzelnd in den Flur hinaus und er streifte versehentlich ihre Hand beim Gehen. Sie wollte ein wenig wegrücken, doch da ergriff er ihre Hand. Plötzlich wurden sie ernst und standen einander dicht gegenüber. Immer noch hielt er ihre Hand, als er sie näher zu sich heranzog. Sie konnte nicht mehr atmen vor Aufregung. Ganz leicht legte er seinen Mund auf ihren. Nirvana war es, die ihre Arme um seinen Nacken schloss und ihre Lippen hart auf seine presste. Er öffnete seinen Mund und sie schob ihre Zunge in seine Mundhöhle. Sie ließ sich vollkommen fallen, dachte an nichts, sondern genoss diesen Augenblick bis zum Äußersten. Sie wusste nicht, wie lange es dauerte. Zwei Minuten, zwanzig Minuten. Es spielte keine Rolle. Seine Arme hielten sie umschlossen und sie fühlte seinen Körper. Er fuhr ihr mit der Hand durch die Haare, wurde stürmischer. Sie legte ihre Hände auf seine Brust und schob ihn behutsam weg. Er sah aufgewühlt aus, verletzlich.

»Es tut mir Leid«, murmelte sie, »ich glaube, ich bin verrückt geworden.«

»Nein«, flüsterte er, »ich war es, der angefangen hat. Aber im Gegensatz zu dir tut es mir nicht Leid.«

Sie strich sich die Haare aus dem Gesicht. »Mir tut's auch nicht Leid.«

»Wirklich?«

Sie nickte.

»Ich gehe jetzt.«

»Wirst du mich wieder besuchen?« Sie versuchte, es nicht wie eine Bitte klingen zu lassen.

»Willst du das denn?«

»Ja. Obwohl es keinen Sinn hat, aber ich will es.«

Er nickte mit einem verkniffenen Lächeln und verschwand durch die Tür.

Nirvana ging zurück in die Küche. Mit zitternden Händen räumte sie die Tassen in die Spüle und leerte den Aschenbecher. Dann setzte sie sich auf einen Stuhl und schüttelte den Kopf. Sie schämte sich, schlug die Hände vors Gesicht und murmelte: »O Gott …« Es war so peinlich. Sie hatte ihm die Zunge praktisch bis in den Rachen geschoben. Was würde er jetzt denken?

Es war so schön gewesen. Dieses Kribbeln, das Gefühl abzuheben. Seit vielen Jahren hatte sie das nicht mehr erlebt. Nein, sie bereute es nicht. Wie sollte sie heute Abend Arsen in die Augen sehen? Aber was machte sie sich damit verrückt? Er hatte ihr gestanden, dass er mit einer anderen Frau zusammengewesen war, mit ihr geschlafen hatte. Und sie hatte Marko nur geküsst. Aber es war nicht Rache gewesen. Sie hätte es auch getan, wenn Arsen ihr das nicht erzählt hätte, und es war schwer zu sagen, ob es dadurch leichter oder schlimmer wurde. Sie stand auf und schaltete das Radio ein. *Put your head on my shoulder* … Sie fing an zu weinen. Es war, als ob all die Belastung mit den Tränen von ihr abfielen. Sie fühlte Erleichterung.

Für eine einzige Sekunde überlegte sie, ob sie es Renata sagen sollte. Den Gedanken verdrängte sie sofort. Sie hatte ihr von Arsens Seitensprung nichts erzählt, also würde sie ihr auch nicht den ihren … Es war kein Seitensprung. Es war nur ein Kuss gewesen. Aber was für einer!

Im Laden standen Anita, Tanja und Vedrana. Letztere war gerade dabei, zu bezahlen. Heute hatte sie einen Petticoat an. Nirvana fragte sich, wo sie immer diese ausgefallenen Sachen herbekam. Vedrana warf ihr einen scharfen Blick zu, während sie ihr Wechselgeld verstaute. »Du wirst auch immer fetter«, schleuderte sie ihr entgegen.

Nirvana nickte resigniert. Tatsache war, dass sie schon seit Jahren kaum zugenommen hatte. Vedrana wollte einfach nur stänkern. Sollte sie doch. Nirvana machte es nichts aus. Eliza und Anita grinsten in sich hinein. Nirvana sagte nichts. Vedrana lief an ihr vorbei und verschwand.

»Und sie wird immer unverschämter«, meinte Eliza.

»Ach, wir dürfen das nicht ernst nehmen, was sie sagt. Sie kann halt nichts dafür.«

»Manchmal ist das schwierig«, seufzte Eliza, »gerade hat sie Anita beleidigt. Sie sagte, Anita würde ihrem Mann Hörner aufsetzen, und das wüsste sie genau.«

Nirvana sah Anita an und diese fühlte sich in ihrer Haut sichtlich unwohl. Sie schnaubte: »Blöde Kuh!«

Die anderen Frauen lachten und Nirvana legte ihr beruhigend den Arm auf die Schulter: »Hör einfach nicht hin. Sie ist krank, das weißt du.«

»Diese Nachsichtigkeit, mit der du sie behandelst … Hat sie das verdient?«

Nirvana nahm die Hand von Anitas Schulter. Sie sagte nichts.

»Mir tut sie auch manchmal Leid«, meinte Tanja, »aber dann möchte ich ihr am liebsten eine kleben, weil ich das Gefühl habe, dass sie doch ganz genau weiß, was sie sagt.«

Anita sah sie böse an.

»Ich meine, manchmal«, ergänzte Tanja, als ihr soeben klar wurde, wie das für Anita jetzt klang, nachdem Vedrana das mit den Hörnern von sich gegeben hatte.

»Was darf's sein, Anita?«, fragte Eliza.

Anita zählte die Dinge auf, die sie brauchte, und Nirvana hörte kaum hin. Sie wunderte sich darüber, wie ernst die Leute Vedranas Kommentare nahmen. Warum eigentlich? Warum reagierten sie immer wieder verletzt oder wütend? Nirvana selbst war es egal, was Vedrana zu ihr sagte.

»Nirvana?« Anita riss sie aus ihren Gedanken.

»Was?«

»Ich hab gerade gefragt, was dieser Inspektor schon wieder

von dir wollte. Ines hat gesehen, wie er zu dir ging. Anscheinend verbringt er die meiste Zeit bei dir.«

Sie sah in Anitas Gesicht, konnte darin aber nichts außer Neugierde lesen. Keinen Spott und keinen Sarkasmus.

»Ich weiß nicht.« Nirvana machte den Rücken gerade und wühlte in ihrer Tasche nach dem Geldbeutel. »Wahrscheinlich, weil ich Boris, abgesehen von Ljiljana, am besten kannte.«

»Aber er verbringt mehr Zeit bei dir als bei Ljiljana.«

»Woher willst du das wissen?« Sie sah Anita geradeheraus an. Dann fiel ihr ein, dass Ines gerade Urlaub hatte und nun den ganzen Tag zu Hause war.

»Weil Ines sagt, er sei letztes Mal über eine Stunde bei dir gewesen. Das ist doch ziemlich komisch.«

Eliza räusperte sich, aber Anita schenkte dem keinerlei Beachtung.

»Na und? Was soll das überhaupt? Steht Ines die ganze Zeit mit der Stoppuhr am Fenster?«

»Das wohl kaum. Aber er hat jetzt schon zweimal Vedrana befragt, und zwar jedes Mal eine ganze Weile, aber bei der hat er nur draußen gestanden. Obwohl ich nicht weiß, was er sich von diesen Gesprächen erhofft, aber bei dir war er im Haus.«

»Ja, war er.«

Anitas Blick blieb noch ein paar Sekunden an ihrem Gesicht haften, dann verließ sie grüßend das Geschäft. Eliza grüßte zurück, Nirvana nicht.

»Stimmt das?«, fragte Eliza.

Im Laden war Stille. Tanja räusperte sich und sagte, sie wolle nur eine große Packung Spaghetti. Eliza legte die Spaghetti auf den Tresen und Nirvana spürte die unbeantwortete Frage im Raum.

»Stimmt das, Nirvana?« Diese Hartnäckigkeit kannte sie von Eliza sonst nicht.

Tanja kramte in ihrer winzigen Geldbörse.

»Nun fang du nicht auch noch an. Was weiß denn ich, warum er ständig irgendwelche Fragen an mich hat.«

»Haben diese Fragen immer mit seinem Fall zu tun?«

»Eliza! Es reicht!«

Nirvanas Schwägerin verzog den Mund und ließ sie dabei nicht aus den Augen. »Du weißt genau, dass ich mich nie irgendwo einmische, aber Arsen ist mein Bruder und ich will nicht …«

Tanjas Münzen tanzten auf dem Tresen.

»Arsen ist mein Mann und unsere Ehe geht dich nichts an, genauso wenig, wie deine Ehe mich etwas angeht. Ich bekomme, bitte, ein Pfund Mehl und eine Packung Maisgrieß.«

Tanja ging grußlos hinaus.

Eliza starrte Nirvana an. So hatten sie noch nie miteinander gesprochen. Eliza holte zerstreut Mehl und Grieß hervor.

Nirvana zahlte und verließ den Laden mit einer enormen Wut. Draußen stand Tanja. Sie schien auf sie gewartet zu haben.

»Kommst du zu mir auf einen Kaffee?«, fragte Tanja unvermittelt. Nirvana war zu aufgewühlt, um überrascht zu sein. Es war bestimmt schon zwei Jahre her, dass sie bei Tanja zu Hause war. Tanja hatte immer so viel Arbeit, dass niemand einfach nur zum Kaffee zu ihr kam.

»Komm du lieber zu mir. Das ist näher.« Dass sie Tanjas Mann Vlado nicht über den Weg laufen wollte, behielt sie lieber für sich. Vielleicht hätte es Tanja nicht sehr überrascht, denn schließlich mochte ihn keiner.

Sie gingen die Stufen nach oben und Nirvana öffnete die Tür.

»Sperrst du nicht ab?«

Nirvana zuckte die Schultern. »Ich hab's mir ja eigentlich vorgenommen, ab jetzt immer abzusperren, aber ich vergesse es immer.«

»Ich nicht.« Tanja schüttelte sich. »Mir geht das ständig im Kopf herum.«

»Komm, wir gehen in die Küche. Ich hab fertigen Kaffee da. Oder willst du lieber frischen?«

Tanja winkte ab. »Ach, lass doch. Es geht nicht um den Kaffee, Nirvana.«

Sie standen einander im Flur gegenüber und sahen sich an.

»Gut«, meinte Nirvana unsicher. Sie wandte sich ab und ging voraus.

Als sie vor den dampfenden Tassen saßen und Nirvana sich eine Zigarette angezündet hatte, sah sie Tanja abwartend an. Sie wartete umsonst, denn Tanja starrte in die Kaffeetasse, die sie hin und her drehte.

»Also, Tanja, es geht nicht um den Kaffee. Um was geht es dann?«

»Du weißt, dass ich mich nie in fremde Angelegenheiten einmische.«

Nirvana nickte.

»Ich sage dir das jetzt, weil ich dich schätze und mag. Ich könnte das nämlich genauso gut ignorieren.«

Nirvana nickte wieder.

»Also, das jetzt eben im Laden, ähm … Ich will dir nur sagen, dass im Dorf ganz schön geklatscht wird.«

»Über mich und den Inspektor?«

Tanja wurde ein wenig rot, nahm einen kleinen Schluck Kaffee und setzte langsam die Tasse wieder ab. »Ja.«

»Wer klatscht denn?«

Tanja senkte den Kopf und sah sie von unten an. »Na wer wohl?«

»Ines?«

»Ja, auch.«

»Und wer noch.«

Tanja schüttelte den Kopf. »Das spielt doch keine Rolle. Es ist nicht so wichtig, wer klatscht, sondern was geklatscht wird.«

»Ehrlich gesagt interessiert mich das alles nicht. Die Leute zerreißen sich doch ständig das Maul.«

»Dass es dir so ganz egal ist, glaube ich dir nicht.«

Nirvana lehnte sich zurück und versuchte, gelassen zu wirken. »Na ja, natürlich wäre es mir lieber, wenn sie nicht klatschen würden, aber ich kann es nicht ändern.«

Tanja seufzte. »Ich wollte dich nur warnen, als Freundin oder gute Nachbarin. Ich will nicht, dass du denkst, dass ich dich kritisiere …«

»Nein, ist schon in Ordnung, Tanja. Das finde ich auch nett von dir, wirklich. Aber zwischen mir und dem Inspektor ist natürlich nichts. Das ist absolut lächerlich. Wir haben uns nett unterhalten und wenn jemand deshalb falsche Schlüsse zieht, hat er eine ziemlich fragwürdige Fantasie.«

Tanja lächelte. »Du brauchst vor mir keine Rechenschaft abzulegen.«

»Nein, das habe ich auch nicht vor.«

»Dieser kleine Krach gerade mit Eliza tut mir Leid. Ihr seid immer so gut miteinander ausgekommen.«

»Sie ist zu weit gegangen.«

Tanja beobachtete sie eine Weile, dann sagte sie. »Das finde ich zwar auch, aber du hast merkwürdig überempfindlich auf ihre Frage reagiert. So kenne ich dich gar nicht.«

Bevor er Renata und Andrej Hlača seinen Besuch abstatten wollte, ging Marko ins Auto, um sich zu sammeln. Er setzte sich und machte eine Cola-Dose auf. Benommen rieb er sich die Augen und dachte noch einmal an den Kuss. Diese Frau machte ihn konfus. Es gelang ihm nicht, klar zu denken. Er hatte es immer geschafft, sich unter Kontrolle zu haben. Mein Gott, sie war verheiratet. Was machte er da? Worauf ließ er sich da ein? Er hatte das nicht gewollt. Doch, er hatte es gewollt, aber er hatte es nicht geplant. Er kannte ein paar Kollegen, die sich schon in Zeuginnen oder sogar Mordverdächtige verliebt hatten. Es war nie etwas Gutes dabei herausgekommen.

Er wünschte sich nichts sehnlicher, als eine Beziehung mit so einer Frau zu haben. Er hatte sich an das Singleleben gewöhnt, aber im Grunde wünschte er sich eine Freundin. Richtig schön spießig stellte er sich das vor: er kam nach Hause, es war gekocht, sie erzählten sich gegenseitig, wie ihr Tag war und später sahen sie aneinander gekuschelt fern. Er lächelte müde. War er jetzt völlig verrückt geworden?

Als Marko zu den Hlačas kam, fand er die Frau allein vor. Das Haus wirkte von außen unscheinbar und grau, aber innen war es zwar schlicht, doch gemütlich eingerichtet. Die beiden schienen eine Schwäche für helles Holz und Pastelltöne zu haben. Es war sauber, aber roch streng nach kalter Asche und Zigarettenqualm. Der Aschenbecher auf dem Tisch quoll über.

Es verging kaum eine Minute, als der Mann mit einer Zigarette im Mundwinkel zur Tür hereinkam. Marko wusste, dass diese Renata Nirvanas Freundin war.

Er stellte die üblichen Eingangsfragen und musste wieder einmal enttäuscht werden. Es wäre ihnen nichts Absonderliches aufgefallen. Sie hätten nichts gesehen oder gehört und es verhielte sich auch keiner irgendwie verdächtig im Dorf. Er konnte hier mit keinerlei Hilfe rechnen. Renata deckte den Tisch. Ihr Mann wusch sich die Hände mit Spülmittel und schüttelte sie nur ab. Wassertropfen fielen auf den Boden und spritzten an die Kacheln. Wäre Marko an Renatas Stelle gewesen wäre, hätte er dem Typen vermutlich mit dem Kochlöffel eins übergebraten … Mit den noch feuchten Händen zog Herr Hlača genüßlich an seiner Zigarette.

»Ich weiß, die Zeit ist ungünstig. Sie wollen gerade essen und …«

»Das macht nichts«, winkte Andrej ab, »so eilig ist es nicht.«

»Gut, ich fasse mich kurz.« Marko stand zwischen Tisch und Spüle und lehnte es ab, sich hinzusetzen. »Können Sie mir etwas über Ljiljana Tomić sagen? Vielleicht etwas, das ich noch nicht weiß. Mittlerweile ist mir nämlich klar, dass Sie hier keiner so recht respektiert.«

Renata drehte sich vom Herd zu ihm. »Ich weiß nicht genau, was Sie hören wollen. Meinen Sie ihren Charakter oder was?«

»Zum Beispiel.«

»Ich fand sie früher eigentlich ganz in Ordnung. Dann hat sie Boris kennengelernt und sie wurde arrogant.«

»Ach, ich weiß nicht«, mischte Andrej sich ein, »arrogant würde ich nicht sagen. Vielleicht hat sie einfach ihre Zufriedenheit ein bisschen zur Schau gestellt.«

»Mich grüßt sie überhaupt nicht mehr.«

»Mich schon.« Andrej lachte.

Marko musste über Renatas Gesichtsausdruck schmunzeln.

»Ja, mit Männern kommt sie anscheinend besser klar als mit Frauen«, bemerkte Renata.

»Möchten Sie mir sonst noch etwas über sie sagen?«

Renata dachte einen Augenblick nach, dann verneinte sie.

Andrej meinte: »Wir kennen uns seit unserer Geburt. Sie ist, wie sie ist. Man gewöhnt sich so sehr an die Eigenschaften der anderen. Ich würde Ihnen gern helfen, aber ich weiß nicht, was Sie bei ihr interessant oder außergewöhnlich finden könnten.«

»Wie sieht's mit Boris aus? Kannten Sie ihn näher?«

Sie schüttelten die Köpfe. »Wir kannten ihn nur vom Sehen«, sagte Andrej.

»Und Sie?«, fragte Marko an Renata gewandt.

»Ich auch kaum. Zwei- oder dreimal haben wir uns gegrüßt. Das ist alles.«

»Aber ein paar Sätze werden Sie doch mal mit ihm gewechselt haben, oder?«, fragte Marko hartnäckig.

Renata Hlača lachte und ließ den Blick auf ihre schlecht gemachten Jackettkronen frei. Marko wunderte sich, dass sie in ihrem Alter ein so schlechtes Gebiss hatte. »Ganz der Inspektor. So einfach geben Sie sich nicht geschlagen, was?«

»Na ja, ich tu, was ich kann.«

Andrej holte sich ein Bier aus dem Kühlschrank und bot Marko auch eines an. Er schüttelte den Kopf. Andrej trank sein Bier aus der Flasche. Komischerweise wirkte es bei ihm nicht proletarisch. »Er hat bei einem Freund von mir Fliesen gelegt«, begann er und ließ sich auf den Stuhl sinken. Er drückte seine Zigarette aus und seine Frau steckte sich eine an. Die Kinder mussten wohl so einiges mitrauchen in diesem Haus. »Es war nur Small Talk. Ich war zufällig dabei, als mein Freund ihn ausbezahlt hat und ich machte eine Bemerkung über die Kohle, die er in so kurzer Zeit verdient hatte. Natürlich arbeitete auch er viel schwarz, wie alle Handwerker. Darauf sagte er, es gäbe nur Schafe und Wölfe. Ein Mittelmaß existiere nicht. Und er wolle nicht das Schaf sein.« Andrej grinste. »Daraufhin haben wir ein bisschen gelacht. Aber ich muss zugeben, auf dem Nachhauseweg hab ich mir so meine Gedanken darüber gemacht.«

»So, hast du?«, kam es von seiner Frau.

»Ja, und wie es aussieht bist du der Wolf und ich das Schaf.« Die beiden lachten und auch Marko stimmte mit ein. Die fünfjährige Tochter der beiden kam herein und wollte ein Bonbon. Die Mutter gab es ihr und schickte sie wieder hinaus zum Spielen. Beim Vorbeigehen musterte die Kleine den Inspektor und schnitt ihm eine nicht besonders freundliche Grimasse. In solchen Augenblicken war Marko froh, keine Kinder zu haben.

»Er war ziemlich intelligent«, meinte Andrej plötzlich und strich sich die Hose glatt. »Irgendwie war er so philosophisch angehaucht. Das gefällt mir. Sind Sie auch ein Philosoph?«

Marko grinste. »Wohl kaum. Meine Arbeit ist grauenhaft nüchtern. Außerdem verdrehen Philosophen die Wahrheit, finde ich.«

»Hmm, das ist auch philosophisch, was Sie da eben gesagt haben.«

»Dann bin ich eben ein nüchterner Philosoph.«

Andrej grinste und nahm wieder einen Schluck aus der Flasche. »Tja, jedenfalls kann ich Ihnen nicht mehr zu dem Typen sagen.«

»Haben Sie auf der Hochzeit mit ihm gesprochen?«

»Kein einziges Wort.«

»Und Sie?«, fragte Marko an seine Frau gewandt.

Sie schüttelte den Kopf. »Nein, ich habe überhaupt kaum mit ihm gesprochen. Nicht mal früher in der Schule. Er war ein Angeber. Ich weiß nicht, warum Nirvana immer so gut mit ihm ausgekommen ist.«

»Ist Ihnen beiden vielleicht zu Ohren gekommen, dass jemand ihn hasst?«

Bei der Frage machten beide verblüffte Gesichter. Renata hielt beim Spülen inne.

»Ich meine, er ist immerhin tot. Jemand muss ihn gehasst haben, denn er wurde ermordet.«

»Wir jedenfalls nicht«, sagte die Frau. »Und mir ist auch

sonst niemand bekannt, der oder die sich gehässig über ihn beschwert hätte.«

»Mir auch nicht«, bestätigte ihr Mann.

Als Arsen nach Hause kam, las Nirvana am Küchentisch die Zeitung. Er grüßte, sie nicht. Unbeholfen überprüfte er den Herd und den Ofen und fragte: »Hast du heute nichts gekocht?«

»Nein.« Sie schaute nicht auf.

Er sagte nichts, öffnete den Kühlschrank, holte Streichkäse und Salami hervor, stellte alles auf den Tisch und griff nach dem Brotkorb.

Sie spürte seinen Blick, sah auf und fragte: »Na? Heute wieder eine tolle Frau kennen gelernt? Eine Studentin vielleicht, die ihren Wagen bei dir nur durchbringt, wenn sie sich erkenntlich zeigt?«

Arsen starrte erst sie an, dann seinen Teller und fing an, sich ein Sandwich zuzubereiten. Er wurde rot. Das passierte äußerst selten. Nirvana fragte sich, ob der Grund Wut oder Scham war. Als sie ihn weiterhin betrachtete, bemerkte sie, dass er ihrem Blick auswich. Also war es nicht Wut. Sie dachte daran, was Marko ihr geraten hatte. Sie sollte ihn fragen und auf eine klare Antwort bestehen. Aber sie schaffte es nicht. Ihre Enttäuschung war einfach zu groß. Nein! Wenn ihm etwas an ihr lag, dann musste *er* um ihre Liebe kämpfen.

Nachdem er gegessen hatte, räumte er alles zusammen und stand auf. Schweigend verstaute er Salami und Käse im Kühlschrank und wischte den Tisch ab – das hatte er noch nie getan. Er hatte in der Tat ein schlechtes Gewissen, wenn er den Tisch abwischte. Arsen spülte den Lappen aus, nahm sich ein Mineralwasser aus dem Kühlschrank und verließ die Küche. Nirvana hatte den Zeitungsartikel nun zum vierten Mal gelesen, aber noch immer nichts davon begriffen.

Später sahen sie sich die Nachrichten an, wechselten jedoch kein Wort miteinander. Manchmal warf er ihr einen Blick zu. Als er aufstand, um ins Bett zu gehen, sagte er »Gute Nacht«; Nirvana starrte schweigend in den Fernseher.

Sie überlegte, ob sie Renata anrufen sollte. Es war kurz vor elf. Sie musste jetzt einfach mit jemandem reden. Die zweite Hälfte des Tages hatte sie schweigend verbracht. Sie ging in die Küche und wählte die Nummer. »Hallo, Alte«, meldete sich Renata spontan.

»Du musst übersinnliche Fähigkeiten besitzen.«

»So spät ruft sonst niemand an.«

»Ich weiß.«

»Geht's dir gut?«, fragte Renata skeptisch.

»Ja, ja. Alles klar.«

»Heute war dieser Inspektor bei uns.«

»Ach wirklich?« Sie versuchte, gleichgültig zu klingen.

»Verdammt attraktiv, der Typ. Schade, dass ich verheiratet bin.« Sie kicherte wie ein Schulmädchen.

»Äh … ja. Sieht nicht übel aus.« Nirvana räusperte sich.

»Gefällt mir, seine blonden Haare und diese schwarzen Klamotten mit den Snoopy-Socken. Er hat so eine schüchterne Art. Denkt man gar nicht von einem Bullen, was?«

»Na ja, sind ja auch nur Menschen.«

»Du klingst so eigenartig.« Renata biss in einen Apfel.

»Quatsch.«

»Ich habe das Gefühl, in letzter Zeit ist zwischen dir und Arsen dicke Luft.«

Nirvana atmete tief ein. Was sollte sie sagen? Renata anzulügen, war so gut wie sinnlos, denn dafür kannte sie sie zu gut. Ihr die Wahrheit sagen wollte sie nicht. Es war zu erniedrigend. Außerdem konnte sie für Renata nicht die Hand ins Feuer legen, dass sie es für sich behalten würde. Zumindest würde sie es Andrej erzählen. »Kommt doch in den besten Familien vor. Und warum habt ihr Krach?« Taktgefühl war Renata eben unbekannt.

»Ach, ich weiß nicht. Wie ist das eigentlich bei euch? Andrej bringt dir auch nicht manchmal Blumen mit, oder?«

Renata lachte auf. »Ha! Das letzte Mal war an unserem Hochzeitstag. Da legt er mir den Strauß auf den Tisch und fragt: ›Hast du 'ne Vase für die Dinger?‹ Ohne Küsschen oder Händedruck.«

»Sag mal, Renata, vielleicht ist das eine blöde Frage, aber findest du es normal, dass es so kommt?«

Renatas Stimme war ernst und leise, als sie sagte: »Nirvana, du bist eine Idealistin. In allen Ehen, die ich kenne, kommt das so. Natürlich ist anfangs alles wunderbar und romantisch. Aber der Alltag holt uns alle ein. Irgendwann. Heute spielen Andrej und ich abends manchmal Stadt-Land-Fluß miteinander. Muss ich noch mehr sagen?«

»Aber macht Andrej dir nie Komplimente oder so?«

»Komplimente?« Sie dachte kurz nach. »Was mein Aussehen betrifft, überhaupt nicht. Manchmal sagt er, ich sei eine gute Köchin oder eine gute Mutter.«

»Siehst du, Arsen tut nicht mal das. Er lobt mich *nie!*«

»Lobst du ihn denn?«

Sie nickte, dann fiel ihr ein, dass Renata sie nicht sehen konnte. »Ja. Manchmal sage ich, dass er immer noch gut aussieht, dass mir sein Gesicht gefällt und dass er einen schönen Hintern hat.«

Renata lachte leise.

»Und ich sage ihm, was für ein toller Handwerker er ist. Er kann alles reparieren, vom Wasserhahn bis zum Auto. Aber von ihm kommt absolut nichts.«

»Ist das nur in letzter Zeit so oder ...«

»Es war eigentlich nur die ersten zwei Jahre unserer Ehe schön. Die letzten siebzehn Jahre behandelt er mich wie einen Gegenstand, der halt da ist.«

»Das hast du mir nie so erzählt.«

»Ich dachte, vielleicht erwarte ich zuviel. Ich dachte, wahrscheinlich ist es bei anderen auch so.«

»Ich glaube, größtenteils ist es das auch.«

»Aber wozu dann heiraten, wenn man nur noch aneinander vorbei lebt?«

»Weil das eben der Lauf der Dinge ist.« Renata kaute an ihrem Apfel.

»Weil die andern es so erwarten.«

»Weil keine Sau allein bleiben will. Würdest du denn gern allein leben?«

»Nein, ich glaube nicht. Aber ich fühle mich auch so ziemlich allein.«

»Nun übertreib mal nicht. Du versinkst ja in Selbstmitleid.«

»Ich tu mir auch Leid. Warum isst du immer Äpfel, wenn du mit mir telefonierst?«

»Die krieg ich immer von meiner Schwiegermutter. Vielleicht will sie mich vergiften.«

Zur gleichen Zeit lag Marko in seinem Bett und kämpfte mit seiner Schlaflosigkeit. Warum ging ihm diese Frau nicht aus dem Kopf? Sie hatte gesagt, er solle sie wieder besuchen. Sie mochte ihn, das wusste er. Aber vielleicht war er für sie einfach nur ein Trost. Ihr Mann hatte kaum mehr etwas für sie übrig. Sollte er den »Kummeronkel« spielen? Nein, das würde er bestimmt nicht tun. Er sprang aus dem Bett. Er verspürte keinerlei Müdigkeit und war um zwei Uhr nachts munter wie selten. Er goß sich einen Whisky ein. Die goldene Flüssigkeit lief seine Kehle hinunter und sogleich war ihm etwas wohler. Manchmal ärgerte er sich darüber, dass Zigaretten und Alkohol so eine beruhigende Wirkung auf ihn hatten. Natürlich war das Einbildung. Weder das eine noch das andere konnte ihn dauerhaft physisch oder psychisch beruhigen, aber zumindest für eine Weile schien es ihm dann gut zu gehen. Marko schob eine CD von Randy Crawford ein und ging in den Flur, um Rambos Käfig zu öffnen. Er holte das Meerschweinchen heraus. Mit ihm und dem Whiskyglas setzte er sich auf die Couch, hielt das Glas in der einen Hand, streichelte Rambo mit der anderen – und erschrak ein wenig, als ihm bewusst wurde, dass Rambo momentan das einzige Lebewesen war, das er streicheln konnte. Marko hörte Randy Crawfords wunderbare Stimme und dachte nach. Er war im Begriff, sich in eine verheiratete Frau zu verlieben. So etwas war ihm bisher nur einmal passiert. Damals war er gerade einundzwanzig gewesen, die Geschichte flüchtig und nach zwei Monaten beendet.

Marko zündete sich eine Zigarette an, inhalierte tief und konzentriert. Bei dieser Frau war es anders. Er fühlte etwas, was er noch nie gefühlt hatte. Dabei hatte er sie nur geküsst. Er kam sich lächerlich vor. Wie alt war er denn, verdammt noch mal, steckte er vielleicht in der Midlife-Crisis?

Tadle nicht ein Pferd, das du nicht geritten hast

Das Haus von Vlado und Tanja Dorić war alt, aber sehr gepflegt. Von der Straße aus führte ein gepflasterter Weg zum Haus, daneben waren zu beiden Seiten schmale Blumenbeete angelegt. Das Wirtshaus *Krokodil* war mit dem Haus verbunden: Unten befand sich das Wirtshaus, nach oben führte eine Treppe zur Wohnung. Neben dem Haus standen etliche Stapel von Getränkekisten und einzelne Flaschen herum. Plötzlich schoss etwas auf ihn zu. Er zuckte zusammen und sah, dass es ein Schäferhund war, der aus seiner Hütte sprang. Als Marko feststellte, dass das Tier angekettet war, atmete er erleichtert auf. Der Hund fletschte die Zähne und starrte ihn wütend an. Marko machte einen großen Bogen um ihn und stieg die Treppe hinauf. Der Hund knurrte ununterbrochen in seine Richtung. Es war unerträglich heiß. Die Sonne brannte ihm ins Gesicht. Er hatte sich heute die Freiheit genommen, ein leichtes T-Shirt anzuziehen. Er klingelte, aber es rührte sich nichts. Wahrscheinlich war die Klingel kaputt. Der Hund stand noch immer unten und ließ ihn nicht aus den Augen. Hoffentlich war er fest genug angekettet. Er klopfte. Wieder nichts. Er hämmerte mit der Faust gegen die Tür. Endlich wurde geöffnet. Eine Frau stand in der Tür. Sie trug ein ärmelloses Sommerkleid, ihre Haare waren hinten zusammengebunden. Sie war das, was man durchschnittlich nannte: Weder hübsch noch hässlich. Sie sah langweilig und gelangweilt aus.

»Tanja Dorić?« fragte er.

»Ja, bitte? Was kann ich für Sie tun?«

Ihre Stimme fiel ihm auf. Sie klang sehr melodisch und weiblich. Jetzt sah er sie genauer an. Sie muss einmal eine recht attraktive Frau gewesen sein, dachte er, mit feinen Gesichtszügen. Aber die Nachlässigkeit der letzten Jahre hatte wohl ihre Spuren hinterlassen. Tanja Dorić strich sich eine Strähne aus dem Gesicht. Er fand, dass sie schöne Hände hatte.

»Mein Name ist Marko Ban. Ich versuche, den Mordfall an Boris Klić aufzuklären. Darf ich eintreten?«

»Aber natürlich.« Sie führte ihn in die blitzsaubere Küche. Alles in diesem Haus glänzte, alles befand sich an seinem Platz. »Entschuldigen Sie, dass ich so gehetzt bin, aber ich komme gerade vom Einkaufen. Mein Mann lässt sich dazu nicht mehr breitschlagen, früher hat er das manchmal gemacht, jetzt nicht mehr.« Sie lächelte verlegen.

»Sind Sie allein?« Er setzte sich. Tanja blieb stehen, ohne seine Frage zu beantworten, und schenkte ihm Kaffee ein, ohne zu fragen, ob er welchen mochte. Er fragte sich, ob in anderen Ländern auch so viel und bei jeder Gelegenheit Kaffee getrunken wurde. Manchmal wurde es sogar ihm zu viel. Die Frau setzte sich auf die Holzbank ans Fenster.

Marko wandte sich ihr zu. »Vielen Dank. Wollen Sie keinen mittrinken?«

Sie schüttelte den Kopf.

Er schaute sich um. »Sind Sie ganz allein? Sie haben doch drei Kinder, oder?«

»Ja«, sagte sie leise, »der Älteste ist letztes Jahr ausgezogen und lebt in der Stadt. Meine Tochter wird in ein paar Monaten volljährig, da will sie mit ihrem Freund zusammenziehen. Sie ist auf der Uni und jobbt in einer Videothek. Der Kleinste kommt in zwei Stunden aus der Schule, und mein Mann ist unten im Laden.«

»Im Laden? Ach so, ja. Er führt das Wirtshaus.«

»Ja.« Sie rutschte nervös auf der Bank hin und her. »Wissen Sie, verstehen Sie mich nicht falsch, aber dass Sie uns befragen wollen, wegen Boris, das macht mir irgendwie Angst. Ich meine, wir sind doch nicht verdächtig, oder?«

Marko lächelte ihr beruhigend zu. »Aber nein. Sie sind nicht die Einzige, die ein mulmiges Gefühl hat, befragt zu werden. Das ist ganz normal. Ich muss einfach jeden unter die Lupe nehmen, bis wir den Täter haben. Das verstehen Sie doch?«

»Ja. Ich will Ihnen ja gern helfen, aber ich wüsste nicht wie. Den Boris kannte ich kaum. Ich weiß nichts über ihn.« Sie gestikulierte mit den Händen. »Ich glaube, ich könnte ihn nicht mal richtig beschreiben, wenn ich das müsste.«

Marko nickte. »Es gibt also nichts, was Sie mir über ihn sagen könnten? Vielleicht ist Ihnen bei der Hochzeit etwas aufgefallen. Oder ein merkwürdiger Satz, den jemand über ihn fallen gelassen hat.«

Sie kniff die Lippen zusammen und dachte angestrengt nach. Marko nahm einen Schluck Kaffee.

Tanja schüttelte den Kopf. »Nein, überhaupt nichts. Es tut mir Leid.«

»Kennen Sie Ljiljana gut?«

»Ja, einigermaßen. Früher gingen wir gemeinsam zur Schule. Sie war eine gute Schülerin. Und ich auch. Wir waren immer die Besten in der Klasse.« Dann sah sie ihn beschämt an. »Aber das ist wohl unwichtig.«

»Nein, nein. Erzählen Sie ruhig.«

»Sie war sehr ehrgeizig. Ich mochte sie.«

»Waren Sie auch ehrgeizig?«

Sie lachte kurz auf. »Ja, schon. Viel hat es mir allerdings nicht gebracht.«

»Haben Sie nie gearbeitet?«

Plötzlich zuckten ihre Lippen. Marko konnte nicht erkennen, ob aus Ärger oder Traurigkeit. »Ich habe mein Leben lang gearbeitet. Erst bei meinen Eltern auf dem Hof, dann hier. Ich arbeite mehr als irgend jemand sonst in diesem Dorf.«

»Ja, ich habe die Frage etwas unklar gestellt, das gebe ich zu. Ich meinte, ob Sie nie irgendwo beschäftigt waren. Als Angestellte.«

»Nein. Ich bin jung schwanger geworden und habe geheiratet. Hier habe ich genug zu tun. Die Kinder, das Haus, die Tiere, das Wirtshaus …«

»Arbeiten Sie auch manchmal im Wirtshaus?«

»Hin und wieder.«

»Ist da von jemandem eine Bemerkung gefallen, über den Tod von Boris Klić?«

Sie schüttelte den Kopf. »Ich meine, natürlich hat man sich

darüber unterhalten, aber irgendwelche Mutmaßungen oder Beobachtungen sind nicht gefallen.«

»Denken Sie bitte scharf nach.«

Nach einer Weile sagte sie: »Bestimmt nicht. Die Leute fragen sich, wer das wohl war und warum. Das ist alles.«

»Hat irgendjemand etwas gewusst, was die anderen nicht wussten?«

»Ist mir nicht aufgefallen.«

»Na gut. Wenn Ihnen doch noch etwas einfallen sollte, rufen Sie mich bitte an.« Er legte seine Karte auf den Tisch.

»Sie haben Ihren Kaffee nicht getrunken.«

»Danke, aber ich muss weiter.«

Als sie ihn zur Tür begleitete, meinte sie: »Ich sperre jeden Abend zweimal die Tür ab. Aber ich kann einfach nicht glauben, dass es jemand aus dem Dorf war.«

Marko drehte sich um und versuchte ein beruhigendes Lächeln.

»Aber es war jemand aus dem Dorf, nicht wahr?«

»Ja, da sind wir ziemlich sicher.«

Ihr Mann war weniger kooperativ. Sein nassgeschwitztes T-Shirt klebte ihm am Leib und die Brusthaare quollen über den Ausschnitt. Vlado Dorić war unrasiert und roch nach Alkohol, Nikotin und Schweiß. Zwei Tische waren besetzt. Die beiden Männer an einem der Tische kannte Marko nicht. An dem anderen saßen Benko und Vilim und tranken Kaffee. Sie hatten ihn beim Hereinkommen freundlich gegrüßt.

»Nein, guter Mann. Wenn ich Ihnen doch sage, mir ist da nichts aufgefallen.«

»Sie sind doch jeden Tag hier.« Marko wurde ungehalten. »Die Leute gehen doch gern aus sich raus, wenn sie getrunken haben, sie sind redseliger als sonst.«

»Sie kennen sich ja gut aus. Trinken selber gern mal einen über den Durst, was?« Er zwinkerte ihm zu.

»Beantworten Sie bitte meine Frage.«

»Ach so, das war 'ne Frage.« Er gab sich dümmer, als er war.

»Tja, die Leute reden viel, stimmt.« Er lehnte sich an den Tresen und sah ihn an. »Die Leute glauben, Ljiljana war's.«

»Ach ja?«

»Ja.« Er grinste ihn an. »Aber die war's nicht. Was sollte Ljiljana denn mit einem toten Boris. Die Frau ist nicht auf den Kopf gefallen.«

»Wenn Sie das sagen … Hat jemand eine Bemerkung fallen lassen, die irgendwie auffällig war?«

Er nickte. »Ja.«

»Und?«

»Valter hat gesagt, jetzt hat er freie Bahn bei Ljiljana.«

»Valter Borac? Der Alkoholiker, der von Sozialhilfe lebt?«

Vlado lachte und zeigte zwischen den Schneidezähnen ein Loch. »Genau der.«

»Das soll wohl ein Witz sein?«

»Hat er gesagt. Na ja, es war so was wie der Witz des Monats. Wir haben alle gelacht, können Sie sich ja denken. Ljiljana würde den nicht mal mit Gummihandschuhen anfassen.«

Der Meinung war Marko auch. »Valter Borac und seinen Freund Matija Zec haben wir ohnehin überprüft. Die beiden lagen in ihren Betten. Das steht fest. Zecs Frau und Boracs Nachbarn können das bezeugen. Sie haben Borac zur Tatzeit vor dem Haus kotzen hören, einer hat ihn auch gesehen.«

»Na, wenn das kein perfektes Alibi ist«, bemerkte Vlado.

»Und wo waren Sie zur Tatzeit?«

»Im Bett natürlich. Wo sonst?«

Marko nickte. In diesem Fall hatte er die Fragen nach den Alibis, was sonst ein wichtiger Bestandteil seiner Arbeit war, unterlassen. Natürlich hätten sowieso alle gesagt, sie wären im Bett gewesen. Um fünf Uhr früh wäre das auch eine naheliegende Erklärung.

»War Boris Klić mal hier in Ihrem Wirtshaus?«

Vlado zuckte die Schultern. »Ja, ein paar Mal war er hier.«

»Mit wem?«

»Er kam mit niemandem. Er hat sich immer an den Tresen gesetzt, nie an einen der Tische.«

Marko sah Vlado in die Augen. »Dann haben Sie bestimmt ein paar Worte mit ihm gewechselt, oder?«

»Ja, sicher«, meinte er lapidar, »nur oberflächliches Gerede war das.«

»Zum Beispiel?«

Vlado stieß sich vom Tresen ab und verschränkte die Arme vor der Brust. »Arbeit, Fußball, hohe Preise …«

»Was hat er denn über seine Arbeit erzählt?«

Vlado schienen die Fragen immer mehr zu langweilen. »Was man so erzählt. Viel Arbeit habe er, müde sei er und die Bandscheiben täten ihm weh.«

»Hat er irgendeinen Kunden erwähnt?«

Vlado schüttelte langsam den Kopf.

»Und wenn er am Tisch saß, mit wem hat er sich da unterhalten?«

»Für lange Diskussionen war er nicht zu haben. Er hat manchmal mit jemandem ein paar Worte gewechselt, mehr nicht. Das können Sie mir glauben.«

»Was hat er getrunken, wenn er hier war?«

Vlado sah ihn verständnislos an. »Wieso ist das wichtig?«

»Ich will wissen, ob er Alkohol getrunken hat.«

»Meistens Bier, manchmal Bambus.«

»Was ist das?«

»Sie werden doch wohl wissen, was Bambus ist?«

»Leider nein.«

»Na, halb Rotwein und halb Cola«, sagte Vlado, als müsste er jemandem erklären, woher die Milch kam.

»Und wieviel davon?«

Vlado dachte nach, oder er tat so, als ob er scharf nachdachte. »Drei, vier davon an einem Abend. Genau kann ich's natürlich nicht sagen.«

»Ich habe Ihrer Frau meine Karte hinterlassen. Wenn Ihnen noch etwas einfällt, dann …«

»Ja, klar, Herr Polizist, dann melde ich mich natürlich.«

Marko verließ das Wirtshaus eiligen Schrittes.

Er ging ins Auto und trank eine halbe Flasche Mineralwasser. Das Radio spielte kitschige, kroatische Schlager. Komisch, dachte er, dass den meisten Leuten diese Gefühlsduseleien gefallen. *Meine Seele, deine Seele, meine traurige Seele, unsere Seelen für immer …* Dieses Wort hatte einen festen Platz in der kroatischen Musikindustrie. Allesamt verschmähte, enttäuschte Lieben, die enttäuschte Seelen hinterließen.

Seine Jeans hatte sich zwischen den Beinen festgeklebt. Es war unerträglich heiß. Sollte er zu Nirvana gehen? Sie könnte ihn für aufdringlich halten. Aber er würde sie so gern sehen … Er sehnte sich nach ihrem Blick und nach ihrer Stimme. Dann siegte jedoch die Vernunft. Er ließ den Motor an und fuhr ins Präsidium.

Nikola vernahm gerade jemandem in seinem Büro, das war nicht zu überhören. Die Tür zu seiner Sekretärin stand offen und Marko spähte hinein. Silvija hörte auf zu tippen und hob den Kopf. »Ist da jemand nicht kooperativ?«, fragte Marko und machte eine Kopfbewegung Richtung Nikolas Büro.

Silvijas mächtiger Busen senkte sich auf und ab, wenn sie lachte. Sie hatte gerade die dritte Scheidung hinter sich. Wenn andere Menschen nach einer Scheidung geknickt sind, war Silvija genau das Gegenteil. Sie wirkte jedes Mal befreit und fröhlich. »Tja, kann sich nur noch um Minuten handeln, würde ich sagen. Der Typ macht sich beinahe in die Hose und glaubt Nikola alles. Nikola spielt mit allen möglichen Drohungen und der Typ lässt sich Bange machen.« Sie zuckte mit den Schultern. »Ich hab den beiden gerade was zu trinken gebracht und du kannst mir glauben, wenn Nikola ihm sagen würde, er schickt ihn auf den elektrischen Stuhl, dann würde er ihm das auch glauben. Trotzdem will er nicht reden.«

»Was hat er denn getan?«

»Hat seine Frau erschossen. Er sagt, er hätte gerade die Pistole gereinigt, da sei versehentlich der Schuss losgegangen.«

Marko nickte. »Wie alt ist er?«

»Um die Dreißig. Seine Frau war fünfundvierzig. Schwer reich.«

»Aha, verstehe. Nikola hat ihn bald so weit.«

Silvija lachte wieder munter. »Das glaube ich auch.«

Marko ging in sein Büro. Sobald er eingetreten war, klingelte das Telefon. »Lebst du noch? Du meldest dich ja gar nicht mehr.« Es war sein Bruder.

»Hallo, ®eljko. Ich wollte mich in den nächsten Tagen ohnehin bei dir melden.«

»Wie geht es dir?«

»Na ja, ich knacke gerade einen heiklen Fall.«

»Ist nicht jeder Fall, den du hast, heikel?«

»Da hast du auch wieder Recht. Wie geht es Ana und dem Kleinen?«

»Alles in Ordnung bei uns. Kommst du am Wochenende mal zu uns?«

»Ich versuche, es einzurichten. Versprochen.«

Am anderen Ende der Leitung war ein heiseres Auflachen zu hören. »Ich habe gelernt, deine Versprechen nicht mehr allzu ernst zu nehmen.«

»Tu mir das bitte nicht an, ®eljko. Ich habe auch so schon ein schlechtes Gewissen.«

»Mit Recht, mein Lieber, mit Recht.«

»Grüß Ana von mir und gib Dario einen Kuß, ja?«

»Der Junge ist dreizehn. Küsschen lässt er sich von mir nicht mehr geben.«

Marko lachte. »Ich versuche, euch am Wochenende zu besuchen.«

»Wir werden sehen. Mach's gut.«

»Du auch.« Marko legte langsam und nachdenklich auf. Er hatte in letzter Zeit sein Privatleben vernachlässigt. Bei seinem Bruder war er schon Monate nicht mehr gewesen. Vor ein paar Jahren, als ®eljko von der Front zurückkam, besuchte Marko ihn regelmäßig. Wahrscheinlich, um sein Gewissen rein zu waschen, denn er selbst war hier geblieben, wo es noch einigermaßen sicher war. Aber Marko hatte sich in dieser Zeit um Ana und Dario gekümmert. Die schlimmste Zeit seines Lebens war, als er drei Monate nichts von ®eljko gehört hatte. Völlig gebrochen musste er auch noch Ana trösten, die schon glaubte, er wäre von einer Granate zerfetzt worden. In dieser Zeit hatte er seinen Vater hassen gelernt, der Kontakt zu Marko noch zu seinem anderen Sohn hatte, der gerade an der Front kämpfte, der keinen blassen Schimmer davon hatte, dass er an der Front war. Ein Land im Krieg – und den Vater interessierte es nicht, ob einem seiner Söhne die Kugeln um die Ohren flogen.

Jedenfalls hatte Marko seine Familie in letzter Zeit ziemlich vernachlässigt. Auch seinen alten Schulfreund Bruno hatte er schon ewig nicht mehr angerufen. Er würde das heute Abend nachholen, das nahm er sich fest vor. Zwischen ihnen war immer mal Funkstille eingetreten, aber nie eine so lange wie jetzt. Es war bestimmt schon vier, fünf Monate her. Das letzte Mal, als er mit Rambo in seiner Praxis war. Durch Bruno war Marko an das Meerschweinchen gekommen. Bruno war nicht nur ein guter Tierarzt, sondern auch ein leidenschaftlicher engagierter Tierschützer. Er sammelte Spenden fürs Tierheim und schaffte es immer, Leute, die etwas mehr Geld hatten, dazu zu bringen, ein paar Scheine in die Spendenkasse zu legen. Seine Überzeugungskraft war bekannt.

Als Marko so in Gedanken vertieft war, kam Nikola wutschnaubend ins Büro gestürmt. Markos Blick fiel auf seinen Bierbauch. An seinem Hemd fehlte ein Knopf. »Nikola, warum springen dir am Bauch immer die Knöpfe weg? Du solltest abnehmen.«

Sein Chef ignorierte diesen Vorschlag. Mit hochrotem Kopf sah er Marko an, dann setzte er sich neben seinen Schreibtisch. »Dem Typen habe ich ordentlich eingeheizt. Er hat gestanden, wollte natürlich die Kohle von der Alten.«

»Haben sie ihn schon weggebracht?«

»Ja. Er ist heulend zusammengebrochen. Der muss jetzt erst mal ins Krankenhaus.« Er schnalzte dabei gespielt entsetzt mit der Zunge.

»Nikola, Nikola. Du verhörst die Leute krankenhausreif.«

Wie auf ein Stichwort hin sah Nikola ihn direkt an. »Eine Portion davon könnte dir auch nicht schaden. Was gibt's Neues im Klić-Fall? Ich wette, nichts.« Ungeduldig trommelte er mit den Fingern auf Markos Schreibtisch.

»Das kann ich leider nicht leugnen.«

»Das gibt's doch nicht. Noch kein wirklicher Hinweis bis jetzt?«

»Manchmal ist das eben so. »

»Was ist mit dieser Silvana Reljac? Die war doch mit ihm befreundet?«

Marko zuckte bei dem Namen etwas zusammen. Nikola hatte es zum Glück nicht bemerkt. Er zog gerade ein großes Taschentuch aus seiner Hosentasche, um sich damit die Stirn zu betupfen.

»Das war in der Schulzeit.«

»Und später? Keinerlei Kontakt?«

»Kaum. Manchmal hat sie ihn wohl bei dieser Ljiljana ein oder aus gehen sehen. Das hilft uns aber nicht weiter.«

»Frag trotzdem nach. Vielleicht hat sie sich manchmal mit ihm unterhalten.«

»Ja, gut.«

»Ich habe Vukić damit beauftragt, dir ein bisschen zur Seite zu stehen. Nun sieh mich nicht so vorwurfsvoll an. Du bist ein guter Polizist und gibst dein Bestes, aber in diesem Fall kann dir Hilfe nicht schaden.«

»Ach, wirklich?«, meinte Marko gekränkt.

»Nun spinn nicht rum. Wir sind hier nicht im Kindergarten. Er ist ein ehrgeiziger, kleiner Aufsteiger und in ein paar Jahren wird er so gut sein wie du, deshalb will ich auch, dass du ihm ein wenig unter die Arme greifst. So schlage ich zwei Fliegen mit einer Klappe. Du hilfst ihm und er hilft dir. Vukić ist in Ordnung. Na ja, ich geb zu, manchmal geht mir seine gute Laune auf die Nerven, aber er arbeitet gewissenhaft.«

»Super.« Der Sarkasmus in Markos Stimme war nicht zu überhören.

»Und noch was.« Nikola steckte das Taschentuch wieder in seine Hosentasche und sah Marko an. »Schlechte Nachrichten. Morgen ist Pressekonferenz.«

»O Gott.«

»Tja.«

»Machst du es?«

Nikola verzog den Mund. »Ich hasse das ebenso sehr wie du, mein Freund, und ich …«

»Bitte.« Marko sah ihn gequält an.

»Ach, verdammt. Ich muss einfach strenger werden, das ist es. Ich muss …«

»Danke, vielen Dank. Ich habe zu tun.«

Nikola warf ihm noch einen verärgerten Blick hinterher, stand langsam auf und ging grummelnd in sein Büro.

Marko war erleichtert, dass er mit Nirvana sprechen sollte. Schließlich war es ein Befehl des Chefs. Das würde sie verstehen. Aber ob sie es glauben würde? Mit zitternden Fingern wählte er drei der sechs Ziffern und legte dann wieder auf. Der schnelle Herzschlag beschleunigte seine Atmung. Wenn Marko sehr aufgeregt war, hörte er sich an, als wäre er gerade gejoggt. Er holte sich einen Kaffee, setzte sich wieder, zündete sich eine Zigarette an und wählte erneut. Nach dem dritten Läuten nahm sie ab. »Hallo?«

»Hallo, hier ist Marko.«

»Oh, wie geht's?«

»Gut, danke. Und wie geht's dir?« Da er hier frei reden konnte, durfte er potentielle Verdächtige auch duzen.

»Na ja, ganz gut. Von wo rufst du an?«

»Aus dem Büro. Mein Vorgesetzter wird langsam ungeduldig. Ich muss dir noch ein paar Fragen stellen.«

»Mir?« rief sie erschrocken. »Warum?«

»Hee, alles in Ordnung. Es ist nur, weil du in deiner Schulzeit näher mit ihm befreundet warst.«

»Das ist über zwanzig Jahre her.«

»Können wir uns treffen? Ich würde auch zu dir kommen, aber ich war gestern erst da und ich will nicht, dass die Nachbarn misstrauisch werden.«

»Nett, dass du daran denkst.«

Ein paar Sekunden schwiegen sie.

»Wann?« fragte sie schließlich.

»In zwei Stunden. Geht das?«

»Ja. Aber wenn uns jemand sieht?«

»Ich bitte dich. Wir gehen in ein Café und trinken etwas. Wer soll da misstrauisch werden?«

»Die Leute sind verdorben, weißt du. Und diese Stadt ist nicht sehr groß. Da trifft man immer jemanden, den man kennt.«

»Ja, und wenn man jemanden trifft, den man kennt, geht man manchmal zusammen etwas trinken.«

»Wo sollen wir uns treffen?«

»Kommst du mit dem Auto?«

»Ja.«

»Dann am besten am Stadtrand, da kennt uns niemand. In der Zagreber Straße. Im Café *Versteck.*«

»Wie passend.«

Er schnaufte lachend.

»Bis dann.«

Marko legte auf und ließ momentelang ihre Stimme in sich nachhallen. Auf seinem Schreibtischstuhl drehte er sich in die andere Richtung und ließ das kurze Gespräch Revue passieren. »Sie müssen ja an etwas Schönes denken, wenn Sie so glücklich grinsend das Verbrecherposter anstarren.« Vukić stand hinter ihm und blickte sehr erstaunt auf ihn hinunter.

Marko räusperte sich. »Haben Sie was für mich?«

»Ja. Gestern Abend sagte Horvat zu mir, dass ich mit Ihnen zusammenarbeiten soll«, meinte er stolz, »und da habe ich ein paar Sachen aus der Akte kopiert und mit nach Hause genommen. Jedenfalls hab ich diese Vedrana Juretić überprüft.«

»Was haben Sie herausgefunden?«

Vukić schmunzelte. Sein jugendliches Gesicht wirkte dabei noch jünger. Er war Ende zwanzig, mit seiner zierlichen Gestalt sah er aus wie ein Schulabgänger. »Ich habe mit dem Arzt der psychiatrischen Klinik telefoniert, wo sie immer wieder untergebracht ist. War ein sehr interessantes Gespräch.«

»Setzen Sie sich bitte.«

Vukić setzte sich und warf einen Blick auf sein Gekritzel, das nur er entziffern konnte. »Sie ist durchschnittlich alle anderthalb bis zwei Jahre für ein paar Wochen dort. Das liegt hauptsächlich daran, dass sie ihre Tabletteneinnahme vernachlässigt. Wenn sie die nämlich nicht nimmt, übertreibt sie alles. Das heißt, sie läuft zuviel herum und isst zu wenig und so. Diese Tabletten schaffen einigermaßen einen Ausgleich. Und jetzt kommt's: Wissen Sie, was er noch gesagt hat?«

»Wie sollte ich?«

»Sie wäre hochintelligent.«

»Da bin ich nicht so erstaunt, ja, sie ist scharfsinnig.«

»Der Arzt sagt, man hätte ihr dort bestimmte Aufgaben gegeben, so Tests halt. Die meisten hat sie fast fehlerfrei gelöst. Und in bestimmten Momenten, wenn sie es unbedingt will, kann sie völlig normal wirken. Er sagt, wenn sie im Leben eine Chance bekommen hätte, wäre etwas Großes aus ihr geworden.«

Marko sah ihn an. »Wie hat er das gemeint?«

»Familientragödie. Der Vater hat die beiden Kinder brutal mißhandelt. Die Tochter, also Vedrana, war die Ältere und hat am meisten davon abbekommen. Der Junge, Benedikt, kam rechtzeitig zur Großmutter mütterlicherseits und ist einigermaßen verschont geblieben. Die Mutter ist gestorben, als Vedrana fünf war.«

»Sind das denn irgendwelche Kopfverletzungen, die sie abbekommen hat, oder wie?«

»Sie ist mit Anfang zwanzig durchgedreht. Allerdings soll sie als Kind verschiedene Neurosen gehabt haben. Das wäre aber eigentlich kein größeres Problem, da das viele Leute haben und sie auch normal sind. Aber anscheinend gab es da noch mehr grausame Erlebnisse in der Kindheit, die sie nicht verarbeiten konnte. Was genau, wollte er nicht sagen.«

»Sexueller Mißbrauch?«

»Das habe ich auch gefragt. Er meinte, das sei nicht der Fall gewesen. Aber ich konnte nicht mehr aus ihm rausholen. Am Schluss habe ich ihn noch gefragt, ob sie gefährlich werden könnte, ob sie eventuell zu einem Mord fähig wäre. Er sagte, das sei auszuschließen, sie sei nicht gefährlich.«

»Wie hat er das gesagt? Mit Bestimmtheit oder eher zaghaft?«

Vukić dachte eine Weile nach. »Eher zaghaft, würde ich

sagen. Aber vielleicht war es auch die Frage, die ihn überrascht hat, oder seine Art zu sprechen. Keine Ahnung.«

»Na gut. Jetzt weiß ich etwas mehr über sie.« Er nahm Vukić die Papiere ab und drehte sich auf seinem Stuhl in Richtung Schreibtisch, um sie dort abzulegen.

»Und ich habe diesen Dalibor Haramija ausgecheckt.«

Marko hob den Kopf. »Und?«

»Er ist bereit, sich mit Ihnen zu unterhalten. In einer halben Stunde kommt er her. Er hat aber nicht lange Zeit.«

»Na ja, das wird auch nicht lange dauern. Haben Sie ihm gesagt, er soll seinen Ausweis und die Kontoauszüge mitbringen?«

»Alles erledigt«, sagte Vukić nicht ohne Stolz.

Marko nickte anerkennend. »Danke, Vukić.«

Dalibor Haramija gehörte nicht zu den freundlichsten Menschen, die Marko bisher begegnet waren. Er knallte ihm die Kontoauszüge und den Ausweis auf den Tisch, dann setzte er sich unaufgefordert. Sein Gesicht war narbig und er hatte die Sonnenbrille nicht abgenommen. Seinen Hals zierte eine Schlange. Das alles gab ihm ein proletenhaftes Aussehen, dachte Marko. »Tag. Sie wollten mich sprechen?«

»Guten Tag. Nehmen Sie bitte die Sonnenbrille ab, wenn ich mit Ihnen rede.«

Haramija saß einen Augenblick reglos da, dann nahm er die Sonnenbrille ab und steckte sie in seine Sakkotasche.

»Ich bin Inspektor Ban. Es geht um …«

»Ja, das weiß ich alles. Ihr Kollege hat mir das lang und breit am Telefon erklärt.« Er warf einen Blick auf seine teure Uhr und schlug ein Bein über das andere. Sein weißes Hemd sah ebenfalls teuer aus. Er trug eine schwarze Hose und schwarze Schuhe. In seinen schwarzen Haaren war großzügig Gel verteilt. »Also, können wir anfangen?«

»Sie sind der Vater von Aljoša Tomić?«

»Ja, bin ich.«

»Sind Sie si …, ähm, haben Sie einen Bluttest machen lassen?«

»Für wie dumm halten Sie mich? Natürlich habe ich den machen lassen.«

»Warten Sie hier einen Augenblick. Ich kopiere nur schnell die Kontoauszüge.« Er erhob sich und ging in den Nebenraum zum Kopierer. Während die Maschine die schwarzweißen Blätter ausspuckte, warf er einen Blick darauf. Es hatte alles seine Ordnung. Jeden Monat war der feste Betrag an Ljiljana überwiesen worden. Als er zurückkam, saß Haramija noch immer brav an seinem Platz. »Ihre Frau weiß nichts?«

»Nein.«

»Haben Sie in Ihrer Ehe Kinder?«

»Ich habe eine siebzehnjährige Tochter.«

»Sieht Ihre Frau nicht die Konten durch?«

Haramija sah ihn gelangweilt an. »Nein, wir haben getrennte Konten. Außerdem hasst sie jede Form von Papierkram. Ich kümmere mich auch um ihre Bankangelegenheiten, weil sie das nicht leiden kann.«

»Wie lange dauerte Ihre Beziehung zu Ljiljana Tomić damals?«

»Ein paar Wochen.«

»Und Sie sehen einander regelmäßig?«

Haramija warf erneut einen ungeduldigen Blick auf seine Uhr. »Als der Junge klein war, habe ich sie öfter zu Gesicht gekriegt, weil ich den Jungen sehen wollte. Jetzt, wo er größer ist, treffe ich mich ohne sie mit ihm. Allerdings hat das in letzter Zeit etwas nachgelassen. Er hat lange nichts von sich hören lassen. Manchmal ruft er mich übers Handy an und wir verabreden uns. Ich habe dort angerufen und niemanden erreicht. Deswegen bin ich vor ein paar Wochen mal hingefahren, aber es war niemand da. So eine neugierige Nachbarin hat mich gesehen.«

»Nun ja, dafür brauchen wir sicher keinen Zeugen«, meinte Marko ironisch. »Wo waren Sie am sechzehnten Juni zwischen vier und fünf Uhr früh?«

Haramija verzog spöttisch den Mund. »Glauben Sie, nach fünfzehn Jahren bin ich eifersüchtig auf Ljiljanas Kerl?«

»Wo waren Sie?«

»Was war das für ein Tag?«

»Sonntag.«

»Samstags bin ich immer in meiner Diskothek *Luna*. Wir schließen um vier. Ich komme nie vor fünf, halb sechs dort weg.«

»Wir werden überprüfen, ob Sie dort waren.«

»Na, dann tun Sie das mal.«

Marko gab ihm seinen Ausweis und die Kontoauszüge zurück. »Danke. Sie können gehen.«

Er stand auf, murmelte einen Gruß und bewegte sich in Richtung Ausgang.

Nervös wühlte Nirvana immer wieder ihren Kleiderschrank durch. Sie fand nichts, was ihr gefiel. Die Auswahl war auch nicht sehr groß. Mindestens fünfmal ging sie ihre Kleidung durch. Dann nahm sie eine weiße Jeans und ein schwarzes T-Shirt. Sie lief ins Bad und schmierte sich Make-up ins Gesicht. Noch ein bisschen Wimperntusche und Lippenstift. Sie sah sich an und fand es idiotisch. Marko hatte sie noch nie mit Lippenstift gesehen. Sie könnte sich lächerlich machen. Sie wischte den Lippenstift wieder ab. Sie zog sich mehrmals um, sah immer wieder in den Spiegel, drehte sich hin und her. »Was mache ich da eigentlich?« murmelte sie vor sich hin. »Ja, ich mache mich lächerlich.« Sie ging in die Küche und versuchte sich zu sammeln. Den Gedanken, einen Kaffee zu trinken, verschob sie. Das würde sie nur noch mehr aufregen. Sie trank ein Glas Weißwein und bereitete sich auf das Treffen vor.

Im Auto drehte sie das Radio an. Ausgerechnet Elvis Presley sang, Rock 'n' Roll hatte sie noch nie gemocht. Als die Nachricht von seinem Tod bekannt geworden war, hatten viele ihrer Freundinnen tagelang geweint und waren nicht mehr ansprechbar gewesen. Nirvana hatte schon immer viel lieber Rockballaden gehört. Arsen hatte sie ausgelacht, als sie sich vor zwei Jahren eine Bon Jovi-Kassette gekauft hatte. Na ja, eigentlich mochte sie Bon Jovi auch deshalb, weil er so unverschämt gut aussah.

Ihre Hände zitterten vor Aufregung. Hoffentlich baute sie auf dem Weg zum Café keinen Unfall.

Nirvana war als Erste da. Sie setzte sich an den dunkelsten Tisch in eine Ecke. Mit fliegenden Fingern zündete sie sich eine Zigarette an und verfluchte sich für ihre Aufregung. Sie saß da und ihr Herz klopfte wie bei ihrer ersten Verabredung. Es war einfach lächerlich. Sie würde noch den Respekt vor sich selbst verlieren.

Die Tür wurde geöffnet. Sie hielt den Atem an.

Es war nicht Marko.

»Bitte sehr?«

Sie erschrak.

Es war nur der Kellner.

»Cappuccino.« Nachdem sie es ausgesprochen hatte und der Kellner im Begriff zu gehen war, überlegte sie es sich anders: Der Kaffee würde sie noch nervöser machen. »Nein … lieber nicht. Ich nehme ein … Mineralwasser.« Aber das war irgendwie stillos, überlegte sie. »Nein, ein Glas Weißwein … ja genau, ich nehme einen Weißwein.«

Der Kellner blickte mitleidig zu ihr hinunter. »Sind Sie sicher?«

Nirvana beschloss seinen Sarkasmus zu ignorieren, rauchte weiter und versuchte so unauffällig wie möglich die Tür im Auge zu behalten.

Dann kam er. Sie begann, auf ihrem Stuhl herumzurutschen. Marko setzte sich ihr gegenüber.

»Schön, dass Sie gekommen sind«, sagte er in freundlichem, aber sachlichem Ton. Er war zwar nicht frisch rasiert, aber er roch nach herbem Deo.

»Also, was jetzt? Sagen wir Du oder Sie? Letztes Mal war es Du, jetzt ist es plötzlich wieder Sie.« Sie gab sich die größte Mühe, selbstbewusst zu wirken, lehnte sich zurück und beobachtete ihn. Manchmal ist es gut, dass andere Menschen nicht in dein Innerstes sehen können, dachte sie. Manchmal gibt man sich anders, als man sich fühlt. Um nicht verletzt zu werden, um sich zu schützen.

Marko wollte gerade etwas sagen, als der Kellner wieder kam. Er stellte den Wein vor Nirvana hin. Marko bestellte Kaffee. »Ist heute nicht ein wundervoller Tag?«, meinte er im Plauderton.

»Ja.«

Der Kaffee kam. Er sah sie an, während er die Zuckertüte schüttelte. »Ich glaube, wenn ich letztes Mal Du sagte, dann deshalb, weil es mir rausgerutscht ist …«

»… und zur Situation passte.«

Er grinste etwas verlegen. »Ja, vielleicht. Aber ich denke, es ist besser, wenn wir uns siezen. Besonders, wenn man bedenkt, dass … Sie wissen, unter welchen Umständen wir uns kennen gelernt haben. Es ist ein Mordfall, an dem ich arbeite und …« Er riss das Tütchen auf und ließ den Inhalt in die dampfende Tasse rieseln. »Wir sollten formell bleiben. Vorerst.«

»Vorerst? Was heißt das?«

Marko rührte in seiner Tasse herum und starrte den Löffel an, der kleine Kreise zog. »Ich weiß auch nicht genau. Das, was passiert ist, hat mich verwirrt. Es war vielleicht ein Fehler.« Er sah auf und wartete auf eine Reaktion von ihr.

Vielleicht? Es war *vielleicht* ein Fehler? Wie meinte er das? »Natürlich war es das. Ich bin verheiratet und habe ein ausgesprochen schlechtes Gewissen. Ich fühle mich viel schlechter dabei als Sie.«

Sie schwiegen eine ganze Weile.

»Warum bin ich also hier?« fragte sie, so unbefangen wie möglich.

»Weil ich glaube, dass Sie die einzige ehrliche Person in diesem verflixten Dorf sind. Ausgenommen vielleicht Vedrana Juretić.«

Nirvana nahm einen letzten Zug von ihrer Zigarette und meinte: »Woher wollen Sie wissen, dass ich ehrlich bin? Vielleicht schätzen Sie mich ganz falsch ein.«

»Ich verlasse mich auf meine Menschenkenntnis. Ich weiß zum Beispiel auch, dass die richtige Nirvana die war, die ich in ihrem Haus kennen lernte und nicht die, die mir jetzt gegenüber sitzt. Das ist Fassade. Lassen Sie's. Ich will Sie nicht verletzen, und wenn ich es getan habe, dann tut es mir aufrichtig Leid.«

Sie konnte spüren, dass sie errötete.

»Wie gesagt, Sie sind der einzige Mensch, dem ich glaube. Ich komme nicht voran in diesem Fall. Ich brauche Ihre Hilfe.«

»Meine Hilfe?« fragte sie ungläubig. »Wie sollte ich Ihnen helfen?«

Marko holte tief Luft und nahm eine Zigarette aus der Packung. »Die Leute sagen, sie kannten ihn kaum oder sie mochten ihn nicht. Ich versuche, mir Boris Klić vorzustellen, aber er ist für mich einfach nicht greifbar.«

»Die Leute haben Angst.«

Er zuckte ungerührt mit den Schultern. »Niemand braucht Angst zu haben, wenn er nichts getan hat. Wenn jemand etwas Schlechtes über ihn sagt, ist er noch lange nicht verdächtig. Man könnte fast sagen: im Gegenteil.«

Nirvana verschränkte die Arme vor der Brust. »Es gibt da ein paar Dinge ... Sie werden aber nicht sagen, dass Sie es von mir wissen?«

»Keine Sorge.«

»Na ja, es sind keine großen Enthüllungen, eher ein paar Kleinigkeiten.«

Er stützte seine Arme auf der Tischplatte auf und wartete.

»Vor etwa zwei Jahren hat Boris Marina Margan angefahren.«

Marko holte Block und Stift aus seiner Jackentasche. »Marina? Die Tochter von ...«

»... von Josip und Ines. Josip war damals halb verrückt vor Wut. Marina war am Straßenrand auf dem Weg zum Schulbus. Boris war zu schnell gefahren. Es war nicht allzu schlimm. Leichte Gehirnerschütterung und angebrochener Arm. Boris hat ihnen eine ansehnlich Summe Geld zahlen müssen. Josip liebt seine Tochter über alles. Er und Ines haben spät geheiratet. Ines war so um die dreißig, Josip Mitte dreißig. Einmal hätte er fast geheiratet, aber seine damalige Verlobte hat die Hochzeit platzen lassen, weil sie mit einem derartig schweigsamen Mann nicht ihr Leben teilen wollte. Na, egal. Und Ines – mein Vater sagt, die wollte keiner, außer dem Trottel Josip – sagte immer, sie warte auf eine gute Partie. Das sagte sie ganz offen. Aber die gute Partie kam nie, obwohl sie sehr attraktiv war, aber auch dominant. Ich glaube, Männer stehen nicht so auf dominante Frauen.« Sie machte eine kurze Pause und sah Marko an. »Stimmt das?«

Marko atmete hörbar aus. »Na ja, ich … habe keine Probleme mit dominanten Frauen. Wenn sie auch nette und … weiche Seiten haben.«

»Aha. Jedenfalls hat Josip es Boris sehr übel genommen, dass er das Kind nach dem Unfall weder im Krankenhaus noch zu Hause besucht hat. Aber wie ich sagte, das ist schon eine Weile her. Er würde ihn deshalb nicht umbringen, nach so langer Zeit.« Sie strich sich die Haare aus der Stirn. »Und dann Vilim, unser ältester Einwohner. Haben Sie ihn kennen gelernt?«

»Ja, ich war bei ihm. Ein netter Kerl, ich habe irgendwie Mitleid mit ihm.«

»Ja, ich auch. Ein trostloses Leben, das er führt. Ich mochte ihn immer sehr gern. Er kann gut mit Kindern umgehen. Mein Großvater war mit ihm befreundet. Als er noch lebte, erzählte er mir mal, dass Vilim nie eine Freundin gehabt hat. Jedenfalls hat Boris vor ein paar Wochen im Laden etwas eingekauft. Ich glaube, Ljiljana lag im Bett und war krank. Ich weiß nicht mehr, wie es zu dem Thema kam, denn Boris sprach mit den anderen im Dorf so gut wie nie. Boris erzählte vor dem Laden, Vilim wäre schwul. Er hätte es sein ganzes Leben zu vertuschen versucht. Als er noch jung war, soll er sich einige Male mit einer jungen Frau sehen lassen haben. Angeblich soll er dieser Frau Geld gegeben haben, damit sie ein bisschen Zeit mit ihm verbringt. Damit man nicht sagt, er sei nie mit einer Frau gesehen worden. Boris hätte das aus sicherer Quelle erfahren. Vilim kam das wohl zu Ohren, denn als Boris mit seinem Auto ein paar Tage später an ihm vorbei fuhr, schrie er ihm ›alter Drecksack‹ und ›verfluchtes Schwein‹ nach. Und er würde ihn umbringen.«

Marko blickte auf. »Aber wenn er schwul war, warum sollte es ihn jetzt noch kümmern, dass es herauskommt? Er kann jeden Tag sterben.«

»Vilim ist in einer anderen Zeit aufgewachsen. Damals wäre er als Perverser geächtet, wenn nicht verfolgt worden. Wahrscheinlich hat er sich dessen immer geschämt. Ich weiß es nicht.« Sie schüttelte den Kopf.

»Noch etwas?«

»Na ja, diese Sache mit Anita.«

»Was?« Er war mehr als neugierig.

»Ich glaube, es weiß niemand. Nicht einmal ihr Mann. Der wohl am allerwenigsten.«

»Hatte sie etwas mit Boris Klić?«

»Ich habe sie einmal in der Stadt gesehen. Sie haben sich im Auto geküsst.«

»Wann war das?«

»Vor ein paar Monaten.«

Marko seufzte laut. »Alle Achtung, dieses kleine Dorf hat es ja in sich. Und dann tun sie alle so unschuldig. Haben die beiden Sie damals gesehen?«

»Nein, da bin ich mir sicher.«

»Gut.«

»Was werden Sie jetzt tun?« fragte sie, und in ihrer Stimme schwang eine Spur Angst mit.

Marko packte Block und Stift wieder weg und lächelte. »Ich werde mir die Leute, von denen Sie mir eben erzählt haben, noch mal vornehmen.«

»Wenn sie erfahren, dass Sie das von mir haben, bin ich erledigt. Sie würden mich meiden wie die Pest.«

»Sie werden es nicht erfahren. Sie haben mein Wort.«

Nirvana nickte erleichtert. »Und da ist noch etwas. Vor ein paar Wochen habe ich einen sehr merkwürdigen Mann vor Ljiljana Tür gesehen. Er hat bemerkt, dass ich ihn von der Terrasse aus beobachtete, worauf er mir etwas Unverschämtes zugerufen hat.«

»Groß, breitschultrig, schwarzes Haar, gelangweilter Gesichtsausdruck? Der Bilderbuch-Macho?«

Sie blickte ihn erstaunt an. »Ja. Wissen Sie, wer das ist?« Marko schien eine Weile mit sich zu hadern. Anscheinend wusste er, wer es war, wollte aber offenbar nicht so recht rausrücken damit. Nirvana war sich sicher, dass er nun ein schlechtes Gewissen hatte, ihr gegenüber unehrlich zu sein nach allem, was sie ihm erzählt hatte. Andererseits wollte er natürlich nicht zu viel sagen. Vielleicht durfte er es auch nicht.

»Ich glaube, ich weiß ohnehin, wer es ist.«

»Ach, ja?«

»Er ist der Vater von einem der Jungs. Stimmt doch?«

Er nickte. Sie wollte nicht mehr länger bohren. Es war ja auch egal, ob er der Vater von Aljoša oder Kevin war.

»Warum haben Sie mir das alles erzählt?« Seine Augen ruhten wachsam auf ihrem Gesicht. Er hatte eine Art an sich, als ob er alle Zeit der Welt hätte.

»Ich weiß es selbst nicht genau. Wahrscheinlich will ich mich ein bisschen einschleimen, damit ich als Verdächtige ausscheide.« Sie nahm einen Schluck Wein. Es war plötzlich, als ob ihr der Wein einen Schnitt in der Kehle verursachte. Es schmerzte ein wenig.

»Ich glaube nicht, dass es das ist.«

»Dann sagen *Sie* mir doch, warum.«

»Nein. Ich will, dass *Sie* es mir sagen.«

»Ich habe eine Art übertriebenen Gerechtigkeitssinn.«

Er drückte seine Zigarette aus und nahm einen letzten Schluck Kaffee. »Und ich glaube, Sie wollen mir helfen. Weil Sie mich mögen.«

Sie musterte ihn amüsiert. »Mein Gott, Sie sind aber …«

»Was?«

»… direkt.«

Er ließ seine weißen Zähne aufblitzen und warf einen Blick auf die Uhr an seinem Handgelenk.

»Müssen Sie schon gehen?« fragte sie. Sie bereute es sofort. Es hatte zu bedauernd geklungen.

»Möchten Sie denn, dass ich noch bleibe?« Sein Blick machte sie verlegen.

»Nein, ich frage nur.«

»Wollen Sie noch etwas trinken?«

»Ja, noch einen Wein.«

Marko bestellte einen Wein und ein alkoholfreies Bier. Sie saßen sich schweigend gegenüber. Aber das Schweigen war nicht unangenehm. Als die Getränke kamen, hob er sein Glas. »Worauf wollen wir trinken?«

Sie dachte nach. »Darauf, dass Sie bald den Mörder finden.«

»Hm«, grinste er, »ich dachte an etwas Persönlicheres.«

»Darauf, dass Sie bald die richtige Frau finden.«

»Na, das ist doch was. Darauf trinke ich gern.« Sie stießen an und tranken. Nirvana war nach dem ersten Glas Wein etwas lockerer geworden, vielleicht lockerer als ihr gut tat.

»Sind Sie mit dem Auto hier?« fragte er.

»Ja.«

»Und da trinken Sie Alkohol?«

»Sie sind Polizist bis in die Knochen, was?«

»Es ist nicht mein Gebiet, aber es könnte leicht etwas passieren. Wenn Sie jemanden verletzen, sind Sie Ihren Schein los und das wäre dann nicht Ihr einziges Problem.«

»Ja, ich weiß«, sagte sie kleinlaut. »Eigentlich mache ich so etwas nie, wirklich nie. Aber ich habe mich komisch gefühlt.«

»Komisch?«

»Ja, als ich hier auf Sie wartete, war ich aufgeregt, ähm, ich wusste nicht, was Sie mich fragen würden und …« Sie hätte doch lieber Mineralwasser bestellen sollen. Sie redete mehr, als gut für sie war.

»Sie werden später nicht ins Auto steigen.«

»Sie sind ein Witzbold. Ich kann mir kein Taxi leisten. Wollen Sie mich vielleicht nach Hause fahren? Im Dorf wäre das ein Jahr lang Gesprächsthema Nummer eins.«

»Ich habe den Rest des Tages frei. Ich lade Sie zu einem Kaffee bei mir ein. Bis dahin sind Sie wieder fit. Ich wohne hier in der Nähe.«

»Nein, also … ich weiß nicht.«

Marko lehnte sich in seinem Stuhl zurück. »Nun glauben Sie

bloß nicht, dass das geplant war. Ich habe noch nie mit einer Frau geschlafen, die mit einem meiner Fälle zu tun hatte.«

Nirvana schluckte. »Weil die Frauen nicht wollten oder weil Sie nicht wollten?«

»Ich glaube, Sie kennen die Antwort, oder? Ich habe es nicht einmal versucht.«

»Ich will nicht, dass Sie mit mir darüber reden.«

»Doch, ich glaube, es interessiert Sie«, meinte er selbstbewusst.

»Ich bin verheiratet.«

»Das haben Sie mir schon zwanzigmal gesagt.«

»Ja, und es stimmt immer noch.«

»Ihr Mann hat Sie betrogen und behandelt Sie schlecht.«

»Also wollen Sie doch mit mir schlafen? Sonst würden Sie mich jetzt nicht daran erinnern.«

Er lachte kurz auf. »Nein. Ich schlafe nicht mit verheirateten Frauen. Oder, ich versuche es zu vermeiden. Ich finde, es macht Spaß, ein bisschen mit Ihnen zu flirten.«

Sie trank den Wein aus. »Tun wir das denn?«

»Merken Sie's nicht?«

»Es ist so lange her. Ich weiß nicht mehr, wie das geht.«

»Was?«

»Na, flirten.«

»Oh, ich dachte schon …«

»Hätte ich nicht so viel Respekt und Sympathie für Sie, würde ich jetzt sagen, Sie sind ein …«

»Tadle nicht ein Pferd, dass du nicht geritten hast.«

»Ich nehme an, Sie sind das Pferd. Richtig?«

Er schob den Stuhl nach hinten und stand grinsend auf. »Kommen Sie. Ich mache uns einen starken Kaffee.«

Sie gingen die fünf Minuten zu Fuß zu seiner Wohnung. Sie hatten kein Wort gesprochen, während sie nebeneinander herliefen. Nirvana war überrascht, als sie die Wohnung betrat. Es war nicht gerade übermäßig sauber, überall lagen Kleidungsstücke herum, aber es war gemütlich. Er ging an ihr vorbei in die Küche. »Ich setze den Kaffee auf.« Nirvana stand im Flur und ihr Blick fiel auf ein Modellflugzeug. Sie kannte sich nicht damit aus, aber es schien, als wäre es fast fertig.

»Sie basteln?«

»Äh, was?«, kam es zaghaft aus der Küche. »Ach so, das Flugzeug, ja. Flugzeuge und Kochen sind meine Hobbys, um es mal so auszudrücken.«

»Interessant. Ich kenne nicht viele Männer, die gern kochen. Oh, und wer ist das?« Sie bückte sich und steckte einen Finger in Rambos Käfig.

Marko schaltete die Kaffeemaschine ein. »Das ist Rambo. Ich hoffe, Sie mögen Filterkaffee.«

»Sehr gern sogar. Ich möchte mir schon lange eine Kaffeemaschine kaufen, aber bei uns reicht das Geld hinten und vorne nicht.«

Markos Handy klingelte. Er meldete sich mit Hallo. Nirvana zog sich diskret zurück und ging ins Wohnzimmer. Trotzdem konnte sie hören, was Marko sagte.

»Er hatte also kaum etwas auf dem Konto. Sparbücher? Auch nicht. Komisch. Ja, ich weiß. Er hat seinem Vater viel für die Renovierung des Hauses gegeben. Und Ljiljana Tomić hat auch nicht gerade sparsam gelebt. Hast du das Videoband kopieren lassen? Gut, danke Vukić.«

Nirvana sah sich im Wohnzimmer um. An der Wand hing ein Bild von ihm als Junge. Er musste da etwa fünfzehn gewesen sein. Es war an einem Strand aufgenommen worden. Er strich sich durch die Haare und lächelte breit. Sogar in diesem Alter hat er schon gut ausgesehen. Selbstbewusst und charmant.

Sie ließ sich auf die Couch fallen und Marko kam ins Wohnzimmer. Er setzte sich in den schweren Ledersessel neben sie und streckte sich breitbeinig aus. Er musterte sie schweigend.

»Wissen Sie, was ich nicht mag? Wenn Sie mich so ansehen und dabei kein Wort sagen.«

»Macht Sie das nervös?« Er grinste.

»Fangen Sie nicht wieder damit an. Wenn mein Mann jetzt wüsste, wo ich bin, er …«

»Und Sie, fangen Sie nicht wieder mit Ihren Mann an.«

Sie schüttelte den Kopf. »Wissen Sie … ich weiß, ich sollte das jetzt nicht sagen und manchmal hat mich meine Ehrlichkeit schon in Schwierigkeiten gebracht, aber ich habe Frauen verurteilt, die ihre Männer betrügen. Ich tue es auch immer noch. Als ich damals Anita mit Boris zusammen sah, wurde mir beinahe übel, obwohl Marijan ein Vollidiot ist. Aber ich … wie soll ich sagen … ich muss so oft an Sie denken … und dieser Kuss, er hat mich total aufgewühlt und ich habe das Gefühl, Sie kommen zu einem Zeitpunkt, wo es mir leicht fallen könnte, etwas zu tun, das ich nicht tun sollte. Und deshalb … muss ich jetzt gehen.« Abrupt stand sie auf.

»Setz dich«, sagte er ruhig.

»Nun duzen wir uns also wieder? Sie wissen auch nicht, was Sie wollen.«

Er sah sie fest an. »Du sollst dich setzen. Der Kaffee ist fertig.« Er stand auf. Nirvana setzte sich wieder hin. Er kam mit zwei gefüllten Tassen zurück und stellte sie auf den Tisch.

»Solltest du nicht die Leute verhören, die dich angelogen haben? Anita und Vilim, meine ich. Und Ines und Josip.«

»Doch, sollte ich.«

»Aber?«

»Aber ich habe jetzt Besseres zu tun.«

»Mit mir Kaffee trinken?«

»Genau«, feixte er.

»Kein Wunder, dass es mit diesem Land nicht vorwärts geht. Wenn ich mir die Arbeitsmoral der Polizeibeamten ansehe …«

»Ich mache meine Arbeit gut«, sagte er leise, aber bestimmt. »Ich denke, es wird kein zweiter Mord in Mala Šuma passieren, während ich hier sitze.«

»Bist du sicher?«

Er nickte. »Es war ein Mord im Affekt. Ich bin mir vollkommen sicher, dass es aus starken Emotionen heraus geschah. Eifersucht, Wut, Rache … wer weiß. Ich werde es schon noch herausfinden.«

»Und wenn nicht? Ist es schon mal vorgekommen, dass du einen Mord nicht gelöst hast?« Sie nahm die Tasse in beide Hände und schlug die Beine übereinander.

»Ja«, presste er hervor, »zweimal.«

»Das muss frustrierend sein.«

Er zuckte mit den Schultern. »Damit muss man leben. Man kann nicht immer erfolgreich sein.«

»Vielleicht wird der Mord an Boris dein dritter unaufgeklärter Fall.«

»Das hoffe ich nicht.«

»Ich will dir noch etwas sagen.«

»Noch etwas?«

»Du musst Vedrana in Ruhe lassen. Sie ist vollkommen ungefährlich, auch wenn sie verrückt ist.«

»Bist du sicher?«

»Ganz sicher.«

»Und warum setzt du dich so für sie ein?«

»Na ja«, sie machte eine hilflose Handbewegung. »Sie ist meine Taufpatin, verstehst du?« Als sie merkte, wie Marko die Brauen nach oben schob, warf sie schnell ein: »Damals war sie natürlich noch normal. Sie ist mit meiner Mutter zur Schule gegangen. Mit achtzehn wurde meine Mutter schwanger und Vedrana war meine Taufpatin. Ein paar Jahre später bekam sie diese psychischen Probleme. Sie könnte keiner Fliege was zu Leide tun, wirklich.«

»Aber Tatsache ist doch, dass sie nicht weiß, was sie tut.«

»Schon. Aber sie könnte niemandem weh tun«, wiederholte sie nachdrücklich, »manchmal ist es sogar ziemlich witzig, was sie macht. Einmal hatte ein Lkw-Fahrer nachts in der Nähe von Vedranas Haus geparkt, um ein Nickerchen zu machen. Und über Nacht hat Vedrana seinen Lkw mit Blumen geschmückt und mit lauter netten Sachen bemalt: Luftballons, Sterne, Bäume … Der arme Kerl wachte auf, als es dämmerte, und ging zum Pinkeln raus. Als er da so stand und pinkelte, merkte er, dass irgendetwas anders war. Als er den Lastwagen sah, glaubte er, seinen Augen nicht zu trauen. Die Situation war ihm unheimlich. So stieg er schnell ein und wollte gerade starten starten, da tauchte plötzlich Vedranas Gesicht an dem offenen Fenster seiner Tür auf. Weiß geschminkt mit schwarzen Augenrändern und blutroten Lippen. Er fing an zu schreien, ließ den Motor an und fuhr davon.«

Marko fasste sich mit der Hand an die Stirn und lachte.

»Ein anderes Mal stand sie im Laden, es war zum Bersten voll. Vlado wartete vor ihr in der Schlange. Es ist ziemlich selten, dass Vlado einkaufen geht, aber diesmal war er da. Sie stierte ihn an, stellte sich dicht neben ihn und meinte ziemlich laut: ›Hee, ich habe aus zuverlässiger Quelle erfahren, dass du ihn nicht immer hoch kriegst. Stimmt das?‹ Vlado sah sie giftig an und ignorierte sie. Aber wir konnten uns kaum zusammenreißen, um nicht zu lachen.«

»Dieser Vlado ist eher unbeliebt, oder?«

»Kann man so sagen.«

»Und seine Frau? Sie wird vermutlich seinetwegen bemitleidet?«

»Sie kann man auch nur bemitleiden. Wenn man mit so jemandem wie Vlado zusammenleben muss …«

»Dieses Dorf ist seltsam.«

Sie lehnte sich zurück. »Wie meinst du das?«

»Wie mir scheint, ist Mala Šuma nicht gerade ein Vorbild an Tugendhaftigkeit.«

»Tja, vielleicht werden wir uns alle in der Hölle wiedersehen.«

Sie griff nach seiner Zigarettenschachtel und nahm sich eine heraus. Als sie sie anzündete, beugte er sich vor. »Glaubst du an Himmel und Hölle?« Seine graugrünen Augen würden sie noch um den Verstand bringen …

Sie lächelte. »Ehrlich gesagt, ja. Ich weiß, es ist kindisch, so etwas zu glauben, aber ich tue es. Ich glaube jedenfalls nicht, dass alles vorbei ist, wenn man stirbt. Da kann nicht einfach Schluss sein.«

»Warum nicht?«

»Unmöglich. Wofür denn dann das Ganze hier?«

Er fuhr sich mit der Hand durch die Haare. »Wofür? Um das Beste daraus zu machen.«

»Du glaubst also, wenn man tot ist, ist man tot. Nichts mehr. Schluss. Ende.«

»So ist es. Ich mache mir nichts vor.«

Sie beugte sich nun ebenfalls vor. Ihre Gesichter waren nur noch einen halben Meter voneinander entfernt. »Du machst anderen etwas vor. Ich glaube niemandem, der sagt, er sei davon überzeugt, dass man einfach stirbt, dass es nicht weitergeht. So etwas kann man nicht glauben. Ich nehme es dir einfach nicht ab.«

»Du glaubst, ich lüge?« fragte er leise.

Sie lachte verlegen. »Was soll ich darauf sagen? Die Frage ist völlig falsch gestellt. Vielleicht glaubst du, die anderen könnten über dich lachen, wenn du sagst, du glaubst an ein Leben nach dem Tod. Mir ist es egal, ob die anderen über mich lachen. Andere können mich für eine Idiotin halten. Solange ich vor mir selbst nicht als Idiotin dastehe, ist es in Ordnung.«

Marko nickte anerkennend. Nirvana lehnte sich entspannt wieder zurück.

»Erzähl mir von den anderen aus dem Dorf. Was ist mit der alten Marinka?«

Nirvana sah ihn verständnislos an. »Was soll mit ihr sein?«

»Keine Angst. Ich will nur mehr über die Leute erfahren.«

»Marinka ist in Ordnung. Sie hat Übles mitgemacht. Ihr Mann starb vor sechs Jahren. Ihr erstes Kind starb mit zwei Jahren, und zu allem Überfluss wurde ihre Tochter Nonne. Marinka ist überzeugte Atheistin, das war aber nicht immer so. Früher ist sie jeden Sonntag in die Kirche gegangen. Hat überall diese heiligen Bilder herumhängen gehabt. Irgendwann hat sie aufgehört, an Gott zu glauben. Sie meinte, Gott hätte zugelassen, dass so schreckliche Dinge in ihrem Leben passierten. Dann ging ihre Tochter ins Kloster, und das, nachdem Marinka Atheistin geworden war. Marinka kann es ihr nicht verzeihen. Sie sagt, das Leben sei im Grunde ganz schön, aber der Tod verderbe alles.«

»Schön ausgedrückt.« Er lächelte über Marinkas Analyse des Lebens. »Ihre Tochter ist also Nonne?«

»So nennt man das wohl. Ich glaube, dieses Wochenende besucht sie ihre Mutter wieder.«

»Ljiljana ist nicht gerade beliebt im Dorf. Macht ihr das etwas aus? Was meinst du?«

»Das interessiert sie überhaupt nicht. Da bin ich mir sicher.«

Marko nahm eine Zigarette aus der Schachtel.

»Du rauchst zu viel.«

»Ich weiß.« Genüsslich nahm er einen tiefen Zug. »Was für Leute sind Renata und Andrej Hlača?«

»Hör mal, ich bin doch nicht dein persönlicher Spitzel.«

»So war es nicht gemeint. Tut mir Leid.« Er blies den Rauch aus und fuhr sich wieder durchs Haar. »Ich kann nur Hilfe gebrauchen, das ist alles.«

Sie seufzte. »Renata ist meine beste Freundin. Andrej ist ein netter Kerl. Wir sind mit beiden befreundet. Auch mit Eliza und Luka, mit denen sind wir außerdem verwandt.«

»Die Frau ist irgendwie komisch«, meinte er nachdenklich.

»Eliza ist nicht komisch. Sie ist in letzter Zeit etwas deprimiert. Die beiden haben erfahren, dass Eliza keine Kinder bekommen kann.«

»Und das ist so schlimm für sie?«

»Ja, ich war auch ziemlich überrascht. Ich hätte nicht gedacht, dass sie das so mitnimmt.«

»Seit wann ist sie so?«

»Seit dem Mord an Boris.« Ihr wurde klar, wie das für Marko klingen musste. »Ich meine, seit sie erfahren hat, dass sie keine Kinder bekommen kann, und das war an dem Tag, bevor Boris ermordet wurde. Sie und Luka waren in Zagreb bei einem Spezialisten.«

»Hmhm«, meinte er nachdenklich.

»Was heißt hmhm?«

»Nichts. Die beiden können es ohnehin nicht gewesen sein. Sie waren nicht da.«

»Und für einen Auftragsmord haben sie nicht genügend Geld.« Sie lächelte. »Ich setze meinen Humor immer zum falschen Zeitpunkt ein.«

Er sah sie, ebenfalls lächelnd, an. »Bleibt noch dein Vater.«

»Was?«

»Nicht als Verdächtiger. Bleibt noch, über ihn zu sprechen.«

»Da gibt es nicht viel zu sprechen. Er lebt allein. Er ist ein alter Griesgram. Niemand kann es ihm recht machen. Das ist mein Vater. Mehr lässt sich nicht über ihn sagen.«

»Besuchst du ihn manchmal?«

Sie verschränkte die Arme vor der Brust. »Natürlich besuche ich ihn. Nicht gerade oft, aber ich schaue manchmal nach dem Rechten.«

»Und warum besuchst du ihn nicht oft?«

Sie blickte zu Boden. »Ich hasse diesen Anblick, wenn ich in den Garten komme. Den Müllberg.«

»Manche haben andere Laster, solche, die man nicht sieht.«

»Ich glaube, es hat damit angefangen, als meine Mutter ihn verlassen hat. Vorher war alles gut, jedenfalls habe ich das so in Erinnerung. Für meine Mutter war es wohl nicht gut, sonst wäre sie nicht fortgegangen.« Sie strich sich nervös eine Strähne aus dem Gesicht. »Ich war ein glückliches Kind. Bis sie eines Abends in mein Zimmer kam und sagte, ich müsste jetzt ein großes, starkes Mädchen sein … Ich war fünf und wollte kein großes, starkes Mädchen sein. Ich wollte mit dem Kopf schütteln und Nein sagen, aber sie hat schnell gesprochen. Schnell und leise …«

Als Marko merkte, dass Nirvana nicht weitersprach, hakte er behutsam nach: »Was hat sie gesagt?«

»Dass sie jetzt für eine Weile weggeht und bald wiederkommt. Aber sie ist nicht wiedergekommen. Ich habe jeden Tag am Fenster gestanden und auf sie gewartet. Mein Vater ist nie darüber hinweggekommen. Ich auch nicht. Ich war sehr einsam. Wären Renata und Sabina nicht gewesen, wäre ich verzweifelt. Mit meinem Vater konnte ich nicht reden. Wenn ich Rat von Erwachsenen brauchte, bin ich zu Sabina gegangen. Sie hat mich immer aufgemuntert und zum Mittagessen eingeladen. Ich werde das nie vergessen. Sie war wie eine Ersatzmutter für mich. Als ich größer wurde und mit Freundinnen ausgehen wollte, hat mein Vater es immer verboten. Ich glaube, er hat sich Sorgen gemacht. Aber Sabina konnte ihn manchmal überreden, mich ins Kino gehen zu lassen. Mit achtzehn war es mir dann egal. Ich war volljährig und habe nicht mehr auf ihn gehört. Wahrscheinlich habe ich so jung geheiratet, um von ihm wegzukommen.« Sie lachte bitter auf. »Ich bin von einem Gefängnis in das andere geraten.« Sie winkte ab. »Jeder hat sein Kreuz aus der Kindheit zu tragen. Meine Eltern haben sich eben nicht verstanden und meine Mutter hat meinen Vater verlassen.«

»Aber sie hat damit auch dich verlassen und das war … schlecht.« Er kratzte sich an der Stirn und versuchte, ehrlich, aber taktvoll zu sein. Das war bisweilen eine komplizierte Kombination. »Ich verstehe, dass man mit dem Partner abschließt, wenn es nicht mehr geht. Aber nicht mit dem Kind. Ich an deiner Stelle wäre sehr wütend auf sie.«

»Früher war ich das auch. Jetzt nicht mehr. Ich habe mir nur immer gewünscht, mit meinem Vater reden zu können, ich wollte, dass er auf mich eingeht.«

»Du hast nicht gerade freundliche Menschen um dich. Zumindest, was deine männlichen Verwandten betrifft. Ich meine, dein Mann und dein Vater sind sich irgendwie ähnlich. Sie begreifen nicht, dass du etwas Besonderes bist.«

Sie sah ihn kurz an, nur für den Bruchteil einer Sekunde. »Doch, mein Vater empfindet es so. Aber er kann es nicht zeigen. Arsen kann es weder zeigen, noch empfindet er es.« Sie blickte etwas verlegen auf ihre Hände und rieb dabei die Finger gegeneinander. »Ich bin nur erstaunt, dass du … dass du mich … als etwas Besonderes siehst.«.

»Das habe ich sofort erkannt.« Er hatte versucht, es unverkrampft und witzig klingen zu lassen, aber nun hörte es sich konstruiert an.

»Ich muss jetzt gehen.«

Er legte seine Hand auf ihre. »Bleib noch.«

Sie schluckte. »Nein, ich muss gehen. Gerade, weil du willst, dass ich noch bleibe, muss ich gehen«, stammelte sie unbeholfen, »das ist noch ein Grund mehr, warum ich jetzt gehen muss, verstehst du?«

Er antwortete nicht, ließ ihre Hand los und setzte sich wieder aufrecht in seinen Sessel. Sie stand auf. »Danke für den Kaffee.«

Kontrolliert nahm sie ihre Tasche und ging zur Tür. Sie überlegte dabei, wie sie wohl auf ihn wirkte, ihr Gang, ihre Bewegungen. »Auf Wiedersehen.«

»Wiedersehen.«

Sie schloss die Tür hinter sich. Er hörte die knarrende Treppe.

Minutenlang saß Marko einfach so da und dachte nach. Was sollte er tun? Vernünftig betrachtet wäre es sicher das Beste, sich von ihr fernzuhalten. Er sollte einfach seiner Arbeit nachgehen. Aber während sie hier bei ihm gewesen war, hätte er sie mehr als einmal am liebsten in den Arm genommen, sie an sich gezogen, sie geküsst und … weiter mochte er gar nicht denken. Er malte sich aus, wie es wäre, wenn er mit ihr verheiratet wäre und ein anderer würde sich ihr nähern. Er würde ihm vermutlich die Knochen brechen. Aber wenn er mit ihr verheiratet wäre, würde er sich auch nicht so verhalten wie ihr Mann. Allerdings war er nie verheiratet gewesen. Er kannte genug Ehen, um zu wissen, dass Eheleute mit den Jahren das Interesse aneinander verloren. Er glaubte nicht, dass ihm das je passieren könnte. Wenn er verheiratet wäre, würde er an seiner Ehe arbeiten, ganz bestimmt!

Er stand auf und schaltete den Fernseher ein, weil er die Stille nicht ertragen konnte. Eine alte Krimiserie flimmerte über den Bildschirm. Gerade leckte ein Polizeibeamter ein weißes Pulver, um zu prüfen, ob es Kokain war. So ein Unsinn! Er schaltete sofort wieder ab. Vielleicht sollte er sich nach diesem Fall Urlaub nehmen. Von den vier Wochen Urlaub im Jahr nahm er sich höchstens zwei, weil es einfach schwierig zu organisieren war. Entweder steckte er gerade mitten in Ermittlungen oder schlitterte aus dem einem Fall sofort in den nächsten. Jetzt war er jedoch urlaubsreif. Vielleicht würde er nach Südfrankreich fahren, da wollte er schon immer mal hin.

Müde schlurfte er in die Küche und öffnete den Kühlschrank.

Der Weißwein schmeckte abgestanden.

Nirvana saß unkonzentriert in ihrem Auto und dachte an Marko. Wäre sie nicht verheiratet, würde sie keine Sekunde zögern und etwas mit ihm anfangen. Sie würde aber nichts mit ihm anfangen, *weil sie verheiratet war!* Arsen hatte diese Affäre gehabt und sie damit sehr verletzt, aber deshalb musste sie jetzt nicht den gleichen Fehler machen. Sie würde sich damit nur elend fühlen. Wenn Arsen sie anders behandeln würde, wäre sie niemals auf solche Gedanken gekommen. In diesem Moment hasste sie ihn. Sie würde an Marko nicht solchen Gefallen finden, wenn Arsen sie respektieren würde, da war sie fast sicher …

Plötzlich musste sie scharf bremsen. Sie hatte die rote Ampel beinahe übersehen. Erschrocken hielt sie das Lenkrad fest und holte tief Luft.

Besser ein Dorf stirbt als ein alter Brauch

Anita saß rauchend, perfekt geschminkt und in ihrem orangefarbenen Kostüm, in dem sie von der Arbeit gekommen war, auf der Terrasse. Marijan war noch nicht zurück und Viviana, ihre sechsjährige Tochter, verbrachte den Tag bei Anitas Mutter.

Anita war keine Frau, die in Hausarbeit aufging, deshalb genoss sie ihren Mokka und die Zigarette nach sechs Stunden Arbeit beim Arbeitsamt. Die Arbeitslosen gingen ihr auf die Nerven. Ihr Klagen und ihre jämmerlichen Lebensgeschichten, mit denen sie sie quälten … Schließlich konnte sie ihnen auch nicht helfen. Jeder musste heute selber schauen, wo er blieb. In der Zwischenzeit, wenn einer gegangen war und sie den Nächsten aufrief, konnte sie ein bisschen mit Zrinka plaudern und über den letzten Arbeitslosen lästern. Vor einiger Zeit hatten sie das Rauchen in den Ämtern verboten. Also musste sich der nächste Arbeitslose ein wenig gedulden, während Anita und Zrinka am offenen Fenster rauchten.

Marko kam auf ihr Haus zu und sie stöhnte auf. Ständig schwirrte er hier herum. Herrje, jemand hatte Boris den Schädel eingeschlagen, na und? Er benahm sich, als hätte man den Präsidenten ermordet. Irgendwie wirkte er auch gereizt. »Guten Tag«, meinte er knapp, als er vor ihr stand und sie verkniffen musterte.

»Guten Tag, Herr Ober … Haupt … Inspektor …«

»Inspektor reicht völlig, oder nennen Sie mich beim Namen.«

»Na gut, Inspektor, nehmen Sie Platz.« Sie fuchtelte nervös mit der Hand herum. »Sie nehmen mir nämlich die Sonne.«

Er ließ den Blick nicht von ihr und machte auch keine Anstalten, sich zu setzen, sondern er sagte: »Ist mir vollkommen egal, ob ich Ihnen die Sonne nehme oder nicht, verehrte Dame. Wir sollten wohl mal Klartext reden.«

Anita zog nervös an ihrer Zigarette und klimperte ein paar Mal mit den Augen. Bewusst, um ihre Verwirrung zu signalisieren. »Könnten Sie sich um eine Spur deutlicher ausdrücken?«

»Sie sind vor ein paar Wochen mit Boris Klić im Auto gesehen worden. Er ist gefahren, Sie saßen auf dem Beifahrersitz. Ist Ihnen das jetzt deutlich genug?«

Marko spürte Anitas Beklemmung. Sie rutschte auf ihrem Stuhl herum, zog zweimal hintereinander an ihrer Zigarette und ihr Gesicht war auf einmal wie versteinert. »Woher wissen Sie das?«

»Gründliche Recherche und nächtelanger Arbeitsaufwand. Wir sind die Polizei – und wir wissen alles.«

»Tatsächlich?« Ihr Mund verzog sich, teils spöttisch, teils ängstlich.

»Warum haben Sie mir das verheimlicht?«

»Ich hatte es vergessen.«

Er blickte auf sie herab. »Vergessen? Sie sagten, Sie kennen ihn nur vom Sehen. Aber wenn Sie mit ihm im Auto fahren, können Sie ihn nicht nur vom Sehen kennen. Also, entweder reden Sie oder ich muss Sie mitnehmen aufs Präsidium, wo Sie dann die ganze Nacht verbringen werden, das verspreche ich Ihnen.«

Anita drückte die Zigarette aus und stützte sich mit den Ellbogen auf den Knien ab. »Sie dramatisieren das Ganze unheimlich.«

»Ich warte immer noch«, sagte er ruhig.

»Ich habe ihn in der Stadt getroffen. Er fragte mich, ob ich nach Hause führe, ich sagte ja, er bot mir an, mich mitzunehmen. Das ist alles.«

»Das ist alles?« Er hob die Augenbrauen, um seine Ungläubigkeit zu zeigen.

»Ja, ich schwöre es.«

»Was die Leute hier nicht schon geschworen haben. Und am Ende? Sind es nur Lügen.«

»Es stimmt aber.« Ihre Stimme klang unruhig »Ich finde es nun gar nicht gut, wie Sie mit mir sprechen. Sie behandeln mich wie eine Kriminelle. Das ist unheimlich frech.«

»Hatten Sie ein Verhältnis mit Boris Klić?«

»Bitte, was?«

»Ich glaube, Sie haben meine Frage verstanden.«

Anita lachte abfällig. »So ein Blödsinn! Also, wirklich. Er hat mich im Auto mitgenommen. Deswegen soll ich gleich innig mit ihm gewesen sein?«

Ihre Art zu sprechen ging Marko auf die Nerven. »Wenn es noch etwas gibt, was ich wissen sollte, sagen Sie's mir lieber gleich, sonst könnte es durchaus unangenehm für Sie werden.«

Sie schüttelte ungläubig den Kopf. »Hiermit habe ich alles gebeichtet.«

»Ich meine, jede Kleinigkeit ist wichtig. Verstehen Sie das?«

»Ja, ja, schon gut. Ich gebe ja zu, dass ich diese Autosache nicht gänzlich vergessen hatte. Es ist nur so, ich will mit dieser Mordgeschichte nichts zu tun haben.«

»Ja, Frau Kaštelan, wer will das schon. Aber je früher dieser Mord aufgeklärt wird, desto schneller hat dieses unschuldige kleine Dorf wieder seine Ruhe. So einfach ist das.« Sie sahen einander schweigend an, dann griff Anita erneut und hektisch zu den Zigaretten. »Sie haben Boris Klić im Auto geküsst. Was haben Sie dazu zu sagen?«

Nun wurde Anita noch nervöser. Sie drehte den Kopf in alle Richtungen, um zu prüfen, ob jemand zuhören konnte. »Mein Gott, Herr Inspektor, Sie treiben es heute unheimlich auf die Spitze.«

»Nun?«, drängte er hartnäckig. Er verschränkte die Arme im Rücken und wartete.

Sie zog zweimal hintereinander an ihrer Zigarette. »Harmlos, es war absolut harmlos. Ich habe meine Cousine am Stadtrand besucht. Er fuhr an der Bushaltestelle vorbei, wo ich gerade stand. Boris hatte in dieser Gegend zu tun. Also bin ich eingestiegen. Er hat mich im Zentrum abgesetzt. Ich habe ihm einen Kuss gegeben, um mich zu bedanken.«

Nun setzte Marko sich doch. Er seufzte und streckte die Beine von sich. »Frau Kaštelan, ich weiß nicht, wie das bei Ihnen ist, aber normalerweise bedankt man sich für eine Gefälligkeit bei einem Bekannten eher mit einem schlichten Danke oder einem Händedruck, hm?«

»Ich war an dem Tag gut drauf. Und ich fand ihn nett.«

»Sie haben ihn auf den Mund geküsst.«

»Herrje!«

»Machen Sie das öfter? Dass Sie Männer wegen einem kleinen Gefallen auf den Mund küssen?«

»Natürlich nicht!« fauchte sie.

»Aber?«

Wieder wandte sie sich in alle Richtungen, obwohl dafür keine Veranlassung bestand. Die anderen Häuser waren in sicherer Entfernung. »Also gut … ich … wir haben eine Dummheit gemacht. Wir sind uns im Kaufhaus über den Weg gelaufen. Ich wollte unbedingt einen Badeanzug, der in meiner Größe nicht mehr zu haben war. Ich meine natürlich, sie hatten nur *größere* vorrätig.« Unglaublich, dachte Marko, dass sie in diesem Moment ihre Eitelkeit nicht vergisst. »Boris wechselte ein paar Worte mit mir und ich erwähnte den Badeanzug. Er sagte, er kenne den Geschäftsführer und werde ihn überreden, eine Extra-Bestellung zu machen. Na ja, ich fand das unheimlich nett. Er lud mich auf einen Kaffee ein. Wir … verstanden uns sehr gut und … na ja, wir trafen uns wieder.« Sie dämpfte die Zigarette aus und sah ihn an.

»Wenn Ihr Honigbär das wüsste, wäre er wohl ein sehr wütender Honigbär.«

Die Überraschung in ihren Augen ließ sich kaum verbergen. Sie versuchte etwas in seinem Gesicht zu ergründen. Wahrscheinlich fragte sie sich, ob er sich nur über sie lustig machte oder ob er es ihrem Mann sagen wollte. Er entschloss sich, ganz offen zu sein: »Hören Sie, ich will mich nicht über Sie lustig machen. Und ich werde es auch ihrem Mann nicht sagen. Dazu besteht zunächst keine Veranlassung.«

»Ihre Bemerkung war geschmacklos«, stellte sie in neutralem Ton fest.

»Wissen Sie, es kotzt mich an, wenn Leute mir irgendetwas vorspielen. Es ist sowieso umsonst. Wahrscheinlich klingt es arrogant, wenn ich sage, dass ich irgendwann und irgendwie immer hinter die Wahrheit komme.« Sie schwieg, ließ ihn dabei aber nicht aus den Augen. »Sie spielen mir das harmonische

Ehepaar vor, dabei gehen Sie fremd. Ich will nicht über Sie richten, aber warum leben Sie in einer Lüge? Ist es das wert?«

Sie schloss für zwei Sekunden die Augen und lächelte bitter. »Ich liebe meinen Mann nicht mehr. Ich habe ihn geliebt, natürlich. Deshalb haben wir auch geheiratet. Aber jeden Morgen stehe ich auf mit dem Gedanken, diese Ehe nur deshalb weiterzuführen, um meiner Tochter nicht den Vater zu nehmen. Ich denke mir manchmal, noch zwei, drei Jahre, bis sie in die Schule kommt; bis sie in der Pubertät ist … und so wird es wahrscheinlich immer weitergehen.«

Marko fixierte seine wippenden Füße, als seien sie hochinteressant. »Hmm, ich weiß, dass ich manchmal ein Klugscheißer bin, aber wäre es nicht besser, Ihre Tochter hätte zufriedene, voneinander getrennte Eltern zum Vorbild als eine Ehe zwischen zwei Leuten, die nicht funktioniert? Ist nur so eine Frage.«

Sie beugte sich vor und stützte den Kopf auf die Hände. »Ich weiß es nicht.«

Josip war allein zuhause, seine Frau unterwegs. Darüber ärgerte Marko sich, denn er hätte Ines Margan zu gern mit ihrer Lüge konfrontiert. Als er ihrem Mann im Wohnzimmer gegenübersaß, überlegte er kurz, ob er ihr nicht eine Vorladung zu einem Verhör schicken sollte, verwarf den Gedanken jedoch sofort wieder. Denn so gehässig sie sein mochte, so war sie doch auch eine bemitleidenswerte Frau, die ihre Mutter Tag und Nacht pflegte und sie nicht einfach in ein Altersheim abschob. Hatten nicht alle ihre Fehler? Bei einigen Menschen waren die Fehler eben tolerierbarer als bei anderen …

»Sie sehen heute so nachdenklich aus, Inspektor.«

Marko riss den Blick von dem selbstgehäkelten Spitzendeckchen los, das den Tisch der Margans zierte.

»Warum haben Sie mir nicht erzählt, dass Boris Klić vor ein paar Jahren Ihre Tochter angefahren hat?«

Die Direktheit, mit der er zur Sache kam, zeigte Wirkung. Josip schluckte erschrocken und starrte dann auf seine Hände. »Woher wissen Sie das?«

»Es spielt keine Rolle, woher ich es weiß. Antworten Sie mir bitte.«

»Das war eine ganz üble Geschichte. Er hat Marina nicht mal im Krankenhaus besucht. Er war sogar noch wütend, als es zur Verhandlung kam und er zahlen musste. Ganz unschuldig war Marina zwar nicht, sie ist einfach auf die Straße gelaufen. Aber er ist eindeutig zu schnell gefahren.«

»Und warum haben Sie mir das verschwiegen?«

»Warum wohl.«

»Ja, warum?«

»Weil wir mit diesem Mord nichts zu tun haben wollen.«

»Sie könnten Ärger bekommen, weil Sie Informationen verschwiegen haben, die wichtig sind.«

Josip weitete den Kragen seines weißen Hemdes und wischte sich über die Stirn. »Sie würden an unserer Stelle genauso reagieren.« Er sah wieder auf seine Hände. »Der Kerl war gefühllos. Wir wollten nie wieder etwas mit ihm zu tun haben. Und wir wollten nie wieder daran erinnert werden. Ljiljana ist in Ordnung, ich verstehe nicht, warum sie so einen Mann geheiratet hat.«

»Trotzdem sind Sie auf die Hochzeit gegangen.«

Josip nickte ergeben. »Ich wollte eigentlich nicht, aber Ines meinte, wir würden als verbitterte, nachtragende Tölpel dastehen. Wir sollten Ljiljanas wegen hingehen.«

»Haben Sie auf der Hochzeit mit ihm gesprochen?«

»Nein. Ich wollte nie wieder mit ihm sprechen.« Er hob den Kopf und sah Marko an. »Als ich von seinem Tod erfuhr, empfand ich nichts. Gar nichts.«

Im Laden standen Anita und Ines. Anita verstaute gerade ihre Sachen und Ines wartete auf sie. Kaum trat Nirvana ein, wandte sich Ines an sie: »Hast du gehört, dass dieser Inspektor Vedrana schon zweimal verhört hat? Vor der Haustür, und zwar längere Zeit.«

Sie zuckte die Schultern. »Nein, keine Ahnung. Was ist denn daran so besonders? Er verhört uns doch alle.«

Ines schüttelte den Kopf. Nirvana fiel auf, dass Anita heute sehr nachdenklich wirkte, ungewöhnlich ruhig. »Ja«, meinte Ines, »aber überleg doch mal. Vedrana! Zweimal! Längere Zeit!«

»Hast du's gesehen?«

»Ja. Ich stand die ganze Zeit am Fenster.« Es war ihr nicht peinlich, das zuzugeben.

»Was soll das schon bedeuten, Ines?«

Sie sah sie schräg an. »Du weißt, was das bedeutet.«

»Und was?«

»Sie sagt über alle, was sie denkt. Und was sie weiß.«

»Und? Ich habe nichts zu befürchten? Du denn?«

»Selbstverständlich nicht«, empörte sie sich, »und Anita auch nicht.« Aber Anita schluckte, wie Nirvana bemerkte. Die beiden verabschiedeten sich und verließen das Geschäft.

Nirvana ging zum Tresen und sah Eliza an. »Na, wie geht's?«

»Bestens, danke.« Eliza wirkte reserviert, ihr Tonfall war kühl. Noch nie hatten sie gestritten, nicht einmal eine Meinungsverschiedenheit gehabt, aber seit Nirvana ihr gesagt hatte, sie solle sich nicht in ihre Ehe einmischen, war Eliza für sie unnahbar geworden. Das war der beste Beweis, dass eine Freundschaft mit Verwandten des Ehepartners scheitern konnte, wenn es zwischen dem Paar zum Streit kam. Der Freund oder die Freundin würde doch immer zu den Verwandten stehen …

»Einen Liter Milch und ein Kilo Zucker.«

Eliza legte schweigend die Sachen auf den Tisch, kassierte und gab ihr das Wechselgeld. Nirvana packte alles ein und ging zur Tür. Dort angekommen, drehte sie sich noch einmal um: »Eines möchte ich dir gern sagen, Eliza. Ich habe dich immer gemocht und geschätzt, aber wenn du mir jetzt den Rücken kehrst, dann tu es für immer.«

Eliza sah sie lange an. »Ich habe dich auch immer gemocht und geschätzt, aber so, wie du letztes Mal mit mir geredet hast, das war einfach zu hart.«

Nirvana kam auf sie zu. »Eliza. Du hast mich gelöchert mit

Fragen, warum der Inspektor so viel Zeit bei mir verbringt. Es hat dir nicht einmal etwas ausgemacht, dass Tanja dabei war. Dann hast du über Arsen gesprochen, als würde ich *ihn* schlecht behandeln. Ist dir eigentlich jemals der Gedanke gekommen, dass es umgekehrt sein könnte? Hast du denn jemals zu ihm gesagt, er solle sich mehr um seine Frau bemühen? Wahrscheinlich nicht, denn er ist ja dein *Bruder!* Und ich dachte, ich wäre deine Freundin.« Mit diesen Worten verließ sie den Laden und ließ Eliza nachdenklich zurück.

Draußen standen noch immer Anita und Ines in ihre Gespräche vertieft. Sie waren wirklich unzertrennlich. Hinter sich hörte Nirvana, wie Eliza aus dem Laden kam und die Obst- und Getränkekisten sortierte. Aljoša kam mit Chantal aus dem Haus und gerade, als er ihr die Leine anlegen wollte, erspähte sie die vier Frauen und schoss bellend auf sie zu. Der Junge rannte dem Pudel hinterher und rief, aber Chantal sprintete zum Laden, stürzte auf Eliza zu und verbiss sich in deren Wade.

Aljoša atemlos hinterher. Eliza schrie und versuchte, den Pudel abzuschütteln. Chantal ließ endlich los und knurrte böse. Nirvana stand da und sah dem Geschehen fassungslos zu. Anita und Ines starrten einander an. Der Junge schimpfte laut mit Chantal und entschuldigte sich bei Eliza, die dunkelrot und wie unter Schock dastand.

Nirvana drehte sich um und ging nach Hause. Während sie die Treppen hoch ging, dachte sie plötzlich: Um Himmels willen! Der Pudel, er war dabei an jenem Morgen! Chantal kennt den Mörder. Das darf nicht wahr sein … Eliza!

Marko war auf dem Weg zu Vilim Božić, als ihm Tanja Dorić über den Weg lief. Sie schleppte eine volle, ausgefranste Einkaufstasche und grüßte etwas verhalten. »Wie geht es Ihnen?« fragte Marko freundlich.

»Danke, es geht so. Kommen Sie voran?« Sie blieb stehen.

»Na ja, ehrlich gesagt, es könnte besser sein.«

»Es muss psychisch sehr anstrengend sein, so eine Arbeit zu machen.«

Er lächelte. »Nett, dass Sie mich bedauern. Aber Sie haben es mit Ihren Kindern und dem kleinen Bauernhof auch nicht gerade leicht.«

Sie zuckte mit den Schultern. »Wir haben es uns so ausgesucht, nicht wahr?«

Er nickte. »Da haben Sie Recht. Ich wünsche Ihnen noch einen schönen Tag.«

Sie nickte ihm zu. »Ihnen auch, Herr Ban.«

Vilim reagierte verärgert, als Marko ihn mit seiner Lüge konfrontierte, Boris Klić nicht gekannt zu haben. »Herrje, habe da kaum mehr dran gedacht.«

»Hören Sie, Herr Boflić«, er nahm auf der alten Couch in der Wohnküche Platz und sah ihm geduldig ins Gesicht, »ich habe nichts davon, einen alten Herrn wie Sie zu quälen. Ihr Sexualleben – oder ehemaliges Sexualleben – interessiert mich nicht. Das ist Ihre persönliche Angelegenheit. Aber Sie sagten, dass Sie das Mordopfer nicht kannten – und das stimmt eben nicht. Er hat anderen erzählt, dass Sie homosexuell sind, und Sie haben ihn deshalb grob beschimpft. Wenn ich richtig informiert bin, brüllten Sie ihm hinterher, Sie würden ihn umbringen.«

»Ach …«, Vilim winkte ab.

»Fast jeder von uns hat so etwas Ähnliches schon mal gesagt. Deshalb kommt man auch nicht ins Gefängnis, aber Sie hätten es mir sagen sollen.«

Vilim wippte leicht mit seinem Oberkörper hin und her. »Tut mir Leid. Ich will nur meine Ruhe.«

»Wenn Sie mich anlügen, haben Sie erst recht keine Ruhe. Also?«

Der Alte verstand nicht. »Also was?«

»Gibt es da sonst noch etwas, das …«

Wieder winke er ab. »Ach, geh, Herr Ban, was soll da noch sein?«

»Das frage ich Sie. Ich kann es nicht wissen.«

»Nein, nein. Gar nichts. Das kleine, gehässige Rindvieh hat über mich gelästert und ich hab Dampf abgelassen. Mehr war nicht.«

»Aha.«

»Sie glauben mir nicht?«

»Kann ich Ihnen glauben?«

Der alte Mann nickte.

Nirvana ging im Haus auf und ab. Sie ließ die letzten zwanzig Jahre Revue passieren. Gespräche mit Eliza, Einkaufsbummel mit Eliza, Familienfeiern mit Eliza … Einerseits konnte Nirvana sich Eliza niemals als Mörderin vorstellen, andererseits fielen Frauen bisweilen aus allen Wolken, wenn die Polizei ihnen mitteilte, dass ihre Männer Vergewaltiger sind …

Nirvana mochte nicht länger allein bleiben, rief Renata an und bat sie zu kommen.

Kurze Zeit später saßen sie gemeinsam auf der Terrasse. Nirvana hörte Renata interessiert zu, die von dem letzten Film mit Tom Hanks erzählte. Nirvana ging selten ins Kino. Arsen war nicht dazu zu bewegen. Außerdem hatte sie eine Schwäche für französische Filme, die sie leider viel zu selten spielten, und es machte ihr keinen Spaß, allein ins Kino zu gehen. Renata liebte es, gefühlvolle Szenen packend nachzuerzählen und dramatisch auszuschmücken. Die Frauen löffelten selbstgekochten Vanillepudding. Nirvana hatte Renata nichts von der Szene mit Chantal gesagt, aber da Anita und Ines sie mitbekommen hatten, würde es nicht lange dauern, bis alle informiert waren. Nirvana ging die Situation nicht aus dem Kopf, aber die Ablenkung mit Renata tat ihr gut.

»Weißt du noch«, meinte Nirvana schwelgend, »*Zeit der Zärtlichkeit?*«

»O Gott! Die Szene, in der Shirley Mac Laine die Krankenschwestern niedermacht, weil ihre Tochter Schmerzen hat.«

»Und als die Tochter stirbt und sie sich weinend über ihr Bett beugt …«

»Grässlich, einfach grässlich.« Beiden standen fast die Tränen in den Augen, vor Rührung und Lachen gleichermaßen. Als hätten sie nicht schon genug, fiel Nirvana noch ein Film ein: »Und erst *La Bamba!*«

Renata winkte ab. »Einer der schlimmsten überhaupt. Dabei war der Junge doch so nett, und da stirbt er einfach wegen diesem blöden Flugzeug.«

»Und der Bruder am Ende des Films, als er mit der Gitarre«, ihre Stimme bebte, »mit der Gitarre den Hügel raufläuft und den Namen seines Bruders in den Himmel schreit.«

»*Riiichie* ...« Die Tränen liefen ihnen nun über die Wangen. In diesem Moment kam Marinka vom Hühnerstall her und starrte – aufgeschreckt durch Renatas Richie-Ruf – etwas entgeistert in ihre Richtung. Nirvana wischte sich die Tränen weg und Renata schniefte in eine Serviette. Marinka kam ein paar Schritte näher und fragte, ob etwas nicht in Ordnung sei. »Nein, nein. Wir haben nur gerade über *La Bamba* geredet«, erklärte Nirvana. Als sie Marinkas fragenden Gesichtsausdruck bemerkte, wurde ihr klar, wie lächerlich die Situation war.

»Das ist ein Film, Marinka.« Renata hatte sich mittlerweile wieder etwas gefangen. »Da gibt es so eine Szene, die ist ziemlich traurig, und daran mussten wir gerade denken.«

Marinka hielt ein paar Eier in den Händen und schüttelte den Kopf. »Ich glaube, ihr seid nicht ganz dicht.«

»Sei nicht so gemein zu uns«, meinte Renata, »wir sind im Augenblick sehr verletzlich.«

»Ihr seid nicht ganz dicht«, wiederholte Marinka. Sie warf einen Blick auf den Tisch. »Was esst ihr da? Vanillepudding? Ich liebe Vanillepudding.«

Nirvana schob ihren Stuhl nach hinten und stand auf. »Setz dich zu uns. Ich hole noch eine Schüssel für dich.«

Marinka tat wie geheißen und legte die Eier neben dem Tisch ab. Nirvana kam zurück und reichte Marinka den Pudding mit einem Löffel. »Und? Ist Veseljka gestern Abend angekommen?«

Marinka rührte in ihrer Schüssel und verzog den Mund. »Wenn sie dich hören würde, müsstest du als Buße zehn Vaterunser beten.«

»Ach ja, ich vergesse immer wieder, dass sie jetzt Tereza heißt. Reine Gewohnheit.«

Marinka fing an, ihren Pudding zu essen. »Seit gestern

Abend haben wir mindestens fünfmal gestritten. Eigentlich hasse ich es, wenn wir streiten, aber sie treibt mich zum Wahnsinn. Egal, was ich sage, sie führt alles auf Gott und die Bibel zurück.« Renata lachte leise auf. »Fluchen soll ich natürlich auch nicht, da fängt sie gleich zu brabbeln an, verzieht sich in die Ecke und betet für mich. Ich hab gesagt, du musst nicht für mich beten, Kind, das geht doch alles auf mein Konto. Aber sie sagt darauf, Konto sei ein überaus unpassender Begriff. Ich solle lieber Gewissen oder Sünde sagen. Ich kann gar nicht mehr normal mit ihr reden. Sie ist eine richtige Fanatikerin, steht mit der Bibel auf und geht mit ihr ins Bett.« Sie stellte die leere Puddingschüssel auf den Tisch zurück und stützte die Arme an den Lehnen ab. »Ich liebe sie mehr als mein Augenlicht, das kann ich euch sagen. Es zermürbt mich, dass sie ihr ganzes Leben nur auf diese eine Sache ausrichtet. Ich meine, sie kann ja glauben und von mir aus jeden Tag in die Kirche rennen, aber muss sie denn ihr ganzes Leben dafür einsetzen?«

»Marinka«, begann Nirvana behutsam, »die Hauptsache ist doch, dass sie glücklich ist. Und das scheint sie offenbar zu sein.«

»Genau«, bestätigte Renata, »du kannst es vielleicht nicht nachvollziehen, aber sie will es so.«

»Sie hätte heiraten und Karriere machen sollen. Basta!« Marinka sah das eben ganz anders. »Sie war eine sehr gute Schülerin. Sie hätte studieren können, was sie wollte. Na ja, hat sie ja auch angefangen, aber dann? Nonne! Ich habe es damals ja nicht fassen können, als ich es erfuhr …«

»Ich weiß«, nickte Nirvana, »wir haben zwanzig Minuten gebraucht, um dich wieder aus der Ohnmacht zu wecken.«

Da erschien Tereza auf Marinkas Terrasse. Sie trug ihr Nonnengewand und ein Kreuz um den Hals und winkte lächelnd zu ihnen herüber. Früher war sie nicht so scheu, überlegte Nirvana, aber früher hat man sie auch kaum lächeln sehen, als hätte ihr etwas gefehlt, als wäre sie immer irgendwo anders gewesen. Marinka war nicht glücklich über die Entscheidung ihrer Tochter; aber die Tochter schien es zu sein.

»Mutter!«, rief sie, »es wird Zeit, die Spätmesse fängt bald an. Du musst dich noch umziehen und …«

»Ja, ja«, maulte Marinka, »ich bin erwachsen. Vergiss nicht, dass ich es war, die dir die Windeln gewechselt hat, als du klein warst.«

Tereza bekreuzigte sich und verschwand im Haus. Marinka verzog nachsichtig den Mund. »Ich wollte ihr eine kleine Freude machen und habe gesagt, ich komme mit zur Messe. Dass sie es aber auch immer gleich so übertreiben muss mit ihren Belehrungen …«

»Und dass Mütter immer gleich ausflippen, wenn man ihnen etwas sagt«, fügte Renata hinzu.

»Eigentlich wollte ich vor der Messe ja noch zu Eliza, aber ich glaube, das schaffe ich nicht mehr.«

»Zu Eliza?«, fragte Renata leichthin, »wieso denn?«

Nirvana rührte sich keinen Millimeter. Bei dem Namen trocknete ihr der Speichel aus.

»Wisst ihr das nicht? Die Schantl hat sie angefallen. Sie musste zur Notaufnahme ins Krankenhaus. Ihr Bein musste genäht werden, drei Stiche haben sie gesetzt!«

»Chantal hat sie was? Angegriffen?« Renata verzog ungläubig das Gesicht. »Der kleine Kläffer?«

»Ja«, nickte Marinka nachdrücklich, »er hat sich in ihr Bein verbissen.«

Renata zog die Augen zusammen, sah Nirvana nachdenklich an und schwieg. Nirvana schluckte.

»Warst du nicht dabei?«, fragte Marinka an Nirvana gewandt.

»Doch. Anita und Ines auch.«

»Und warum hat Chantal sie angefallen?«

Marinka winkte ab. »Ach, weil die Schantl vor ein paar Tagen ausgerückt und zu Elizas Hund … und, na ja … um es kurz zu machen: Die Eliza hat der Schantl einen harmlosen Tritt verpasst und die Schantl ist überempfindlich und verzogen. Jetzt nimmt sie's der Eliza übel. Aber die Eliza hat ihr den Tritt nur deshalb verpasst, weil sie kein Gezeter mit Ljiljana wollte. Jeder weiß doch, dass die Schantl sich nur mit *Ebenbürtigen* paaren soll.«

Renata nickte. Nirvana hätte alles gegeben, um zu erfahren, was jetzt in Renata vorging.

»Hat Eliza dir das erzählt?«, fragte Nirvana.

»Sie hat es Ljiljana gegenüber zugegeben, und die hat es mir erzählt. Hätte man der Eliza gar nicht zugetraut, gell? Sie ist ja sonst immer so ruhig. Dass sie dem Pudel einfach so eine verpasst …« Nirvana hoffte, dass dies die richtige Version war. Sie hoffte, dass Eliza Chantal wirklich einen Tritt verpasst hatte. Sie wollte es glauben. So musste es gewesen sein. Natürlich. Eliza war ja nicht da, als Boris ermordet wurde. Hatte sie nicht gesagt, sie wären gegen Mitternacht nach Hause zurückgekommen? Boris war in den Morgenstunden ermordet worden.

Marinka erhob sich. »Macht es gut, ihr beiden. Die Eier sind für dich, Nirvana. Und fangt nicht wieder mit *La Bambi* an.« Sie eilte davon.

Renata wirkte immer noch nachdenklich. »Das ist doch ein Hammer, oder? Da gibst du einem Pudel einen Tritt und der kleine Stinker fällt über dich her, dass du sogar in die Notaufnahme musst.«

»Ja.«

Renata zuckte die Schultern. »Tja, ich werde Chantal immer brav aus dem Weg gehen.« Sie lachte auf.

»Ich muss aufs Klo, Renata. Kannst du inzwischen den Tisch abräumen und das Geschirr in die Küche bringen?«

»Klar, mach ich.«

Nirvana war ein paar Minuten später noch immer auf der Toilette. Renata spülte das Geschirr, als das Telefon klingelte. »Kannst du drangehen?« rief Nirvana ihrer Freundin durch die geschlossene Toilettentür zu.

Renata meldete sich mit »Hallo«.

»Hallo, Nirvana. Ich musste gerade an dich denken. Musst du auch manchmal an mich denken?«

Renata erkannte Marko Bans Stimme. Sekundenlang überlegte sie, wie sie reagieren sollte. Am besten neutral. Wenn sie sich als Nirvana vorstellte, könnte sie Ärger bekommen. Wenn sie sich als Renata vorstellte, würde sie nichts erfahren. Deshalb lieber dumm stellen. »Ähm …« Er reagierte nicht. Verdammt. »Also, ich …«

»Du bist nicht allein. Ich verstehe. Wann soll ich wieder anrufen? In einer Stunde? Ich dachte, vielleicht könnten wir uns morgen treffen. Dein Mann arbeitet doch morgen, oder?«

»Mein Mann arbeitet zwar morgen, aber ich glaube, er hätte etwas dagegen, wenn wir beide uns treffen würden.«

Einen langen Moment war es still in der Leitung.

»Sind Sie noch dran? Hallo?«

»Was?« Er klang ziemlich geschockt. »Ich, ich …«

Renata kam der Gedanke, dass er jetzt bestimmt auflegen würde, da er seinen Namen nicht genannt hatte. Sie musste also schnell reagieren. »Herr Ban, soll ich Nirvana etwas ausrichten? Sie sind es doch, Herr Ban?«

»Was? Nein. Ich … Ja. Nein.«

»Sie sind nicht sicher?« Renata riss sich zusammen, um nicht laut loszulachen.

»Ich … Wer ist da überhaupt?« Plötzlich klang er fast autoritär.

»Hier spricht Renata Hlača.«

»Aha. Ich wollte Frau Nirvana Reljac sprechen. Sie ist immer sehr freundlich. So haben wir uns fast … angefreundet und … und so reden wir hin und wieder … … unbefangen miteinander.«

Was redete dieser Mann für einen Mist zusammen? »Und am liebsten, wenn ihr Mann nicht in der Nähe ist?«

Er räusperte sich, verhältnismäßig lange. »Wo ist sie denn jetzt?«

»Sie sitzt gerade auf dem Klo.«

»Oh … wie … ungünstig …«

»Ja, so wie alles in den letzten fünf Minuten«, sagte Renata grinsend in den Hörer.

»Auf Wiederhören.«

»Wiederhören.« Sie legte schmunzelnd den Hörer auf und

stand eine Weile nachdenklich da. Nirvana kam von der Toilette. »Wer war das?«

Renata drehte sich um, stützte die Hände in die Hüften und sah sie halb amüsiert, halb entrüstet an. »Du Luder!«

»Renata? Geht es dir nicht gut?«

»Ob es mir nicht gut geht, fragst du? *Mir?* Marko Ban hat gerade angerufen.«

»Und?«

»Er hat gedacht, ich bin du.« Sie sah Nirvana schlucken, und das reichte ihr als Beweis. »Er duzt dich.«

Sie zuckte mit den Schultern.

»Und nennt dich beim Vornamen.«

»…«

»Und fragt, ob dein Mann morgen arbeitet, damit ihr euch treffen könnt.«

»Wirklich?«

»Und sagt, er muss an dich denken.«

»Sagt er das?«

»Du hast eine Affäre mit dem Kerl, und was das Schlimmste ist: Ich weiß nichts davon.«

»Quatsch, ich habe keine Affäre.« Das letzte Wort hatte sie abfällig gesagt. »Völliger Unsinn.« Sie ging in die Küche, um Renata nicht länger gegenüberzustehen.

»Nirvana! Ich bin doch nicht blöd! Kein Mann redet so mit einer Frau, wenn er sich nicht mit ihr paart.«

»Sich paart, also wirklich. Ich bin doch keine Hirschkuh. Außerdem haben wir das nicht gemacht. Traust du mir das zu?«

»Aber irgendwas läuft!«

Nirvana lehnte sich ratlos an die Küchenablage. »Wir … haben uns einmal geküsst.«

Renata horchte auf. »Wie geküsst?«

»So eine Frage!«

»Richtig geküsst?« Renata gestikulierte aufgeregt mit den Händen.

»Mein Gott, wir unterhalten uns wie zwei Fünfzehnjährige.«

»Bist du scharf auf ihn?«

»Du bist taktlos.« Sie dachte eine Weile darüber nach. »Ja, schon.«

»Und Arsen?«

»Nein, Arsen ist nicht scharf auf ihn.«

»Nirvana«, meinte sie tadelnd. »Es ist nicht der richtige Zeitpunkt, um Witze zu machen.«

Nirvana seufzte und verschränkte die Arme vor der Brust. »Arsen hat mir erst kürzlich erzählt, dass er eine Affäre hatte.«

»Nein! Mit wem?«

»Keine Ahnung. Ich glaube, es ist länger her. Ich weiß auch gar nicht, warum er mir das plötzlich erzählt hat. Denk jetzt nicht, es ist Rache von mir. Ehrlich gesagt, ich sehe in unserer Ehe keinen Sinn mehr. Ich bin vollkommen einsam.«

Renata griff sich einen Stuhl und ließ sich darauf fallen. »Na, so was! Warum hast du mir nie davon erzählt? Immer nur diese Andeutungen!«

»Ich wollte mich so oft anvertrauen, aber ich hatte Angst, du würdest es Andrej erzählen.«

Renata wurde sehr ernst und sah sie an. »Ich schwöre dir bei Gott, Nirvana, ich werde meinem Mann keine Silbe davon sagen. Du kannst dich auf mich verlassen.«

»Auch sonst zu niemandem?«

»Ehrenwort.«

»Manchmal denke ich an Scheidung. Nicht richtig ernsthaft, aber immer häufiger.«

»Besonders seit unser Bulle in dein Leben getreten ist.«

»Ja, vielleicht. Obwohl ich für eine ernsthafte Beziehung mit ihm keine Chance sehe.«

»Warum nicht?«

Nirvana sah sie überrascht an. »Das klingt, als wärst du dafür.«

»Ich bin nicht dafür und nicht dagegen. Ich frage nur, warum.«

»Er hat nie mit einer Frau zusammengelebt. Er ist wahrscheinlich ein eingefleischter Junggeselle. Marko ist nicht … der Richtige für mich.«

»Tadle kein Pferd, das du nicht geritten hast.«

»Komisch. Genau dasselbe hat er auch gesagt.«

»Dieses Schwein.« Renata grinste, wurde dann aber wieder ernst. »Jedenfalls musst du die Entscheidung allein treffen. Ich wäre nicht gerade glücklich darüber, wenn es zwischen euch beiden zur Trennung kommen würde. Wir sind befreundet, Andrej und Arsen sind befreundet, ich kann mir dich ohne Arsen gar nicht mehr vorstellen.«

»Das ist es ja. Gewohnheit, nichts als Gewohnheit.«

Renata spielte nun etwas unruhig an ihrem Armband herum. »Liebst du Arsen nicht mehr?«

»Irgendwie schon noch, aber ich glaube, er liebt mich nicht mehr.«

»Unsinn. Er liebt dich.«

Nirvana nahm zwei Gläser aus dem Hängeschrank und schenkte Cognac ein. »Der tut uns jetzt gut.«

»Cognac? Wir trinken nie so was.«

»Jetzt tun wir es.« Sie reichte Renata das Glas und sie stießen an. »Auf was trinken wir?« fragte Nirvana.

Renata grübelte. »Ich weiß nicht. Vielleicht auf … darauf, dass du dich richtig entscheidest.«

»Warum redest du ständig von Entscheidung? Ich habe kein Verhältnis mit Marko und er hat mich auch nicht um irgendeine Entscheidung gebeten.«

Renata verzog den Mund. »Du weißt doch, wie ich das meine. Wenn du mit Arsen noch einmal neu anfängst und es klappt, dann ist es gut. Wenn du mit unserem Bullen etwas anfängst und daraus Liebe wird …«

»Red doch nicht so blümchenhaft.«

»… dann ist es auch gut. Aber die erste Variante wäre mir eigentlich lieber. Dir nicht auch?«

Nirvana trank den Cognac in einem Zug aus und schüttelte sich. »Eines wollen wir mal klarstellen: ich habe keine Romanze mit *unserem Bullen*, wie du ihn nennst, und ich habe auch nicht vor, so etwas anzufangen.«

»Aber du hältst mich doch auf dem Laufenden?«

»Wenn du zu irgendjemandem ein Wort sagst …«

»Keine Bange. Hoffentlich steckt er mich jetzt nicht als Verdächtige in den Knast, um mich mundtot zu machen.« Renata sah etwas besorgt drein.

»Das ist doch nicht dein Ernst? Bist du jetzt total übergeschnappt?«

»Du hast Recht. Ist wahrscheinlich übertrieben.«

»Und da ist noch etwas.«

Renata sah sie gespannt an.

»Diese Träume, die ich manchmal habe … ich habe den Mord geträumt, ein paar Tage vorher, und die Affäre von Arsen … und heute Nacht habe ich wieder etwas Merkwürdiges geträumt. Ich habe mich hier in diesem Haus gesehen, als alte Frau, einsam und verlassen.« Sie ließ ihren Oberkörper auf den Tisch fallen und fing an zu weinen.

Renata strich ihr beruhigend über den Rücken. »Ach, Schatz. Das sind Ängste. Vielleicht hast du ja tatsächlich die Gabe, Dinge in Träumen vorauszusehen, aber du kannst nicht bei jedem Traum davon ausgehen, dass er sich bewahrheitet. Ich habe darüber gelesen. Unsere bewussten und unbewussten Ängste quälen uns und spiegeln sich in unseren Träumen wider.«

Nirvana hob den Kopf und wischte sich die Tränen von der Wange. »Hoffentlich stimmt das. Ich möchte nicht mein restliches Leben vor mich hinvegetieren.«

Renata schüttelte mitleidig den Kopf. »Ich sollte das jetzt nicht sagen, aber ich möchte nicht in deiner Haut stecken.«

»Ich auch nicht. Aber es ist nun mal meine Haut und ich muss eine Lösung finden.«

Das Telefon klingelte. »Das ist bestimmt der Bulle«, sagte Renata hastig. »Los, geh hin.«

»Es wäre mir lieber, wenn du gehst.«

»Ah, damit du ungestört bist, verstehe.« Sie erhob sich und ging zügig zur Tür. »Grüß ihn herzlich von mir«, meinte sie liebevoll spöttisch, bevor sie die Tür hinter sich zuschlug. Es hatte bereits fünfmal geklingelt, als Nirvana abhob. »Hallo …?« Sie versuchte, eine Spur erotisch zu klingen.

»Bist du erkältet?« fragte Arsen laut am anderen Ende, um die Motorengeräusche im Hintergrund zu übertönen.

»Ja, etwas.«

»Ist es schlimm?« Seit seiner Seitensprungbeichte war er aufmerksamer und freundlicher als sonst.

»Nein, es geht.« Sie fingerte an dem Telefonkabel herum.

»Ich wollte nur sagen, dass ich heute später komme. Es gibt einigen Papierkram zu erledigen und ein Kollege ist krank.«

»In Ordnung.«

»Bis dann.«

Gerade als sie aufgelegt hatte, klingelte es erneut. Diesmal war es Marko. Er fragte sicherheitshalber, ob er Frau Reljac sprechen könnte.

»Ich bin es.«

Er schnaufte erleichtert. »Mir ist da vorhin ein kleines Malheur passiert. Besser gesagt, ein großes Malheur.«

»Ich weiß. Renata hat es mir erzählt.«

»Es tut mir wirklich Leid. Wird es Probleme geben?«

»Ich hoffe nicht. Renata ist diskret, zumindest was mich angeht. Es wäre mir nur lieber, sie hätte es nicht erfahren. Obwohl da nichts ist, aber … sie interpretiert viel in die Dinge hinein.«

»Können wir uns morgen treffen?«

Sie spürte, wie ihre Hände feucht wurden. »Es ist besser, wenn wir das nicht tun.«

»Warum?«

»Warum?« wiederholte sie mit Nachdruck. »Ich weiß nicht, warum du mich sehen willst. Wenn es um den Fall geht, so habe ich keine Lust, mich als Spionin missbrauchen zu lassen. Wenn es meinetwegen ist, so habe ich keine Lust, mich als Pausenclown missbrauchen zu lassen.«

»Wovon redest du überhaupt? Spionin, Pausenclown … so ein Unsinn.«

»Ich bin verheiratet.«

»Ich kann es nicht mehr hören.«

Sie schwiegen.

»Ich wusste nicht, dass du dich in meiner Gegenwart als

Spionin fühlst, und ich möchte nicht, dass dich das schlechte Gewissen plagt. Vielleicht sollten wir uns einfach eine Chance geben, es miteinander … etwas miteinander versuchen. Wenn es nicht geht, so wird es niemand je erfahren … Na ja, abgesehen von deiner Freundin vielleicht.«

»Das wäre erst der Anfang. Irgendwann kommt doch alles ans Licht. Wir sind auf dem Land.«

»Gut«, sagte er gedehnt, »wenn du es so haben willst, dann lasse ich dich …«

»Wann wolltest du dich denn morgen mit mir treffen?«

»Vormittags wäre es für dich am besten, nehme ich an.«

»Ja.«

»Ich werde meinem Chef sagen, dass ich zu Hause einige Akten durchzusehen habe.« Das erinnerte sie an Arsen, der auch einigen Papierkram erledigen wollte. »Komm, wann du willst.«

»Du meinst … in deine Wohnung?«

»Wenn dir das nicht recht ist, dann können wir uns auch woanders treffen.«

Sie dachte einen Augenblick nach. Mein Gott, schließlich war sie keine Siebzehn mehr. Sie war eine erwachsene, starke, selbstbewusste Frau. In den französischen Filmen gingen die Frauen auch zu den Männern in die Wohnung. »Ich werde gegen neun Uhr da sein.«

»Ich freue mich.«

»Wir sehen uns.« Sie legte auf.

Marko ließ den Hörer langsam auf die Gabel sinken und saß nachdenklich an seinem Schreibtisch. Er hatte einen harten Tag hinter sich.

Ein Kollege war bei einer Razzia angeschossen worden. Die Pressekonferenz war nicht besonders gut gelaufen. Nikola war mit verbissener Miene zurückgekommen und hatte Anweisungen gebellt. »Die haben mich Löcher in den Bauch gefragt, die verdammten Schweinehunde. Ständig reiten sie darauf herum, dass wir nicht vorwärts kommen.« Marko hatte verständnisvoll genickt und lieber keinen Kommentar dazu abgegeben. Morgen würde alles in der Zeitung stehen. Und dann hatte er ohnehin mit einem weiteren von Nikolas Tobsuchtsanfällen zu rechnen.

Die Sonne schien durch das Fenster auf seinen Rücken. Sein Bruder sagte immer, er solle es sich abgewöhnen, im Sommer schwarze Kleidung zu tragen, aber etwas anderes besaß Marko nicht.

Draußen hörte er Nikola herumschimpfen. Silvija war seit gestern krank geschrieben, nun musste Nikola mit ihrer Vertretung vorlieb nehmen. Die junge Frau konnte leider nicht gleichzeitig telefonieren und Briefe tippen, so wie er es von Silvija gewohnt war.

Marko erhob sich und ging nach unten. Wieder einmal musste er sich durch eine kleine Menschenmasse quetschen, die hier war, um ihre Reisepässe zu verlängern oder neue zu beantragen. Wann würde das Präsidium die Meldestelle endlich in eines der Stockwerke verlegen, damit man hier ohne Gedränge durchgehen konnte? Auf dem Weg zu seinem Wagen sah er Anamarija aus einem der Polizeiautos steigen. Sie sah gut aus in ihrer Uniform. Anamarija, seine verflossene Liebe, die er damals ziemlich verletzt hatte. Sie begegneten einander nur selten, weil Anamarija in einer anderen Abteilung arbeitete und sie verschiedene Arbeitszeiten hatten.

Sie wandte den Kopf und sah ihn. »Hallo Marko.«

»Hallo. Wie geht es dir?«

»Super. Sieht man das nicht?« Sie lächelte. Ihm fiel auf, dass ihre Haare viel länger waren.

»Doch. Du siehst gut aus.«

»Ich werde in zwei Monaten heiraten.«

»Oh …« Mehr fiel ihm dazu nicht ein.

»Und du? Hast du jemanden?«

Er überlegte. Hatte er? »Nein, nicht so richtig.«

Anamarija neigte den Kopf und sah ihn prüfend an. »Immer noch beziehungsscheu?«

Er lachte leise auf. »Eher umgekehrt. Die Frau ist beziehungsscheu.«

»Jeder kriegt das, was er verdient.«

»Anamarija, es ist lange her.«

Sie wurde ernst. »Ja. Es war nicht böse gemeint. Ich wünsche dir wirklich alles Gute.«

Kurz legte er ihr die Hand auf den Arm. »Ich dir auch.« Sie gingen auseinander und er setzte sich in seinen Wagen. Er war so in Gedanken, dass er einen Moment brauchte, um sich zu erinnern, wohin er wollte.

Doktor Pavlić war ein sehr ernster und sehr gepflegter Mann. Als er Marko die Hand gab, fühlte sie sich an wie die Hand einer Frau, glatt und weich. Seine Fingernägel waren manikürt und in seinem Gesicht war kein einziger Bartstoppel. Der Mann war sicher schon um die sechzig, aber man musste genau hinsehen, um sein Alter richtig zu schätzen. Auf den ersten Blick sah er aus wie Mitte vierzig. Pavlić führte ihn in sein Sprechzimmer. »Bitte, nehmen Sie Platz, Inspektor.«

Marko setzte sich. »Danke, dass Sie sich Zeit nehmen, Doktor. Ich weiß es zu schätzen.« Als Leiter einer psychiatrischen Klinik hatte der Mann sicher eine Menge Arbeit. Marko war zu Ohren gekommen, dass es hier an Personal mangelte.

»Es geht also um Vedrana Juretić.« Der Arzt wollte offenbar gleich zur Sache kommen. Marko war es recht.

»Ja. Ich möchte Ihnen vorweg sagen, dass Frau Juretić nicht des Mordes verdächtigt wird, aber ich möchte mehr über sie erfahren. Wissen Sie, dass sie mir eine Menge nützlicher Informationen gegeben hat? Sie weiß viel über die Leute, ihre Beobachtungsgabe und ihr Verstand sind bemerkenswert.«

Der Arzt nickte. »Ich sagte Ihrem Kollegen am Telefon schon, das Frau Juretić sehr intelligent ist. Das ist meine Überzeugung.«

Marko lehnte sich in dem Stuhl zurück. »Da sind wir auch schon bei meiner nächsten Frage. Was ist mit dieser Frau, Herr Doktor? Warum ist sie so geworden?«

Pavlić legte die Hände auf der Tischplatte übereinander. Um seinen Mund lag ein amüsierter Zug. »Sie wissen um die ärztliche Schweigepflicht, nehme ich an.«

Marko seufzte. »Ja, natürlich. Hören Sie«, er beugte sich vor und versuchte, ein wenig verzweifelt auszusehen, »ich möchte diese Informationen nur für mich persönlich. Nichts davon werde ich in meinen Bericht schreiben. Sie haben mein Wort. Bitte machen Sie eine Ausnahme.«

Pavlić klopfte mit den Fingern auf die Tischplatte. Er schien sich unwohl zu fühlen, sah abwechselnd von Marko zu der aufgeschlagenen Akte, die neben ihm lag. »Als ihre Mutter starb, war sie noch sehr klein. Ihr Bruder kam zur Mutter ihrer Mutter.«

Marko nickte.

»Die Großmutter hatte den Jungen da herausgeholt, weil der Vater die Kinder schlug. Ich meine *misshandelte*, verstehen Sie?«

Wieder nickte Marko. »Aber warum nur den Jungen?«

»Sie war arm wie eine Kirchenmaus. Manchmal gab es nur Kartoffeln zu essen. Sie hatte es schwer genug, *ein* Kind großzuziehen und dachte, lieber den Jungen zu sich zu holen, weil sie meinte, Eltern seien in der Regel mit Töchtern nachsichtiger als mit Söhnen. Sie fürchtete, dass der Junge es schwerer hätte als das Mädchen, wenn er beim Vater bliebe.«

»Aber das stimmte nicht«, stellte Marko fest.

Pavlić sprach einfach weiter: »Der Vater hat sie als Köchin, Putzfrau und Arbeitstier missbraucht. Mit sieben musste sie allein mit den Kühen auf die Weide, mit zehn hat sie den Stall gebaut, Ziegelstein für Ziegelstein hat sie ohne Hilfe gesetzt. Sie hat keine Schulbildung, er hat sie nicht zur Schule gehen lassen.«

»Wie bitte?«, fragte Marko ungläubig, »sie ist nie zur Schule gegangen?«

»Nein. Er hat sie um sechs Uhr morgens geweckt, sie in den Stall zum Melken geschickt und selbst seinen Rausch bis mittags ausgeschlafen. Das Kind hat manchmal nur fünf Stunden Schlaf bekommen. Wenn sie nicht gehorchte, hat er sie entweder grün und blau geschlagen oder ihr das Essen entzogen.«

»Allmächtiger«, murmelte Marko entsetzt. »Wann ist der Kerl gestorben?«

»Vor zwei Jahren. Er ist siebenundachtzig geworden.«

Marko schüttelte den Kopf. »Manchmal habe ich den Eindruck, dass die Guten in jungen Jahren dahingerafft werden – und die Schlechten will weder Gott noch der Teufel.«

Der Arzt lächelte. »Solche Fälle stechen ins Auge, deshalb nehmen wir sie eher wahr. Außerdem sehen wir manchmal das, was wir sehen wollen, Inspektor.«

»Ja, ich weiß«, sagte Marko leise. »Hat Frau Juretić jemals einen Freund gehabt?«

»Nein, nicht dass ich wüsste. »

»Wie … muss ich mit ihr umgehen, wenn ich mich mit ihr unterhalte?«

Der Arzt lächelte. »Gute Frage. Am besten freundlich, aber bestimmt. Das ist mein Rat.«

»Eine Frage noch, verstehen Sie mich bitte nicht falsch … ich frage das nur, um …«

»Sie ist nicht gefährlich«, kam der Arzt ihm zuvor. Er lehnte sich zurück und wippte in seinem alten Ledersessel. »Sie müssen bedenken, dass im Grunde jeder zum Mörder werden kann, in bestimmten Situationen und unter bestimmten Umständen. Aber einfach hinzugehen und jemanden zu ermorden, das trifft auf meine Patientin nicht zu.«

Marko erhob sich und reichte ihm die Hand. »Vielen Dank, Doktor.«

Der Arzt legte seine weiche Hand in Markos. »Alles Gute.«

Nirvana musste Kleidungsstück für Kleidungsstück einzeln auswringen. Die verdammte Waschmaschine pumpte das Wasser nicht ab. Sie stand im Bad über die Badewanne gebeugt. Durch das Geräusch des Wassers war sie nicht sicher, ob sie die Haustür gehört hatte oder nicht. Doch – jetzt hörte sie die Tür ins Schloss fallen. Komisch. Arsen schlug sie normalerweise immer zu. Nirvana hielt inne. Seit einer halben Stunde war es dunkel draußen. Es war ihre jahrelange Gewohnheit, die Haustür abzuschließen, sobald es dunkel wurde, aber heute hatte sie es vergessen. Ein eigenartiges Gefühl breitete sich in ihr aus. Beklemmung. Niemand rief nach ihr. Sie ließ den klatschnassen Pullover in die Wanne fallen und schluckte. Schritte waren zu hören, die langsam näher kamen. Was sollte sie tun? Vielleicht gar nicht erst aufmachen, sondern abschließen. Wo war der Schlüssel? Er steckte nicht im Schloss! Der Schlüssel steckte sonst immer im Schloss! Er war nicht da. Sie konnte gar nicht absperren. Sie bewegte sich nicht, horchte. Die Schritte waren nicht mehr zu hören. Aber sie hatten sich auch nicht entfernt. Es war jemand im Haus. Marko hatte ihr doch gesagt, sie solle absperren, auch tagsüber.

»Nirvana?« Es war eine Frauenstimme. Vor Aufregung und wie gelähmt vor Angst erkannte sie die Stimme nicht. Sie griff nach der Klinke und öffnete die Tür. Langsam ging sie in den Flur, und in der Küche stand – Eliza.

»Hast du mich nicht gehört?«

Nirvana schluckte. »Nein.«

Eliza sah sie an, sagte nichts. Sie lächelte nicht, starrte Nirvana nur an.

Nirvana räusperte sich. »Was ist denn, Eliza? Es ist ungewohnt, dich abends hier zu sehen.«

»Ich war schon lange nicht mehr hier.«

»Stimmt. Ja.« Nirvana gab sich die größte Mühe, freundlich zu klingen. Unzählige Gedanken rasten ihr durch den Kopf. Warum kam Eliza gerade heute, nach so langer Zeit? … Hatte Eliza damals wirklich geweint, als Nirvana mit Arsen bei ihr gewesen war? Nirvana hatte ihr Schluchzen gehört, aber keine einzige Träne gesehen … Chantal biss zu, weil Eliza sie getreten hatte … hoffentlich … ja, so wird es gewesen sein. Eliza kam um Mitternacht zurück. Boris wurde um vier oder fünf Uhr ermordet. Theoretisch … Niemals. Sie kannte Eliza doch schon ewig …

»Ist Arsen nicht da?«

»Nein, er kommt gleich. Setz dich doch.«

Eliza sah sie an, machte jedoch keine Anstalten, sich zu setzen. »Ich … ich komme ein anderes Mal wieder.«

»Warum? Ich verstehe nicht …«

»Ich muss gehen.« Sie ging an Nirvana vorbei.

»Warum bist du hergekommen?«

Eliza verließ mit großen Schritten das Haus. Was war mit ihr nur los? Sie verhielt sich absolut merkwürdig. In Nirvana nahm der Verdacht immer mehr Gestalt an. Sie versuchte, es als Unsinn abzutun, es zu verdrängen. Warum war Eliza gekommen? Und warum war sie dann so überstürzt wieder gegangen? Sie machte ihr Angst.

Nirvana sperrte die Haustür ab.

Warum hatte sie nach Arsen gefragt? Steckten die beiden womöglich unter einer Decke?

An diesem Abend tat Arsen das Schlimmste, was er hätte tun können. Er schenkte ihr Blumen und wollte mit ihr reden. Ausgerechnet heute, wo sie eine Verabredung für den morgigen Tag getroffen hatte – mit ihrem potentiellen Liebhaber. Sie fühlte sich schrecklich. Sie wollte ihm die Sache mit Eliza erzählen, überlegte es sich aber anders. Eliza war seine Schwester und Nirvana mochte sich nicht vorstellen, wie er reagieren würde, wenn sie ihren Verdacht äußerte. Was, wenn Eliza die Täterin war und Arsen davon wusste? Was, wenn Arsen auch … Nein, was tat sie denn da? Arsen war vielleicht keine guter Ehemann, aber er war sicher nicht in einen Mord verwickelt!

»Warum bringst du mir Blumen mit?«

»Tja, also, das ist so üblich nach einem Streit …«

»So üblich, aha. Besser ein Dorf stirbt, als ein alter Brauch, oder?«

»Ich habe viel nachgedacht.« Arsen saß neben ihr auf der Couch und nahm ihre Hand, was er seit Jahren nicht mehr getan hatte. »Ich will dich wirklich nicht verlieren. Ich weiß ja, dass ich manchmal ein Arschloch sein kann. Ich bin ein Egoist, auch das weiß ich. Es ist nur manchmal so, wenn ich müde von der Arbeit komme, dann …«

Sie hörte gar nicht richtig hin, schnappte nur Wortfetzen auf. Das durfte doch nicht wahr sein, dass er gerade jetzt damit anfing! »Was meinst du dazu?« hörte sie ihn plötzlich fragen.

»Ich … weiß nicht, Arsen. Vielleicht gibst du dir ein paar Wochen Mühe, aber dann bist du wieder gereizt und launisch. Du nimmst mich oft gar nicht ernst, kritisierst an mir herum. Manchmal habe ich das Gefühl, du würdest mich am liebsten … zur Seite schubsen.«

»Nein, das ist nicht wahr.« Er schnörkelte die Finger ineinander. »Du bist mir wirklich wichtig.« Sie sah ihm an, wie sehr es ihn Überwindung kostete, diese Dinge zu sagen. »Möglicherweise habe ich dich nicht immer gut behandelt, aber ich möchte, dass es besser wird. Die Geschichte mit dieser anderen Frau tut mir Leid. Ich wünschte wirklich, das wäre nie passiert.«

Nirvana konnte jetzt einfach nicht klar denken. »Ich hole die Zigaretten.«

»Du rauchst wieder mehr in letzter Zeit.«

Sie stand auf. »Du wolltest doch aufhören, mich zu kritisieren.«

Er sagte nichts, sondern richtete den Blick auf den Teppich. Sie ging in die Küche und griff nach der Schachtel auf der Fensterbank.

Eine Ewigkeit saßen sie dann still nebeneinander, beide zögerten, zu reden anzufangen.

»Warum hast du es mir plötzlich erzählt?«

Arsen schluckte. »In letzter Zeit habe ich das Gefühl, die Dinge wachsen mir über den Kopf. Ich möchte mein Leben neu ordnen und mit der Vergangenheit abschließen.«

»Wer ist die Frau?«

Arsen nahm einen Schluck kalten Mokka und Nirvana bemerkte, dass seine Hände zitterten. »Es ist lange her.«

»Raus damit. Ich muss es wissen.« Sie hielt die Zigarette in der Hand fest, bemüht, sie nicht fallen zu lassen. Arsen wischte sich den Schweiß von der Stirn. Er war offensichtlich nervös. »So wie du dich verhältst, nehme ich stark an, dass ich sie kenne.« Er starrte wieder auf den Teppich und antwortete noch immer nicht. »Arsen, wir müssen das klären.« Pause. »Es ist doch nicht etwa Renata?«

»Ach, Quatsch.« Es klang weniger überrascht als verzweifelt. Dass sie in diesem Zusammenhang Renatas Namen ausgesprochen hatte, fand sie selbst absurd. Sie wusste nicht, warum sie plötzlich auf ihre beste Freundin gekommen war. Renata würde so etwas niemals tun. »Ja, du kennst sie. Es ist …« Er hielt inne, rutschte auf der Couch herum und begann zu husten.

»Hör jetzt endlich mit der verdammten Husterei auf und rede.«

»Du wirst mich umbringen.«

Nirvana spürte Wut, Unruhe und … Neugier. »Rede, bevor dein Schweigen mich noch zur Weißglut treibt.«

»Es ist Ljiljana.«

»Was?«, schrie sie entsetzt auf, »unsere Nachbarin?«

Arsen saß kreidebleich da und sah sie an.

»Du Schwein!« Sie sprang auf. »Du hast mit Ljiljana geschlafen. Ich kann es nicht fassen. Wann ist das passiert?«

»Vor ein paar Jahren«, murmelte Arsen.

Nirvana stand vor ihm. Alle Farbe war auch aus ihrem Gesicht gewichen. Sie fühlte sich plötzlich vollkommen leer. Die Wut war fort, die Enttäuschung, jedes Gefühl.

»Aber es gibt da noch etwas, das ich dir sagen muss«, quetschte Arsen hervor.

»Noch etwas?«, rief sie gebrochen.

»Es ist nicht einfach, dir das zu sagen.« Arsen erhob sich und kam auf sie zu. Er sah aus, als hätte er eine grausame Folter hinter sich. »Es ist … also … Kevin ist … von mir.«

Das Zimmer begann sich zu drehen. Auf eine ihr unbekannte Art fühlte Nirvana sich merkwürdig gelöst und entkrampft. Sie starrte ihn an und empfand rein gar nichts. Alle Hoffnung war verflogen. Sie spürte das Ende ihrer Ehe.

»Ich erzähle dir das jetzt, weil … Boris ist ermordet worden und ich bin Kevins Vater und … am Schluss verdächtigen sie mich vielleicht, was weiß ich, was die Polizei sich da zusammenreimen kann. Ich hab irgendwie Schiss. Ich will, dass wir nochmal neu anfangen, Nirvana.«

»Ich kann dir gar nicht sagen, wie sehr ich dich hasse. Das kann ich dir niemals verzeihen.«

Sie wandte sich von ihm ab und wollte ins Schlafzimmer gehen. Vor dem Bad blieb sie stehen. »Wo ist der Schlüssel?«

Arsen folgte ihr in den Flur. »Bitte, was?«

»Der Schlüssel.« Sie nahm all ihre Kraft zusammen und deutete auf die Klinke der Badezimmertür.

»Warum ist das jetzt wichtig?«, fragte er verständnislos.

»Wo ist er?«

»Er ist mir gestern abgebrochen, als ich zusperren wollte. Ich hab ihn weggeworfen.«

»Warum hast du gestern abgesperrt? Wir hatten keinen Besuch.« Sie sah ihn an.

Er stand reglos da. Nirvana konnte nicht einschätzen, ob er nachdachte oder überrumpelt war. »Ich mach das manchmal automatisch, weil ich es von der Arbeit so gewohnt bin.«

»Bisher ist mir das nicht aufgefallen.« Sie ging ins Schlafzimmer.

Was ging hier vor? Steckten Arsen und Eliza womöglich wirklich unter einer Decke? War Eliza hier gewesen, um sie zu ermorden? Und hatte Arsen Vorkehrungen getroffen? Nein, natürlich nicht, was reimte sie sich da für einen Schwachsinn zusammen … Arsen war Kevins Vater. Warum interessierte sich Eliza dafür, wieviel Zeit sie mit dem Inspektor verbrachte?

Nirvana hatte Kopfschmerzen. Sie war müde, so müde. Angst machte sich in ihr breit. Sie sperrte die Schlafzimmertür hinter sich ab. Mein Gott, sie hatte Angst vor ihrem eigenen Mann.

Er fuhr sofort zu Vedrana und parkte das Auto direkt vor ihrem Haus. Als er ausstieg, sah er sie am Fenster stehen. Sie war stark geschminkt und trug einen roten Turban. Vedrana sah ihn näherkommen und schüttelte den Kopf. Marko klopfte. Als Vedrana öffnete, fand er, dass sie heute einigermaßen normal gekleidet war. Eine braune Stoffhose und ein lila Hemd. »Tag, Kleiner.«

»Guten Tag. Kann ich reinkommen?«

»Wieso?«

»Wieso nicht?«

Sie trat zur Seite und ließ ihn herein. Es war ihm nicht entgangen, dass sie es widerwillig getan hatte. Marko ging durch den schmalen Flur in die Küche. Es war, wie er es erwartet hatte: Die Wandfarbe blätterte ab, überall lagen Sachen verstreut und das Fenster war so fettig, dass man kaum hindurchsehen konnte. Er setzte sich auf einen der drei alten Holzstühle. Vedrana kam durch die Tür und setzte sich auf die verschlissene Couch, die ein quietschendes Geräusch von sich gab. Marko legte eine kleine Pralinenschachtel und einen Hundert-Kuna-Schein auf den Tisch. »Ines und Josip Margan«, sagte er nur.

»Ines ist eine keifende, klatschsüchtige Kuh«, fing sie sogleich an. »Der Beruf Wollverkäuferin passt zu ihr. Sie häkelt und strickt, was das Zeug hält. Sie hat selber nichts erreicht, deswegen will sie, dass Marina immer gut in der Schule ist und mal was Besonderes wird. Josip ist die Gutmütigkeit in Person, der alte Trottel. Er kümmert sich um die Schwiegermutter und verehrt seine Tochter. Blöderweise auch seine Frau. Aber einen richtigen Freund hat der nicht. Zu denen ins Haus kommt immer nur Anita. Der interessiert sich nur für Fußball. Früher war er nicht so. Aber früher war die Ines auch noch nicht so blöd. Der ist enttäuscht, weil sie so geworden ist.« Mehr sagte sie nicht zu dem Thema, sie sah ihn nur an. Ihr Blick war leer.

»Renata und Andrej Hlača.«

»Sie ist nicht gerade fleißig, arbeitet in so einem Ärztehaus, vier Stunden am Tag.«

»Ja, ich weiß. Sie ist Putzfrau.«

»Sie macht sich gern über andere lustig, das Luder. Das gibt ihr wahrscheinlich Trost für ihre eigene Scheiße. Na ja, aber sie hat's auch nicht immer leicht gehabt. Mit drei Jahren ist sie fast mal ertrunken, der Bruder hat sie gerettet. Der lebt jetzt irgendwo in Amerika. Und mit fünfzehn ist sie überfallen worden. Der Typ hat ihr die Zähne ausgeschlagen.«

Marko beugte sich vor: »Eine Vergewaltigung?«

»Der wollt nur die Handtasche, aber die dumme Gans hat sich gewehrt und darauf hat er ihr ein paar verpasst.«

»Und ihr Mann?«

»Der hat seinen Vater ins Altersheim abgeschoben. Die Mutter hat mit siebzig nochmal geheiratet. Ich glaube, die Arbeit als Koch in diesem Elite-Restaurant macht ihn ganz schön fertig. Wenn er die reichen Pinkel sieht. Denen spuckt er bestimmt manchmal ins Essen. Jedenfalls ist er nicht blöd, hat auf alles 'ne Antwort.«

Marko seufzte und stützte sich am Tisch ab. Er war müde und hungrig. »Was ist mit Tanja und Vlado Dorić?«

»Was soll ich über die sagen?« Sie schob ihren Turban zurecht. »Die ist arm dran, mit dem Scheusal. Hat viel zu tun und beklagt sich nicht. Er ist ein Wichser.«

»Und warum?«

»Er behandelt die Tanja so schlecht. Aber der Apfel fällt nicht weit vom Stamm. Sein Vater war genauso.«

»Wirklich?«

Vedrana gähnte. »Ja, wirklich.« Sie stand auf und strich die alte, zerfranste Decke glatt, mit der die Couch überzogen war.

»Sagen Sie mir noch etwas über Ivan Prodan und Vilim Božić.«

»Was soll ich denn da sagen?«

Er hatte es befürchtet. Anscheinend hatte er bei ihr eine begrenzte Zeit zur Verfügung, dann war sie plötzlich blockiert und es war nichts mehr aus ihr herauszuholen.

»Noch eine Minute, bitte«, sagte er.

»Ivan ist'n Spinner, wenn du mich fragst.« Sie setzte sich wieder und schwang, wie ein Kind, die Beine auf und nieder. Plötzlich sah er das mißhandelte, kleine Mädchen vor sich, das vom Vater für immer zerstört wurde. Sie tat ihm unsagbar Leid.

»Er hat den Weggang seiner Frau nie verkraftet, oder?«

»Genau. Und Vilim ist noch'n größerer Spinner. Seit seine Hütte abgebrannt ist, macht er diese Puzzle-Scheiße.«

»Und warum …«

»Jetzt reicht's, Kleiner. Ich hab heute noch drei wichtige Termine.«

»Ah ja, natürlich.« Er stand auf. »Jedenfalls vielen Dank.«

Er ging zur Tür und öffnete sie, da hörte er Vedranas Stimme noch einmal: »Danke für die Pralinen. Sind meine Lieblingspralinen.«

»Gern geschehen.« Unglaublich, sie hatte sich dafür bedankt. Wer hätte das gedacht? Er schmunzelte, als er zurück zu seinem Wagen ging.

Nirvana wartete bis zehn Uhr. Dann müssten Aljoša und Kevin schon im Bett sein. Sie kletterte aus dem Fenster, lehnte es an und ging die Stufen der Terrasse hinunter. Ihr Herz klopfte wie wild. Ihre Handflächen wurden feucht. Als sie leise an die Tür des Nachbarhauses klopfte, brach ihr der Schweiß aus.

Ljiljana öffnete und sah sie überrascht an. »Nirvana? Was ist? Wie siehst du denn aus?«

Ohne lange zu überlegen, holte Nirvana aus und knallte ihr mit voller Wucht die Hand ins Gesicht. Ljiljana fiel leicht nach hinten und hielt sich die schmerzende Wange. Sie starrte ihre Nachbarin an, sagte jedoch kein Wort.

»Ich hab dich immer irgendwie gemocht. Aber dass du mit meinem Mann ins Bett gehst und dir sogar noch ein Kind von ihm machen lässt …«

»Das war nicht geplant«, unterbrach Ljiljana sie nüchtern, »nichts davon war geplant. Das musst du mir glauben.«

»Ich glaube dir kein Wort. Wage es ja nicht, jemals wieder ein Wort an mich zu richten oder mich zu grüßen. Ich schlage dir sonst alle Zähne aus. Hast du mich verstanden?«

Ljiljana nickte nur.

Nirvana warf ihr noch einen letzten Blick voller Verachtung zu, drehte sich auf dem Absatz um und ging.

Markos Magen knurrte. Er hatte seit heute Morgen nichts mehr gegessen. Laut ließ er die Tür ins Schloß krachen und streifte seine Schuhe ab. Er seufzte, als er den schmutzigen Geschirrberg sah. Gestern war er zu müde gewesen, um noch abzuspülen. Er holte eine fertige Tomatensoße und Spaghetti aus dem Schrank und setzte Wasser auf. Das Telefon klingelte. Vukićs

Stimme schrie ihm vom anderen Ende der Leitung entgegen. Im Hintergrund war ein Rapsong zu hören.

»Wo bist du?«, wollte Marko wissen.

»Vor dem *Luna*.«

»Wo?« Der Name kam ihm bekannt vor, aber er konnte ihn so schnell nicht einordnen.

»Die Diskothek von Haramija.«

»Ach so, klar. Hast du überprüft, ob er zur Mordzeit dort war?«

»Ja. Seine Angestellten sagen, er war da.«

Marko überlegte kurz. Es waren seine Angestellten. Wer heute in Kroatien einen Job verlor, der musste sich mindestens auf eine monatelange Suche gefasst machen. Und wahrscheinlich zahlte Haramija nicht schlecht; schließlich arbeiteten die Leute nachts. »Gut. Danke, Vukić.«

»Schönen Abend noch.«

Das Wasser kochte. Er warf die Spaghetti hinein, da läutete es an der Tür. »Verdammt nochmal, kann man am Abend nicht mal seine Ruhe haben!« Als er öffnete, starrte er ungläubig in das Gesicht seines Freundes. »Bruno?«

Bruno hielt eine Reisetasche in der Hand und marschierte an Marko vorbei in die Wohnung.

»Kann ich bei dir schlafen?«

»Guten Abend erstmal.«

»Abend. Kann ich bei dir schlafen?«

Marko schloss langsam und leise die Tür, dann stand er da und sah Bruno an. Seine dunklen Augen wirkten gehetzt. Marko hatte ihn lange nicht gesehen. Bruno war schon immer schlank gewesen, aber jetzt war er richtig dünn. »Was ist los mit dir?«

»Maja und ich werden uns trennen.«

»Was?«

»Ja.« Er nickte mit Nachdruck. »Sie hat sich verändert, Marko. Du würdest sie nicht mehr wieder erkennen.«

»Nun stell erst mal die Tasche ab und komm in die Küche. Ich koche mir gerade Spaghetti. Es wird für uns beide reichen.«

»Danke.« Bruno warf die Tasche in eine Ecke und folgte

Marko in die Küche. Marko rührte die Spaghetti durch. »Erzähl mir alles, Bruno. Ich verstehe das nicht. Du und Maja, ihr seid doch das perfekte Paar …«

»Perfektes Paar«, sagte Bruno höhnisch und setzte sich. »Wenn ich das schon höre. Ach, ich verstehe die Frauen nicht.«

Marko lachte kurz auf. »Frauen sagen dasselbe über Männer.«

»Da will sie, dass ich genug Geld nach Hause bringe, wirft mir aber vor, dass ich so selten zu Hause bin und mich nicht genug um Mateo kümmere. Er kommt bald in die Schule und sie sagt, ich müsse dann auch mehr Zeit mit ihm verbringen.«

Marko setzte sich Bruno gegenüber. »Willst du meine Meinung hören?«

Bruno schien sich nicht sicher zu sein. Dann nickte er zögernd. »Ich verstehe dich. Ich verstehe dich deshalb, weil ich auch viel arbeite. Und in meinem Beruf ist es so gut wie unmöglich, die Arbeitszeit zu reduzieren. Aber du, Bruno, du hast die Möglichkeit, weniger zu arbeiten. Ich hab mich sowieso immer gefragt, warum du zweimal in der Woche bis acht Uhr abends geöffnet hast.«

»Leute, die bis spät arbeiten, können nicht früher kommen.«

»Natürlich können sie. Irgendwie schafft man es, sein Tier zum Tierarzt zu bringen. Notfalls beauftragt man jemanden damit. Du hast es den Leuten bequem gemacht. Ehrlich gesagt, ich finde, Maja hat Recht. Und wenn das der einzige Grund ist, warum ihr euch trennen wollt, dann bist du verrückt. Sind deine Hamster und Katzen dir wichtiger als deine Frau und dein Sohn?«

Bruno zog die Brauen hoch. »Dasselbe hat sie auch gesagt. Habt ihr euch abgesprochen?«

Marko verzog den Mund. »Mach keine Witze. Ich meine es ernst. Liebt ihr euch noch?«

»Natürlich tun wir das«, meinte Bruno entsetzt.

»Na also. Du verdienst gut, ihr habt euch letztes Jahr eine große Wohnung gekauft und du fährst ein deutsches Auto. Ein paar Stunden weniger in der Woche werden euch nicht zum Problem werden, im Gegenteil.«

Bruno stützte seinen Kopf in die Hände und starrte auf den

vollen Aschenbecher vor sich, dann schob er ihn beiseite. Bruno war Nichtraucher und sehr empfindlich, was Nikotingeruch anging.

»Warum bist du so dünn geworden? Liegt es an der vielen Arbeit oder an dem Stress mit Maja?« Er stand auf und nahm die Nudeln vom Herd.

»Vermutlich an beidem«, murmelte Bruno nachdenklich.

»Ich wollte dich in den nächsten Tagen ohnehin anrufen. Wir haben uns ja wirklich schon lange nicht mehr gesehen.«

»Hmhm.« Er stand auf und beugte sich über Rambos Käfig. »Wie geht's dem alten Jungen?«

»Tja, er ist ziemlich viel allein. Manchmal habe ich deshalb ein schlechtes Gewissen. Sonst erfreut er sich bester Gesundheit.« Marko stellte die dampfenden Teller auf den Tisch. »Komm, lass uns erstmal essen.«

Das Telefon klingelte. Marko seufzte gequält. »Das darf doch nicht wahr sein. Kann man hier nicht einmal in Ruhe essen …« Er hob ab. »Ja?«

»Hallo, Marko. Entschuldige die späte Störung. Ist Bruno da?«

»Ja, er ist da, Maja. Augenblick.«

Bruno richtete sich neben Rambos Käfig auf und starrte auf den hingehaltenen Hörer, als würde er mit sich hadern, ihn in die Hand zu nehmen. Ein unsicheres »Hallo?« kam über seine Lippen, dann: »… wirklich? Ja, ich weiß. Hm, Marko sagt das auch. Ich glaube, wir sollten nochmal reden. Wahrscheinlich hast du Recht. Nein, doch, das sehe ich auch so. Ja, gut.« Er drückte auf den Knopf und legte den Hörer neben den vollen Teller. »Ich muss nach Hause, Marko. Danke für dein offenes Ohr und die Nudeln.« Er lächelte. »Ich melde mich bald wieder bei dir.« Bruno verschwand aus der Küche und ließ den verdutzten Marko allein zurück. Dieser hörte nur noch die Haustür und Brunos schnelle Schritte.

Nach dem Essen schob Marko das Videoband in den Recorder und streckte sich auf der Couch aus. Über das kitschige Herz am

Anfang musste er schmunzeln. *Ljiljana + Boris forever*. Himmel, was für ein romantisches Seelchen machte solche Videos! Er sah einige der Dorfbewohner vor Ljiljanas Haus herumstehen, dann spulte er vor. Es waren nicht einmal Wortfetzen zu hören, sondern nur weit entferntes Gemurmel. Die Gäste kamen und kamen, dann die Fahrt zum Standesamt und zur Kirche, und zu guter Letzt fanden sich alle im Restaurant ein. Marko langweilte sich zu Tode. Immer wieder versuchte er, in der Menge Nirvana zu entdecken, doch fand er, dass sie viel zu selten zu sehen war. Es war eine ganz normale Hochzeit, wie er sie selbst schon oft erlebt hatte. Er kämpfte gegen den Schlaf. Immer wieder fielen ihm die Augen zu. Doch dann wurde es interessanter: Zora, die verrückte Schwiegermutter, entlockte ihm durch ihr Getanze sogar ein lautes Auflachen, Ines musterte alles und jeden, drehte sogar die Teller um, um zu sehen, um welches Porzellan es sich handelte, Vlado keifte seine Frau an, doch der Kameramann war zu weit entfernt, um aufzunehmen, worum es ging. Dann begannen Anita und Marijan zu streiten. Der Ton hatte eine gute Qualität und der Kameramann wenig Hemmungen näherzutreten, so dass Marko verstehen konnte, worum es ging. Peinlich, so ein Streit vor all den Leuten. Die erniedrigenden Beschimpfungen und hassverzerrten Gesichter der beiden Leute waren armselig. Marijan verließ wütend den Saal.

Marko fragte sich, wohin er wohl gegangen sein mochte.

Ein guter Ruf ist weit zu hören, ein schlechter noch weiter

Nirvana saß im Bus und starrte auf den pickligen Nacken eines Mannes direkt vor ihr. Die Nacht war ein Horror gewesen. Sie hatte keine einzige Minute Schlaf gefunden. Nein, Arsen war ihr nicht hinterhergekommen und hatte gebettelt. Zum Glück. Es hätte alles nur schlimmer gemacht. Er war noch lange im Wohnzimmer zu hören gewesen, die quietschende Couch und der Fernseher. Um eins hatte er den Kasten abgedreht und sich auf die Couch schlafen gelegt. Nachts war sie noch einmal aufgestanden und in die Küche geschlichen, um Zigaretten zu holen. Sie war im abgesperrten Zimmer auf und ab gegangen und hatte gegrübelt. Schließlich musste sie ein wenig weinen. Die Sache mit Eliza und ihrem Verdacht versuchte sie zu verdrängen, so gut es ging. Sie durfte Eliza nicht verdächtigen. Sie durfte auch Arsen nicht verdächtigen. Aber die Angst war trotzdem da.

Die Bustüren schlossen sich bereits, als sie merkte, dass sie hier aussteigen musste. Schnell sprang sie auf und bat den Fahrer, er möge die Tür noch einmal öffnen. Er fluchte leise und ordinär und drückte auf den magischen Knopf. Als sie draußen war, bereute sie es für einen kurzen Moment, hierher gekommen zu sein. Doch die Zweifel verschwanden so schnell, wie sie gekommen waren.

Marko öffnete die Tür. Er war frisch rasiert und grinste breit. Sie versuchte, sich nichts anmerken zu lassen und trat ein, ebenfalls lächelnd. Marko betrachtete sie, während er die Tür hinter sich kräftig ins Schloss fallen ließ. »Du siehst schlecht aus«, bemerkte er.

Sie zuckte mit den Schultern. »Ich hab nicht besonders gut geschlafen heute Nacht.«

»Komm, trinken wir einen Kaffee und essen etwas.« Er zog sie hinter sich her. »Es gibt Spiegeleier mit Speck und Würstchen.«

Als sie das hörte, hätte sie sich beinahe auf der Stelle übergeben. »Mir wird schlecht, wenn du das aussprichst. Und diesen Geruch ertrage ich auch nicht.«

Er zog irritiert die Brauen zusammen.

»Macht es dir etwas aus, wenn ich mich auf den Balkon setze, während du isst?«

»Jetzt ist mir irgendwie auch der Appetit vergangen«, sagte er leichthin, »na, macht nichts, dann trinken wir eben Kaffee auf dem Balkon.« Er ging in die Küche, um alles auf ein Tablett zu stellen. »Ungestört reden können wir auch, weil alle Nachbarn bei der Arbeit sind. Außer die alte Gregorević, aber die ist fast taub. Sagt sie jedenfalls.« Sein unbefangenes Gerede wirkte beruhigend auf sie. Er nahm das Tablett mit Kanne, Tassen, Milch und Zucker und ging voraus. Kaum saßen sie in den Korbstühlen, wollte er wissen, was los war.

»Gestern hat Arsen mir erzählt, mit wem er dieses Verhältnis hatte.«

»Kennst du sie?«

Sie lächelte verkniffen. »Und ob ich sie kenne. Du kennst sie auch.«

Marko fixierte sie. In diesem Moment erkannte sie den Inspektor in ihm, aufmerksam und neugierig. »Eine Frau aus Mala Šuma?«

»Ja.«

»Wer?«

»Du wirst es nicht glauben.«

»Deine Freundin. Renata Hlača.«

»Komisch, das habe ich auch befürchtet. Nein, es ist Ljiljana.

»Ljiljana Tomić.« Pause. »Aha«, murmelte er.

»Was heißt das?« Sie zündete sich eine Zigarette an.

»Es heißt gar nichts. Eine große Überraschung ist das ja nicht gerade, finde ich. Ich meine, dass sie es ist, mit der er dich betrogen hat.«

»Kann sein. Ich weiß, wie sorglos sie lebt und wie gleichgültig ihr die Gefühle anderer sind. Aber ich bin doch seit Jahrzehnten ihre Nachbarin.« Ein kühler Wind wehte. Die Sonnenstrahlen waren um diese Tageszeit noch angenehm. »Ich dachte immer, sie mag mich.«

»Das tut sie wohl auch, aber vielleicht mag sie deinen Mann lieber.« Er sah Nirvanas vorwurfsvollen Ausdruck und sagte schnell: »War ein guter Witz zum falschen Zeitpunkt. Tut mir Leid. Vielleicht war es auch ein blöder Witz zum falschen Zeitpunkt.«

»Ich weiß, dass er die größere Schuld trägt. Er ist ein verheirateter Mann, sie solo. *Er* hätte an mich denken sollen, nicht *sie*.«

»So sehe ich das auch.«

»Im Grunde finde ich beide widerlich. Ich stehe da wie eine Idiotin. Dieses Techtelmechtel ist noch längst nicht alles. Er ist der Vater von Kevin.«

Er war gerade im Begriff, die Mokkatasse zum Mund zu führen, als er innehielt. »Er ist der Vater von dem Fünfjährigen?«

Sie nickte.

Er stellte die Tasse wieder zurück und nahm eine Zigarette aus dem Päckchen in seiner Hemdtasche. »Das … ist schon ein ziemlicher Hammer.«

»Ich kann nur hoffen, dass du jetzt nicht mit Verdächtigungen kommst. Arsen hat Boris bestimmt nicht umgebracht, um an Ljiljana heranzukommen.« Die Sache mit Eliza, ihrem Verdacht und der Angst erwähnte sie nicht. Vielleicht würde er Eliza verhaften und dann würde herauskommen, dass Nirvana geplaudert hatte und am Schluss würde sich herausstellen, dass alles blanker Unsinn war.

Lächelnd blies er den Rauch aus. »Das kannst du ebenso wenig beweisen, wie ich das Gegenteil beweisen kann.«

»Marko«, sie beugte sich zu ihm herüber, »das darfst du auf keinen Fall denken.«

»Ich will ehrlich zu dir sein, Nirvana. Dieses Bekenntnis macht ihn jetzt nicht zwangsläufig zum Hauptverdächtigen, aber entlasten kann es ihn auch nicht. So ist der Stand der Dinge.«

»Ich hätte es dir nicht erzählen sollen.«

Er lehnte sich in seinem Stuhl zurück und rieb sich die Stirn. »Aber du hast es mir erzählt. Und ich kann nicht so tun, als hättest du es mir nicht erzählt. Jedenfalls werde ich jetzt nicht losgehen und ihn verhaften. Solange nicht schwerwiegendere Indizien gegen ihn vorliegt, hat er seine Ruhe. Ich tue einfach so, als hättest du es mir nicht erzählt. Du hast es Marko erzählt, nicht dem Inspektor. In Ordnung?«

Sie nickte erleichtert. »Gestern kam er mit Blumen an, das war mir schon eigenartig. Dann wollte er mit mir über einen Neuanfang sprechen.«

»Endlich zeigt er, dass ihm doch etwas an dir liegt.«

»Unterbrich mich nicht.«

»Entschuldige.« Ihre Blicke trafen sich.

»Dann rückte er mit dieser grässlichen Geschichte heraus. Aber nur, weil ich ihn gedrängt habe.«

»Was wirst du jetzt tun?«

Sie schüttelte nachdenklich den Kopf. »Ich weiß es nicht. Ich kann nicht mehr mit ihm zusammenleben. Das ist für mich einfach nicht mehr möglich.«

»Das Haus gehört euch beiden?«

Sie seufzte. »Das Haus haben meine Großeltern gebaut. Es gehört auf dem Papier immer noch meinem Vater. Wenn er stirbt, bin ich die Alleinerbin.«

Marko goß ihr noch mehr Mokka nach. »Und das Haus, in dem dein Vater wohnt?«

»Das haben meine Eltern damals billig gekauft und restauriert. Arsen wird wohl wieder zu seinen Eltern ziehen müssen.«

»Tut es dir gar nicht weh, wenn du daran denkst?«

Sie betrachtete geistesabwesend ihre Fingernägel. »Doch. Wir sind fast zwanzig Jahre verheiratet. In ein paar Wochen ist unser zwanzigster Hochzeitstag.«

»Du hast dich also schon entschieden«, stellte Marko fest, »dass er ausziehen soll.«

Sie nickte und hielt die Tränen zurück. »Natürlich werde ich ihn vermissen, aber … ich kann ihm das … einfach nicht verzeihen.«

Er drückte den Zigarettenstummel aus. Die Sonne schien auf sein Haar und ließ es golden glänzen. »Liebst du ihn gar nicht mehr?«

Eine Weile sagte sie nichts, dann schloss sie die Augen und meinte: »Manchmal muss man die Vernunft über das Gefühl stellen.«

»Das ist keine Antwort auf meine Frage.«

»Gestern Abend habe ich mich vollkommen leer gefühlt. Jedes Gefühl war weg. Wenn wir eine innige Beziehung zueinander gehabt hätten, wenn wir uns gut verstanden hätten ... dann könnte ich diese Sache vielleicht mit der Zeit vergessen. Aber ich sehe überhaupt keinen Sinn mehr, uns eine zweite Chance zu geben. Wozu?«

»Das musst du wissen. Ich möchte dir nur sagen, dass ich dich verstehe.«

Sie fühlte sich so erschöpft, als hätte sie seit einem Monat nicht mehr geschlafen. »Ich habe erst vor ein paar Tagen davon geträumt. Das ist merkwürdig, denn ich kann mich nicht erinnern, dass ich vor fünf oder sechs Jahren davon geträumt hätte. Warum ausgerechnet jetzt? Ich spürte anscheinend, dass er mir etwas in der Art erzählen würde.« Als sie merkte, dass Marko sie verwirrt ansah, fügte sie hinzu: »Ich habe manchmal diese Träume, weißt du. Es ist schon oft vorgekommen, dass ich etwas geträumt habe, was später dann tatsächlich passiert ist. Zum Beispiel, dass meine Mutter mich verlassen wird, dass Veseljka ins Kloster geht oder den Mord an Boris ...«

»Du hast den Mord geträumt, bevor er passiert ist?«

»Ja, aber ich konnte keine Gesichter erkennen.«

»Das wäre auch zu schön gewesen, Nirvana.«

»Du hältst das alles für Quatsch, oder?«

»Ich halte es nicht für Quatsch, sondern für Zufall. Ich glaube nicht an solche Trauminterpretationen. Aber schließlich gibt es vieles, was wir nicht begreifen können. Wer weiß?«

»Weißt du, was komisch ist? Diese Träume werden immer seltener und verschwommener.«

»Bist du froh darüber?«

»Ich weiß nicht.«

»Ich träume immer nur irgendwelchen verworrenen Unsinn.«

Sie stand wortlos auf und räumte den Tisch ab.

»Was machst du da? Du bist hier Gast. Ich will nicht, dass du den Tisch abräumst.«

»Es macht mir nichts aus.« Sie nahm das Tablett und trug es zurück in die Küche.

Dort fing sie an, die Tassen mit fließendem Wasser abzuspülen. Plötzlich war er neben ihr, riss ihr die Tasse aus der Hand und drehte erbost das Wasser ab. »Ich hab gesagt, du sollst das lassen!«

Sie sah ihn an und wartete, was passieren würde. Sie war seltsam klar im Kopf, stand einfach da, sah ihn an und ließ die Sache auf sich zukommen. Er nahm ihr Gesicht in beide Hände und küsste sie vorsichtig auf den Mund. Dann ein zweites und drittes Mal, drückte ihr schließlich seinen Mund auf die Lippen und küsste sie leidenschaftlich. Sie wehrte sich nicht. Er knöpfte ihr die Bluse auf und schob seine Hand hinein. Auf einmal war sie froh, dass sie einen BH trug, sonst wäre ihr das alles zu intim gewesen … Lächerlich. Hier standen sie und tauschten gierige Küsse aus und sie war besorgt, dass es zu intim werden könnte. Er zog ihr die Bluse nach hinten und fuhr mit seinen Händen über ihre Brüste und an ihrem Hals entlang. Es war so lange her, seit sie gefühlt hatte, was sie jetzt fühlte: Lust, und irgendwie auch … Liebe. Sie fuhr ihm durch die Haare und erwiderte seinen Kuss. Er küsste rauh und zärtlich zugleich. Plötzlich wurde ihr bewusst, was sie da tat. Sie zuckte zusammen und schob ihn behutsam von sich weg. »Marko! Es … es tut mir Leid. Ich kann nicht.«

Er sah aus, als hätte er einen erfolglosen Marathonlauf hinter sich. Abgekämpft und unzufrieden. »Doch, du kannst. Aber du willst nicht. Das ist ein Unterschied.«

»Vielleicht ist es gar kein so großer Unterschied.«

Sie standen einander gegenüber, verwirrt und schwach.

»Wenn das rauskommt, bin ich erledigt. Es wird mir ewig

nachhängen. Ich, eine verheiratete Frau, hatte was mit dem Inspektor, der den Mordfall an Boris untersucht hat. Wie soll ich damit leben? Du weißt, was man sagt: Ein guter Ruf ist weit zu hören, ein schlechter noch weiter.«

»So ein Unsinn!«, rief er plötzlich wütend. »Ich dachte, du wärst eine erwachsene, intelligente Frau. Du lebst für dich, und nicht für die anderen. Du hast gesagt, es ist dir egal, was andere von dir denken. Nun ist es dir plötzlich sehr wichtig.« Er gestikulierte aufgebracht mit den Armen. »Du machst dir dauernd Sorgen, und wenn du dir keine machst, dann machst du dir Sorgen, weil du dir keine Sorgen machst. Soll ich dir mal was sagen?« Er hielt ihr den Zeigefinger vor die Nase. »Irgendwann wirst du siebzig sein und es wird dir Leid tun, dass du nicht das getan hast, was du hättest tun wollen.« Er schüttelte den Kopf. »Aber dann ist es zu spät, Nirvana. Irgendwann ist es einfach zu spät.«

»Wo ist dein Schlafzimmer?«

Er war irritiert über diese unvermittelte Frage, konnte darauf nicht reagieren, war wie vor den Kopf gestoßen.

»Wo ist es?«

»Zweite Tür links.«

»Dann sollten wir jetzt da hingehen, bevor ich es mir anders überlege.« Sie sah ihm in die Augen. »Und im Moment will ich nicht, dass ich es mir anders überlege.«

»Und ich will nicht, dass du später sagst, ich hätte dich dazu überredet. Ich will, dass du es willst.«

Sie nickte und ging hinaus, um im Schlafzimmer auf ihn zu warten.

Als sie sich später im Bad ankleidete, sah sie in den Spiegel. Nein, sie fühlte sich nicht schuldig. Kein bisschen. Auch wenn Marko jetzt vielleicht verletzt war, aber sie fühlte sich nicht schuldig, weil sie am Ende doch noch gekniffen hatte. Sie konnte es nicht. Sie konnte es einfach nicht tun. Sie fühlte die Wut auf Arsen hochsteigen. Er hatte es gekonnt. Er hatte nicht einmal ein schlechtes Gewissen deshalb gehabt, weil er sie danach genauso schlecht behandelt hatte wie vorher. Marko war enttäuscht. Sie war zu gehemmt und angespannt gewesen. Es hatte keinen Sinn gehabt, es zu Ende zu führen.

Sie hörte das Telefon und dann Markos Stimme. »Ja, ich habe Zeitung gelesen. Natürlich, wie immer. Die trauen uns einfach nichts zu. Warum? Ach ja? Ich bin schon halb auf dem Weg. Hat sie gesagt, worum es geht? Na gut, ich bin in zwanzig Minuten da.«

Nirvana steckte schnell noch das Hemd in die Hose und machte die Tür auf. »Musst du weg?«

Marko stand nachdenklich neben dem Telefon im Wohnzimmer und blickte auf. »Ja, Boris Klićs Stiefmutter hat angerufen. Ich soll mich bei ihr melden.«

»Hm, vielleicht ist ihr noch etwas Wichtiges eingefallen.«

»Ich weiß nicht. Sie wollte meinem Chef nichts sagen. Sie will mit mir sprechen.« Er kam zu ihr in den Flur und nahm die Jacke vom Haken. »Nirvana, ich muss gehen.«

»Ja, sicher. Ich muss ja auch gehen.«

»Ich lass dich irgendwo in der Innenstadt raus, oder bist du mit dem Auto da?«

»Nein, Arsen hat heute den Wagen. Aber ich will nicht mit dir mitfahren. Ich nehme von hier aus den Bus.«

Sie traten in den Hausflur und er ließ die Tür zufallen. »Machst du dir wieder Sorgen, dass dich jemand sehen könnte?«

Sie sah ihn an. »Nein, ich habe hier noch etwas zu erledigen.«

»Ach so, und was?«

»Etwas Persönliches.«

»Na dann.« Er war ein wenig gekränkt, das sah sie sofort.

»Ich werde es dir erzählen, aber nicht jetzt, nicht so auf die Schnelle.«

Sie kamen unten bei der Eingangstür an und sie hielt ihn am Arm fest. »Ich … würdest du mir noch einen Kuss geben, bevor ich gehe?«

Mit der Spur eines Lächelns beugte er sich zu ihr hinunter und sie küssten sich wie zwei Teenager.

Marko hetzte ins Büro. Nikola erwartete ihn buchstäblich mit offenen Armen. Als er Marko sah, ging er mit großen Schritten auf ihn zu. »Hör mal, die Stiefmutter hat angerufen, sie hat da irgendwas gefunden. Mehr wollte sie nicht sagen.«

Marko setzte sich an seinen Tisch und zog die Jacke aus.

Nikola war krebsrot im Gesicht. »Das nervt mich vielleicht, sage ich dir, wenn die Leute so geheimnisvoll tun. Es könnte wichtig sein und die kriegt den Mund nicht auf, obwohl ich auf sie einrede und …«

»Nikola!«, unterbrach ihn Marko energisch. »Es ist immerhin die Mutter, von der du da sprichst!«

»Stiefmutter. Die sind anders als Mütter, glaub mir. Ich hatte eine.« Er zuckte mit den Schultern. »Einen besonders sensiblen Eindruck hat die Alte auf mich nicht gemacht. Aber mir soll's recht sein, zick du mit ihr rum. Jedenfalls gibst du mir sofort Bescheid, wenn du erfahren hast, worum es geht.«

»Natürlich.« Er suchte zwischen den Papieren nach der Telefonnummer von Frau Klić.

Nikola sah halb amüsiert, halb kritisch auf Markos Schreibtisch. »Vielleicht solltest du es mal mit Ordnung versuchen.«

»Ich werd dran denken.«

»Ach, übrigens, wenn du heute Abend Schluss hast, lade ich dich ins *Tequila* auf ein Bier ein. Wir müssen etwas besprechen.«

Marko hob den Kopf. »Beruflich oder privat?«

Nikola wiegte den Kopf hin und her. »Ich würde sagen, beides zu gleichen Teilen.«

Marko war neugierig geworden, fühlte sich jedoch unbehaglich. Eine Kombination von beruflich und privat war keinesfalls gut. Er versuchte, sich nichts anmerken zu lassen. Endlich hatte er die Telefonnummer gefunden. »Hier ist sie.« Er wählte und Nikola ging wieder in sein Büro. Die Frau klang ziemlich aufgeregt. »Was ist denn Frau Klić? Sagen Sie einfach, was los ist. Oder möchten Sie lieber, dass ich persönlich vorbeikomme?«

»Na ja«, schnaufte sie in die Hörmuschel, »ich weiß natürlich nicht, ob das nötig ist. Vielleicht ist es auch unwichtig, keine Ahnung.«

»*Was*, Frau Klić?

»Ich habe heute Vormittag etwas gefunden. Die Polizei hat ja damals sein ganzes Zimmer durchsucht und auch das halbe Haus, aber dies war im Keller. Er hatte dort den alten Schreibtisch von früher. Manchmal hat er sich lange im Keller aufgehalten und ich hab mich darüber gewundert. Aber er war ja erwachsen, nicht wahr? Ich kann nicht einfach hergehen und ihn fragen …«

»Und was ist das, was Sie gefunden haben?« fragte er, um Geduld bemüht.

»Etwas Geschriebenes.«

»Ein Brief also?«

»Nein, so ein … ein Dings …«

»Dokument?«

»Ach wo. Wie heißt das noch mal? Was irgendwann mal ein Buch werden soll.«

»Ein Manuskript.«

»Ja, genau, ist mir jetzt einfach nicht eingefallen.«

Marko wusste nicht recht, was er darauf sagen sollte. Ein Manuskript! Kein Mensch hatte erwähnt, dass dieser Mann ein Literaturfreund war. »Hören Sie, ich komme innerhalb der nächsten Stunde zu Ihnen. Dann reden wir weiter. Und bis dahin, bitte, zu niemandem ein Wort.«

»Ach so?«

»Sagen Sie bloß, Sie haben es schon jemandem erzählt.« Er stützte verzweifelt den Kopf auf.

»Na ja, eigentlich habe ich bloß Ljiljana bei der Arbeit angerufen und …«

»Sonst niemanden?«

»Nein, natürlich nicht.«

»Natürlich.«

»Na dann bis später.«

Er legte grußlos auf. Dass die Leute nie den Mund halten konnten. Er suchte Ljiljanas Nummer von der Bank. Diesmal hatte er mehr Glück und fand sie auf Anhieb. Er hatte Ljiljana gleich am Apparat und berichtete ihr kurz von dem Fund im Keller. Ljiljana wusste schon Bescheid. Er fragte, ob sie es in der Zwischenzeit jemandem erzählt hatte. Sie verneinte. Es klang glaubwürdig, wie sie es sagte, und sie versprach, es vorläufig für sich zu behalten.

Dann ging Marko in Nikolas Büro. Der putzte gerade die arme Aushilfssekretärin herunter, weil sie seinen Kaffee vergessen hatte. »Bei Silvija muss ich nicht betteln, wenn ich Kaffee will, die bringt mir den von allein«, knurrte er und ging mit Marko in sein Büro. Marko berichtete von dem Manuskript, das plötzlich aufgetaucht war.

»Worum geht's denn in der Geschichte?«

»Ich habe keine Ahnung. Die Frau ist dermaßen anstrengend, dass ich einfach nicht mehr länger mit ihr telefonieren mochte. Ich fahre jetzt zu ihr. Außerdem möchte ich von Marijan Kaštelan wissen, wohin er ging, nachdem er wütend die Hochzeit verlassen hat. Wenn ich fertig bin, rufe ich dich an und wir gehen ins *Tequila*.«

»Alles klar.«

Marko machte sich auf den Weg nach Mala Šuma.

Nirvana schlug das Telefonbuch im Postamt auf. Sie suchte mit zitternden Fingern den Namen Tatjana Prodan heraus. In diesem Teil des Stadtrandes kannte sie sich kaum aus. Einmal hatte ihr Vater erwähnt, ihre Mutter hätte hier ein Appartement. Wahrscheinlich hatte er ebenso wie Nirvana im Telefonbuch nachgeschaut. Sie war noch nie hier gewesen, aber da Marko hier wohnte und sie ohnehin hier …

Nirvana ging an den Schalter und fragte nach der Nikola-Tesla-Straße. »Ist hier ganz in der Nähe. Wenn Sie rausgehen rechts, dann die zweite Straße wieder rechts.«

Unterwegs fragte sie sich, was sie ihrer Mutter sagen sollte. Der Entschluss, sie aufzusuchen, war spontan gekommen. Vielleicht war es auch besser, dass sie unvorbereitet auftauchen würde. Keine zurechtgelegten Worte, keine einstudierten Gesten.

Als sie vor der Hausnummer 56 stand, war sie plötzlich sehr

aufgeregt. Ihr Herz klopfte. Sie steckte verkrampft die Hände in die Jeans und studierte die acht Klingelschilder. Prodan, dritter Stock links. Das Haus hatte vier Stockwerke. Die Haustür war angelehnt. Sie mochte nicht unten läuten, sondern ging langsam die Holztreppe nach oben. Vor der Tür blieb sie stehen, holte tief Luft und drückte fest auf den Klingelknopf. Es tönte laut und rasselnd. Drinnen war es still. Es waren keine Schritte zu hören. Sie fühlte einen Anflug von Enttäuschung. Plötzlich öffnete jemand die Tür auf der anderen Seite vom Gang. Sie drehte sich um und erblickte eine rundliche, etwa fünfzigjährige Frau. »Guten Tag.« Sie hatte eine zarte, hohe Stimme, die nicht zu ihrem Äußeren passte.

»Guten Tag.«

»Vielleicht kann ich Ihnen helfen. Möchten Sie zu Jana?«

Jana? Ihr Mutter nannte sich jetzt also Jana. Nette Abkürzung für Tatjana. Nirvana überlegte. War diese Frau einfach neugierig? Oder wollte sie vielleicht nur freundlich sein? »Ja. Sie scheint aber nicht zu Hause zu sein.«

Die Frau musterte sie ein paar Sekunden, fast schien es, als sei sie besorgt. »Sind Sie die Tochter?«

Nirvana fuhr zusammen und nickte. »Woher wissen Sie das?«

»Sie hat mal was von einer Tochter erzählt. Dass sie damals weg ist und das Kind im Stich gelassen hat.«

»Wissen Sie, wo sie jetzt ist?«

Die Frau sah für einen Augenblick zu Boden und dann wieder in Nirvanas Gesicht. »Sie ist gestorben. Vor zehn Tagen.«

Nirvana nickte, biss sich auf die Lippe und sah der Frau in die Augen. »Vor zehn Tagen erst. An was ist sie gestorben?«

»Krebs.«

Ein paar Sekunden dauerte es, bis Nirvana reagieren konnte. »Wer hat sich um die Beerdigung gekümmert?«

Die Frau lehnte sich an den Türpfosten. »Jana hat mir vor ein paar Jahren fünfhundert Deutsche Mark gegeben, ein Grab gekauft und mich gebeten, mich um alles zu kümmern, wenn es mal soweit ist. Ich musste versprechen, keine Anzeige in die

Zeitung zu setzen, niemanden zu benachrichtigen und weiße Lilien zu besorgen. Und daran habe ich mich gehalten.«

Nirvana lächelte betroffen. »Sie muss ein schwieriger Mensch gewesen sein.«

Die Frau nickte zustimmend. »Ja, aber sie war aufrichtig und wusste, was sie wollte.«

»Wie viele Leute waren auf der Beerdigung?«

»Sieben. Sie hatte nicht viele Freunde, aber die wenigen, die sie hatte, waren wirklich Freunde.«

»Gehörten Sie dazu?« Sie lächelte.

»Das will ich meinen.«

Nirvana machte ein paar Schritte Richtung Treppe, um zu gehen. »An der Tür steht noch ihr Name.«

»Nächste Woche kommen schon die neuen Mieter.«

»Woher wussten Sie, dass ich ihre Tochter bin?«

Die Frau hob erstaunt die Augenbrauen. »Sie sehen ihr sehr ähnlich. Hat Ihnen das noch nie jemand gesagt?«

Nirvana schüttelte den Kopf. »Sie hat nicht zufällig etwas für mich hinterlassen? Falls ich mal vorbeikomme oder so.«

»Ihre Mutter war nicht gerade eine brave, solide Bürgerin, die Geld auf die Seite legte. Sie ging oft aus, verreiste im Sommer …«

»Nein, das meine ich nicht«, unterbrach Nirvana sie, »ich dachte an einen Brief oder etwas Ähnliches.«

»Nein, tut mir Leid.«

»Ja, das hätte auch nicht zu ihr gepasst.« Nirvana bedankte sich und ging.

Als sie wieder auf der Straße stand, fühlte sie Selbstmitleid. Ihre Mutter war tot. Tot war etwas anderes als weit weg. Tot war endgültig, für immer. Sie hatte keine Mutter mehr. Sie ging ein paar Schritte, setzte sich auf den Bordstein und begann zu weinen.

Frau Klić hielt ihm das Manuskript entgegen. Marko nahm es und blätterte es oberflächlich durch. Es waren einhundertachtundzwanzig Seiten. »Sie haben es also im Keller gefunden, im Schreibtisch? Oder lag es obenauf?« wollte er wissen.

»In der Schublade. Ich kann's Ihnen zeigen, wenn Sie wollen.«

»Ja, bitte.«

Sie ging voran. In den Keller gelangte man von außen. Er ging ihr nach. Sie gingen die Treppen hinunter und Zora Klić sperrte die schwere Eisentür auf. Nachdem sie das Licht eingeschaltet hatte, erhellte sich vor ihm ein Kellerraum, der sehr gemütlich und sauber wirkte. Die Wände waren gelb gestrichen. Rechts standen ein Holzofen und ein Bücherregal, links der besagte Schreibtisch, davor ein Stuhl. Daneben standen noch einige ordentlich gestapelte Kartons und Kisten herum. An der mittleren Wand hing ein großes Poster. Es stellte eine Stadt dar. Marko erkannte die Stadt nicht gleich. Als könnte die Frau neben ihm Gedanken lesen, meinte sie: »Kopenhagen.«

Er nickte.

»Dänemark«, sagte sie, etwas wichtigtuerisch, wie er fand.

»Hatte Boris eine Schwäche für Dänemark?«

»Ja, überhaupt für Skandinavien. Weiß auch nicht warum. Die sind doch alle blond da, nicht wahr? Blonde Leute finde ich nicht hübsch.«

»Aha.« Er glaubte, von sich behaupten zu können, dass er ein toleranter Mensch war. Aber diese Frau ging ihm einfach auf die Nerven. Er untersuchte den Schreibtisch, vorsichtig, um keine Fingerabdrücke darauf zu hinterlassen. Dann zog er sein Handy aus der Hemdtasche und rief die Spurensicherung an, wählte anschließend Nikolas Durchwahlnummer und klärte ihn in kurzen Sätzen über den letzten Stand der Dinge auf. Zora Klić stand die ganze Zeit neben ihm und starrte ihn an. Als er sein Handy ausgeschaltet hatte, fragte er: »Was ist? Warum sehen Sie mich so komisch an?«

»Ach, nur so. Sie sind nicht so streng, wie die Polizisten im Fernsehen, oder?«

»Ähm, ich weiß nicht. Hören Sie, bitte verlieren Sie kein Wort über dieses Manuskript. Vorläufig.« Er sah ihr streng ins Gesicht. »Kein Wort! Wenn Sie es doch tun, bekommen Sie Schwierigkeiten.«

»Na, na, na«, meinte sie schnippisch, »für wen halten Sie mich? Außerdem brauchen Sie nicht so rüde mit mir zu sprechen. Ich wollte Ihnen nur helfen. Genauso gut hätte ich nicht anrufen brauchen und das Masukript einfach zu seinen anderen Sachen legen können.«

Marko holte tief Luft. »Schon gut. Sie haben mir damit geholfen, Frau Klić. Aber ich muss mich jetzt einfach auf Sie verlassen können. Versprechen Sie mir, dass Sie alles, was mit diesem Manuskript zu tun hat, für sich behalten.«

»Klar, Ehrenwort.«

Marko sah sich noch einmal im Raum um. »Warum hat er es sich eigentlich hier im Keller bequem gemacht? Er hatte doch genug Platz im Haus.«

»Mein Mann sagt, er ist schon als Junge gern hier gewesen. Nur damals waren es Spielsachen und kein Bücherregal.«

»Sind Sie und Ihr Mann hier manchmal hineingegangen?«

»Nein.«

»Und warum ausgerechnet heute?«

Sie stützte sich mit beiden Händen auf den Stuhl vor dem Schreibtisch. »Aus keinem bestimmten Grund. Mein Mann war vor ein paar Tagen hier, aber er hat nichts angefasst, hat sich nur so umgesehen. Ich war neugierig und bin hinein. Aber wenigstens meinem Mann darf ich doch von dem Masukript erzählen, oder?«

»Manuskript«, verbesserte Marko und nahm es wieder vom Tisch. »Ja, sicher. Und warum sind Sie nicht früher hier gewesen?«

»Weil ich dachte, hier wären nur Bücher und solche Sachen. Was sollte ich da?«

»Boris war also oft hier?«

»Manchmal … wie's aussieht, hat er geschrieben. Hab zwar ein paar Mal die Schreibmaschine gehört, wenn ich vorne im Garten war aber … phh«, sie zuckte mit den Schultern, »ich hab mir deswegen nicht den Kopf zerbrochen, verstehen Sie?«

»Wo ist Ihr Mann jetzt?«

»Der ist nicht da.«

»Hören Sie, Frau Klić, ich weiß, dass Ihr Mann seit seiner

Rente hin und wieder schwarzarbeitet. Das ist mir ziemlich egal. Ich untersuche einen Mordfall und bin nicht hinter Schwarzarbeitern her. Also, wo ist er?«

»Schwarzarbeiten«, sagte sie, plötzlich die Ehrlichkeit in Person. »Aber ich weiß nicht wo.«

»Haben Sie das Manuskript gelesen?«

»Nicht ganz. Siebenundfünfzig Seiten, mehr nicht.«

»Warum?« Er legte die Stirn in Falten und warf einen Blick auf das Deckblatt. *Sehnsucht und Begierde* von Boris Klić. Klang nach einem kitschigen Herzschmerz-Roman.

»Ach, das ist hohe Literatur, wenn Sie mich fragen.«

»Wirklich?« fragte er amüsiert. Er konnte sich ein Grinsen nicht verkneifen.

»Ein Kunstwerk, würde ich sagen.«

»Aha.«

Bedeutungsvoll machte sie einen Schritt auf Marko zu und flüsterte: »Ein paar heikle Szenen sind drin.«

»Wie meinen Sie das?«

»Sie wissen schon«, sie zwinkerte ihm vielsagend zu.

»Nein, keine Ahnung.« Er stellte sich dumm.

»Na, Sex und solche Sachen. Deswegen habe ich ja auch weitergelesen, aber ab Seite fünfzig lassen die Gelüste plötzlich nach und der Held wird nachdenklich. Das hat mich gelangweilt. Ich weiß nicht, ob's später wieder zur Sache geht. Hatte ja keine Zeit, das rauszufinden, weil ich Sie gleich angerufen habe und Sie auch gleich gekommen sind …«

Marko verspürte einen pochenden Schmerz in der linken Schläfe.

Später beteuerte Ljiljana, keine Ahnung von dem Manuskript gehabt zu haben. »Na so was«, wunderte sie sich, »ein Buch soll er geschrieben haben. Das hat er nicht einmal angedeutet. Unglaublich! Er hat zwar hin und wieder ein Buch gelesen, aber selbst geschrieben …?« Sie schüttelte den Kopf und schnalzte mit der Zunge. Chantal saß neben ihr auf der Couch und sah ihn wieder mal geringschätzig an.

Marko nahm einen Schluck von dem Eistee, den sie ihm angeboten hatte. »Vielleicht liegt es ja eine ganze Weile zurück, dass er daran geschrieben hat. Wussten Sie, dass er eine Art Arbeitszimmer in Zoriæi hatte? Es ist im Keller des Hauses.«

Ljiljana wippte mit dem übergeschlagenen Bein hin und her. »Ja, das hat er mir erzählt. Er meinte auch, er wolle hier unbedingt ein Arbeitszimmer einrichten. Hinten steht ein Zimmer leer.« Sie machte eine Kopfbewegung zum hinteren Teil des Hauses. »Ich habe darüber gelacht und ihn gefragt, was er da zu tun beabsichtige? Neue Fliesen kreieren oder so?«

»Was hat er darauf geantwortet?«

»Er meinte, er brauche einfach mal ein paar Stunden für sich allein. Zum Lesen und so.«

»Vom Schreiben hat er nichts erwähnt?«

Ljiljana schüttelte energisch den Kopf. »Das sagte ich doch. Ich hatte keine Ahnung, dass er etwas geschrieben hat.«

»Komisch«, meinte Marko. »Er scheint es niemandem erzählt zu haben. Nicht einmal seine Eltern oder Sie wussten es. Warum hat er es wohl geheim gehalten?«

Ljiljana dachte ein paar Sekunden nach. »Gute Frage. Ich kann einfach nicht verstehen, warum er es *mir* nicht erzählt hat.«

Marko stand auf. »Sobald ich etwas erfahre, rufe ich Sie an.«

»Ja.« Sie stand ebenfalls auf. »Könnte ich das Manuskript einmal lesen?«

»Noch nicht. Ich fahre jetzt ins Präsidium und lasse es untersuchen.«

»Bitte! Ich möchte es gern lesen.«

»Ich sehe mal, was sich machen lässt. In den nächsten Tagen wahrscheinlich nicht. Danach vielleicht.«

»Haben Sie jetzt noch hier zu tun?«

»Ja, warum?«

»Lassen Sie es hier und ich lese es in den nächsten zwei Stunden.«

»Jetzt? Nein. Ich muss ...«

»Ich bitte selten um etwas, aber jetzt bitte ich Sie. Lassen Sie es mich lesen.«

Marko seufzte laut. »Na gut. In zwei Stunden komme ich wieder und hole es ab. Ziehen Sie sich Handschuhe an, damit keine Fingerabdrücke darauf kommen, verstanden?«

»Ich danke Ihnen. Sie sind wirklich nett.« Ljiljana sah ihn an und lächelte, fast ein bisschen schüchtern.

Er verließ das Haus. Als er die Tür hinter sich zuwarf und draußen stand, konnte er sich einen Blick hinüber zum Nachbarhaus nicht verkneifen. Nirvana kehrte gerade die Terrasse. Sie bemerkte ihn, unterbrach ihre Tätigkeit und sah ihn über die Straße hinweg an. Er hielt ihrem Blick stand. Einige Sekunden verharrten sie so, dann besann sie sich und fegte weiter. Er machte sich auf den Weg zu den Kaštelans.

Marijan Kaštelan pflückte Erdbeeren hinter dem Haus, als Marko kam. Er ging ihm mit ängstlichem Gesichtsausdruck entgegen. »Tag, Inspektor.« Es klang mehr wie eine Frage.

Marko nickte zum Gruß. »Ich habe eine Frage.«

»Ja?« Marijan wischte sich die Hände an der alten Jeans ab.

Marko konnte nicht anders als einen schnellen Blick auf den mit Erdbeeren gefüllten Eimer zu werfen. Frisch gepflückt. Das Wasser lief ihm im Mund zusammen. »Herr Kaštelan, auf der Hochzeit haben Sie nach einem Streit mit Ihrer Frau die Feier verlassen …«

»Wer hat Ihnen das erzählt?«

Marko sah ihn herausfordernd an. »Alle haben es mitbekommen, oder? Jeder hätte es mir erzählen können. Ich möchte von Ihnen nur wissen, wohin Sie von dort aus gegangen sind.«

Um Marijans Mund bildete sich ein fast unmerkliches Zucken. »Sie glauben, ich war's, oder?« Seine Stimme klang panisch. »Sie haben mich in Verdacht.«

Marko wusste im ersten Augenblick nicht, wie er reagieren sollte. »Was? Nein, ich habe Sie nicht in Verdacht. Aber ich muss solchen Dingen nachgehen. Also? Wohin sind Sie danach gegangen?«

»Warum ist das wichtig?«

Marko seufzte gequält und verdrehte die Augen.

»Ins Bett. Ich bin nach Hause ins Bett gegangen.« Er nickte heftig.

Marko sah sofort, dass er log. Was war nur los mit dem Mann?

»Ich schlage vor, wenn Sie sich etwas gesammelt haben, dann rufen Sie mich an und sagen mir die Wahrheit.«

Marijan wurde bleich. Wieder wischte er mit den schmutzigen Fingern an der Hose herum.

Marko sah ihm noch einmal in die Augen und ging davon. Wäre dieser Mann nicht so ein Feigling, hätte Marko ihn verdächtigt. Aber so jemand konnte keinen Mord begehen.

Arsen stand plötzlich in der Küche. Sie hatte ihn nicht gehört. Er wirkte erschöpft, lehnte sich gegen die Tür und wartete.

»Was ist?« fragte Nirvana, während sie Bier aus der Flasche trank und nebenbei das Backrohr schrubbte.

»Das weiß ich nicht. Das kommt auf dich an.«

»Ich will, dass du ausziehst.« Sie hörte nicht auf zu schrubben, während sie das sagte, warf ihm nur einen flüchtigen Blick zu.

Er sagte kein Wort.

»Ich will nicht, dass du jetzt eine Traurigkeitsnummer abziehst.« Sie warf den Schwamm auf die offene Ofentür und erhob sich. »Pack einfach deine Sachen und geh.«

»Gut, Nirvana.« Seine Stimme war tonlos. »Wenn du sicher bist, dass es das Beste ist, dann gehe ich noch heute. Aber eines will ich klarstellen: Ich gehe nur einmal weg. Wenn ich hier zur Tür rausgehe, komme ich garantiert nicht wieder. Nur, dass du das weißt.« Er schluckte und ließ weiterhin den Blick auf ihrem Gesicht. »Wenn du meinst, wir haben noch eine Chance, dann setzen wir uns hin und reden.«

»Es geht doch nicht nur um mich. Was willst *du?* Was fühlst *du*, Arsen?«

»Ich will mich nicht trennen, Mann. Du bist mir wichtig. Ich allein bin schuld, dass es so gekommen ist. Ich bereue es. Ich will dich wirklich nicht verlieren.«

Aufgewühlt griff sie nach einer Zigarette und zündete sie an. »Meine Mutter ist tot.«

»Was?« meinte er abwesend.

»Ich bin heute dort gewesen. Sie ist vor zehn Tagen gestorben. Und ich habe einen Liebhaber.«

»Was? Was … soll das jetzt?«

Sie blies den Rauch in Schüben aus. »Es stimmt. Aber erst seit kurzer Zeit, seit ich von deiner Affäre weiß.«

»Das war doch erst vor ein paar Tagen. Da hast du dich ja verdammt beeilt, dir einen Liebhaber zuzulegen.« Er sah sie beleidigt und wütend an.

»Arsen, ich denke nicht, dass du mir Vorwürfe machen darfst. Du hast mit unserer Nachbarin geschlafen und sie hat ein Kind von dir. Ich bitte dich!«

»Wer ist der Typ?«

»Kennst du nicht.« Sie merkte das dritte Bier langsam. Sogleich nahm sie einen kräftigen Schluck.

»Wie hast du ihn kennen gelernt?«

»Ähm … im Bus. Auf dem Weg zum Markt.«

»Wie billig!« bemerkte er abfällig.

»Billig oder teuer, so ist das Leben.«

»Hast du mit ihm geschlafen?«

»Glaubst du, ich würde ihn als meinen Liebhaber bezeichnen, wenn wir nur zusammen Bus gefahren wären?« Sie log ihn an, um ihn zu verletzen. Sie wollte ihn leiden sehen.

»Ich weiß nicht, was ich sagen soll.« Pause. »Bist du verliebt in ihn?«

Sie nahm nochmals einen tiefen Zug von der Zigarette. »Weißt du was, Arsen?« Sie sah ihn ernsthaft und geradeheraus an. »Ich bin vollkommen durcheinander. Ich weiß überhaupt nicht mehr, was ich fühlen oder denken soll. Ich … ich … will glücklich sein …« Die Tränen liefen ihr über die Wangen. Sie setzte sich und begrub ihr Gesicht in den Händen. Nach einer Weile spürte sie Arsens Hand auf ihrer Schulter. Er drückte leicht zu. Ihr kam der verrückte Gedanke, dass er sie jetzt ohne weiteres erwürgen könnte. Es waren keine Zeugen da, sie hatte Bier getrunken und würde sich nicht wirklich wehren können.

Arsen ließ sie los und ging aus der Küche hinaus.

Sie wusste nicht mehr, wie viel Zeit vergangen war, als sie sich endlich ausgeweint hatte. Aus dem Schlafzimmer waren Geräusche zu hören, die Tür des alten Kleiderschranks quietschte. Sie trank den Rest Bier und ging ins Schlafzimmer. Arsen packte seine Kleidung in einen alten Koffer. Als er sie hereinkommen hörte, blickte er auf.

»Was wirst du deinen Eltern sagen?«, fragte sie leise.

»Dass wir uns nicht mehr verstehen, was sonst?«

»Wirst du nicht deine Affäre verschweigen und dafür meine erwähnen?«

»Traust du mir das zu?«

»Nein. Aber ich habe dir auch nicht zugetraut, dass du mit Ljiljana ins Bett gehst.«

Er nickte. »Tja, ich habe *dir* auch nicht zugetraut, dass du auf diese Weise Bus fährst.«

»Arsen, auch wenn wir uns gegenseitig verzeihen könnten, es ist schwer genug, dass ich mit Ljiljana und deinem Kind Haus an Haus leben muss; ich könnte es nicht ertragen, weiterhin mit dir in ihrer Nähe zu leben.«

»Ich weiß.«

»Was ich nicht verstehe, du hast keine Alimente gezahlt und …«

»Manchmal hab ich ihr einen kleinen Umschlag überreicht, wenn ich was bei der Arbeit bekam. Eine Art Schweigegeld.«

»Diese hinterhältige Kuh!«

Er klappte seinen Koffer zu und zog die abgewetzten Riemen straff. Bevor er damit hinausging, blieb er stehen und sagte: »Das mit deiner Mutter tut mir Leid.«

Ihr Blick fiel auf die Kommode und sie sah, dass er seinen Lieblingsgürtel vergessen hatte.

Marko fuhr in die Stadt, um irgendwo eine Kleinigkeit zu essen. Danach machte er sich wieder auf den Weg zurück ins

Dorf, um das Manuskript abzuholen. Hoffentlich wusste Ljiljana es zu schätzen, welchem Stress er sich ihretwegen aussetzte.

Er klopfte kurz an, bevor er eintrat. Sie ging im Wohnzimmer auf und ab. Ihre Bewegungen wirkten gehetzt und nervös.

»Haben Sie es gelesen?«

Sie sah ihn wortlos an und nickte.

»Was ist los, Ljiljana?« Er sprach sie absichtlich mit Vornamen an; vielleicht würde sie so mehr Vertrauen zu ihm fassen.

»Haben *Sie* es denn gelesen?«

»Nein, wann denn? Ich beabsichtige, das jetzt zu tun, bevor ich mich später mit meinem Chef treffe.« Er trat einen Schritt auf sie zu. »Wollen Sie mir nicht sagen, was los ist? Haben Sie etwas Erhellendes gelesen?«

Sie schluckte und murmelte ein leises »Ja.«

Da stand sie vor ihm, die starke Ljiljana Tomić, die so schnell nichts aus der Fassung bringen konnte. Irgendetwas musste sie verstört haben.

»Sagen Sie's mir.«

»Ich habe einen Schwulen geheiratet.«

»Was?«

»Es ist die Geschichte einer schwulen Liebe.«

Marko brauchte ein paar Sekunden, um diese Information zu schlucken. »Moment mal. Es ist vielleicht eine fiktive Geschichte.«

Sie schüttelte den Kopf. »Nein, dafür sind zu authentische Elemente drin, wenn Sie mich fragen. Und selbst wenn es fiktiv wäre, warum sollte ein Hetero eine schwule Liebesgeschichte schreiben?«

Er schüttelte den Kopf. »Keine Ahnung.« Er legte ihr beruhigend die Hand auf die Schulter. »Falls er wirklich schwul war, dann konnte er ja auch nichts dafür. Aber wahrscheinlich war er bisexuell, sonst hätte er nichts mit Frauen gehabt und Sie nicht geheiratet.«

»Na, das beruhigt mich aber ungemein.« Sie strich sich nervös eine Strähne aus dem Gesicht. »Danke, dass ich es lesen durfte.«

Marko begab sich schon um halb sechs ins *Tequila*, obwohl sie erst um sieben verabredet waren. Er las die Geschichte in einem Zug. Danach konnte er Ljiljana verstehen. Die Liebesgeschichte war so innig und gefühlvoll erzählt: Es war nicht zu leugnen, dass der Autor sehr verliebt in diesen Mann gewesen sein musste.

Nikola kreuzte zwanzig Minuten zu spät auf. Er setzte sich grußlos hin. »Ich bin total kaputt«, stöhnte er, »Konnte nicht früher.«

»Das macht nichts. Ich war schon eineinhalb Stunden früher da. Ich wollte das Manuskript lesen.«

»Hast du's zu Ende gelesen?«

»Jaaa«, antwortete er vielsagend.

»Also, was ist das für eine verdammte Geschichte?«

»Ich bin in Sachen Literatur nicht gerade bewandert, aber das hier«, er klopfte auf den Stapel Papier, »hat es in sich.«

»In welcher Hinsicht?« Nikola bellte seine Bestellung an die Theke und der Kellner nickte ihm zu.

»Sehr gut geschrieben, wirklich. Ein absolutes Talent. Und«, er grinste, »ziemlich gewürzt mit Liebesszenen.«

»Aha. Erzähl mal, worum geht's da?«

»Da ist ein Mann, der auf der Suche nach der wahren Liebe ist. Er hat die verschiedensten Frauen. Kleine, große, dicke, dünne, junge, alte und so weiter. Aber er findet einfach nicht die Richtige. Schließlich verliebt er sich in einen Mann. Da ist eine Szene, die ist wirklich interessant. Er weiß nicht, wie er es dem Typen sagen soll, also geht er einfach auf ihn zu und sagt: ›Es gibt etwas, das ich dir sagen muss. Von Mann zu Mann …«

Nikola räusperte sich.

»… du hast das gleiche Geschlecht wie ich und es klingt vielleicht absurd, aber ich muss ständig an dich denken‹ …«

Nikola räusperte sich nun lauter und rutschte nervös auf seinem Stuhl hin und her. Marko bemerkte, dass der Kellner mit Nikolas Bier hinter ihm stand und leicht schockiert von einem zum anderen blickte, während er das Glas abstellte. Grinsend verschwand er.

»Hier können wir uns nicht mehr blicken lassen«, bemerkte Nikola, krebsrot im Gesicht.

»Mist. Ist mir ziemlich peinlich. Ich hab ihn nicht bemerkt.«

Nikola verzog den Mund. »Kann man jetzt nicht mehr ändern.«

»Ach, soll der Kellner doch denken, was er will. Dann sind wir für ihn halt schwul. Damit kann ich leben.«

»Ich aber nicht!«

Die beiden schwiegen eine Weile, bemüht, einander nicht anzusehen. Schließlich räusperte sich Nikola wieder und fragte: »Und du sagst, es ist gut geschrieben?«

»Soweit ich das beurteilen kann, ja.«

»Und da geht's nur um dieses Liebesgesuche, oder wie?«

»Ja.«

»Hmmm …« Nikola schien krampfhaft über etwas nachzudenken. Marko ließ ihn. Er nahm einen Schluck Bier, dann noch einen, schließlich sagte Nikola: »Dann müssen wir davon ausgehen, dass er sich in einen Mann verliebt hat. Ich meine, weil er das geschrieben hat.«

Marko nickte nachdenklich. »Im Dorf habe ich zwar keinerlei Andeutungen in diese Richtung gehört. Im Gegenteil, er hat sich über den alten Božić lustig gemacht, weil der angeblich schwul sei …«

»Das sagt gar nichts. Vielleicht wollte er damit nur seine eigenen Neigungen verschleiern. In Amerika oder Holland lebt sich's damit vielleicht ganz gut, aber in einem kroatischen Dorf genießt man nicht gerade den Respekt der Gemeinde, wenn man einen Mann liebt. Ähm, würde ich mal so sagen.«

»Wahrscheinlich hast du Recht. Außerdem glaube ich, dass diese Geschichte hier«, er klopfte auf den Papierstapel auf dem Tisch, »seine eigene Geschichte ist. Er hat früher nichts anbrennen lassen, aber in letzter Zeit ist er etwas ruhiger geworden, hat sich sogar entschlossen zu heiraten, aber vor der Heirat hatte er eben diese Affäre mit einem Mann. Und weißt du, was das Interessanteste ist?«

»Na sag schon«, blaffte Nikola ihn an. Er nahm einen großen Schluck aus dem Bierglas.

»Er sagt zu dem Mann, er wolle nur heiraten, um den Schein zu wahren, denn der andere Typ ist auch verheiratet. Sie wollen ihre Beziehung so fortsetzen, aber natürlich in aller Diskretion. Doch dann verliebt sich unser Held wirklich in seine zukünftige Braut. Er macht Schluss mit dem anderen. Der bombardiert ihn mit Anrufen und kann sich nicht damit abfinden.«

Nikolas Augen verengten sich zu schmalen Schlitzen. »Ich glaube, ich spinne. In deinem Bericht steht doch, er hätte diese Anrufe bekommen.«

»So ist es. Wenn du mich fragst, ist das hier ein Bericht über sein Liebesleben, in groben Zügen sozusagen.«

Sie starrten ihre Getränke an.

Nikola sah ihn an. »Jetzt musst du nur noch herausfinden, wer dieser Mann war.«

»Ja«, Marko nickte, »aber das wird nicht einfach sein.

Sie tranken. Marko steckte sich eine Zigarette an.

»Hast du einen Schwulen in der Familie?«, fragte Marko unvermittelt.

»Meine Oma war eine Lesbe.«

»Ist nicht dein Ernst.«

»Natürlich nicht«, fauchte Nikola, »woher zum Teufel soll ich das wissen? Glaubst du, die Leute erzählen mir ihr Liebesleben? Sehe ich wie ein Sexualberater aus?«

»Nein, bei Gott nicht. Dafür fehlt dir der gutmütige Dackelblick.«

»Wie ich schon sagte, möchte ich etwas mit dir besprechen«, meinte Nikola schließlich.

»Worum geht es?«

»Es gibt da etwas, das ich nicht verstehe. Woher hast du plötzlich diese Informationen über die Leute in Mala Šuma? Dass dieser alte Božić schwul ist, zum Beispiel. Oder dass Anita

Kaštelan mit dem Mordopfer im Auto gesehen wurde. Von wem gesehen wurde? Das steht nämlich nicht im Bericht.«

Marko fror plötzlich. »Ist das wichtig?«

Nikola sah ihn an, als wäre Marko von Sinnen. »Du bist doch nicht erst seit gestern bei der Polizei. Herrgott, natürlich ist es wichtig.« Er zog erbost eine Zigarette aus dem Päckchen.

»Ich habe versprochen, es diskret zu behandeln.«

»Marko!« Seine Hände zitterten vor Wut, als er sich die Zigarette in den Mund steckte. »Diskret behandeln heißt, es nicht den anderen Dorfbewohnern zu sagen. Aber es heißt nicht, es *mir* nicht zu sagen. Du führst dich auf wie ein Amateur. Von wem hast du es?«

Marko seufzte. Laut, um sein Unwohlsein deutlich zu machen. »Von Vedrana Juretić und …«

»Von der Geisteskranken?«, fragte Nikola, mehr als erbost.

»Ja.«

»Die weiß doch nicht, was sie redet. Da kann man sich nicht drauf verlassen.«

»Doch, ich denke schon.«

»Und? Von wem noch?«

»Nirvana Reljac.«

»Wieso Nirvana? Ist sie Buddhistin?«

»Ah, nein. Ihr richtiger Name ist Silvana. Silvana Reljac. Sie ist die Nachbarin von Ljiljana Tomić.«

Nikola sah ihn aufmerksam an. Um seinen Mund lag ein ironisch amüsierter Zug. »Aha, das heißt, du nennst sie beim Vornamen. Außerdem plaudert sie aus dem Nähkästchen. Welchen Schluss sollte ich, deiner Meinung nach, daraus ziehen?«

Marko schüttelte den Kopf. Er wäre jetzt lieber im Kerker, als sich Nikolas Tiraden anzuhören. »Es ist nicht, wie du denkst.«

»Wie ist es *denn?*«

»Na ja, wir sind uns sympathisch und …«

»Hör jetzt auf, bevor mir der Kragen platzt. Du hast eine Affäre mit einer Verdächtigen.«

»Nikola, sie ist in keinster Weise verdächtig.«

»Weil du es so haben willst, oder weil nichts gegen sie spricht?«

»Natürlich weil nichts gegen sie spricht. Ich habe keine Affäre mit ihr.«

»Das glaube ich dir nicht.«

Marko fiel nichts ein, was er darauf hätte sagen sollen.

»Also, was läuft mit der Buddhistin?«, fragte Nikola ungehalten.

»Sie ist keine Buddhistin.«

»Hast du was mit ihr?«

Marko senkte schuldbewusst den Kopf. »Von mir aus. Ich gebe es zu.«

»Du hast also was am Laufen mit ihr?«

»Du gehst ein bisschen zu weit. Findest du nicht?«

Nikola sah ihn an, als ob er einen hoffnungslos Verrückten vor sich hätte. »Legst du eigentlich viel Wert auf deinen Job? Wenn ja, dann hörst du besser auf, Verdächtige oder Zeuginnen flachzulegen.« Er fasste sich mit der Handfläche an die Stirn. Etwas theatralisch, wie Marko fand. »Und verheiratet ist die Frau obendrein.«

»Ich habe sie nicht flachgelegt, wie du das nennst. Außerdem ist sie vielleicht nicht mehr lange verheiratet. Ihr Mann ist ein ignoranter Idiot.«

»Das kann dir doch egal sein!« Nikola vergaß sich und brüllte den letzten Satz etwas zu laut. Der skeptische Kellner blickte vorwurfsvoll in ihre Richtung. Nikola rückte ein Stückchen weiter nach vorne und drosselte nun seine Lautstärke. »In diesem Fall steckst du fest. Du kommst nicht weiter. Die paar Hinweise, die dir diese Reljac gegeben hat, helfen uns auch nicht viel weiter. Das kenne ich einfach nicht von dir.«

Marko nickte. »Du hast Recht; dieser Fall ist merkwürdig verzwickt. Aber ich kann dir versichern, es liegt nicht an Nirvana Reljac.«

»Wenn du es sagst.« Nikola nahm einen kräftigen Schluck Bier und ließ ihn dabei nicht aus den Augen.

Was zu viel ist, schmeckt nicht mal mit Butter gut

Nirvana wachte mit Kopfschmerzen auf. Sie fragte sich, wofür sie aufstehen sollte. Ihr Leben hatte nie einen besonders tiefen Sinn gehabt, aber jetzt hatte sie nicht einmal mehr die Aufgabe, ihrem Mann Essen zu kochen und seine Wäsche zu waschen. Selbst dieser öden Pflicht konnte sie nicht mehr nachkommen. Sie blieb bis zwanzig nach zehn liegen. Dann stand sie lustlos auf und kochte sich Kaffee. Während sie in dem schwarzen Gebräu herumrührte, dachte sie darüber nach, was für eine Versagerin sie war. Oder vielleicht war sie auch nur ein Pechvogel. Versunken in Selbstmitleid beschloss sie, ein Pechvogel zu sein. Ja, genau. Sie war einfach ein Pechvogel. Das Wort gefiel ihr. Ihre Mutter war vor elf Tagen gestorben, ihr Mann hatte eine Affäre mit einer anderen Frau gehabt und ihr potentieller Liebhaber war ein Einzelgänger. Und sie lebte in einem Dorf mit einem Mörder oder einer Mörderin, die vielleicht ihre Schwägerin war.

Nachdem sie zwei Tassen Kaffee getrunken und eiskalt geduscht hatte, ging sie in den Laden, um Brot und Zucker zu kaufen. Das Wissen, dass sie Eliza gleich gegenüberstehen würde, machte sie nervös.

Vedrana rannte sie an der Eingangstür zum Laden beinahe um. Die Frau war fünfmal täglich hier. Kein Wunder, dass Eliza sie nicht leiden konnte. Vedrana schoss heraus und starrte sie an. Nirvana sah ihr ins Gesicht, ebenso irritiert. Vedrana war einmal die beste Freundin ihrer Mutter gewesen. Vielleicht interessierte sie ihr Tod, vielleicht konnte sie in manchen Momenten klar denken. »Vedrana, meine Mutter ist vor ein paar Tagen gestorben.«

Ihre Augen wurden schmaler und sie wirkte plötzlich nachdenklich.

»Hörst du? … … ist tot. Meine Mutter, deine frühere beste Freundin.«

Vedrana zuckte mit den Schultern. »Und dein Mann hat die Koffer gepackt, hä?«

»Was? Woher hast du das?« Es war nicht zu fassen. Gestern Abend war Arsen weggegangen, und am Morgen wusste es schon das ganze Dorf. »Wer hat dir das erzählt?«

»Ich stehe in enger Verbindung mit Gott. Weißt du das denn nicht? Alle wissen, dass Vedrana mit Gott in Verbindung steht. Wir haben miteinander telefoniert.« Sie hob den Zeigefinger gen Himmel. »Er hat es mir erzählt.«

»Natürlich.« Sie versuchte, sich an Vedrana vorbeizuschieben.

»Ich weiß auch, wer der Mörder von Boris ist, diesem kleinen Scheißer.«

Nirvana hatte sich schon halb abgewandt. »So, wer denn?«

»Für fünfzigtausend Kuna sag ich's. Na ja, Verhandlungsbasis.«

Nirvana wandte sich ab.

Als sie das Ladeninnere betrat, stand ihr Vater da und bezahlte seine Rechnung. Er und Eliza starrten sie an.

»Guten Morgen«, sagte Nirvana und versuchte, neutral zu klingen.

»Morgen«, murmelte Eliza.

Ihr Vater nickte ihr zu. Schließlich steckte er sein Wechselgeld in die Hosentasche und ging.

»Wie es aussieht, habt ihr es schon gehört.«

Eliza nickte. »Meine Eltern haben deinen Vater gestern Abend angerufen.«

Nirvana zuckte zusammen. »Was? Warum das denn? Arsen und ich sind keine Teenager, deren Eltern sich gegenseitig anrufen müssen, um unsere Beziehung zu besprechen.«

»Ganz so ist es ja auch nicht, Nirvana. Sie waren geschockt und aufgebracht, als Arsen mit dem Koffer auf der Matte stand. Sie machen sich Sorgen.«

»Das ganze Dorf weiß es schon. Sogar Vedrana weiß es.«

»Ivan und ich haben uns gerade darüber unterhalten, als sie kam. Ich weiß, es war unvorsichtig von uns, aber … es ist blöderweise passiert.«

»Ja, blöderweise.«

»Nirvana! Die Leute werden es sowieso erfahren.« Sie hatte einen belehrenden Tonfall in der Stimme, und den konnte Nirvana nicht leiden.

»Ein Pfund Zucker, eine Packung dünne Spaghetti und ein halbes Brot.« Sie konnte und wollte ihren Ärger nicht verbergen. Eliza holte das Gewünschte vom Regal und legte alles auf den Tresen. »Was hat Arsen gesagt?«

»Ich habe noch nicht mit ihm gesprochen, aber Mama hat mich heute Morgen angerufen. Sie meint, er hätte nur gesagt, er wäre ein miserabler Ehemann gewesen.«

»Das hat er gesagt? Wirklich?«

Eliza nickte. »So hat er es jedenfalls meinen Eltern gegenüber ausgedrückt. Was ist passiert zwischen euch? Warum sagt er so etwas?«

»Frag ihn das lieber selbst, Eliza.« Sie bezahlte und ging. Die Tasche kam ihr entsetzlich schwer vor.

Um kurz nach zwölf klopfte es. Nirvana dachte, es wäre vielleicht Marko. Aufgeregt eilte sie zur Tür war, sperrte auf, drückte die Klinke nach unten. Vor ihr stand Eliza. Nirvana war erstaunt. In der Mittagspause kam Eliza nie zu ihr, sondern sie ging üblicherweise nach Hause, um dort das Essen zu kochen. Was war in letzter Zeit nur mit ihr los?

»Darf ich reinkommen?«

»Ja.«

Sie sah Nirvana merkwürdig an. »Danke.«

Danke? Es war nicht üblich unter ihnen, sich dafür zu bedanken, wenn man die andere hereinließ. Nirvana ertappte sich dabei, wie sie Eliza von allen Seiten musterte, ob sie irgendwo ein Messer oder eine Axt versteckt haben könnte.

»Komm, wir gehen ins Wohnzimmer.« Es war näher zur Haustür, falls sie flüchten musste, und hier gab es weniger gefährliche Dinge wie Messer oder Scheren.

Eliza folgte ihr. Sie nahm Platz auf der Couch.

»Möchtest du etwas trinken?«.

Eliza verneinte. »Ich bin hier, weil ich mit dir reden muss.«

Nirvana setzte sich steif ihr gegenüber hin. »Worum geht es?«

»Arsen war gerade im Laden. Er war auf dem Weg zu dir.«

»Ach ja? Warum?«

»Ich weiß nicht warum. Jedenfalls hatte ich schon zugesperrt, da klopfte er an und ich ließ ihn hinein. Er sagte, er sei auf den Weg zu dir. So kamen wir auf dich, oder besser gesagt auf eure Ehe zu sprechen. Er hat mir erzählt, was passiert ist«, Eliza sah ihr in die Augen, »warum ihr euch getrennt habt. Ja, und deswegen bin ich hier. Ich sagte ihm, ich will zuerst mit dir sprechen.«

»Eliza, du meinst es sicher gut, aber wir sind doch keine zerstrittenen Kinder, die eine Vermittlerin brauchen.«

»Darum geht es nicht. Ich bin hier, um dir ein Geständnis zu machen.«

Nirvanas Herz fing wie wild an zu klopfen. »Ein Geständnis? Ich verstehe nicht.«

»Du weißt doch, dass Ljiljana und ich befreundet waren. Luka und ich haben manchmal auf den Jungen aufgepasst, bis Ljiljana wieder schwanger wurde.«

»Klar weiß ich das noch.« Sie nickte und wartete gespannt auf das sogenannte Geständnis.

»Tja«, Eliza leckte sich nervös über die Lippen, »und dann hat sie mir erzählt, von wem das zweite Kind ist.«

»Du hast es gewusst?«

Eliza nickte. »Ich bin vollkommen durchgedreht, habe sie angeschrien und beschimpft. Dann hab ich ihr die Freundschaft gekündigt. Ich hab mir Arsen vorgeknöpft und ihn genauso niedergemacht. Arsen hat mich gebeten, dir nichts davon zu sagen. Als ich letztes Mal hier aufgetaucht bin, kamst du aus dem Bad. Ich fragte dich, wo Arsen sei. Ich wollte, dass er dabei ist, wenn ich dir das sage. Aber dann hat mich all mein Mut verlassen und ich konnte nicht.«

Nirvana sah sie entsetzt an. »Ich kann dir nicht mehr vertrauen, Eliza. Ich dachte wirklich, ich wäre deine Freundin.« Sie schüttelte enttäuscht den Kopf. »Du hast es all die Jahre gewusst. Ich … ich habe dich damals gefragt, warum du dich mit Ljiljana zerstritten hast, worauf du gesagt hast, sie hätte dich ausgenutzt. Du hast gelogen, um deinen Bruder zu schützen. Ich glaube, du weißt nicht, was Freundschaft ist.«

»Du hast Recht.«

»Trotzdem danke, dass du es mir jetzt gesagt hast. Das finde ich sehr mutig von dir.«

Elizas Lippen zitterten. »Der Mut kommt sechs Jahre zu spät.«

Es schien, als wäre es im Büro heute noch lauter als sonst. Der Regen klatschte gegen die Fenster und es donnerte wie selten. Marko hatte die ganze Nacht nicht schlafen können. Er musste ständig an sie denken. Nach längerem Hin- und Herüberlegen griff er zum Hörer und rief sie an. Ihre Stimme klang müde und traurig, als sie sich meldete. »Nirvana? Ich bin's.«

»Arsen hat mich gestern Abend verlassen.« Ihre Stimme klang merkwürdig tonlos. Es irritierte ihn auch, dass sie gleich mit der Tür ins Haus fiel.

»So plötzlich?«, fragte er.

»Geht es denn anders als plötzlich? Jeden Tag ein paar Schritte bis zur Haustür, oder wie?« Ihre Stimme war lauter und fast aggressiv geworden.

»Warum ist er weg? Habt ihr euch gestritten?«

»Marko«, seufzte sie, »natürlich haben wir uns gestritten. Glaubst du, er hat gesagt: ›Es ist zwar alles bestens zwischen uns, aber ich verlasse dich zur Abwechslung mal.‹ Ich habe ihm gesagt, dass ich eine Affäre habe.«

Er schluckte.

»Ich habe erzählt, ich hätte einen Typen im Bus kennen gelernt. Er hat keine Ahnung, dass du es bist. Ich weiß, dass es im Grunde auch keine Beziehung ist, die wir haben, aber … es ist auch nicht viel passiert und … Tatsache ist, dass ich ihn ein bisschen betrogen habe.«

»Du scheinst dir ziemliche Vorwürfe deshalb zu machen.«

»Natürlich tue ich das«, erwiderte sie verzweifelt. »Ich bin eine Anna Karenina. Und weißt du, was mit Anna Karenina passiert ist?«

Wer zum Teufel war Anna Karenina?

»Am Ende hat sie sich vor den Zug geworfen.«

»War das eine Schauspielerin?«

»Was? Anna Karenina ist eine Romanfigur von Tolstoi.«

»Oh. Ich muss zugeben, dass ich ein absoluter Literaturbanause bin. Ich bin nie richtig zum Lesen gekommen.«

»Jeder hat hin und wieder Zeit zu lesen.«

»Können wir uns sehen?«

Ein paar Sekunden verstrichen, bevor sie antwortete. »Nein. Mir geht es nicht gut.«

»Vielleicht kann ich dich aufmuntern.« Einen Versuch war es wert.

»Ich glaube, du bist der Letzte, von dem ich mich jetzt trösten lassen sollte.«

»Wirst du dich mit ihm versöhnen?« Er musste leise sprechen, da Nikola gerade in der Nähe seines Büros stand und sich mit einem Kollegen unterhielt.

»Es wird wohl das Beste sein, wenn ich die Dinge einfach auf mich zukommen lasse.«

»Also willst du dich nicht mit mir treffen?«

»Nein. Lieber nicht.«

»In Ordnung. Mach's gut.«

»Du auch.« Sie legte auf.

Er hielt noch einen Augenblick den Hörer in der Hand und ließ ihn dann kraftlos fallen.

Es war irgendwie faszinierend, dass man eine einzige Situation aus positiven und negativen Blickwinkeln betrachten konnte. Das Positive war, dass dieser Schnösel von Ehemann sie verlassen hatte. Eigentlich war sie jetzt eine freie Frau. Der negative Aspekt bestand jedoch darin, dass sie darüber nicht glücklich war. Es schien, als belaste sie das enorm. Frauen waren manchmal wirklich undurchschaubar. Sie hatte sich über ihren Mann beklagt, ihn verurteilt, hatte Wut im Bauch und war mit ihrer ganzen Situation unglücklich gewesen. Jetzt hatte er sie verlassen und sie trauerte ihm hinterher. Er verstand das nicht. Es war sicher nicht so, dass er sich Hals über Kopf verliebt hatte, dass er ohne sie nicht mehr existieren könnte. Aber er konnte sich vorstellen, dass das alles irgendwann so sein würde. Sie gefiel ihm. Ihre Art, ihr Aussehen, ihre Denkweise. Er war fasziniert von ihr. Das Einzige, worin er sich anscheinend getäuscht hatte, war, dass er geglaubt hatte, sie wäre unkompliziert. Wie es aussah, war sie sogar sehr kompliziert.

»Was sitzt du hier mit diesem dämlichen Gesichtsausdruck? Du siehst aus wie ein frisch verliebter Jüngling.« Nikola stand plötzlich neben ihm.

Er dreht sich halb zu ihm um. »Wie? Ähm, nein. Ich denke an den Fall.«

»Hmhm. Besonders an die weiblichen Verdächtigen, wie es aussieht.« Es hatte wohl keinen Sinn, Nikola nochmals darauf hinzuweisen, dass Nirvana keine Mordverdächtige war. Über Nikolas Gesicht huschte ein kleines Grinsen. »Ich vertraue dir, Marko. Trotzdem hoffe ich, dass du unvoreingenommen an diesem Fall weiterarbeitest.«

»Klar.«

»Die Spurensicherung hat angerufen. Auf dem Schreibtisch sind nur zwei verschiedene Fingerabdrücke.«

»Und das sind die von Boris und Zora Klić.«

»Davon können wir ausgehen, ja.« Er ging wieder in sein Büro. Marko sah ihm nach und beschloss, den Bericht zu schreiben. Als er zu tippen begann, ging das Telefon. Er nahm ab, meldete sich und wartete. Auf der anderen Seite der Leitung war es still. »Hallo?«, versuchte er es nochmal.

»Hier ist Ljiljana.«

»Ja?«

»Ich ...« Sie atmete heftig. Dann fing sie an zu weinen. »Ich ... Es ist ...«

»Ja?«

»Ähm ... ach, nichts«

»Nun sagen Sie schon.«

»Nein, bitte vergessen Sie's. Bitte!« Sie legte auf. Marko

suchte nach ihrer Nummer und rief zurück. Niemand meldete sich. Er würde sie heute noch aufsuchen müssen. Wie sie sich anhörte, hatte sie Angst.

Nun würde er sich eine große Tasse Kaffee holen und den Bericht schreiben. Dann würde er zu Ljiljana fahren. Er stand auf und ging zur allseits begehrten Kaffeemaschine.

Fünf Minuten später kam Nikola mit verstörtem Gesichtsausdruck aus seinem Büro auf ihn zugestürzt. Marko sah ihn besorgt an. Nikola packte ihn aufgeregt am Arm. »Marko!« Ein paar Tropfen des Kaffees landeten auf Markos weißem Hemd. »Es ist wieder ein Mord in Mala Šuma passiert.«

»Was? Wer?«

»Vlado Dorić. Der Wirtshausbesitzer.«

»Das darf doch nicht wahr sein! Wer hat angerufen?«

»Seine Frau. Sie hat ihn im Garten hinter dem Haus gefunden. Die gleiche Art und Weise. Wie es aussieht, wieder mit einer Axt.«

»Auf den Kopf?«

Nikola nickte. »Ja, wieder mitten in den Schädel.«

»Sind schon die Leute von der Spurensicherung unterwegs?«

»Ja, ist bereits alles eingeleitet.« Dann wandte er den Kopf und schrie durchs Büro: »Vukić! Gehen Sie mit und lernen Sie was!«

Vukić erhob sich freudestrahlend von seinem Drehstuhl und griff nach seiner Jacke.

Marko ging zu seinem Tisch, stellte widerwillig die Tasse mit dem dampfenden Kaffee ab und griff nach seinem Blouson. »Bin schon weg.«

»Knöpf dir jeden Einzelnen vor!«, brüllte Nikola ihm hinterher. »Und ruf sofort an, wenn du einen Anhaltspunkt hast. Apropos, du hast dein Handy vergesseeeen!«

Marko drehte sich um und ging im Laufschritt sein Handy holen. Im Geiste verdammte er wieder einmal den, der diese Dinger erfunden hatte.

Draußen schüttete es regelrecht. Marko fragte sich, wie er einigermaßen trocken zum Wagen kommen sollte, als Vukić mit einem Schirm hinter ihm auftauchte. Marko lächelte erleichtert.

Marko parkte den Wagen auf der gegenüberliegenden Straßenseite vom Haus der Dorićs. Vukić machte ihn nervös. Den ganzen Weg nach Mala Šuma hatte er ihn mit Fragen gelöchert, die den Fall betrafen. So viel Interesse und Ehrgeiz fand er zwar lobenswert, aber Marko war nicht in der passenden Stimmung dafür. Das ganze Dorf war um das Haus der Dorićs versammelt. Der Regen hatte nachgelassen, aber es nieselte noch. Das schien die Leute nicht zu stören, denn sie hatten sich mit Regenjacken oder Schirmen ausgerüstet. Er konnte auch Nirvana entdecken, die mit ihrer Freundin Renata ein paar Meter hinter den anderen stand. Renata hielt einen großen Schirm über ihren Kopf und über den ihrer Freundin. Er bekam Sehnsucht nach ihr, als er sie sah. Als er den Wagen zum Stillstand gebracht hatte und den Motor ausschaltete, sah er, dass Renata sie mit dem Ellbogen anschubste und etwas murmelte. Nirvana blickte in seine Richtung. Er drehte den Kopf weg.

»Das ist vielleicht ein Haufen Neugieriger«, bemerkte Vukić. Sie stiegen aus und gingen auf die Beamten zu. Der Schäferhund lag friedlich in seiner Hütte und beobachtete das Geschehen. Seine Schnauze glänzte vom Regen.

»Ja, war wieder eine Axt«, sagte Tomljanović von der Spurensicherung. »Seine Frau hat ihn gefunden. Sie sagt, sie hätte sich darüber gewundert, dass er nicht zum Frühstück gekommen sei.«

»Zum Frühstück gekommen? Hat sie ihn nicht schon vorher vermisst? Na, egal. Ich befrage sie ohnehin gleich.«

Tomljanović nickte »Die Frau ist völlig mit den Nerven runter, sag ich Ihnen.«

»Ich glaube, das wäre vorerst alles, danke.« Marko wandte sich an Vukić: »Sie sehen sich mal hier um, während ich mich mit der Frau unterhalte.« Vukić nickte euphorisch und Marko machte sich auf den Weg ins Haus. Im Vorbeigehen streifte er Nirvana mit einem Blick. Sie sah in seine Richtung, aber ihr Gesichtsausdruck verriet keine Gefühlsregung.

Marko ging die lange Treppe hoch und spürte die Blicke der Leute im Nacken.

Tanja Dorić saß auf einem Küchenstuhl und fror trotz ihrer Strickjacke. Diese Frau hatte ihren Mann ermordet im Garten gefunden und ihr Gesicht verriet, dass dies das Schlimmste war, was ihr im Leben bisher widerfahren war. Ein Beamter in Uniform war bei ihr. Sie hatte gerade genickt, als Marko durch die Tür kam.

»Lassen Sie uns bitte allein«, sagte Marko zu dem Beamten. Dieser verschwand sogleich. Marko setzte sich auf den Stuhl neben ihr und legte behutsam seine Hand auf ihre Schulter. »Frau Dorić, mein herzliches Beileid. Ich weiß, es ist sehr schwer für Sie.«

Die Frau fing an zu weinen und schnäuzte in ihr zerknülltes Taschentuch. »Ich will ehrlich sein, Herr … Entschuldigen Sie. Wie war noch Ihr Name?« Sie hob den Kopf und sah ihn hilflos an.

»Ban.«

»Herr Ban, ich will ehrlich sein. Mein Mann war sicher kein Lämmchen. Er konnte manchmal ziemlich taktlos sein. Aber wer würde ihn denn deshalb *ermorden*? Das ist doch Wahnsinn!«

»Ja, das ist es, Frau Dorić. Genau das ist der Punkt. Hier in diesem Dorf gibt es einen Wahnsinnigen.«

Sie sah ihn wieder mit diesem Mitleid erregenden Blick an. »O Gott! Das ist doch nicht möglich! Dann wird es noch ein Mordopfer geben, nicht wahr?«

Marko seufzte laut. »Ich hoffe nicht. Wir müssen diesem Mörder das Handwerk legen. Vielleicht ist es auch eine Mörderin.«

»Aber … aber niemand in diesem Dorf könnte im Stande sein, Menschen zu ermorden. Wir haben hier alle unsere Macken, aber Mord?« Tanja Dorić senkte den Kopf und legte die Hände in den Schoß. »Was soll ich jetzt nur tun? Ich … ich kann dieses Wirtshaus nicht allein weiterführen. Wovon sollen wir jetzt leben?«

»Ich weiß nicht, was ich dazu sagen soll. Es tut mir sehr Leid, was passiert ist. Haben Sie etwas gespart?«

Sie lachte bitter auf. »Ach, ein paar tausend Kuna vielleicht. Vlado hat etwas angelegt. Ich hatte keinen Einblick in die Papiere. Nicht, weil er das vor mir versteckte, sondern weil mich dieser Papierkram nicht interessierte.«

»Gibt es eine Lebensversicherung?«

»Nein, nichts.« Sie stand auf, warf das Papiertaschentuch in den Mülleimer und nahm sich aus einer Schublade ein neues. »Möchten Sie etwas trinken?«

»Nein, bitte machen Sie sich keine Umstände.«

Sie schüttelte den Kopf. »Das macht mir nichts aus. Ich muss mich irgendwie ablenken.« Sie füllte eine Mokkakanne mit Wasser und stellte sie auf den Herd. »Ich koche uns Kaffee. Ich trinke sonst selten Kaffee, aber jetzt kann ich einen vertragen.«

»Das verstehe ich.«

Tanja wischte sich unbeholfen die Hände am Rock ab und setzte sich wieder an den Tisch. »Ich weiß einfach nicht, was ich jetzt tun soll.«

»Sie sagten, er hätte etwas angelegt. Vielleicht ist es eine größere Summe, mit der Sie eine Zeitlang auskommen können. Zumindest, bis Sie eine Lösung gefunden haben.«

Sie seufzte. »Ich glaube nicht, dass es sich um einen größeren Betrag handelt. Vlado mochte es, Geld für sich auszugeben. Glauben Sie nur nicht, dass das Geld, das er angelegt hatte, für mich und die Kinder gedacht war. Er träumte seit ein paar Jahren von einem BMW.« Sie blickte zum Herd. »Das Wasser kocht.« Sie stand auf und bereitete den Kaffee zu.

»Hatte er in letzter Zeit mit jemandem Streit?«

»Nein, nicht, dass ich wüsste.« Sie stellte die beiden Tassen auf den Tisch und ließ sich erschöpft auf den Stuhl sinken. »Mein Mann hatte nicht gerade einen großen Freundeskreis, wenn Sie verstehen. Er war weder freundlich noch hilfsbereit. Das ist nun mal so. Ich kann nicht hier sitzen und Sie anlügen, nur weil er mein Mann war.«

Marko nickte. Er wollte nichts sagen, um ihren Redefluss nicht zu bremsen. Sie strich sich ein paar Strähnen aus dem Gesicht. Ihr Haar war leicht fettig und sie sah aus, als hätte sie seit

Tagen nicht geschlafen. »Er konnte die Leute manchmal unter der Gürtellinie treffen. Das wissen alle in Mala Šuma. Ins Dorf ging er selten, aber die Leute kamen immer wieder ins *Krokodil*, weil er hier im Umkreis der Billigste war. Sie wissen ja, wie die Zeiten sind. Die Säufer drehen jede Kuna zweimal um.«

Marko nahm sich eine Zigarette aus der Packung. »Darf ich?«

Tanja nickte.

Er zündete sie an und sie reichte ihm den Aschenbecher, der auf der Kommode neben ihr stand. »Frau Dorić, es gibt ein paar Dinge, die ich Sie fragen muss. Es lässt sich leider nicht umgehen.«

»Ich weiß, was Sie mich fragen wollen. Ob wir eine gute Ehe hatten.«

Marko nahm einen tiefen Zug. »Leider nicht nur das. Ich muss wissen, ob er Affären hatte, ob er Sie geschlagen hat, ob Sie ihn geliebt haben.« Er sah sie an, wartete auf ihre Reaktion, aber es kam keine. Sie saß einfach da. Ihr Gesichtsausdruck verriet nichts.

»Er hatte Affären. Ich weiß allerdings nicht mit wem. Drei, viermal habe ich Lippenstiftspuren an seinem Hemd entdeckt und Parfum gerochen. Und abends hat er mich manchmal in das Wirtshaus geschickt, weil er wegging. Ich weiß nicht wohin und mit wem.«

»Hat Sie das verletzt?«

»Anfangs ja, später war es mir egal. Ich wollte nur meine Ruhe, und meistens ließ er mich auch in Ruhe.«

»War er manchmal brutal?«

»Nein, das nicht. Geschlagen hat er mich nie. Ich glaube, das hätte er sich nicht getraut. Ich bin auch nicht gerade zierlich.« Sie zeigte die Spur eines Lächelns. »Um Ihre letzte Frage zu beantworten: Ich habe ihn nicht geliebt. Es gab Dinge, wofür ich ihn geschätzt habe. Er war ein ziemlich guter Vater; seine Kinder waren ihm nicht egal. Das ist keine Kleinigkeit, wenn man bedenkt, wie seine Eltern zu ihm waren.«

»Wie waren sie denn?«

»Sie sind beide an Leberzirrhose gestorben. Mehr muss ich

wohl nicht sagen. Er wurde von beiden geschlagen. Dann ist er zu seiner Oma abgehauen.«

Marko dachte darüber nach. Vedrana hatte also Recht gehabt. Er kannte diese Geschichten. Allerdings meistens von Kriminellen, nicht von den Opfern. Im Präsidium landeten ständig Dealer und Mörder, die eine schlimme Kindheit hinter sich hatten. Entweder sind sie verprügelt oder verlassen worden. Manchmal fiel es ihm nicht ganz leicht, sie zu verurteilen und grob mit ihnen zu sein, obwohl ihre Taten unverzeihlich waren. Aber er fragte sich, ob er vielleicht nicht auch so geworden wäre, wenn er unter solchen Umständen aufgewachsen wäre. Wenn er psychisch und physisch so kaputt gemacht worden wäre. Er trank von dem Kaffee und sah Tanja wieder an. »Hat er in letzter Zeit ungewöhnliche Anrufe bekommen?«

»Anrufe?«

»Ja. Boris Klić hatte vor seinem Tod ein paar eigenartige Telefonanrufe. Ihr Mann nicht?«

»Nein, nicht, dass ich wüsste.«

»Gibt es etwas, das in letzter Zeit ungewöhnlich war?«

»Ich glaube nicht.«

»Frau Dorić, Sie wollten Ihren Mann zum Frühstück rufen, stimmt das?«

»Ja. Vlado stand immer sehr früh auf. Vor dem Frühstück putzte er das Wirtshaus. Als er nicht kam, bin ich rausgegangen und … und da fand ich ihn dann.« Ihre Augen wurden feucht, sie setzte sich aufrecht hin, bemüht um Haltung.

»Wo ist das Frühstück?«

»Bitte?« Sie sah ihn verwirrt an.

»Der Herd ist leer. Wo ist das Frühstück?«

»Vlado trank keinen Kaffee, deshalb koche ich morgens keinen. Und die Rühreier sind im Mülleimer.« Sie stand auf, ging in eine Ecke des Raumes und öffnete den Mülleimer mit dem Fuß. »Bitte.«

Marko stand auf und betrachtete das Frühstück im Mülleimer. »Gut, danke.«

»Warum fragen Sie danach?« Sie standen einander gegenüber. Tanjas Lippen zitterten leicht. »Glauben Sie mir etwa nicht? Denken Sie, ich habe ihn umgebracht?«

»Bevor ich irgendjemanden in Verdacht habe, muss ich mir erst ein paar Dinge zusammenreimen. Nehmen Sie meine Fragen bitte nicht persönlich, Frau Dorić.«

Sie schwieg.

»Rufen Sie mich bitte sofort an, wenn Ihnen noch etwas einfällt. Wir bleiben in Kontakt.«

»Ja, natürlich.«

Er wandte sich ab und wollte gehen, als sie sagte: »Übrigens, die Axt gehört nicht uns.«

»Wie bitte?«

»Unsere Axt bewahren wir im Stall auf, die da ist viel kleiner. Ich habe die Axt gesehen, mit der mein Mann getötet wurde. Sie ist nagelneu und groß. Ich habe sie nie vorher gesehen.«

Marko nickte nachdenklich. »Danke.«

Als er hinaustrat, war die Menschenmenge verschwunden. »Wo sind die Leute?« fragte er ärgerlich.

»Ich habe sie weggeschickt«, antwortete Vukić, »damit sie nicht stören.«

»Verdammt! Es wäre gut gewesen, wenn Sie mich erst gefragt hätten. Schließlich hätte ich sie erst einmal befragen können, ob jemandem etwas aufgefallen ist.«

»Aber Sie werden sie doch sowieso fragen«, entgegnete Vukić.

»Ja, Sie Oberschlauer. Aber so hätte ich vielleicht schon einen Anhaltspunkt. Das nächste Mal fragen Sie mich, verstanden?«

»Ja«, meinte dieser zerknirscht. Es war ihm sichtlich peinlich, vor den Kollegen vom Inspektor belehrt zu werden.

Marko ging zu Tomljanović, der gerade seinen Kram zusammenpackte. Er zog sich die Plastikhandschuhe aus und wischte sich mit dem Unterarm den Schweiß von der Stirn. »Die Frau sagt, die Axt gehört ihnen nicht.«

»Die hier ist ganz neu, das Preisschild ist noch dran.«

»Gibt es sonst noch etwas?«

»Es wurde ihm von hinten auf den Kopf geschlagen, mit voller Wucht.«

»Wieder mit dem Eisenteil?«

»Ja. Kein schöner Anblick, mein Freund«, er zeigte auf die Bahre mit Vlados Leiche, die zum Abtransport bereitstand und mit dunkelgrauem Plastik verdeckt war. »Ein Teil des Gehirns klebt noch an der Axt.«

»Dann mache ich mich mal an die Arbeit und quetsche die Leute ein bisschen aus. Vukić, Sie fahren mit Tomljanović zurück.« Er machte sich gerade auf den Weg, als der Gerichtsmediziner rief:

»Hey, Ban! Es gibt einen Unterschied zwischen den Morden.«

»Ach ja? Welchen?«

Tomljanović trat einen Schritt näher heran. »Dieser hier ist übel zugerichtet. Ich meine, er wurde barbarisch erschlagen, verstehen Sie? Der erste Mord ist … nicht so brutal.«

Marko nickte. »Welchen Schluss ziehen Sie daraus? Dass der erste Mord von einer Frau begangen wurde, der zweite von einem Mann?«

»Hm, möglich. Aber es gibt auch kräftige Frauen und zierliche Männer. Meine Meinung ist eher, dass der erste Mord im Affekt geschah und der zweite geplant war, weil er so voller Hass passiert ist.«

»Ist es ein und derselbe Täter? Was meinen Sie?«

Tomljanović zuckte die Schultern. »Das müssen *Sie* herausfinden. Ob es zwei verschiede Mörder waren, weiß ich nicht. Aber ich bin mir sicher, dass es zwei verschiedene Motive waren.«

Vukić starrte mit offenem Mund von einem zum anderen.

Sabina und Benko versicherten, geschlafen zu haben und erst durch Tanjas Gekreische wach geworden zu sein. »Das war um halb sieben«, erzählte Benko, »hab nämlich gleich auf die Uhr geschaut, wissen Sie.«

»Was genau hat sie geschrien?«, wollte Marko wissen.

Sabina und Benko sahen einander verdutzt an. »Sie hat nichts gesagt oder geschrien«, meinte Sabina, »sie hat einfach nur gekreischt. Wir haben uns etwas übergezogen und sind nach draußen gelaufen. Ein paar andere Nachbarn auch.«

Benko nickte bestätigend.

»Ist hier in den letzten Tagen ein Unbekannter herumgeschlichen? Ein Gesicht, das Sie noch nie gesehen haben?«

»Nein«, antwortete Benko, »aber langsam wird's ungemütlich. Dieser Mörder scheint's nur auf Männer abgesehen zu haben.«

»Oder Mörderin«, fügte seine Frau hinzu.

»Oder Mörderin«, ergänzte Benko überflüssigerweise.

Ines Margan war im Zimmer bei ihrer Mutter. Ein Röcheln war im ganzen Haus hörbar. Josip, ihr Mann, kochte das Essen, als Marko kam. Auf Markos Frage hin schüttelte er den Kopf, noch bevor Marko sie zu Ende gestellt hatte. »Nichts gesehen, nichts gehört. Wir sind aufgewacht, als der Wecker geklingelt hat. Meine Frau hat aus dem Fenster geschaut und gesagt, vor Vlados Haus würden so viele Leute stehen. Da müsste wohl etwas passiert sein.«

»Merkwürdig, dass Sie nichts gehört haben. Um diese Jahreszeit haben Sie doch bestimmt das Fenster geöffnet und Vlados Haus ist höchstens zwanzig, dreißig Meter entfernt von Ihrem.«

Josip hörte auf, im Kochtopf zu rühren und schaltete in aller Ruhe die Hitze herunter. »Heute Nacht war es wieder schlimm mit ihr«, er machte eine Kopfbewegung in Richtung Zimmer der Schwiegermutter. »Sie hat ins Bett gemacht, wir mussten sie waschen und das Bett neu beziehen.«

»Um wieviel Uhr war das ungefähr?«

»Halb drei hat sie nach uns gerufen. Das Ganze dauerte etwa eine Stunde. Heute Morgen waren wir wie gerädert.« Er seufzte. »Man kann ja dann nicht gleich wieder einschlafen, wenn so etwas passiert. Da liegen wir dann ewig wach und morgens kommen wir nicht aus dem Bett.«

»Ich finde es bewundernswert, was Sie für Ihre Schwiegermutter tun.«

Josip warf ihm einen kurzen Blick zu, als er die Tomaten aus dem Kühlschrank holte. »Ich tue es nicht für meine Schwiegermutter. Ich tue es für meine Frau.«

Bei den Kaštelans war nur Marijan zu Hause. Anita dürfte wohl in ihrem Büro im Arbeitsamt sitzen, vermutete Marko, während er sich in den Wohnzimmersessel setzte, und dort die Arbeitslosen wie streunende Hunde behandeln … »Haben Sie zur Zeit keinen Auftrag?«, fragte er Marijan Kaštelan.

»Das klingt, als wäre ich Künstler und nicht Wasserinstallateur.«

Marko zuckte mit den Schultern. »Aber Sie sind *selbstständiger* Wasserinstallateur.«

Marijan verzog den Mund. »Nein, ich habe keinen Auftrag. Nächste Woche fange ich wieder etwas an.«

»Gut«, seufzte Marko, »was haben *Sie* heute morgen gehört?«

Marijan gestikulierte mit den Händen hin und her. »Nichts. Erst als ich rausgegangen bin, weil ich meine Tochter zur Schule fahren wollte, sah ich, dass vor dem *Krokodil* irgendetwas los war.«

»Und dann?«

Marijan schüttelte unruhig den Kopf. »Nichts dann. Ich bin gleich hingegangen. Als ich gesehen hab, was los war, bin ich sofort umgekehrt, um meiner Tochter diesen Anblick zu ersparen. Wir sind ins Auto gestiegen und ich habe sie zur Schule gebracht. Hinterher bin ich nochmal zum *Krokodil* und hab gefragt, was genau passiert ist.«

»Was sagen Sie dazu?«

»Ich?« Marijan legte fragend die Hand auf seine Brust.

»Ja, Sie.«

»Ich hab eine verdammte Angst, das sage ich Ihnen ganz ehrlich. Das sind Männer, so um die vierzig, verheiratet … so wie ich. Ich könnte der Nächste sein.«

»Was soll ich sagen, Herr Kaštelan? Ich würde Ihnen gern diese Angst nehmen und Ihnen versichern, dass wir den Täter bald schnappen, aber ich kann es Ihnen nicht garantieren. Obwohl wir uns natürlich die größte Mühe geben.«

»Alles Männer wie ich!« Plötzlich fing der Macho bitterlich zu weinen an. Er stützte seinen Kopf in die Hände und heulte sich die Seele aus dem Leib. Marko saß da und sah ihn betreten an. Er hasste solche Situationen. Nicht, dass er etwas gegen weinende Männer hatte, aber ein bisschen zusammennehmen konnte sich jeder. Was sollte er jetzt tun? Aufstehen und Marijan tröstend über den Kopf streicheln? Nein, wirklich nicht.

»Hören Sie mir jetzt zu, Herr Kaštelan. Verriegeln Sie nachts die Türen und räumen Sie alle Werkzeuge aus …«

»O Gott!« Er wischte sich durch sein tränenverschmiertes Gesicht. »Ich werde der Nächste sein. Ich spüre es ganz genau.«

»Warum steigern Sie sich da so hinein? Sie sind nicht der einzige vierzigjährige Mann in der Umgebung.«

»Ach, wissen Sie … Nach außen hin wirke ich stark und überlegen, aber in Wirklichkeit bin ich das nicht. Ich … ich kann mit solchen Situationen gar nicht umgehen. Gehen Sie, gehen Sie und fassen Sie den Mörder. FASSEN Sie ihn!«

»Ich bin kein Dobermann, Herr Kaštelan, aber ich werde tun, was ich kann, das verspreche ich Ihnen. Möchten Sie mir vielleicht jetzt sagen, wohin Sie nach der Hochzeit verschwunden sind?« Marko versuchte, seine Frage ganz nüchtern klingen zu lassen.

Marijan stützte verzweifelt den Kopf auf seine behaarten Arme. »Sie werden mich für ein Schwein halten. Ich hab so was noch nie gemacht, wirklich, noch nie …«

»Was, Herr Kaštelan? Was?«

»Ich war bei einer Prostituierten.«

Nur das laute Ticken der Wanduhr war zu hören. Der Mann hatte bei seiner Antwort nicht hochgeschaut. Er schien sich zu schämen. »Ich hatte so eine Wut«, fuhr er fort, »auf meine Frau, verstehen Sie?« Jetzt wandte er den Kopf und blickte Marko endlich an. In seinen Augen lag Schuld und Verzweiflung. »Sie hat mich vor allen Leuten bloßgestellt und ich wollte es ihr heimzahlen.«

»Haben Sie es ihr denn erzählt?«

»Nein.«

Marko starrte auf seine Schuhe. Er wollte nicht plötzlich aufstehen und gehen. Das hätte gefühllos ausgesehen.

»Wie die Frau hieß, weiß ich nicht mehr, aber ich kann sie Ihnen beschreiben, wenn Sie wollen.«

»Das wird vorerst nicht nötig sein, danke.«

»Und?« Marijan blickte fragend in seine Richtung.

»Was und?« Marko verstand nicht.

»Halten Sie mich für ein Schwein?«

»Wollen Sie eine ehrliche Antwort darauf?«

»Ich weiß nicht«, meinte er ängstlich, doch nach einer Weile: »Ja, will ich.«

»Ich halte Sie nicht für ein Schwein. Ich halte Sie für einen Schauspieler.«

»Wie meinen Sie das?«

»Denken Sie darüber nach. Vielleicht verstehen Sie dann, was ich meine.«

Vilim Božić hörte nicht mehr so gut, teilte er ihm mit. Wenn er auf der linken Seite schlief, könnte Tanja noch so laut schreien, er würde sie nicht hören, weil er auf dem rechten Ohr so gut wie taub war. »Ich bin aufgestanden und einkaufen gegangen. Da war es Viertel vor acht. Sie wissen schon, was ich dann gesehen und gehört habe.«

Marko mochte diesen armen Mann nicht länger quälen. Der Alte konnte nicht mal mehr eine Axt heben, geschweige denn zu einem kräftigen Schlag ausholen. »Einen schönen Tag noch, Herr Božić.«

Fünf Minuten später stand er bei Ivan Prodan in der Wohnküche. Prodan saß am Küchentisch und schrieb einen Brief. Das adressierte Kuvert lag neben dem Briefbogen. Marko warf einen raschen Blick auf das Kuvert und sah, dass es sich um einen Empfänger in Neuseeland handelte. »Darf ich mich setzen?«

Prodan legte den Stift beiseite und schob einen Stuhl zurecht. Marko setzte sich neben ihn an die Tischkante. »Ein Verwandter, an den Sie schreiben?«

Prodan missfiel es offensichtlich, dass er mit dem Inspektor über sein Privatleben sprechen sollte. Er ließ sich Zeit mit der Antwort, schob das Briefpapier weg und strich das Tischtuch glatt. »Nein, ein alter Freund.«

Für Marko war es schwer zu glauben, dass dieser unfreundliche Mann einen alten Freund haben sollte. Er selbst würde ihn nicht einmal zu seinem Bekannten machen wollen. »Haben Sie ihn hier kennen gelernt?«

»Nein, auf einer exklusiven Kreuzfahrt, die ich jedes Jahr unternehme … Natürlich kenne ich ihn von früher! Was glauben Sie denn?« Er erhob sich und holte eine Schnapsflasche aus dem alten Büfett. »Und was haben Ihre Fragen mit den Morden zu tun?«

Marko stützte sich mit den Armen am Küchentisch ab. »Herr Prodan, ich will Ihnen nichts Böses. Ich wollte lediglich unser Gespräch ein wenig auflockern. Hören Sie, ich habe jeden Tag mit Kriminellen zu tun und jeden Tag stelle ich die gleichen Fragen. Ich bin nicht nur Inspektor. Ich bin auch ein Mensch.«

Prodan hielt die Schnapsflasche in der Hand und sah Marko an. »Wollen Sie auch einen? Ich erzähl's auch nicht weiter.«

Marko lächelte. »Gern, obwohl ich noch nichts im Magen habe.«

Prodan stellte zwei Schnapsgläser auf den Tisch und holte einen Teller voll Salami und Käse aus dem Kühlschrank. Während er das Brot in Scheiben schnitt, meinte er: »Eigentlich bin ich kein übler Mensch, obwohl es manchmal den Anschein hat. Ich war nicht immer so, und es gibt Tage, da mag ich mich selbst nicht.«

»Hm, ich glaube, jeder fühlt sich manchmal so.«

Prodan stellte Brot, Wurst und Käse auf den Tisch und setzte sich wieder. »So oft wie ich?«

Marko lächelte wieder.

»Bedienen Sie sich.« Er nahm sich selbst ein Stück Brot und Salami und fing an zu essen. Marko störte es ein wenig, dass er keinen Teller bekommen hatte, sondern auf die Tischdecke krümeln sollte. Trotzdem nahm er sich ein Stück von dem weichen Brot und biss hinein.

»Haben Sie Frau Dorićs Schreie auch gehört?«

Er schüttelte den Kopf und trank den Schnaps auf ex. Dabei verzog er mit keiner Miene sein Gesicht. »Nein. Ich habe einen ziemlich gesunden Schlaf. Um Viertel nach sieben bin ich aufgewacht. Bin zum Fenster gegangen, wo mein Morgenrock überm Stuhl hing, und da sah ich Leute draußen stehen, was mich gewundert hat. Und dann hab ich da jemanden liegen gesehen.«

Marko führte das Glas zum Mund und schüttete es ebenfalls in einem Zug hinunter. Er schüttelte sich, Tränen traten ihm in die Augen. »Das ist ja reiner Alkohol!«

»Unsinn«, Prodan grinste kurz, »beste, hausgemachte ˇljivovica. Sie kennen sich da nicht aus, oder?«

»Ehrlich gesagt, nein.« Er biss schnell in ein Stück Käse, um den grässlichen Geschmack loszuwerden. »Sind Sie dann auch nach draußen gegangen?«

»Ja, aber lange bin ich nicht geblieben, ich habe nämlich keinen Schirm. Immer, wenn ich in die Stadt fahre, vergesse ich, mir einen zu kaufen. Letztens hab ich einen im Müll gefunden, aber der hat ein großes Loch und …«, schließlich merkte er wohl, dass er abschweifte und fuhr fort: »Jedenfalls hab ich nur gefragt, ob sie schon die Bull… … die Polizei angerufen haben. Sie sagten nein. Ich sagte ihnen, das sollten sie endlich mal tun. Dann bin ich gegangen.«

»Tja. Ich muss gestehen, ich weiß weder ein noch aus.«

»Haben Sie noch niemanden in Verdacht?«

»Jeden und keinen, sozusagen.« Markos Finger waren fettig von der Salami. Er mochte Prodan nicht nach einer Serviette fragen und wischte die Hände so unauffällig wie möglich an seiner schwarzen Jeans ab. Auf dem dunklen Stoff würde man die Fettflecken schon nicht sehen. »Was glauben Sie denn?«

»Ich?« Prodan schien die Frage sehr zu verwundern. »Keine Ahnung.«

»Wer könnte Klić und Dorić so sehr hassen, dass er sie umbringt?«

»Soviel ich weiß, waren sie beide Schweine. Hilft Ihnen das weiter?«

»Wohl kaum. Was meinen Sie damit genau?«

»Sie haben ihre Mitmenschen nicht ordentlich behandelt. Jetzt sind Sie bestimmt überrascht, dass gerade ich so was sage. Ich bin vielleicht nicht besonders umgänglich, aber ich treibe niemanden in die Verzweiflung.«

»Und das haben beide getan?« Marko stellte sich ein bisschen dumm. Vielleicht bekam er auf diese Weise eher eine Antwort.

»Klić war unzuverlässig bei der Arbeit und er war ein Egoist. Dorić hat mit Vorliebe Leute beleidigt und verhöhnt. Wenn das kein widerwärtiges Verhalten ist …«

»Irgendetwas mussten die beiden gemeinsam haben, sonst wären sie jetzt nicht tot.«

»Man erntet, was man sät.«

»Mord ist niemals eine Lösung.«

Prodan schenkte sich großzügig nach. »Jemand hier scheint das offenbar anders zu sehen, Herr Inspektor.«

Nirvanas Tür war angelehnt. Marko klopfte und trat ein. Er hörte Geschirrklappern aus der Küche. Es roch nach Đuveč. Als sie ihn plötzlich im Türrahmen sah, fuhr sie zusammen. Der Kochlöffel fiel ihr aus der Hand, sie schrie erschrocken auf. »Mensch! Mir ist fast das Herz stehen geblieben.«

»Warum sperrst du auch deine Tür nie ab, erst recht nach diesen Morden!«

»Was weiß ich …« Sie gestikulierte nervös mit den Armen. »Ich vergesse es ständig.«

»Willst du nicht wissen, warum ich hier bin?«

Nirvana sah ihn an, lächelte. Sie wirkte erschöpft. »Setz dich. Willst du etwas trinken?«

»Ein Glas Leitungswasser.«

Sie zog eine angewiderte Grimasse. »Doch nicht lieber Kaffee oder Limonade?«

»Nein. Ich habe bei deinem Vater einen Schnaps getrunken. Und heiß ist mir auch. Meine Kehle ist ganz trocken und ich würde dieses Dorf am liebsten in die Luft sprengen.«

Sie stellte das Glas Wasser vor ihn hin und sah gespielt mitleidig auf ihn herab. »Mir wäre es auch lieber, wenn du den Mörder endlich zur Strecke bringst. Ich hoffe nur, es wird keinen nächsten Mord geben.« Sie setzte sich neben ihn. »Ich habe es geträumt.«

Er zündete sich eine Zigarette an. »Wann?«

Sie seufzte und nahm sich eine Zigarette aus seiner Packung. »Heute Nacht. Ich bin um zwei Uhr aufgewacht.« Sie blies den Rauch in Schüben aus. »Wenn ich diese Träume habe, dann immer einige Tage vorher, diesmal waren es aber nur ein paar Stunden davor.«

»Hm. Erzähl mir von dem Traum.«

»Es war so ähnlich wie beim ersten Mal, mit dem Unterschied, dass der Gegenstand nicht fallen gelassen, sondern angelehnt wurde. Und die Gestalt ist diesmal nicht weggelaufen, sondern seelenruhig gegangen.«

»Aha.« Er sah sie interessiert an.

»Ich weiß, ich weiß. Es klingt idiotisch für dich.« Sie strich sich durchs Haar. Ihr Blick haftete auf der Zigarette. »Ich hasse es.«

»Was?«

»Diese verdammten Träume. Ich wünschte, ich hätte sie nicht.«

»Du solltest es als Gabe betrachten.«

»Ach, wirklich?« meinte sie ironisch. »Vielleicht würden sie etwas nützen, wenn Gesichter zu erkennen wären. Bei den Morden habe ich kein Gesicht gesehen. Und als ich damals träumte, Arsen hätte Sex mit einer anderen Frau, habe ich auch kein Gesicht erkannt. Wozu also das Ganze?«

Marko zuckte mit den Schultern. »Ich weiß es nicht.« Er streckte den Arm aus und drückte ihre Hand. »Sieh es doch als eine bildliche Form von Intuition. Dein Unterbewusstsein warnt dich vor bestimmten Dingen. Manche Menschen wären froh, wenn sie diese Art von Träumen hätten. Ich träume immer nur kompletten Schwachsinn. Zum Beispiel, dass ich in der Bäckerei Krapfen statt Brötchen kriege.« Er grinste. »So etwas in der Art eben.«

Nirvana sah ihm ins Gesicht. »Meine Mutter ist tot.«

Eine Weile antwortete er nicht. Er ließ vorsichtig ihre Hand los. »Wie hast du es erfahren?«

Sie erzählte ihm von jenem Nachmittag. Immer wieder musste sie sich zusammennehmen, um nicht zu weinen. »Im Grunde kannte ich sie kaum, aber es hat mich sehr getroffen.« Sie fasste sich mit der Hand an die Brust. »Es hat mich sehr berührt.«

Er schwieg.

»Zu ihrer Beerdigung sind nur wenige Leute gekommen. Ich glaube trotz allem, das hat sie nicht verdient.«

»Sie hat es aber doch so gewollt?«

»Ich glaube, sie war keine schlechte Frau. Sie war nur kein Familienmensch.«

»So kann man es wahrscheinlich sehen, ja.«

Eine Zeitlang saßen sie schweigend einander gegenüber. Marko stand auf, legte kurz seine Hand auf ihre Schulter und ging.

Sie kauerte noch eine Weile auf dem Stuhl und grübelte über ihr Leben nach. Was sollte sie mit sich anfangen? Sie sollte sich irgendeine Beschäftigung suchen, zumindest ein Hobby oder etwas Ähnliches. Sie konnte doch nicht jeden Tag aufstehen mit der einzigen Aufgabe, das Haus in Ordnung zu halten. Plötzlich stand Arsen in der Tür. Sie wusste nicht, wie lange er sie schon beobachtet hatte. »Du solltest doch bei der Arbeit sein. Es ist Mittag.«

Er kam auf sie zu und ließ sich auf den Stuhl sinken. Nirvana bemerkte die dunklen Augenringe. »Ich habe mir heute frei genommen.«

»Warum?«

»Ich fühle mich elend.« Er schluckte. »Als ob ich eine Grippe hätte.«

»Aber du hast keine Grippe?«

»Nein.«

Sie setzte sich aufrecht hin und versuchte, Haltung zu bewahren. »Und was machst du *hier?*«

»Es ist ein komisches Gefühl, wenn du mich das fragst.« Er sagte es nicht vorwurfsvoll, eher nüchtern, als wäre es einfach eine Feststellung. Er sah sich um. »Zwanzig Jahre lang war das hier mein Zuhause, und jetzt fragst du mich, was ich hier mache.«

»So war es nicht gemeint«, sagte sie, um einen freundlicheren Ton bemüht.

»Ich wollte nur meinen Gürtel und die beiden Bücher holen, die mir ein Arbeitskollege geliehen hat.«

Sie stand auf. »Ich hole sie dir.«

Als sie zurückkam, stand er auf. »Meine Winterkleidung kann ich wohl noch eine Weile hier lassen. Oder hast du es sehr eilig, dass ich das Feld komplett räume?«

Sie reichte ihm die Bücher und den Gürtel. Er nahm alles widerwillig entgegen. »Arsen, es ist nicht nötig, dass du auf mir herumhackst. Ich fühle mich in keiner Weise schuldig. Auch wenn du es vielleicht gern so hättest.«

Er schüttelte leicht den Kopf. »Nein. Ich bin der Schuldige. Ich ganz allein.«

»Ach, was soll …«

»Ich meine es ernst. Dich trifft keine Schuld. Es ist wahr, dass du dich immer wieder bemüht hast, aus mir einen anständigen Ehemann zu machen. Ich war einfach blind.« Er starrte den Boden an. »Ich kann es nicht anders erklären.« Dann richtete er den Blick wieder auf sie. »Es … tut mir wirklich Leid.«

Nun konnte sie die Tränen nicht mehr zurückhalten. »Mir tut es auch Leid. Aber … es ist besser so.«

Er ging – wie zuvor schon Marko – wortlos davon.

Ljiljana war allein. Er fragte sie nicht weiter nach dem Verbleib der Söhne oder des Hundes, weil das im Moment keine Rolle spielte. Wichtiger war ihm, dass er Ljiljana in einem vollkommen verstörten Zustand vorfand. Sie lag auf der Couch, als er das Zimmer betrat. Ungeschminkt, mit fettigem Haar und verquollenen

Augen. Neben ihr auf dem Tisch lag eine Packung Aspirin. Sie wandte den Kopf in seine Richtung. »Hallo, Inspektor, ich habe Sie schon vermisst.« Sie versuchte ein Lächeln, aber es kam nur eine Grimasse dabei heraus. Er ging zu ihr, setzte sich neben sie auf die breite Couch und nahm ihre Hand. »Was ist los?«

Sie drückte seine Hand und schüttelte den Kopf. »Ich habe nie jemanden glücklich gemacht. Sie haben mal zu mir gesagt, ich hätte die Leute immer nur ausgenutzt. Das stimmt. Vielleicht habe ich auch nie jemanden geliebt. Vielleicht bin ich es auch nicht wert, geliebt zu werden.«

Er entgegnete nichts.

»Ich habe es satt, mich ständig im Kreis zu drehen. Im Grunde habe ich doch nichts erreicht im Leben. Das Beste, das ich zustande gebracht habe, sind meine Kinder. Sie sind so wunderbar, dass ich mich manchmal frage, ob ich sie verdient habe. Alles andere in meinem Leben ist nichts wert.«

»Was ist passiert?«

Sie zog ihre Hand weg, richtete sich auf und starrte auf den Tisch.

»Warum haben Sie mich im Büro angerufen? Was wollten Sie mir sagen?«

»Die Tatsache, dass Boris auf Männer stand, hat mich aufgewühlt. Ich hatte nichts bemerkt. Ich wollte einfach mit jemandem darüber reden. Ich habe sonst niemanden zum Reden. Niemanden.«

Marko dachte nach. Was sie sagte, klang einleuchtend. Vielleicht hatte sie einfach das Bedürfnis zu reden gehabt. Trotzdem wurde er das Gefühl nicht los, dass möglicherweise mehr dahinter steckte.

»Sie wollten mir noch etwas sagen. Bitte tun Sie es *jetzt*. Bitte!«

»Sie haben das Manuskript gelesen.«

Er nickte.

»Den Mann, in den er sich verliebt hatte, kannte er noch aus der Schule. Man nannte ihn früher Jagger, weil er als Teenager Ähnlichkeit mit Mick Jagger hatte.«

»Ja.«

»Und er hatte eine große Narbe am Rücken, von einer Schlägerei.«

»Ja.«

»Und wissen Sie, auf wen das zutrifft?«

Marko erstarrte. »Es war keine erfundene Romanfigur?«

»Nein.«

»Wer?«

Sie schluckte, dann sah sie ihm in die Augen und sagte leise: »Vlado Dorić.«

Marko sagte kein Wort. Die Worte blieben ihm im Halse stecken. Boris hatte ein Verhältnis mit Vlado gehabt! Er war der anonyme Anrufer gewesen. Er war es, dem Boris am Telefon sagte: *Wir wussten nicht, was wir taten* und *geh zu einer Beratungsstelle* und *es ist aus und vorbei …*

Marko fasste sich an die Schläfen. »Er ist der Mörder von Boris.«

»Das ist er wohl«, kam es tonlos von Ljiljana.

Marko saß im Auto und wollte sich eine Zigarette anzünden. Er fischte das Päckchen aus seiner Hemdtasche, konnte aber sein Feuerzeug nicht finden. Wo hatte er das verfluchte Ding nur verloren? Er parkte den Wagen am Straßenrand und schaltete die Warnblinkanlage ein. Am Kiosk war eine Frau vor ihm dabei zu bezahlen. Er wartete ungeduldig, bis er an die Reihe kam. Sein Blick fiel auf die Schlagzeile der Tageszeitung: *Polizei steckt in der Sackgasse – im Mordfall noch keinen Schritt weiter.* Was würden sie erst schreiben, wenn sie von dem zweiten Mord erfahren hatten? Er kaufte zwei Schachteln Zigaretten und ein Feuerzeug.

»Na?«, fragte Nikola erwartungsvoll.

»Na, was?« Er war schlecht gelaunt und gab sich keine Mühe, dies zu verbergen.

Nikola stand an seinem Schreibtisch und sah ihn gespannt an. Marko wollte sich nicht setzen. Er hasste es, wenn Nikola auf ihn herabsah.

»Du warst doch den ganzen Vormittag in diesem verdammten Dorf. Hast du was rausgefunden?«

»Das kann man wohl sagen.«

»Und?«

Marko erzählte.

Nikola hörte zu, unterbrach ihn überraschenderweise kein einziges Mal, dann sagte er: »Wahrscheinlich war er's. Was hast du jetzt vor?«

»Ich rufe das Labor an und frage, ob es etwas Neues gibt, dann muss ich so schnell wie möglich zu Tanja Dorić.«

»Den Anruf beim Labor kannst du dir sparen. Sie haben sich vor zehn Minuten gemeldet. Es gibt zwar keine Fingerabdrücke auf der Axt, aber einen anderen Hinweis.«

»Ja?«

»Frische Fußspuren vor dem Haus der Dorićs. Da muss jemand klobige Sandalen haben, Größe sechsundvierzig.«

»Sechsundvierzig, das ist beachtlich.«

Nikola stemmte die Hände in die Hüften und nickte zufrieden. »Fällt dir auf Anhieb jemand mit einer derartigen Schuhgröße ein?«

Marko schüttelte den Kopf. »Nein, aber es dürfte nicht schwer sein, das herauszufinden.«

»Richtig. Den haben wir so gut wie festgenagelt.«

Marko murmelte einen Gruß und war schon aus der Tür hinaus, als Nikola hinterherrief: »Nimm Vukić mit.«

Marko drehte sich um und brüllte: »Bin ich seine Gouvernante oder was?«

»Nein, sein Vorbild!«, brüllte Nikola zurück.

Diesmal verhielt Vukić sich absolut ruhig im Auto. Keine Fragen, keine Kommentare. Es brachte Marko nur auf die Palme, dass er mit der Hand herumfuchtelte, um den Rauch aus dem Fenster zu treiben. »Das ist mein Auto, und ich kann fünf Zigaretten gleichzeitig rauchen, wenn mir danach ist.«

Vukić sah ihn gelassen von der Seite an. »Ich habe nichts gesagt.«

»Das hätte auch noch gefehlt!«

Sie parkten vor Tanjas Haus. Diesmal war niemand zu sehen. Plötzlich wirkte Mala Šuma wie eine Geisterstadt. Der Hund lag in seiner Hütte, den Kopf auf den Pfoten, und rührte sich keinen Zentimeter. Nur sein aufmerksamer Blick verfolgte die Polizisten. Wahrscheinlich betrachtete der Hund Marko schon als Freund der Familie. Sie stiegen die Treppe hoch und klingelten. Vukić drückte die Klinke hinunter. Er hatte Glück. Sie traten ein. Tanja kam ihnen entgegen.

»Ich möchte wissen, warum hier niemand seine Tür absperrt.«

Tanja zuckte die Schultern. »Gewohnheit eben. Guten Tag.«

»Guten Tag. Ich muss Sie nochmal sprechen, Frau Dorić.«

»Herein.«

Sie folgten ihr. Tanja war ganz in Schwarz gekleidet.

Sie ließen sich in der Küche nieder.

»Frau Dorić, ich fürchte, dieses Gespräch wird nicht ganz leicht.«

Sie sah ihn fragend an. »Sie haben noch Fragen?«

»Ja, auch. Aber zuerst möchte ich Ihnen etwas sagen. Es gibt Grund zu der Annahme, dass Ihr Mann ein Verhältnis mit Boris Klić hatte.«

Tanja starrte ihn an. »Was reden Sie da?«

Marko schwieg, sah sie an und wartete.

»Mein Mann war nicht homosexuell.«

»Es wusste niemand. Sie haben ihre Affäre versteckt gehalten.«

»Aber wie kommen Sie um Himmels willen darauf?«

»Klić hat ein Manuskript hinterlassen. Er hat seine Erfahrungen sozusagen literarisch verarbeitet. Alles deutet darauf hin, dass es Ihr Mann war, mit dem er diese Affäre hatte. Wurde Ihr Mann in der Schule Jagger gerufen?«

Sie nickte lahm.

»Hatte er eine Narbe auf dem Rücken, die von einer Schlägerei herrührt?«

»Ja.« Sie fing an, kaum merklich den Kopf zu schütteln.

»Eigentlich wollte ich Sie fragen, ob Sie es irgendwie geahnt haben, aber das hat sich jetzt anscheinend erledigt.«

Tanja dachte angestrengt nach. Marko ließ ihr Zeit.

»Früher kam Boris oft in das Wirtshaus, dann plötzlich gar nicht mehr. Wenn wir uns auf der Straße oder sonstwo begegneten, wandte er sich ab, er sah mich nie an. Aber ich dachte weil … weil er … seine Unfreundlichkeit war im Dorf allen bekannt.«

»Gab es für Sie nie einen Hinweis darauf, dass Ihr Mann mit einem Mann zusammen war?«, fragte Vukić.

Sie zuckte die Schultern und dachte wieder nach. »Hm, da fällt mir etwas ein. Einmal kam Vlado spät nach Hause und roch nach einem eigentümlich herben Parfum. Ich fragte ihn, ob er vielleicht ein neues Rasierwasser benutzte. Er wurde irgendwie verlegen, was mich kurz wunderte, hat es dann bejaht, aber danach habe ich das Rasierwasser nicht mehr an ihm gerochen.« Sie schaute Marko an. »Wahrscheinlich hat Vlado Boris geraten, er sollte es bei ihren Treffen besser nicht mehr verwenden.« Sie atmete hörbar aus. »Mein Gott. Ich hatte keine Ahnung.«

Als er mit Vukić wieder draußen war, regnete es. Sie liefen zum Auto. »Sind wir fertig für heute?«, fragte Vukić.

»Ja. Es ist schon spät. Ich fahre Sie nach Hause.«

»Nein, ähm, nicht nötig. Aber vielleicht könnten Sie mich nach Zorići fahren. Ich … habe da eine Bekannte. Wenn ich schon in der Gegend bin, dann … ähm …«

»Ja ja, schon gut. Ich fahre Sie hin, ist ja nur ein Katzensprung.«

Er brachte Vukić nach Zorići, machte kehrt und fuhr zurück nach Mala Šuma. Morgen früh würde er zu den Klićs fahren müssen. Boris' Vater wusste vielleicht noch etwas über die Neigung seines Sohnes, etwas, das hilfreich sein konnte. Zumindest war er es dem Vater schuldig, mit ihm darüber zu sprechen.

Vom Auto bis zu Nirvanas Haustür waren es zwar nur zwanzig Meter, aber er wurde durch und durch nass. Die Tür war zugesperrt. Er klingelte. Es dauerte eine Ewigkeit, bis sie öffnete.

Er huschte sogleich hinein, um nicht noch nasser zu werden, falls dies überhaupt steigerungsfähig war.

»Na? Fertig mit der Arbeit?«

»Ja, für heute zumindest.« Er hielt das Hemd vom Körper weg.

»Komm rein.« Sie ging vor, er folgte ihr in die Küche. »Soll ich dir etwas zum Anziehen geben? Allerdings habe ich keine Männerhemden. Arsen hat fast alles mitgenommen.«

Er seufzte ein wenig hilflos. »Vielleicht hast du ein neutrales Jeanshemd oder so?«

»Ich glaube ja.« Sie ging ins Schlafzimmer und kam kurz danach mit einem ausgewaschenen Jeanshemd in der Hand zurück. »Es ist nicht mehr das Neueste, aber es ist trocken.«

»Danke.« Er nahm es und zog sich um.

»Hattest du Sehnsucht nach mir?«

Während er das Hemd zuknöpfte, sah er Nirvana an. »Irgendetwas zieht mich magisch in dieses Haus.«

»Vielleicht bin ich das.« Sie lächelte und lehnte sich gegen die Arbeitsplatte der Küchenzeile. Als er nicht antwortete, fragte sie: »Möchtest du einen Kaffee?«

»Das wäre fantastisch.«

Sie nahm zwei Tassen aus dem Hängeschrank, schenkte Kaffee aus der Thermoskanne ein, setzte sich und sah ihn schweigend an.

»Eigentlich müsste ich jetzt im Präsidium sein. Es gibt viel Arbeit.«

»Ich halte dich doch nicht auf?«

»Leider nicht.«

Nirvana trank einen Schluck Kaffee. Marko zündete sich eine Zigarette an und bot ihr ebenfalls eine an. Sie nahm sie. »Kann ich dir etwas zu essen anbieten?«

»Nein, nein, vielen Dank.« Er inhalierte genüßlich den Rauch. »Hast du es deinem Vater erzählt?«

Sie blickte ihn verständnislos an. »Was denn?«

»Vom Tod deiner Mutter.« Nach diesem Satz kam es ihm vor, als könnte er die Stille in der Küche hören. Die Lampe verbreitete ein mattes Licht und Nirvanas Haut sah auf einmal alt und grau aus.

»Nein.« Das war alles, was sie dazu sagte.

»Warum nicht?«

Er war sicher, sie würde auf seine Frage nicht antworten, aber dann sagte sie etwas, das ihn vollkommen überraschte: »Es würde ihn umbringen.« Als sie seinen verständnislosen Blick auffing, fügte sie hinzu: »Er hat nie aufgehört, an sie zu denken. Er liebt sie immer noch.«

»Bist du sicher? Ich meine, es ist so lange her und er ist nicht gerade der Typ, der über seine Gefühle spricht.«

»Ich weiß, dass es so ist.«

»Aber er hat ein Recht darauf, es zu erfahren.«

»Mal sehen.«

Gegen zehn verabschiedete sich Marko von Nirvana. Sie begleitete ihn bis zur Tür. Er gab ihr einen Kuss auf die Wange. »Ich rufe dich morgen mal an«, sagte er.

Sie nickte und schloß leise die Tür hinter ihm.

Es hatte aufgehört zu regnen. Er ging zu seinem Wagen, der unter einer Eiche hinter Ljiljanas Haus geparkt war. Er griff nach dem Autoschlüssel in der Sakkotasche, da wurde ihm von hinten mit einem großen, schweren Gegenstand auf den Kopf geschlagen. Bevor er das Bewusstsein verlor, war er für den Bruchteil einer Sekunde überrascht, das dritte Opfer zu sein.

Ein Hund bellt nicht fürs Dorf, sondern für sich

Nirvana schloß die Tür zweimal ab, nachdem Marko gegangen war. Sie räumte ein wenig auf, dann fiel ihr Blick auf das schwarze Hemd, das Marko liegengelassen hatte. Sie nahm es und ging damit ins Bad, um es in die Waschmaschine zu stopfen, doch dann zog sie es wieder heraus und hielt ihre Nase daran. Es roch nach ihm, gleichzeitig süßlich und herb.

Wenn sie mit Marko zusammenleben würde, dachte sie, dann würde sie jedes Mal seine Kleidung beschnuppern, bevor sie sie in die Maschine warf. Wenn sie mit ihm zusammenleben würde? Wäre es dann nur am Anfang schön und würde später auch Routine und Gewohnheit?

Das Telefon ging. Widerwillig stand Nirvana auf und begab sich in den Flur.

»Ich habe darauf geachtet, wie er dich angesehen hat, als wir da heute Morgen vor Tanjas Haus standen.«

»Hallo, Renata.«

»Er ist wirklich verliebt in dich.«

»Warum fühle ich mich immer wie eine Fünfzehnjährige, wenn ich mit dir über Marko rede?«

»Ich werde dir jetzt mal klipp und klar meine Meinung sagen. Soll ich?«

»Als ob ich die Wahl hätte!«

»Ich denke, ihr seid füreinander bestimmt. Ich weiß, es klingt kitschig, aber das ist doch egal. Ihr würdet gut zueinander passen.«

»Meinst du … wirklich?«

Renata knabberte wieder mal irgendetwas. »Ja. In seinem Blick liegt Respekt, Zärtlichkeit, Begehren … ich wünschte, Andrej hätte mich jemals so angesehen.«

»Meinst du das ganz ehrlich, Renata?«

»Na hör mal«, empörte sich die Freundin, »habe ich dich schon mal angelogen?«

»Nicht dass ich wüsste. Was du sagst, hilft mir. Es … tut gut, das zu hören.«

»Schnapp ihn dir, Alte. Arsen ist weg – du hast nicht mehr die Qual der Wahl.«

»Wie mitfühlend du das sagst«, meinte Nirvana ironisch.

»Ach, drauf gepfiffen. Marko ist der Mann deines Lebens, das spüre ich.«

Marko schlug die Augen auf und schloss sie gleich wieder. Er spürte einen stechenden Schmerz am Hinterkopf und stöhnte laut auf. Als er die Stelle betasten wollte, stellte er fest, dass ein Verband um seinen Kopf gewickelt war. Er schlug ganz langsam die Augen wieder auf, als fürchtete er, sich in der Hölle wiederzufinden. Die weißen Wände und der Geruch nach Chemikalien kamen ihm dann wie das Paradies vor. Er hatte überlebt. Er war nicht tot. Dunkel begann er sich zu erinnern, was passiert war. Ein Schlag von hinten … er wollte gerade seine Autoschlüssel … Jemand hatte ihn bewusstlos geschlagen … Marko versuchte, den Kopf auf die Seite zu drehen. Es ging nur mit Mühe. Als er es geschafft hatte, konnte er noch drei weitere Männer im Zimmer erkennen. Zwei in den Betten an der gegenüberliegenden Wand und einer neben ihm. Sein Nachbar lächelte ihn aufmunternd an. Er war jung und trug keinen Pyjama, sondern einen Jogginganzug.

Eine Schwester kam herein und sah Marko mitleidig an. »Na?«

Na was? Welche Antwort erforderte so eine idiotische Frage, wenn es denn überhaupt eine Frage war. Er beschloss, auf eine normale Frage zu warten.

»Verstehen Sie mich? Sind Sie ansprechbar?«

»Natürlich bin ich das!«, gab er ungehalten zurück. Er konnte diese Krankenschwester auf Anhieb nicht leiden.

»Eijei, Sie sind mir ja ein Schlingel.«

Das durfte doch nicht wahr sein! Der reinste Horror! Er hatte gedacht, solche Krankenschwestern gebe es längst nicht mehr. Solche, die mit Patienten sprachen, als wären sie Säuglinge. »Haben wir denn Schmerzen?«

Wir? »Holen Sie den Arzt! Sofort!«

Sie starrte ihn sekundenlang zornig an, dann drehte sie sich um und verschwand durch die Tür.

Sein Bettnachbar grinste. »Sie ist furchtbar.«

»Ich hasse es, wenn Krankenschwestern sich so aufspielen.«

»Waren Sie denn schon oft im Krankenhaus?«

»Nein … eigentlich nicht …« … aber in den Fernsehserien sind sie auch immer solche Nervensägen, hätte er um ein Haar hinzugefügt. Gut, dass er sich noch rechtzeitig hatte zurückhalten können. Der Arzt kam im Eilschritt durch die Tür und baute sich vor Markos Bett auf. Er war schlank und grauhaarig, Marko schätzte ihn auf etwa sechzig. »Es ist nichts Schlimmes. Morgen können Sie das Krankenhaus verlassen. Aber Sie sollten mindestens zwei Wochen nicht arbeiten.«

»O Gott.«

»Sie brauchen Ruhe. Wir haben Ihren Kopf genäht. Fünfzehn Stiche. Das ist kein Pappenstiel. Verstanden?«

Dieses Krankenhaus war schrecklich, die Schwester eine Idiotin und der Arzt ein Snob.

»Verstanden schon. Aber meine Arbeit lässt so lange Ruhepausen nicht zu.«

»Was ist Ihnen wichtiger, Ihre Gesundheit oder Ihre Arbeit?«

»Beides. Wahrscheinlich geht es Ihnen da ähnlich.«

»Nun, ich habe Sie jedenfalls gewarnt. Übrigens wartet Ihr Vorgesetzter schon seit zwei Stunden draußen. Wir wollten ihn nicht zu Ihnen lassen, bis Sie aufwachen. Auch jetzt nicht mehr als zehn Minuten, bitte.«

Marko nahm all seine Kraft zusammen und hob den Oberkörper an. Er stützte sich mit beiden Armen hinten ab. »Hören Sie. Ich liege hier nicht auf der Intensivstation und kann morgen schon nach Hause. Also was soll das Gezeter? Außerdem untersuche ich gerade einen Mordfall. Verstehen Sie das? In diesen zwei Stunden, in denen mein Chef draußen im Gang auf und ab geht, kann ein weiterer Mord passieren. Also, er soll sofort reinkommen.«

Der Arzt starrte ihn an, als hätte er es mit einem Hysteriker zu tun, was Marko egal war.

Kurz danach erschien Nikola an seinem Bett. »Verdammt noch mal, was haben sie denn mit dir gemacht? Du hast Glück, dass du nicht draufgegangen bist.«

»Wer hat mich gefunden?«

»Eine alte Frau, die gleich in der Nähe wohnt.«

»Marinka Petrović?«

»Ja, ich glaube, das war der Name.«

»Du weißt nicht, wer mich niedergeschlagen hat, oder?«

Nikola beugte sich über das Bett und flüsterte: »Wann kommst du hier raus?«

»Wie lange bin ich denn schon hier?«

Nikola warf einen Blick auf seine Uhr. »Seit etwa zehn Stunden.«

»Die sagen, morgen kann ich raus.«

Nikola machte eine abfällige Handbewegung. »Scheiße, das ist zu spät. Du musst den Mord an dem Wirtshausbesitzer untersuchen.« Unsicher fügte er hinzu: »Erinnerst du dich?«

»*Natürlich* erinnere ich mich. Dieser Arzt sagt, ich darf zwei Wochen nicht arbeiten.«

»Ach, was wissen schon Ärzte. Die sagen dir doch auch, du darfst nicht rauchen, und sie selber sind Kettenraucher. Wenn du auf deine eigene Verantwortung hier rausgehst, kann dir keiner was.«

»Also gut.«

Nikola musterte ihn immer wieder von der Seite, während er den Wagen durch die überfüllte Innenstadt lenkte. »Wenn wir in den nächsten Tagen den Fall gelöst haben, kannst du meinetwegen zwei Wochen daheim bleiben. Aber jetzt geht es nicht, Marko. Du weißt, ich bin kein Unmensch, aber …«

»Ich bitte dich. Glaubst du, ich könnte jetzt ausspannen? Ich will den Fall zu Ende bringen, unbedingt. Warum fahren wir ins Präsidium? Ich muss nach Mala Šuma.«

»Ich will erstmal wissen, ob das Labor sich gemeldet hat. Vielleicht sind Fingerabdrücke auf der Flasche.«

»Welcher Flasche?«

»Vielleicht hast du ja noch ein Trauma oder so was. Dir hat jemand mit einer Flasche die Rübe eingehauen. Alles klar?«

»Ähm … ja, ja.«

»Du bist urlaubsreif.«

Im Präsidium angekommen, prasselten die Fragen nur so auf ihn nieder. *Wie geht es dir? Wie fühlst du dich? Hast du Schmerzen?*

»Geht an eure Arbeit!«, schnaubte Nikola sie alle an. »Wir haben zu tun.«

Marko setzte sich in Nikolas Büro und sah ihm dabei zu, wie er die Nummer des Labors eintippte. Sein Kopf pochte. Ein stechender Schmerz durchbohrte ihn. Er fühlte sich ausgelaugt, jeder einzelne Körperteil tat ihm weh.

»Was gibt's Neues?« Nikola hielt es nicht für nötig, erst seinen Namen zu sagen, bevor er Fragen stellte. Dann sagte er »Scheiße« und legte auf.

»Keine Abdrücke?«

»Wär auch zu schön gewesen.«

»Allerdings. Ich fahre jetzt nach Mala Šuma.«

»Warte. Du kannst nicht fahren. Vukić hat heute frei. Also fahre ich dich.«

»Du?«

»Ja. Was glotzt du so blöd? Meinst du, ich kann nicht Auto fahren oder was?«

»Aber du musst doch hierbleiben und …«

»Beweg deinen Hintern hier raus. Wir müssen uns an die Arbeit machen.«

Nikola fuhr wie ein pensionierter Fahrlehrer. Es war das erste Mal, dass Marko sich von ihm fahren ließ. Er wunderte sich, denn Nikolas Fahrweise passte so gar nicht zu seinem Wesen.

»Wo fangen wir an?« Die Zigarette hing aus seinem Mundwinkel.

»Zuerst müssen wir nach Zorići. Ich muss mit dem Vater reden.«

»Na gut.«

»Dann knöpfen wir uns die männlichen Füße von Mala Šuma vor.«

»In Ordnung.«

Nirvana hielt gerade einen Mittagsschlaf, als es an der Tür klopfte. In letzter Zeit sperrte sie immer ab. Nur mit Anstrengung gelang es ihr, die Augen zu öffnen und sich aufzurichten. Es erfolgte erneutes Klopfen, diesmal lauter und energischer. Trotzdem ließ sie sich Zeit.

Vor der Tür stand Arsen. Er schien nervös zu sein, seine Augen und sein ganzer Körper waren unruhig.

»Willst du eintreten?«

»Wenn ich darf?« Seine Stimme hatte einen sarkastischen Unterton.

Wortlos öffnete sie die Tür weit. Kaum stand er im Flur, zündete er sich mit zittrigen Fingern eine Zigarette an. »Erwartest du jemanden?«

Sie zuckte verständnislos mit den Schultern. »Wen soll ich denn erwarten?«

»Ich weiß nicht. Deinen Liebhaber vielleicht.«

»Hör auf mit deinen Sticheleien. Sie hängen mir zum Hals raus. Also setz dich und sag mir, warum du wie ein Nervenbündel hier auftauchst.«

»Sieht man das?«, fragte er, fast unsicher. Er setzte sich so vorsichtig auf die Couch, als befürchtete er, sich auf einen Haufen Nägel zu setzen.

»Ich weiß nicht, ob andere das merken, aber ich kenne dich schließlich eine Weile.«

»Nirvana …«, er zog gierig an seiner Zigarette, »… ich hab Mist gebaut.«

Sie beugte sich vor und sah ihn direkt an. »Was hast du getan?«

Er holte tief Luft.

»Raus damit, Arsen!«

»Ich … ich kann irgendwie nicht. Du wirst … mir sehr böse sein.«

Sie warf ihm einen schrägen Blick zu. »Sag es einfach. So schlimm wird's schon nicht sein. Oder?«

Er nickte. »Doch.«

»Arsen, du machst mir Angst. Du machst mir ganz furchtbare Angst.«

Arsen saß kopfschüttelnd da und starrte auf seine halbgerauchte Zigarette.

»Arsen, es wird Zeit, dass du mir sagst, was los ist.«

»Es ist dieser Inspektor, oder?«

»Wie bitte?«

»*Er* ist es, mit dem du mich betrogen hast.«

Nirvana sah ihn an. In diesem Augenblick fühlte sie Scham. »Was hat das damit zu tun?«

»Viel.«

»Ach wirklich?«

»Ja.« Er nahm einen letzten Zug von seiner Zigarette und drückte sie hektisch aus. Sie qualmte noch immer, als er anfing, mit seinen Fingern zu spielen.

»Ich habe nicht mit ihm geschlafen. Ich wollte es zwar, aber im letzten Moment … ich … konnte einfach nicht.«

Er blies den Rauch lange aus und sah sie an. »Ich … bin froh, dass du es nicht getan hast.«

»Das wäre ich an deiner Stelle auch. Mir ist das ja leider nicht vergönnt. Also, was willst du sagen?«

»Als ich bei dir war und du mir aus dem Zimmer den Gürtel und die Bücher geholt hast, da … da hab ich das Feuerzeug auf dem Tisch liegen sehen. Ich hatte es vorher schon einmal gesehen – in seiner Hand. Ich hab's eingesteckt. Ich weiß auch nicht warum. Jedenfalls hatte ich eine Mordswut auf den Kerl. Um so mehr, als ich auch noch dein Hemd an ihm sah. Ich hab ihm mit einer leeren Weinflasche eins über den Schädel gezogen. Eine von denen, die bei Eliza vor dem Laden herumstehen.«

Nirvana starrte ihn an. »*Du* warst das?«

Er wich ihrem Blick aus. »Ja.«

»Aber … aber wenn du von hinten mit der Flasche auf ihn zu … du … du hast es geplant!«

»Na ja, geplant nicht gerade. Zwei Stunden vorher vielleicht. Ich wusste, dass er hier zu tun hatte.«

»Arsen!«

»Was?«, schrie er. »Was denn? Ich war wütend. Verletzt. Ich wollte ihn nicht umbringen. Ich wollte ihn einfach schlagen, mehr nicht.«

»Mehr nicht?«, wiederholte sie entsetzt. »Wir leben in einer zivilisierten Welt. So löst man keine Probleme. Bist du völlig verrückt geworden? Er ist von der Polizei! Sie können dich jahrelang in den Knast sperren.«

Arsen stand auf und ging rastlos auf und ab. »Machst du dir Sorgen um mich?«

Für ein paar Sekunden war sie versucht, »Ja« zu sagen, entschied sich dann aber dagegen. Sie wollte jetzt auf solche Fragen nicht eingehen. »Warum erzählst du es mir?«

»Ich will, dass du weißt, dass ich es für dich getan habe.«

»*Für mich*? Hast du Angst?«

Er blieb abrupt stehen. »Niemand hat mich gesehen. Sie können es gar nicht erfahren … unmöglich!« Er fing wieder an, hin und herzulaufen, ließ sie dabei jedoch nicht aus den Augen. »Wirst du mich bei ihm verpfeifen?«

Sie schüttelte den Kopf. »Nein, was glaubst du denn?«

»Liebst du ihn?«

Nirvana stand auf und ging zum Wohnzimmerschrank. Sie holte eine Flasche Cognac und zwei Gläser heraus und schenkte großzügig ein. »Ich mag ihn.« Sie reichte ihm sein Glas und blieb in sicherer Distanz zu ihm. »Er war da, als ich jemanden brauchte. Er hat zugehört und mir seine Meinung über verschiedene Dinge gesagt.«

Arsen nahm einen großen Schluck und machte eine hilflose Handbewegung. »Ich bin sicher, er hat keine gute Meinung von mir.«

Nirvana antwortete nicht. Der Cognac lief ihr warm die Kehle hinunter, es war ein wohliges Gefühl.

»Liebst du mich denn noch?«, fragte er mit leiser Stimme.

Die Frage überraschte sie nicht. »Es war nur noch langweilig, nur noch öde. Du hast auf der Couch herumgelegen und in den Fernseher gestarrt, wenn du hier warst. Oder du bist weggefahren, zu deinen Eltern – oder sonst wohin. Du hast dich mit allen anderen Leuten lieber unterhalten als mit mir. Ich habe dich nicht mehr interessiert, du hast mich kaum mehr wahrgenommen. Nicht, dass ich jetzt ein aufregendes Leben führen würde, aber die Situation zwischen uns konnte ich einfach nicht mehr ertragen. Dieser Anblick: Du, schnarchend auf der Couch. Nein. Da bin ich lieber allein.«

Er nahm noch einen letzten Schluck und stellte das Glas auf dem Tisch ab.

»Willst du nichts dazu sagen?«

»Vielleicht gibst du mir eine zweite Chance. Aber ich kann dich zu nichts zwingen.«

»Nein, das kannst du nicht.«

»Wollen wir es noch einmal versuchen?« Sein Blick war weich, fast bittend.

»Und dann? Es mag eine Weile gut gehen, aber dann schleicht sich der alte Trott wieder ein und …«

»Nein! Das wird nicht passieren! Ich schwöre es!«

»Ich will anfangen zu arbeiten. Ich will endlich mein eigenes Geld verdienen.«

»Gut.«

»Nein, Arsen. Nichts ist gut. Es ist für mich schwer genug, dass ich weiterhin Tür an Tür mit deiner ehemaligen Liebhaberin und eurem Kind leben muss. Aber mit dir zusammen wäre es noch schlimmer. Ich habe zwanzig Jahre mit dir verbracht, ich kann dich nicht hassen, aber …« Sie kam näher an ihn heran und sah ihn an, »aber es ist vorbei. Ich liebe dich nicht mehr.«

Ruhig stellte er das Glas ab und ging zur Tür. »Mach's gut.«

Marko und Nikola wurden von Zora Klić willkommen geheißen wie alte Freunde. »Aber kommen Sie doch bitte herein. Ist das Ihr Kollege?«

»Das ist mein Vorgesetzter Nikola Horvat.«

»Ihr Vor-ge-setz-ter, aaah, wovor sitzt er denn da? Hihihi …«

Nikola warf Marko einen irritierten und schwer genervten Blick zu. »Wo ist Ihr Mann?«, schnauzte er sie an.

»Wir sitzen gerade gemütlich auf dem Terrässchen hinten. Gesellen Sie sich doch zu uns.« Sie ging vor, Nikola und Marko folgten ihr. Nikola flüsterte Marko ins Ohr: »Was ist denn mit der Alten los?«

Marko zuckte die Schultern.

Klić saß im Gartenstuhl und genoss die Sonnenstrahlen. Marko grüßte ihn und stellte ihm Nikola vor. Zora ließ sich das alles natürlich nicht entgehen und zog einen Stuhl heran.

»Kann ich ganz offen reden, Herr Klić?«

»Ja.«

»Ihr Sohn hatte eine homosexuelle Neigung. Wussten Sie davon?«

»Hmm, Ljiljana hat es mir gesagt. Ich wusste es vorher nicht.«

»Haben Sie es vielleicht geahnt?«

»Geahnt? Nein.« Er schüttelte den Kopf. »Ich hatte keine Ahnung.«

Es entstand eine kleine Pause, in der Zora die Getränke einschenkte.

»Kannten Sie Vlado Dorić?«, fragte Nikola. Marko bemerkte, dass Nikola ungewohnt leise sprach. Wahrscheinlich hatte er Mitleid mit dem Mann, der sein einziges Kind verloren hatte.

»Nein.«

Nikola nickte. »Irgendetwas hatten er und Ihr Sohn vielleicht gemeinsam.«

Klić zuckte zusammen. Marko wusste nicht, ob die anderen es bemerkt hatten, aber ihm kam es so vor, als ob Klić erschrocken wäre.

»Sie wurden beide Opfer eines Gewaltverbrechens«, ergänzte Marko.

»Bitte verschonen Sie mich damit!«, unterbrach ihn Klić. Marko hatte ihn bisher immer ruhig erlebt, deshalb überraschte ihn der scharfe Tonfall. »Mein Sohn ist tot. Das alles interessiert mich nicht mehr. Dieser Dorić hatte meinen Sohn auf dem Gewissen. Er hat es nicht akzeptiert, dass Boris Schluss machte und er hatte Angst, dass das Manuskript veröffentlicht würde, nicht wahr? Deshalb hat er ihn umgebracht. Es ist mir egal, wer auch ihn – absichtlich oder zufällig – getötet hat. Er hat es verdient. Von mir aus soll er in der Hölle schmoren. Bitte gehen Sie jetzt.«

Nikola und Marko sahen einander an, dann erhoben sie sich. Das Ehepaar Klić blieb sitzen. Marko wunderte sich über Zora, die heute ungewöhnlich ruhig war.

Nikola fuhr Marko nach Hause. »Ich leg mich jetzt ins Bett«, sagte Marko, als Nikola den Wagen vor Markos Wohnung anhielt, »du könntest heute noch ein paar Beamte nach Mala Šuma schicken, um die Schuhgrößen der Dorfbewohner zu überprüfen.«

»Genau das habe ich auch vor. Leg du dich hin und schlaf gründlich aus. Ich ruf dich morgen früh an.«

Marko schleppte sich in seine Wohnung. Er war schon lange nicht mehr so erschöpft gewesen. Er ließ sich ein heißes Bad einlaufen und zog sich aus. Vorsichtig nahm er den Verband ab und betupfte die Wunde mit lauwarmen Wasser. Als er in das heiße Schaumwasser stieg, war es, als ob sich jede Anspannung in ihm löste. Er lag da und hoffte, diesen Fall bald zu Ende zu bringen. Nochmal ließ er das Gespräch mit Klić Revue passieren. Wie er sich wohl gefühlt hatte, als er plötzlich erfuhr, dass sein Sohn einen Mann geliebt hatte? Dies zu erfahren, nachdem der Sohn schon tot war. Keine Möglichkeit mehr, mit ihm darüber zu sprechen … Plötzlich erstarrte Marko. Ein grausamer Verdacht kam ihm in den Sinn. Er sprang aus der Wanne, lief nackt und tropfnass ins Wohnzimmer zum Telefon und wählte Ljiljanas Nummer. Seine Hand, die den Hörer hielt, zitterte. Ljiljana meldete sich nach dem fünften Läuten. »Hier Ban. Wann haben Sie mit Boris' Vater gesprochen?«

»Was? Ähm … ich habe mit ihm telefoniert, als ich … ich weiß nicht mehr genau …«

»Erinnern Sie sich! Bitte!«

»Nachdem ich Sie im Präsidium angerufen habe. Ich wollte Ihnen damals sagen, dass es Vlado war. Aber ich konnte irgendwie nicht, doch ich *musste* mit jemandem reden und … da rief ich Boris' Vater an. Ich erzählte es ihm. Alles.«

»Auch dass es sich dabei um Vlado handelte?«

»Ja. Hätte ich das nicht tun sollen?« Offenbar hatte Ljiljana es immer noch nicht kapiert.

»Wie hat er darauf reagiert?«

»Er hat sich alles angehört, ganz ruhig, hat mich kein einziges Mal unterbrochen. Dann hat er sich bei mir bedankt.«

»Sonst nichts?«

»Nein.«

»Welche Schuhgröße hat Boris' Vater?«

»Bitte, was?«

»Hat er große Füße?«

»Ja, hat er. Also, ich habe ihn nie nach seiner Schuhgröße gefragt, aber … keine Ahnung, fünfundvierzig, sechsundvierzig vielleicht.«

»Danke.« Er legte auf, verständigte Nikola übers Handy, der ihn abholen und eine Einheit zu Klić schicken sollte. Marko zog sich an, ohne sich abzutrocknen. Nach zehn Minuten hörte er die quietschenden Reifen von Nikolas Wagen vor dem Haus. Marko stürmte das Treppenhaus hinunter und sprang ins Auto.

»Verflucht«, brüllte Nikola, »warum haben wir uns vorhin nicht zumindest seine Füße angesehen?«

»Ich wäre nie auf ihn gekommen.«

Nikola gab kräftig Gas.

»Er war's, das weiß ich«, murmelte Marko. »Ljiljana hat ihn angerufen und ihm erzählt. Da lebte Vlado noch. Und ist dir seine Reaktion aufgefallen, als du gesagt hast, Boris und Vlado hätten etwas gemeinsam?«

»Irgendwie fühle ich mich beschissen, den Kerl jetzt festzunageln. Verflucht, ich meine, er hat seinen einzigen Sohn verloren, dessen Mörder um die Ecke gebracht und jetzt kommt er in den Knast. Der hat nichts mehr vom Leben.«

»Er hätte mehr vom Leben gehabt, wenn er uns unsere Arbeit

hätte machen lassen. Dann wäre Vlado jetzt im Knast, und nicht er.«

»Ach, ich weiß nicht. Er tut mir Leid. Dir nicht?«

»Doch. Aber ich hab was gegen Selbstjustiz.«

»Was hättest du an seiner Stelle getan?« Nikola sah ihn herausfordernd an.

Marko zuckte die Schultern. »Keine Ahnung.«

Vor Klićs Haus standen drei Polizeiwagen. Und ein Krankenwagen. Marko und Nikola stiegen aus und gingen eiligen Schrittes ins Haus. Zora saß im Wohnzimmer und starrte an die Wand. Ein Sanitäter beugte sich über sie. Er zog gerade eine Spritze aus ihrem Arm. Dann wandte er sich um und sah Marko und Nikola an. »Ich habe ihr gerade eine Beruhigungsspritze gegeben.«

»Was ist passiert?« fragte Nikola überflüssigerweise.

»Ihr Mann hat sich erhängt.«

Markos Mund wurde trocken wie Schmirgelpapier. Er sah Zora an, die sich noch keinen Zentimeter bewegt hatte. Er ging zu ihr und setzte sich dicht neben sie. »Mein Beileid. Ich habe ihn gemocht.«

Sie nickte stumm. Nikola stand unbeholfen herum und verschränkte die Hände hinter seinem Rücken.

»Nachdem Sie fort waren«, sagte Zora tonlos, »hat er gesagt, er er wolle ein wenig allein sein. Er ist ins Schlafzimmer gegangen. Nach einer halben Stunde habe ich aber doch nach ihm geschaut. Er war in letzter Zeit ziemlich niedergeschlagen. Ich hatte schon so ein komisches Gefühl, kann es nicht beschreiben. Ich machte die Tür auf. Und da … hing er. Einen Brief hat er noch schnell geschrieben, bevor er das getan hat.« Sie zeigte auf ein Blatt, das vor ihr auf dem Tisch lag. »Ich bin in die Küche gelaufen, um ein Messer zu holen und das Seil durchzuschneiden. Bin dabei gestolpert und habe mir den Kopf gestoßen. Es hat nicht weh getan, obwohl es geblutet hat. Ich hab das Seil durchgeschnitten, aber es war zu spät. Dann habe ich die Polizei gerufen.«

Marco legte ihr sanft eine Hand auf die Schulter. »Sie konnten nichts für ihn tun. Er hätte es gar nicht gewollt.«

Sie reagierte nicht darauf, sondern wies auf ein Blatt Papier, das auf dem Tisch lag.

Marko nahm es in die Hand. Es war offensichtlich ein Abschiedsbrief. Der Schrift nach zu urteilen, hatte Klić die Worte wohl in aller Eile hingekritzelt:

»Zora, seit Boris tot ist, sehe ich keinen Sinn mehr darin, weiterzuleben. Für mich gab es nach seinem Tod nur einen Gedanken: Entweder findet die Polizei seinen Mörder – oder ich finde ihn. Ich bereue es nicht. Verkauf das Haus und nimm dir eine Wohnung. Mit dem Geld wirst du dir für die Zukunft keine Sorgen machen müssen. Ich danke dir für alles. Versuch, es zu verstehen. Boško.«

Nirvana öffnete ihm die Tür. Sie standen einander momentelang schweigend gegenüber. »Kann ich reinkommen?«

Sie nickte. »Das wäre schön.«

Sie gingen in die Küche. Marko nahm sich eine Zigarette und bot Nirvana auch eine an. Sie nahm sie und ließ ihn dabei nicht aus den Augen.

»Ich nehme an, du hast es gehört.«

»Natürlich. Hier wird über nichts anderes mehr geredet.«

Marko blies Ringe in die Luft und dachte nach. »Zora ist völlig fertig.«

»Kein Wunder.«

Er schüttelte plötzlich den Kopf und kniff die Augen zusammen. »Leider konnte ich ihn nicht mehr fragen, warum er mir eins übergebraten hat. Er hat Vlado erledigt und wollte sowieso nicht mehr leben. Das ergibt alles keinen Sinn.«

Nirvana war bemüht, ahnungslos zu wirken. »Hm, vielleicht war er es gar nicht. Du hast deinen Fall abgeschlossen. Das ist das Wichtigste.«

»Ja, der Fall ist abgeschlossen, trotzdem interessiert mich, wer es war, ob er es war und warum …«

»Es spielt keine Rolle mehr. Irgendwann erfährst du es vielleicht noch.«

»Vielleicht.«

»Weißt du, dass Anita ihren Mann hinausgeworfen hat?«

»Wurde auch Zeit.«

Nirvana musste lachen. »Marijan ist heulend mit einem Koffer in der Hand zu einen Freund in die Stadt abgezogen. Sie wollte ihn nicht einmal fahren. Er musste den Bus nehmen.«

Er sah ihr in die Augen. »Was … wird mit uns?«

Nirvana schloß für ein paar Sekunden die Augen. »Ich bin so müde; Marko. Ich brauche erst einmal Zeit für mich. Ich will nicht von einer Beziehung in die nächste flüchten.«

»Du hast Recht. Ich … kann dich verstehen.«

Sie strich sich eine Strähne aus dem Gesicht. »Kann ich dich dann anrufen?«

»Natürlich. Ich habe heute schon versucht, dich zu erreichen, aber du hast nicht abgehoben.«

»Nein. Ich brauche Zeit. Zum Nachdenken.«

Marko nahm ihre Hand. Sie erwiderte den Druck.

»Ich suche mir einen Job. Ich möchte unbedingt arbeiten.«

»Du hast dich in diesen paar Wochen verändert.«

»Findest du?« Sie lächelte. »Im positiven Sinne?«

»Ja.« Er drückte seine Zigarette aus. »Ich bin in den kommenden beiden Wochen krank geschrieben.«

»Ach ja?«

»Meinst du, es lässt sich vereinbaren, dass du dich sammelst und wir uns trotzdem wieder sehen? Würde dir das vielleicht … gut tun?«

»Ein Hund bellt nicht fürs Dorf, sondern für sich.«

»Ich habe Sehnsucht nach dir.« Seine Stimme war leiser geworden. Er zuckte die Schultern. »Ich kann nichts dafür.«

Sie schmunzelte. »Bleib heute Nacht hier.«

»Und die Nachbarn?«

»Nein, die sollen bleiben, wo sie sind.«

Danksagung

Für die nützlichen Tipps und wertvollen Anregungen danke ich Andrea Odenwald, Regina Schreiner, Bettina Brömme und ganz besonders Richard Kurzawa, der mir viele Fragen zur Polizeiarbeit beantwortete und das Manuskript durch sein Fachwissen bereicherte.

Die Autorin

Ranka Keser, geboren 1966 in Rijeka/Kroatien, seit ihrem dritten Lebensjahr in Deutschland und immer wieder für längere Zeit in Kroatien. Seit 1995 freie Autorin v.a. von Kinder- und Jugendbüchern – etwa »Ich bin eine deutsche Türkin« (Beltz & Gelberg 1995), »Die Mitwisserin« (Patmos 2000), »Rebeccas Freundin« (Ueberreuter 2000) – sowie Erzählungen in Anthologien zu Themen wie Rassismus und Neonazismus. Sie lebt mit ihrer Familie in München. »Sag nicht hopp, bevor du springst« ist ihr erster Kriminalroman.